我们该不该相信
春天

半日闲斋读书札记·乙编

阿艾 著

中国出版集团
中译出版社

图书在版编目（CIP）数据

我们该不该相信春天：半日闲斋读书札记.乙编 / 阿艾著. -- 北京：中译出版社，2024.4
ISBN 978-7-5001-7812-5

Ⅰ.①我… Ⅱ.①阿… Ⅲ.①读后感-作品集-中国-当代 Ⅳ.①I267

中国国家版本馆CIP数据核字（2024）第057041号

我们该不该相信春天：半日闲斋读书札记·乙编
WOMEN GAIBUGAI XIANGXIN CHUNTIAN: BANRIXIAN ZHAI DUSHU ZHAJI·YIBIAN

出版发行：中译出版社
地　　址：北京市西城区新街口外大街28号普天德胜大厦主楼4层
电　　话：010-68002876
邮　　编：100088

特约策划：傅小英
责任编辑：张　旭
营销编辑：李珊珊
特约编辑：郑堵月
封面设计：黄　浩
排　　版：北京竹页文化传媒有限公司

印　　刷：北京中科印刷有限公司
经　　销：新华书店
规　　格：840毫米×1092毫米　1/16
印　　张：28
字　　数：350千字
版　　次：2024年4月第1版
印　　次：2024年4月第1次印刷

ISBN 978-7-5001-7812-5　定价：85.00元

版权所有　侵权必究
中　译　出　版　社

阿艾读书掠影

本书出现的图书出版机构和出版时间信息均来自作者藏书，有些作品的版本情况已经变更，特此说明，后不赘述。——编者注

［美］约翰·E.彼得曼 著 《柏拉图》

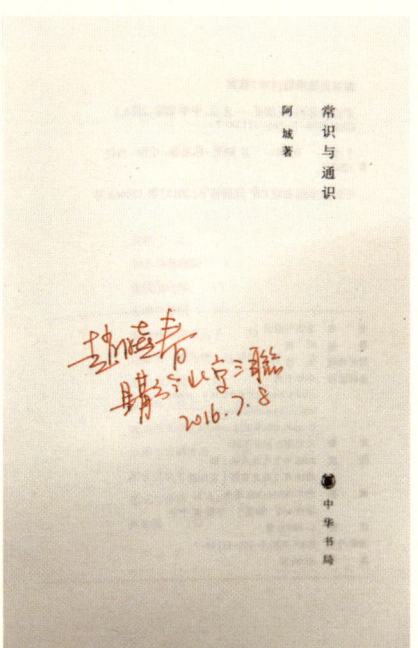

阿　城　著《常识与通识》

[英] 莎拉·贝克韦尔 著 《存在主义咖啡馆》

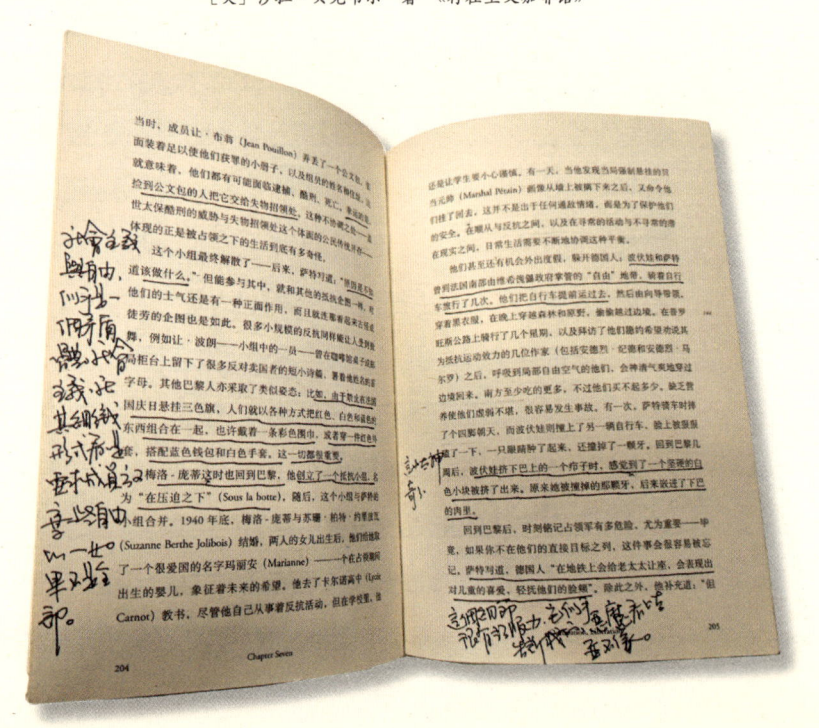

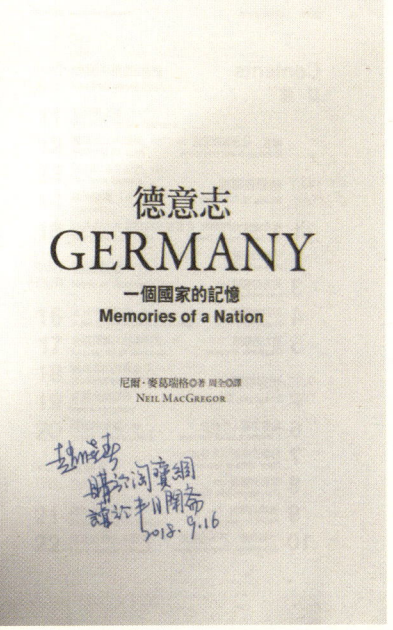

[英]尼尔·麦葛瑞格 著 《德意志》

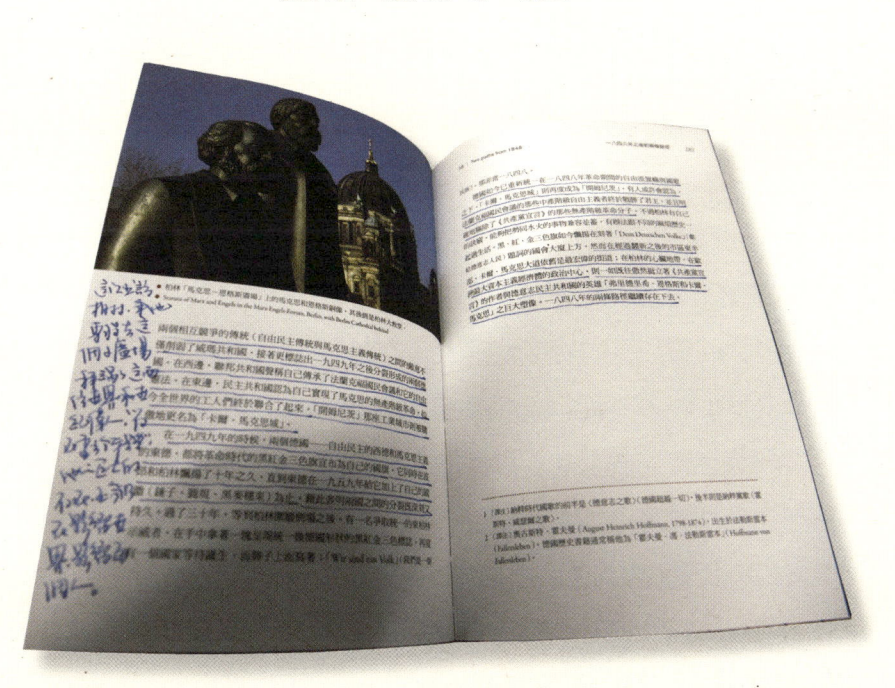

王 辉 著 《福柯传》

佟 洵　王云松　主编《国家宝藏》

王福重　著　《金融的解释》

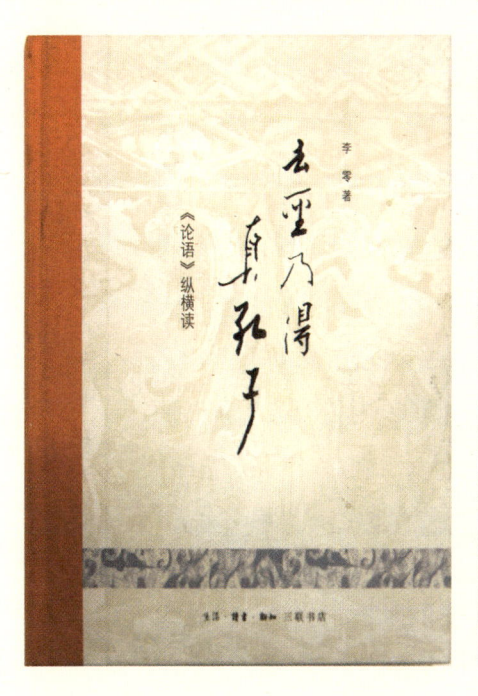

李　零　著　《去圣乃得真孔子》

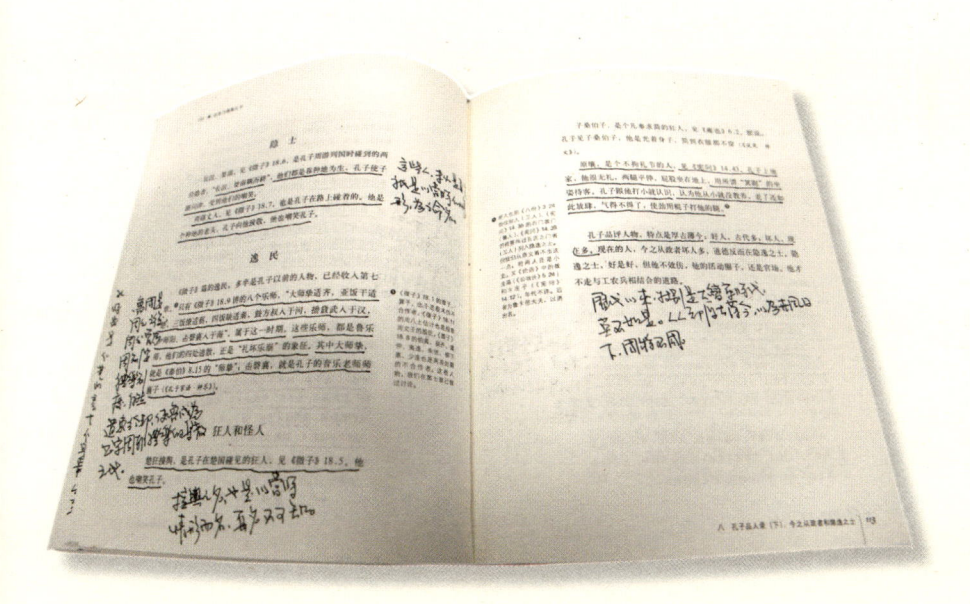

张锡模　著　《圣战与文明》

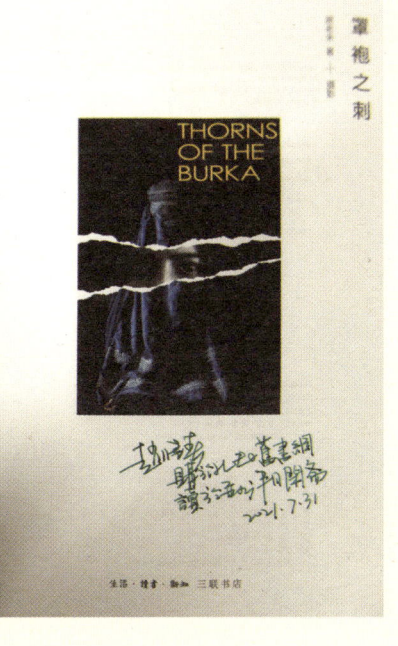

原老未 著 《罩袍之刺》

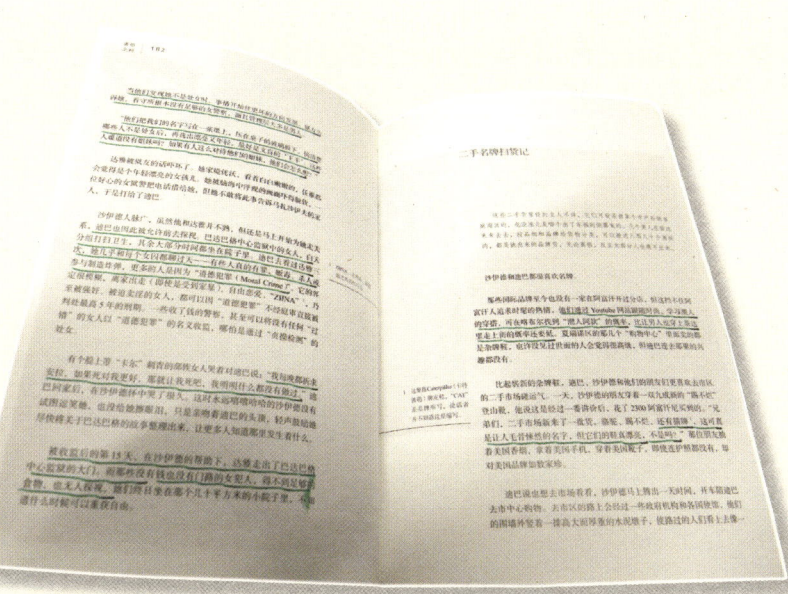

张钦楠　著　《中国古代建筑师》

孙　机　著　《中国古代物质文化》

葛兆光　著　《中国经典十种》

郭维森　柳士镇　主编　《图说中国文化基础》

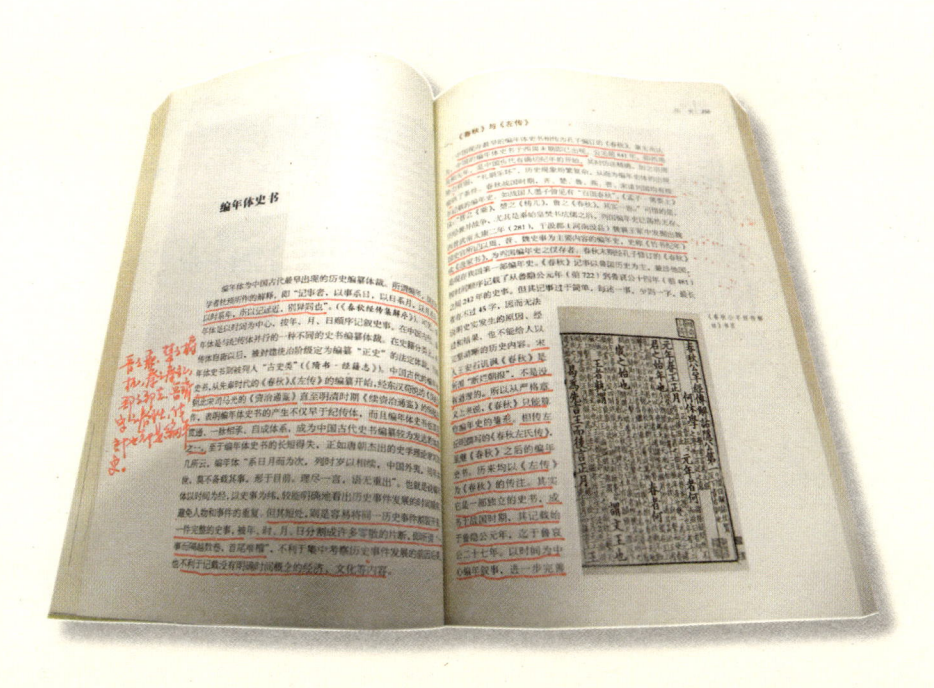

[英]菲利普·马迪塞克 著 《重拾遗珠》

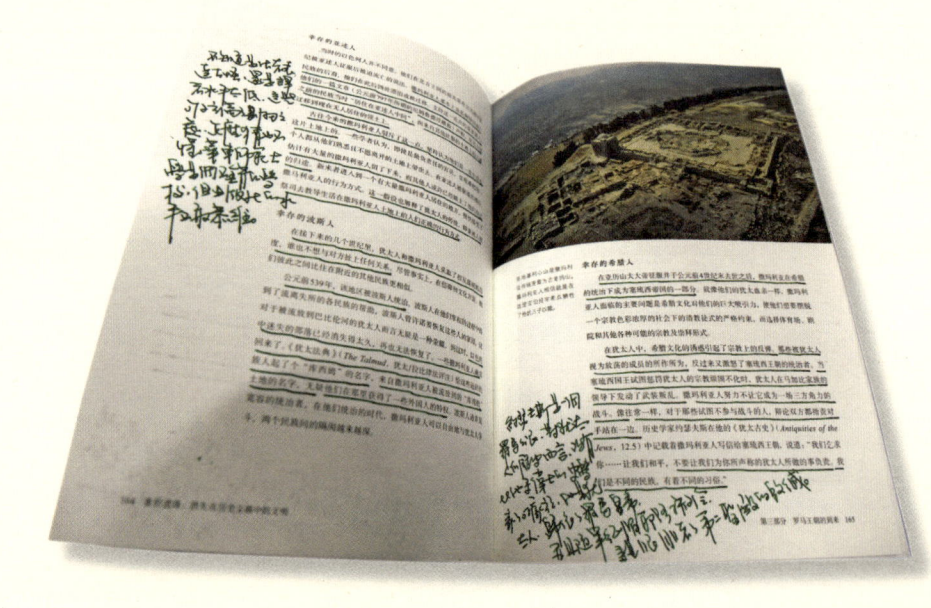

序　相信春天，相信未来

看到这本书的书名《我们该不该相信春天》，我马上想到那首著名的当代诗《相信未来》：

当蜘蛛网无情地查封了我的炉台，
当灰烬的余烟叹息着贫困的悲哀，
我依然固执地铺平失望的灰烬，
用美丽的雪花写下：相信未来。

我相信，当著名诗人食指在"用美丽的雪花写下：相信未来"时，他相信的就是春天，这也正是对这本书的作者阿艾先生所提问题的回答。

《相信未来》写于1968年，而后一直在民间流传，尤其是被那个特殊时代的年轻人所传颂。因为它写出了一代人的迷茫，也给一代人以鼓励和希望。正如本书收录的文章《回到常识》所说：

"人类尽管产生了比常识更靠谱的知识,但很多时候,都在背常识而行,以至于在这些时候,常识反而成了稀缺品。当对这样的时代进行扬弃的时候,我们会说要'呼唤常识''回到常识'。"①在那个常识遮蔽、黑白颠倒的时代里,《相信未来》呼吁人们,"相信不屈不挠的努力,相信战胜死亡的年轻,相信未来,热爱生命"。

《回到常识》这篇文章,是作者阅读作家阿城的散文集《常识与通识》的札记。这篇文章不到两千字,不但叙述了他阅读作家阿城的历程,而且准确而精炼地总结了阿城在书中建构的独特认识论:常识—通识—真理("真识")。结尾处更是神来之笔,"如果真理遥遥无期,那还不如回到常识本身"。

事实上,作为阿艾先生的读书札记集,摆在读者面前的这本书充满了对常识的阐发和探求。例如,他在阅读英国历史学家赫伯特·乔治·威尔斯的《文明的故事》后指出:"对个体而言,历史可以重写,青春乃至生命则不肯再来。欲成反思之效,当以独立思考为本。"他在阅读南非大主教图图先生的《没有宽恕就没有未来》后总结道:"即使我们不能让世界变好,至少我们可以避免它变得更糟。而事实上,一个世界只要不是越变越糟,它就总会越变越好。"再如,他在阅读胡适先生的《中国哲学史大纲》后做出这样的评论:"求真与求善,倘要有个次序,应该是求真在前。因为爱上不懂的东西,比不爱还危险。"

这些议论虽然是常识,但是都很耐人寻味,尤其是在今天这

---

① 见本书 161 页。

样一个可能常识匮乏的时代，它们显得尤为宝贵。阿艾先生通过分享自己的阅读体会与思考，传播常识，功莫大焉。

"我们该不该相信春天"这个活泼灵动的书名，来自本书里的另一篇文章的题目。该文是作者阅读盲人歌手周云蓬的作品《春天责备》的札记。显然，这本诗文集给作者极大的触动。阿艾在大学时代就因办论坛、搞诗社、组织演讲，成为校园风云人物。因此，《春天责备》让蓄积在他胸中的激情被点燃。于是，他对诗歌作出精彩的理解，"诗是用来唤起的，不是用来传递的。它在那里唤起了你内心的东西，无比丰盈，这就是好诗"。而且，这本诗文集还激发了他富有诗情的哲思：

> 不要以为美好的东西都能获得长久的流传，恰恰相反，那些在泥土深处埋没了的，完全可能是金子一般闪耀的光芒。所以，当春天来临的时候，漫山遍野的青草里，可能都是那些被遗忘了的诗的灵魂。所以，我们还是相信春天吧，有周云蓬和他的诗以及歌，为什么不？

有意思的是，《春天责备》是阿艾从位于北京成府路上的"豆瓣书店"购买的，而这也正是我时常光顾的一家书店。或许，我们曾经在那里相遇，擦肩而过。假如我们当时相识，一定会有许多共同语言，因为我们都喜欢阅读人文历史之类的书籍。在这本《我们该不该相信春天》里，作者阅读的100本书，人文历史书籍应该超过一半。当然，他的涉猎远比我广博，从政治到哲学，从宗教到文学，都在他的阅读范围之内，难怪他的文字既有登高壮观的豪迈，又有婉转深情的细腻。

余英时先生说过，"'好学深思，心知其意'是每一个真正读书人所必须力求达到的最高阶段。"[①] 2023年我的最大收获，就是结识了许多新朋友，他们的职业虽然各不相同，但都是"好学深思、心知其意"的读书人。阿艾先生正是这样一位新朋友，我们一见如故，在北京亚运村附近畅谈读书心得，度过了一个充实而幸福的下午。至今回想起那个冬日的午后，我仍能感受到温情与暖意。

在我看来，这个世界最大的希望，就是在这片广袤的土地上有无数读书的种子。他们散落在世界各地，以读书滋养精神，以写作"养吾浩然之气"。不管环境如何变化，即使身处严冬，他们仍然坚持读书写作，"养活一团春意思"[②]。这种精神凝结成许多成果，然后在世间传播，又激发出更多的精神与成果。就像一粒麦子落在地里，结出许多子粒来，让大地上洋溢着春天的迷人气息。

《我们该不该相信春天》就是一颗饱满的麦子，它是春天的收获，又是下一个春天的希望。

所以，我相信春天，相信未来。

马国川

资深媒体人、学者

---

① 余英时《如何读书——做一个真正有知识的人》。
② 曾国藩曾撰写一副对联：养活一团春意思，撑起两根穷骨头。

目 录

政治类

1. 因为宽恕，所以未来
   读《没有宽恕就没有未来》 001
2. 何谓圣战？何以文明？
   读《圣战与文明：伊斯兰与西方的永恒冲突》 006

历史类

3. "西方"是怎样练成的？
   读《西方文明的文化基因》 011
4. 宝藏里的中国史
   读《国家宝藏：100件文物讲述中华文明史》 014
5. 透过地图看法国
   读《地图上的法国史：地图说史》 016
6. 更深刻的德国记忆
   读《德国：一个国家的记忆》 018
7. "屁股"是如何决定"脑袋"的
   读《椅子"改变"中国》 023
8. 反对欧洲中心主义的世界史
   读《世界通史：公元前10000年至公元2009年》 026
9. 明朝那三件事
   读《三案始末》 029
10. 西风东渐得先声
    读《欧洲文艺复兴史》 032

11. 子乔祠名之我见
    读《中国早期姓氏制度研究》　　　　　　　　　036

12. 文明与进步密不可分
    读《文明的故事》　　　　　　　　　　　　　040

13. 罪犯，还是英雄？
    读《创造世界史的海盗》　　　　　　　　　　043

14. 西周的道路和意义
    读《西周史（增补二版）》　　　　　　　　　049

15. 德意志的崛起与沉沦
    读《从俾斯麦到希特勒》　　　　　　　　　　054

16. 水果的前世今生
    读《水果：一部图文史》　　　　　　　　　　057

17. 空山不见人，但闻人语响
    读《中国古代建筑师》　　　　　　　　　　　060

18. 城市：文明的核心要素
    读《全球城市史（修订版）》　　　　　　　　064

19. 世的世界史，还是界的世界史？
    读《世界上古史讲义》　　　　　　　　　　　068

20. 了解西方历史的一把钥匙
    读《基督教史（上下）：初期教会到宗教改革前夕》　071

21. 一本朴实无华的好书
    读《图说中国文化基础》　　　　　　　　　　075

22. 近观"明治维新"
    读《明治维新的国度》　　　　　　　　　　　079

23. 千万不要忘记"物质文化"
    读《中国古代物质文化》　　　　　　　　　　083

人物类

24. 谁是柏拉图？
    读《最伟大的思想家·柏拉图》　　　　　　　087

25. 一个强权女人的华丽与黯淡
    读《英国人之最：维多利亚》　　　　　　　090

26. 卢梭悖论
    读《最伟大的思想家·卢梭》　　　　　　　093

27. 福柯的冒险与倔强
    读《福柯传》　　　　　　　　　　　　　　096

28. 曼德拉效应和曼德拉精神
    读《漫漫自由路：曼德拉自传》　　　　　　100

29. 李贽的意义与悲凉
    读《李贽》　　　　　　　　　　　　　　　104

30. 托尔斯泰之死
    读《托尔斯泰传》　　　　　　　　　　　　107

31. 李白是每个人的远方
    读《李白传（修订插图版）》　　　　　　　111

32. 未经省察的生活不值得过
    读《最伟大的思想家·苏格拉底》　　　　　113

33. 无限后退的道德是危险的
    读《最伟大的思想家·康德》　　　　　　　116

34. 托克维尔：一面镜子
    读《托克维尔》　　　　　　　　　　　　　120

35. 形而下的"真孔子"和形而上的"孔子原来"
    读《去圣乃得真孔子：〈论语〉纵横读》和
    《孔子原来：被误解的孔子》　　　　　　　124

36. 一个阿里乌派的"异端"耶稣
    读《耶稣传》　　　　　　　　　　　　　　131

建筑类

37. 你该知道的建筑知识
    读《拱的艺术——西方建筑简史》　　135

38. 堂上风光等闲看
    读《西洋镜：五脊六兽》　　138

39. 古建筑中的中国
    读《识别中国古建筑》　　143

40. 建筑是流动的艺术
    读《不只中国木建筑》　　147

文学类

41. 品诗其实是品诗人
    读《诗人十四个》　　153

42. 童年：走进人间之前
    读《童年》　　156

43. 回到常识
    读《常识与通识》　　159

44. 我们该不该相信春天
    读《春天责备》　　163

45. 大地上的珍珠
    读《大地三部曲》　　167

46. 造物主关上了门，就会开一扇窗
    读《我的人生故事》　　172

47. 书生遥指杏花村
    读《杏花村词典》　　178

48. 乱世里的独特之气
    读《大师巨匠：西南联大1937—1946》　　181

49. 一个纯粹的故事
    读《老人与海》　　184

50. 平平淡淡的真
    读《契诃夫短篇小说选》 187

51. 中国现代诗的启明星
    读《穆旦自选诗集（1937—1948）》 190

52. 回梦春风此最真
    读《北宋名家词选讲：迦陵讲演集》 199

53. 有一种小说，叫做刘按
    读《为什么要把小说写得那么好》 202

54. 刺在罩袍之下
    读《罩袍之刺》 206

55. 那一场不该被遗忘的远行
    读《杨的战争：第一次世界大战中被遗忘的中国人》 212

56. 永远的安徒生
    读《安徒生童话全集》 215

57. 另一半世界史
    读《重拾遗珠：消失在历史尘埃中的文明》 218

58. 永远的雪国
    读《雪国》 222

59. 每个人的心里都有一个海岛
    读《岛屿书》 226

60. 唐山大地震：我的记忆 我的哀悼
    读《唐山大地震》 229

61. 一生都读朱自清
    读《朱自清精选集》 237

62. 空城记的三个版本
    读《三国演义（全二册）》 241

63. 戈多也在等戈多
　　读《中华文化四十七堂课：从北大到台大》　　244

64. 印度深度旅游指南
　　读《佛国行：从尼泊尔到印度》　　248

65. 烟花一样绽放的天才作家
　　读《山月记》　　252

66. 魔幻的《文城》和清醒的余华
　　读《文城》　　255

67. 惊起却回头，有恨无人省
　　读《走近苏东坡》　　262

68. 历史深处的小景
　　读《隔壁的中国人：内山完造眼中的中国生活风景》　　266

69. 岂止玄奘向西行
　　读《西行三万里：王志看丝路》　　269

经济类

70. 经济思维：经验和逻辑的碰撞
　　读《性越多越安全：颠覆传统的反常经济学》　　274

71. 孤独的谢作诗
　　读《人人懂点经济学：贸易是战争的替代》　　278

72. 一半是天使，一半是魔鬼？
　　读《金融的解释：王福重金融学二十九讲》　　281

73. 货币的分层与其他
　　读《货币金字塔：从黄金、美元到比特币和央行数字货币》　　284

74. 资本的"红与黑"
　　读《资本的故事》　　290

75. 经济的世界化历程
　　读《世界经济简史——从旧石器时代到20世纪末》　　293

76. 满城争说元宇宙
    读《元宇宙时代：颠覆未来的技术变革与商业图景》 296

77. 第三只眼睛看体育
    读《体育产业的经济学分析：国际经验及中国案例》 300

哲学类

78. 走出哲学的迷宫
    **读《你以为你以为的就是你以为的吗：
    12道检测思考清晰度的逻辑谜题》** 304

79. 你都得冒险一试，去做点什么？
    读《存在主义咖啡馆：自由、存在和杏子鸡尾酒》 308

80. 大道至简？
    读《奥卡姆剃刀：影响全球精英命运的思维法则》 312

81. 轴心时代的四颗恒星
    读《四大圣哲》 316

82. 一蓑哲学任平生
    读《哲学是什么》 320

83. 半部哲学史治天下
    读《中国哲学史大纲》 323

84. "我思故我在"，还是"我思故思在"？
    读《谈谈方法》 327

85. 我们何曾现代？
    读《刘擎西方现代思想讲义》 331

86. 经典的原来和后来
    读《中国经典十种（修订本）》 335

87. 接受并安住于无常
    读《佛陀说》 338

88. 道可道也，非恒道也
    读《老子注译及评介》 341

89. 中国知识分子与中国文化
   读《知识分子：历史与未来》 370

90. 和自己和解
   读《自控力：斯坦福大学最受欢迎心理学课程》 374

91. 人人都该上一次医学院
   读《薄世宁医学通识讲义：一生需要上一次医学院》 377

艺术类

92. 学问皆在结合部
   读《看电影，学历史》 383

93. 文人画传统的缘起与沿革
   读《心画：中国文人画五百年》 386

94. 从裸猿开始，艺术如此不同
   读《裸猿的艺术：三百万年人类艺术史》 389

95. 艺术背后的女性
   读《艺术，背后的故事》 393

96. 那个感动了鲁迅和梵·高的艺术家
   读《十字军东征图集》 396

97. 众人何以受到召唤
   读《敦煌的光彩：常书鸿、池田大作对谈录》 401

98. 卢浮宫的另一种打开方法
   读《卢浮宫不容错过的300件典藏精品》 405

99. 艺术即自由
   读《艺术：让人成为人——人文学通识（第11版）》 407

100. 优雅变老，是一种双向的责任
   读《优雅变老的艺术：美好生活的小哲学》 411

跋　　　　　　　　　　　　　　　　　　傅小英 415

1. 因为宽恕，所以未来

读《没有宽恕就没有未来》

书　　名：没有宽恕就没有未来
作　　者：[南非] 德斯蒙德·图图（Desmond Tutu）
译　　者：江红
出版机构：广西师范大学出版社
出版时间：2014年9月

> 黑夜给了我黑色的眼睛
> 我却用它寻找光明

顾城在四十年前写出的这两句诗到今天还能打动我们，就是因为人类在过去和未来的鸿沟中苦苦挣扎的命运是永恒的。而且，用这两句经典般的诗句来描述黑人反种族主义获得初步胜利的南非，可谓是入木三分。

每个国家走向现代化的转型道路上，都会出现巨大的阵痛和挣扎。但放眼全球，如果把去殖民化作为现代化道路上的重要阶段，那么，南非即使不是走得最艰难的，也是走得最迟缓的。到了20世纪末期，世界上绝大多数被殖民国家都已经独立，开始或步履矫健或步履蹒跚迈开现代化的步伐。唯有南非还戴着种族隔离、种族冲突的标签，为全世界所指责和抵制。

当然，到了20世纪末期，南非的政治建设取得了世所瞩目的成就。其中一个标志性的事件，是1991年，白人作家纳丁·戈迪默女士因为反种族隔离作品《七月的人民》获诺贝尔文学奖。紧接着的1993年，黑白双星曼德拉和他的政治对手德克勒克作为促进族群和解的典范，双双获得份量更重的诺贝尔和平奖。当然，为解除种族隔离而毕生奋斗的戈迪默、曼德拉和德克勒克，都必须向一个更早就因为反对种族隔离而享誉天下的伟大人物致敬，这就是1984年因为反对种族隔离而成为南非首位诺贝尔和平奖殊荣获得者，并担任南非开普敦首位黑人大主教的传奇人物德斯蒙德·图图。

我对图图的了解，多半来自报纸和网络。读他极负盛名的《没有宽恕就没有未来》，却另有缘起。很多年以前，我就陆续购买了一些广西师范大学出版社出版的"理想国丛书"，买得多了，发现这一套书居然是有编号的，所以就"按号索骥"，前前后后购得几十本。现在，有几本写苏联的著作，已经溢价到令人咋舌。书既然如此珍稀，自然动了要逐一读完的念头，写南非破除种族隔离的三本（其他两本是《漫漫自由路：曼德拉自传》和《断臂上的花朵：人生与法律的奇幻炼金术》，三本书共同构成"和解三部曲"）正好是编号001到003的前三本。而《没有宽恕就没有未来》是排第一位的，自然要第一个读。

《没有宽恕就没有未来》这本书，集中介绍了南非废除种族隔离政策、实现民主化之后如何处理过去殖民者曾经犯下的罪行的思路和行动。

显然，政治上的高岸深谷、沧桑巨变让以往长期被压迫的黑人实现了政治上的"南非梦"，但是，随着黑人登上统治国家的舞台（标志是曼德拉当选总统），这个国家文化和心理上的重建问题就刻不容缓地摆上了议事日程，其中最为核心之处，是妥善处理族群之间，特别是过去的受害者与加害者之间的关系——是冤冤相报式的杀戮与报复，还是息事宁人式的放任和原谅？纵观世界上所有江山易主、"革命之后"的政治建设，处于这两个极端之间的种种理性探索和实践行动比比皆是，其实很难有一个统一的标准辨别何者为是，何者为非。

对于南非新的统治者，他们似乎有更加充足的理由，走上杀戮、报复和寻仇的道路，"以眼还眼以牙还牙"，因为，在此前的几十年种族隔离的岁月里，那些殖民者犯下的罪行可谓罄竹难书。如果让宽恕成为主基调，你如何回忆那些被残酷杀害的冤魂？如何面对那些至今留有深刻肉体印迹和心灵创伤的受害者？如何让人们相信所谓"正义也许会迟到，但永远不会缺席"的所谓道德箴言？

面对历史和现实的双重压力，图图大主教和他并肩战斗的同仁们深刻地认识到潜在的危险。显然，如果听任怒火点燃的烈焰熊熊烧遍整个大地，新生的南非就会因为屠杀与反屠杀、报复与反报复的血雨腥风而重新倒在废墟里。因而，宽恕与和解也许不是最符合正义原则的，但必须成为新南非政治现实主义的客观选择。

在这一点上，富有远见的图图大主教和同样富有远见的曼德拉不谋而合。他们极具智慧地采取了一种把公平正义原则和政治现实主义选择巧妙融为一体的政治策略——也就是"以真相换自由"的所谓"第三条道路"。1995年，南非颁布了《促进民族团结与和解法案》，并据此成立了真相与和解委员会。其中一个用通俗语言表达的思想内核就是，不管你犯有多么严重的罪行，你都有可能获得宽恕，但前提是你必须说出真相。说出真相，意味着你具有了忏悔之心；说出真相，也意味着受害者可以放下心理包袱；说出真相，还意味着当年处于对立的双方可以处于同一个心理平台，去共同思考如何面对未来。

"以真相换自由"让南非因此避免了纽伦堡审判和一揽子大赦的两个极端的处置手段，从而为未来的发展，特别是种族的和解奠定了坚实基础。书中记述，从1996年开始，在图图大主教的主持下，真相与和解委员会通过当事各方提供证言，就1960—1994年期间南非人权状况广泛还原历史真相，既揭露了种族主义政权虐待黑人的罪恶，也不回避非国大等黑人解放组织的暴力活动曾经迫害反对派、侵犯人权的问题。所谓"第三条道路"，就是赦免具体个人罪责的条件，必须是与赦免相关的罪行被完全披露，也就是我们常说的"胡萝卜加大棒"政策。

当然，这种方法并非众口一词地称颂，也有不少人质疑。一个恶人，仅仅因为坦白了自己的罪行就可以溜之大吉？大赦是否有违正义？在这本书中，图图大主教直面这些问题，也提出了令人信服的解释和分析。他对比了惩罚性司法和恢复性司法的区别，重申了在非洲大地上流传已久带有鲜明和解色彩，以慷慨、好客、友善、关怀、怜悯为基本内核的"乌班图精神"。尽管争议从未停歇，但必须承认，新南非以乌班图精神为内核、以宽恕与和解为目标、以真相换自由为手段的政治行动收到了重要的成效，甚至可以说是最好的成效。从某种意义上，南非的实践也让我们更加深刻地理解了"政治不是追求最好，而是避免最坏"这一论断的深刻含义。至少，在纷争不断的当今世界，南非的行动，提供了一种方案，它的要害在于，即使我们不能让世界变好，至少我们可以避免它变得更糟。而事实上，一个世界只要不是越变越糟，它就总会越变越好。

2. 何谓圣战？何以文明？

读《圣战与文明：伊斯兰与西方的永恒冲突》

> 书　　名：圣战与文明：伊斯兰与西方的永恒冲突
> 作　　者：张锡模
> 出版机构：生活·读书·新知三联书店
> 出版时间：2014 年 1 月

我对伊斯兰文明的兴趣，起源于 2009 年一趟十分幸运的伊比利亚半岛之行。当时，好奇的是何以西班牙有如此浓郁的伊斯兰风情，特别是到了西班牙南部，参观若干由清真寺改建的教堂建筑，欣赏具有地道伊斯兰风味的弗拉门戈舞，都产生了西班牙何以与其他西方国家与众不同的疑问。回来以后，我碰巧读到了张承志游历伊比利亚半岛的游记集《鲜花与废墟》，尽管只是一部文学作品，但也从中掌握了很多以往未曾与闻的历史知识，对西班牙的独特性有了理性的认知。随后不久，我就读到了张锡模先生的《圣战与文明：伊斯兰与西方的永恒冲突》，对于解开心中曾经的谜团，建立一个关于世界三大文明完整和清晰的知识体系，实在是相当解渴的一本书。

张锡模是一位只活了 41 岁就衔恨去世的优秀学者。他毕业于台湾大学政治学系，在俄罗斯联邦莫斯科大学亚非学院获得政治学博士，和我前面介绍过的日本学者竹田勇一样，他专攻政治学领域内的国际关系专业。他还受聘担任过中山大学中山学术研究所副教授，台湾战略模拟学会常任理事，是一位才学俱佳、前景看涨的青年学者。但遗憾的是，他刚过40周岁就罹患恶疾，本来有机会完成的《伊斯兰与世界政治》三部曲也只完成了第一部，也就是今天我要推荐的这本《圣战与文明：伊斯兰与西方的永恒冲突》。

在这个精心构思的第一卷中，张锡模简约地介绍了伊斯兰文明作为诞生在阿拉伯半岛上一个与宗教发展密切关联、政治和文化交织的实体，其兴起、发展、衰落、转变的脉络，沿着这一叙事线索，他深入分析了7世纪以来，整个欧亚大陆由于伊斯兰文明"银瓶乍破"而搅乱原有的政治和军事格局，然后，各个不同国际政治体系权力斗争加剧，东西方冲突增强，形成了新的地域格局和权力边界，从中说明，伊斯兰文明出现以后，其自身的发展以及与周边乃至亚欧大陆广大地区，在深入长期的互动中是如何形成从7世纪至今的政治变迁格局的。作者以如椽大笔，汪洋恣肆地铺陈史实，介绍了伊斯兰文明历史上若干重大事件的背景，从而为我们了解今日世界伊斯兰问题的由来，打开了一扇宽阔的窗口。张锡模先生甚至勇敢地为人们预测伊斯兰世界的前景，提供了若干宝贵的思考。在说清楚伊斯兰问题的历史、根源、症结和前景诸问题上，张锡模先生取得了令人瞩目的成果。

特别令人心仪之处，在于他以奥卡姆剃刀式的犀利笔锋，在详尽描写历史的内容和历程的基础上，努力地聚焦了伊斯兰与西方的冲突的症结所在，也就是如书名所言，是"圣战"与"文明"的冲突不可调和所致。这个高度概括化的表述抓住了问题的本质，给我们以一种拨云见日般的清晰感。当然，对于那些对伊斯兰文明乃至世界历史的欧亚大陆部分不太熟悉的人，又很容易从表面上脸谱化地理解这一阐述。在这里，我谈谈自己的体会。

张锡模教授把伊斯兰文明的核心要义或者说价值追求概括为"圣战"，其实是颇具匠心的。也许有人会把"圣战"理解成一场战争或者一场战役，但无论是从词语的由来，还是词语的应用层面来看，这都是一个极不确切甚至错误的理解。

事实上，尽管圣战一词在历史上曾有过无数歧义纷出、一词各表的混乱应用，但在严格的伊斯兰教义中，它的原文是"吉哈德"，在《古兰经》中出现过20多次，如果我们要对应一个相对确切的中文词汇，那就是我国著名伊斯兰学者马坚翻译《古兰经》时译为的"奋斗"。显然，"吉哈德"或曰"圣战"在伊斯兰教的特定语境中，是指信徒为了获得真主的喜悦所做一切事情应有的状态或者动力，也就是奋斗。在这里，"吉哈德"可以理解成一种积极向上的进取精神，奋发努力的生活态度和追求理想的思想品格，因而，"吉哈德"可以应用于创造社会财富、改善生活环境、实现共同发展的一切领域，只要需要人为之奋斗的事业，就需要"吉哈德"这种精神。当然，它也预设了不可迫害或损伤别人利益，禁止把自己的幸福建立在别人的痛苦之上的含义。"吉哈德"当然不排斥战争，伊斯兰教学者将"吉哈德"义务的履行方式概括为心、舌、手、剑四类，其中"剑"的方式即真正意义上的武力

"吉哈德"。但在战争中，吉哈德的目的局限在善功之内，不能越过界线变成对外发动侵略，建立霸权。因而，那些把宗教原教旨主义、极端势力的疯狂行为等同于"吉哈德"的行为，本质上恰恰是违反了"吉哈德"。

在本书的语境中，张锡模教授对"圣战"（也即"吉哈德"）所代表的政治态度进行了赋值和阐述。其中最主要的一个意涵，就是伊斯兰宗教从根本上不可避免的普世性，尽管伊斯兰文明发展到公元8世纪之后，原先伊斯兰世界的哈里发逐渐消失，代之以类似民族-国家的苏丹王政，看上去，伊斯兰已经放弃了征服全世界的野心，但从宗教的意义上，伊斯兰教并不认同世界上其他文明背后的宗教具有平等地位，从来没有放弃真主的光芒应当普照全球的理想，张锡模教授所言之"圣战"，尽管意涵丰富，但其核心要义即在于此。

而用以描述西方的词汇，是"文明"。也许性急的人已经要就此批判张锡模何以如此了？西方如果可以独享"文明"，难道世界上其他的国家、种族或者政治实体就是"野蛮"吗？难道以"圣战"概括了伊斯兰信众，竟是暗示他们其实不"文明"？在我看来，"圣战"作为一种理念，其实也是适应于其他民族的，只不过在这个研究伊斯兰与西方的冲突的话题里，以"圣战"来代表伊斯兰阵营，比其他词汇更贴切。而以"文明"形容西方，也是从历史学而不是道德哲学的层面上来廓清语义的。尽管在这里，"文明"首先是由西方的实践而被定义的，主要是特指《威斯特伐利亚和约》签订以后国际政治中出现的"民族—国家"模式，以及这一趋势的现代演进，如工业化、城市化、信息化等特征，但并非只有西方独自在走这一"文明"之路，无数发展中国家、去殖民化国家和后发国家也都在现代文明的道路上迈开了坚实的步伐。从中也能看出，这一"文明"同样具有某种普世化的特征。

因而，当"圣战"遭遇"文明"，两种观念、道路和价值取向之间，就不可避免地存在着冲突。回顾历史，展望未来，这种冲突过去不曾减弱，今日也可能继续增强。这正是作者强调的所谓"永恒冲突"。我们看得出，这本书的主题是一场长达数百年的争执，即围绕着人类对世界政治的看法与要求之中，伊斯兰的"普世宗教"与西方主权国家体系这两种伦理之间的冲突。

作者提供了冲突的缘由、内涵和复杂性，但没有提供答案。我们本来希望在张锡模教授的后两本书中，获得更多的启发与思考。但随着张锡模教授撒手人寰，或许我们只能靠自己来继续思考这个问题了。

3. "西方"是怎样练成的？

读《西方文明的文化基因》

书　　名：西方文明的文化基因
作　　者：[加]梁鹤年（Hok-Lin Leung）
出版机构：生活·读书·新知三联书店
出版时间：2014年3月

《西方文明的文化基因》是旅加华人建筑师梁鹤年关于西方历史的文化思考。一个建筑师写触及历史和哲学深层次问题的专著，虽未为独家，毕竟令人诧异。但细细想来，近代以前，无论东西方，所谓建筑师，世人皆以匠人视之，自然不相信这类终日与土木石砖为伴的人能有什么哲学涵养；而近代以来，建筑之创新与革命，每每与文化和社会的变革同步，建筑师之思想内蕴，已经在"土木砖石"的基础上"形而上"到文化历史哲学等范畴。西方若干现代建筑风尚的引领者，如柯布西耶、奥斯曼、贝聿铭者，很难说他们的身份仅是建筑师而非文化学者乃至哲学家。以此观念审视过往的历史，建筑每每是一个时代最为宏大，也最为直接的文化表征，说一个时代的思想与文化凝聚于建筑，殆不过分。因此，作为建筑师的梁鹤年先生，写出一本研究西方文化和历史的专著，并非跨界之行。

通读全书，梁鹤年先生所谓文化基因者，似乎很神秘，其实就是文化赖以寄居的历史与哲学。世上没有抽象的文化，所有的文化，既有其形而下的基础，就是历史；也有其形而上的灵魂，就是哲学。西方文化的历史包括地中海沿岸各古老民族的文化实践，尤其是希腊城邦文明和罗马法治传统的嬗变历程，其哲学则包括蔚为大观的希腊古典哲学，以及基督教的教义精神。离开了这些，西方文化就是虚无主义的。漫长的中世纪后，所谓的文艺复兴和宗教革命，无非是社会文化向古老历史和哲学的回归。

正是在这样文化乃至哲学探究的道路上，西方人对天地、对自己、对别人也自然产生了深沉、丰富和包罗万象的思考和实践，这正是所谓"西方文明"。通过文学、艺术乃至哲学著作，特别是传承至今的物质文化景观，如雕塑、绘画、音乐、建筑等，我们能够直观地感受各种文化类型的风貌与特征，但细察每一种文化的独特基因，那就不能只看呈现在我们面前的物质样貌和文化实体，而要追索他们"为什么"会有这样的看法，也就是要如中国古语所言，要"知其所以然"。显然，这些"为什么"，这些"所以然"，正是支配一切文明（自然也包括西方文明）的所谓"基因"，这也就是梁鹤年先生在本书中着力探讨的主题。

这本书的有趣之处，还在于梁鹤年先生独具匠心地采用了一种颇为别致的结构方法，在讨论西方文明的近代演进时，他把西班牙兴起、法国称霸欧洲、英国发展为"日不落帝国"、美国的霸权这四个各约130年的周期，按照"起、承、转、衰"四个阶段分别做了描述和归类，在我看来，这种独特的写法虽然不免有削足适履的毛病，但单就启迪阅读和帮助记忆而言，还是非常值得肯定的。在此之后，作者也隐喻般地提出了"美国之后，霸权归谁？"的问题，在"百年未有之大变局"的今天，世界向何处去，中国应如何选择自己的角色与命运，这都是书中未明确及之但又"捻花一笑"式提出的问题，值得我们探究。

　　由此联想到，现在许多大谈文化的人，既没有哲学素养，又缺乏历史真知。所谓文化是个筐，什么都能装。这样的文化，难免空洞，难免虚无，难免腐朽。特别是有些人，自满于国学之所谓博大高深，把几句似是而非的古人言论奉为圭臬，以为可以救人类于水火之中，自我感觉未免太好了。其实，对这样的症状，我们恐怕也只能一声叹息。从这个意义上看，梁鹤年先生的这本著作，既是一本知识拼图，更是一味清醒良药。

4. 宝藏里的中国史

读《国家宝藏：100 件文物讲述中华文明史》

书　　名：国家宝藏：100 件文物讲述中华文明史
作　　者：佟洵　王云松　主编
出版机构：四川人民出版社
出版时间：2018 年 11 月

佟洵、王云松主编的《国家宝藏：100 件文物讲述中华文明史》是一本纯粹知识性的读物，它图文并茂地将作者用心选择的从远古到晚清的 100 件中国文物逐一做了介绍。对于意欲了解中国古代文明，特别是国家宝藏（也即通常而言的国宝）的读者来说，这本书算是个差强人意的选择。我起初是把它置于卫生间，每天早上如厕看一篇，这样三四个月就能看完。这可不是轻视这本书，一些更加严肃和正统的读物，只要篇目之间的勾连不太紧密的，我就会考虑以这样的方式读。这样就可以把碎片化的时间用得充分些。在我看来，这样做而利用了的时间，不啻延长生命。当然，在卫生间里读书，一本书读到多一半就会贪心尽快读完。所以，和以前的若干本一样，这本《国家宝藏：100 件文物讲述中华文明史》读到一半多的时候，最终也是在书房里一气呵成读完的。

这本书的成卷，是编者邀请了若干位文物界的专业人士，从中国各大博物馆中遴选出100件国宝级文物，介绍文物本身的样貌、特征、出土年代和地点，以及从考古学的知识对它进行断代、描述和分析，进而结合历史学研究的成果，讲述这件国宝背后的故事。由于一百件文物的选择，完全是按照历史年代的沿革而确定，那么通读全书就等于阅读了一本由鲜活实物支撑的中华文明史。这个历程让我们一边欣赏精妙绝伦的国宝，一边学习从古至今一脉相承的中国古代史。显然，这既是一本博物馆旅行指南，又是一本有趣、有料的历史学专著。

前几年，我曾阅读过一本由大英博物馆编撰的以文物展示历史的类似著作，叫做《大英博物馆世界简史》，分为上中下三册，介绍若干具有代表性的馆藏文物，由大英博物馆安排或者邀请相应的一流专家写成，当时影响很大。这是我第一次阅读以这样方式写成的通史著作，感觉新鲜之余，也十分赞叹编者对读者的拳拳之心。后来，看到这样撰写历史的著作不在少数，心里那份激动便减了不少。但无论如何，对于一个致力于历史学学习和研究的普通读者而言，这样的读物，不仅令人赏心悦目，而且对治学的深入，亦大有裨益。

显然，我们不仅需要学习一些讲道理的书，也更需要一些摆事实的书——因为任何道理，都必须基于那些被共同认定的事实。而事实，很大程度是藏在器物里的。

5. 透过地图看法国

读《地图上的法国史：地图说史》

> 书　　名：地图上的法国史：地图说史
> 作　　者：朱　明　欧阳敏
> 出版机构：东方出版中心
> 出版时间：2014 年 8 月

看上去，这本书是花了五年时间才读完的。其实，也就两个阶段：五年前的若干天，以及前天和昨天的两个多小时。

这本书的别致之处是它的图文并茂。具体地讲，它是用 60 张图（主要是地图）及其说明，给读者介绍了从古代高卢一直到现代的法国历史。对于一个希望对法国历史有粗浅了解的读者而言，这是极好的入门书。即使对一个对法国历史有一定了解的人来说，重新察看地图也能有极大的裨益。毕竟，多数历史书或者干脆没有图，或者数量极少。

读这本书虽然只能获得初步和粗浅的知识，但对我而言也并非没有收获。一个显见的清晰思想是现代法国何以形成，或者说，法国何以区别于英国、德国等欧洲邻国而有其独特性。我以为是三个关键：一是路易十四，他几乎征服了整个欧洲，也建构了法国至今仍为我们所知的独特传统。二是法国大革命，贵族阶层因之灰飞烟灭，因而相对于其他欧洲国家，法国更平等而不是更自由，而19世纪以来法国的独特历史，恰恰是这个特征所铸就的。三是人人都十分熟悉的启蒙运动，从它的"旗手"而言，至少可以数出伏尔泰、卢梭、孟德斯鸠和狄德罗四人，当然，如果从启蒙运动的巨大影响看，甚至连印象派画家都可以归入这种独特传统。这三者构成了一个至今都不能忽视的法国，也因之而改变了世界。

这本书是诸多本图书组成的套书中的一本，其他诸如《地图上的德国史：地图说史》《地图上的意大利史：地图说史》《地图上的英国史：地图说史》乃至《地图上的世界史：地图说史》《地图上的中国史：地图说史》也都大同小异，秉持着这种以地图的形态和变迁来描述历史现场的追求。在生活中，一个好主意即使能"触类旁通"，也未必显示出同样的效力。但这套书是个例外，以阅读地图的方式阅读历史，对学习者而言，是必修课，也是基本功。

6. 更深刻的德国记忆

读《德国：一个国家的记忆》

书　　名：德国：一个国家的记忆
作　　者：［英］尼尔·麦格雷戈（Neil MacGregor）
译　　者：博　望
出版机构：重庆大学出版社
出版时间：2019年6月

我曾经去过两次德国。第一次是很多年前了，只参观了科隆和特里尔两座城市，后者是马克思的故乡。从某种意义上讲，这里也是"全世界无产者"的圣地，很多遗迹，很多感悟。但时过境迁，很多具体的内容，印象都不深了。第二次则是几年前，主要去了柏林和慕尼黑，都是德国历史上十分重要的城市，由于时间很近，所以印象和感受相当深。

在第二次去德国之前，我很认真地读了一本介绍德国的书，叫做《德国：一个国家的记忆》。在我看来，了解今天的世界，必须了解德国的历史。而了解德国的历史，必须切入德意志人的心灵。尽管我以前也看过很多与德国相关的书籍，但从来没有一本书，能以这样无以伦比的方式，向我们展示一个如此深刻、丰富和充满苦难、悲情的民族的情感。

读完这本书不到一个礼拜，我就开启了我的第二次德国之旅。当时在手机里随手记下来的这些观感，也是读这本书的印象与体会：

飞机飞临柏林上空，我们看到地面不是连片楼宇的城市，而是大片的绿色，状若原始森林。降落出关后问朋友，才知道柏林总面积中，有5%水面，30%绿地面积，整个城市350万人口，就生活在一个大森林里。

第一个看到的是柏林体育场。体育场座落在柏林市的正南部，远远看去已经非常破旧了，但非比寻常的是，这个体育场是1936年德国举行奥运会的主会场，希特勒曾在这里宣布奥运会开幕。它最醒目的标志物就是正面两个高耸的砖塔，类似中国古代的阙门，中间悬挂着奥运五环，叫做"柏林之门"。令人惊讶的是，这个体育场尽管经历了八十多年的风风雨雨，但至今仍在使用，小有名气的柏林赫塔足球俱乐部仍把这里作为他们的主场。

再前往普法战争胜利纪念碑。普法战争的胜利是普鲁士最终统一德国的关键事件，柏林的街头自然少不了纪念物。从一个很安静的地道走过去，很远就听到吉他优美的旋律，空旷的通道成了最好的音箱，声音纯粹而悦耳。走近了，一个很优雅的小伙子，娴熟地弹着不知名的曲子，给这个单调的通道增加了魅力。走上去便是纪念碑。造型的壮美姑且不说，给我们留下极其深刻印象的反而是它遭到破坏的印迹——柏林之战苏军攻克战役中留下的斑斑弹痕。

接着去看默克尔的总理府，沿着一条河走过去，看到一个状如帽子的建筑，是文化宫，旁边就是总理府，漂亮的现代建筑，巨大的玻璃幕墙和夸张的几何图案，演绎出现代建筑简洁明快的风貌。正拍照时，看到了一架直升飞机掠过，朋友告诉我们，那正是默克尔的专机。

旁边就是国会大厦，这个巨大的新古典主义风格建筑拔地而起，高耸入云，显示了国家的实力和法律的威严。令人惊讶的是，它面前很宽阔的广场，绿草如茵，是所有人都可以随便进入的。游客散坐其间，三三两两，随随便便，居然和一旁巨大的国家公器毫无违和感。从议会大厦旁边一条斜45度的林间小路走到大厦的右后方，便看到一座巨大的凯旋门，称为勃兰登堡门。据介绍，这个颇具庆典意义的大门，也是为了庆祝普法战争胜利而兴建的。

柏林大教堂是柏林的地标建筑，建设在一条河边，也是新古典主义建筑风格，但细部处理更加繁复，绿色的顶子也反映了德国建筑的独特风格。站在河堤上，不远处还能看见一座同样恢宏的教堂，顶子是金色的，原来是犹太教堂。二战前，德国的犹太人多为豪商巨贾，这本来源自他们经商的祖业，但到了经济萧条、失业者众多的衰退时期，不免成为"替罪羊"。据说，希特勒就曾在这里演讲，让德国听众看这两座教堂不同的顶子，从而激发大家对犹太人的仇恨。

石桥之上，有两个老人在吹奏萨克斯，一个黑人，一个白人，声音如泣如诉。导游告诉我们，不远处便是默克尔的家。和我们想象的不一样，她的住所就在一栋普通的公寓楼内，只是自己占了一层，是她的私产，她担任首相之前，就住在这里。

拐过街角，扑入眼帘的是两个大胡子塑像，一站一坐，正是我们十分熟悉的马克思和恩格斯。许多人都在他们身边合影，看了看，多数还不是中国人。我们也赶忙和这两位伟大导师合了影。塑像的前面还有两块不锈钢制作的宣传板，上面错落印着各国共产党的活动照，多数都是年代久远的黑白照，很有沧桑感，但看不太清楚内容，辨别了半天，似乎看到有一张类似中国一二·九运动或者五卅运动的照片。

不远处就是著名的柏林洪堡大学。走去的路上，又看到一座塑像，是著名的哲学大师黑格尔的。黑格尔也是洪堡大学的教授。我想象中他应该是老迈而瘦弱的，但雕塑家塑造他十分英俊挺拔。哲学家该是这个样子吗？

到了洪堡大学校园，和欧洲大多数大学一样，看不到围墙，只是一栋一栋风格鲜明又略显陈旧的教学楼。我们走进状如主楼的一栋建筑，二层的墙面上，悬挂着若干个教授的照片，原来都是获得过诺贝尔奖的本校学生或者教授，足足有29个之多！爱因斯坦、普朗克、黑格尔、玻恩、赫兹、哈伯、薛定谔、韦伯、叔本华、谢林、海涅、魏格纳等一大批学界大师都曾在该校学习或任教，这是多么令人骄傲的成就！在主楼门口，是一个露天书市，各式各样的图书随意摆放，任人挑选。其中居然有一本中文著作，是女作家虹影的长篇小说。

接着就是柏林墙了。柏林墙是人类历史的奇观，没有什么比它更能说明人类普遍性的愚蠢和丑陋。东西德合并后，柏林墙被拆，但德国政府出于留存历史警示后人的目的，专门留下了约一公里长的一段，上面请若干绘画名家画了艺术感极强的涂鸦，有的表达和平意愿，也有的表达强烈的讽刺，其中勃列日涅夫和昂那克的亲吻图最著名，很多人在那里拍照留念。

回去的路上，路过一个据说是整个柏林最具古典主义气息的广场，三座新古典主义建筑风格的教堂矗立在广场一侧，中间的柏林大教堂更为高大，两边的两座完全对称，均为典型的新古典主义建筑风格。

尽管只有短短几个小时，但我对德国历史，特别是近现代的历史，已经有了许多直观的感受，相当清晰，也十分强烈。我特别喜欢这种旅行前先读书的习惯，其实，如果不读书，即使你长期生活在某个历史场景的旁边，也仍然会对历史一无所知。

这本书的妙处还在于它的设计品位相当高。也许你能找到比它更深刻和丰富的德国史，但一定找不到比它更好看的德国史。在书中插图和版式设计对文字内容的支持和烘托上，这本书简直是完美之作。每一个画面的应用都恰当地渲染了主题，加上了文字打动人心的情感力量。说实话，看完这本书，我甚至都有恋恋不舍的感觉——当你告别一个老师的时候，往往记住的不止是他传授的知识，而更是他讲课时的身影。

7."屁股"是如何决定"脑袋"的

读《椅子"改变"中国》

书　　名：椅子"改变"中国
作　　者：澹台卓尔
出版机构：中国国际广播出版社
出版时间：2009年4月

　　年齿增长,阅读的趣味也有变化。其中阅读历史读物,以往更多涉略的是精神文化层面对历史进程做形而上分析的那一类书,现在,越来越喜欢那些写物质文明也就是关于"器"的著作了。虽说孔老夫子教育我们"君子不器",但孔老夫子言犹未及之处是,"器"不止关乎"术",亦关乎"道"。很多的"道",最初首先是"器",然后才变成"术",最终成了"道"。夫子曾言"道不行,乘桴浮于海"。夫子也可能未曾思忖,倘没有制作"桴"的"术",寻道于海,就会被淹死。中国古代士大夫热衷于研究天下大道,殊不知,是另一些他们瞧不上的"劳力者",暗中出场,替他们的"道"做了"术"的衬托。

　　澹台卓尔写的这本《椅子改变中国》,通篇叙述的是"器"——在我们今天的生活场景中就是那些支撑屁股的椅子。在我看,这本书的内容,更准确的说法是它全过程审视了中国人"坐文化"的变迁史。"坐文化"（或曰"座文化"）是我自己生造的一个词，但就其内容而言，说"坐文化"比书名中的椅子更准确，因为书中也介绍了，在唐代以前，中国人是不怎么坐椅子的。人类的屁股宽阔而厚实，在今天的人类学家看来，除了有展示性感的作用之外，支撑身体更为舒适地坐下，是主要的功能。但在汉代以前，一个君子标准的坐姿，是跪在地面，身体笔直，场面稍稍随意些的时候，也只能身体略微下沉，屁股坐在自己的伸出来的脚后跟之上。所谓"椅子"是不存在的。随着我们和北方游牧民族的交流加深，双方的物质文明自然也互通有无，书中也介绍了，现在的椅子，其实就起源于游牧民族骑马驰骋稍歇时一种随身携带类似今日"马扎儿"的器物，名曰"胡床"。经过漫长的演变过程，中国人坐姿不断演变，屁股越抬越高，到了唐乃至宋，椅子已经成为主要的坐具，原先那种类似跪的坐姿，已经不复可见了。

  这样一个视角看中国历史其实颇有趣味。正是由于这样特殊的阅读趣味，我阅读历史读物的重点由思想变到了物质。物质文明的变迁每每小中见大，而且妙趣横生。这本书便是物质文明史的范畴，虽则作者啰里啰嗦地把一篇中等篇幅的论文拉成了一本书，但亦颇有可读性。书中揭示一个反比关联，即椅子越高，大臣的地位越低。这个规律的确存在，但作者似乎搞错了逻辑顺序。在作者看来，是椅子不断升高导致大臣地位的下降，但这无论如何都牵强了些。我以为，未必两个结伴而生的事物彼此有因果，完全可能的是，他们两者有一个共同的因，而两者都是果。所以，到底是"屁股"决定"脑袋"，还是"脑袋"决定"屁股"，抑或"屁股"和"脑袋"共同被什么因素决定，这个问题，还远远没有搞清楚。

8. 反对欧洲中心主义的世界史

读《世界通史：公元前 10000 年至公元 2009 年》

书　　名：世界通史：公元前 10000 年至公元 2009 年
作　　者：[美]霍华德·斯波德（Howard Spodek）
译　　者：吴金平　潮龙起　何立群等
出版机构：山东画报出版社
出版时间：2013 年 9 月

一度以来，有很多的阅读，知道了很多原来不知道的东西，产生了许多过去不曾有的想法。这正是阅读不仅作为爱好，而且作为生活方式的妙趣所在。但也有困惑——大脑如同新开发的小区，原先是安静的，后来，搬来很多住户，各自吵嚷，乱作一团。这样的情形久了，就希望建立秩序。我怀疑极权主义就产生于这样的需求。我对于大脑里新来的这些知识和信息，也希望有这样的管辖，使之安定团结。流行的词，叫做和谐。不过，我知道我引入的这些家伙，是产生于很多古怪和高深的头脑，远非我之智商可以收复，如同北宋时候的方腊，官军无法降伏，需要梁山那样的好汉，以毒攻毒。我的意思是，我希望读一本新的书，给前面那些不服管教的知识建立一个框架。当然，在我看来，这样的使命，只能用一本视野开阔、价值中立、详略得当的世界史来完成。当然，由于本人阅读的偏好，这本书还必须装帧精美。因而，最近我一直在找这样一本书。不久前，终于在万圣书园里发现了这本书，与我的需求对应，它几乎可以说是为我量身定做的。

这本书的全名叫做《世界通史：公元前10000年至公元2009年（第4版）》。从它全书的构架和编排体系来看，作者有清晰而强烈的意图，要摈弃长期以来欧美学者编撰世界通史所难以避免的"欧洲中心论"，而是把重点叙述的视角针对那些对推动或者影响人类历史重大变迁的转折点，并以此将过往的世界历史分为八大基本主题，从而囊括从史前到当代的政治、经济、文化、宗教、科技等重大变革，形成了宏观视角与重点环节高度结合的"真正的世界史"。

本书的作者是美国历史学家霍华德·斯波德，他1963年毕业于哥伦比亚大学历史学本科，主修方向是亚洲史。据说，霍华德考入哥大的时候，学校开设亚洲史课程的时间并不长，但他还是毅然决然地选择这个研究方向。接着，霍华德又在芝加哥大学获得历史学硕士和博士学位，主修的是印度史——亚洲史的重要组成部分。难得的是，拿到博士学位后，他就作为访问学者奔赴印度，边工作边调研，先后在印度呆了7年。此后，他到处游学，足迹遍布美洲、亚洲、非洲和欧洲。对于一个历史学教授来说，能够"读万卷书"当然重要，而"行万里路"也尤为不易。他的经历让我们能够想起中国历史学的祖师爷司马迁，我们都知道，在执笔撰写卷帙浩繁的《史记》之前，司马迁本人就曾"二十而南游江、淮，上会稽，探禹穴，闚九疑，浮于沅、湘；北涉汶、泗，讲业齐、鲁之都，观孔子之遗风，乡射邹、峄；厄困鄱、薛、彭城，过梁、楚以归。于是迁仕为郎中，奉使西征巴、蜀以南，南略邛、笮、昆明，还报命"，几乎走遍了已知汉地的大部分。这使得他创作的《史记》不仅史料详实，而且立论弘阔，成为"史家之绝唱，无韵之离骚"。

与之相似，霍华德在矫正"欧洲中心论"的路径中能够作出显著成果，与他这种长期而系统地近距离考察各大文明的历史沿革和今日现状是分不开的。唯其如此，他编辑的这本书不仅时间跨度长，涉及面宽，信息量丰富，精选了七百多条重要知识点；而且内容详实，内含五百多幅精美图片，并配有大量史料文本、作者评论、编年史表、地图、表格等，使其成为了世界史研究中的扛鼎之作。与《史记》类似，这本书"究天人之际、通古今之变"，高度概括了历史影响人类现在和未来的方式，从而帮助我们了解，"我们"是如何变成我们自己的。

这本书的缺点是价格不菲——定价360元。我不知道这么高的价格是因为版税畸高，还是国内出版社定价太黑。尽管精装、彩图、考究的纸张都使人相信它物有所值，但毕竟，360元买一本书还是太贵了。后来我给售货员说了很多好话，最后才八折卖给了我（当时网上还没有）。无论如何，这本书的购买和阅读都是物超所值的，而且，认真读完一本长度达到887页的高水平著作，连自己都没办法不佩服自己。

9. 明朝那三件事

读《三案始末》

书　　名：三案始末
作　　者：温功义
出版机构：生活·读书·新知三联书店
出版时间：2013年9月

还原历史的实相，其实就是一件一件的"事"，有些事影响小，不久就湮灭在漫漫历史长河中；有些事影响大，甚至改变了历史的走向，最后就会"书之青史，藏之名山"，成为历史典籍，或者博物馆纪念碑之类的赫赫留存。中国古代很早就懂这个道理，古语云"左史记言，右史记事"，专门有典籍用来记事，其实，"言"如果不是后世那样的玄学讨论，那就必然是因事而言。《尚书》是记言为主的，但那些言，其实也必然是因事而言，言必有事。前几年写明朝的一本畅销书叫做《明朝那些事儿》，好评如潮，模仿者众。一时出现了《秦朝那些事儿》《汉朝那些事儿》《元朝那些事儿》等等，合起来就可以成为《中国那些事儿》。正说明人们关注历史，关心的就是"事儿"。王阳明治心学，倡导"事上磨"，大约也有这个意思。我写这篇文章，套用当年明月的《明朝那些事儿》起名叫"明朝那三件事"也是这个缘由。

之所以起这个标题，是因为最近看了一本书，叫《三案始末》，是温功义先生的作品。实话说，我看到书名和作者的时候，既不知道"三案"为何，也不知道温功义是谁。翻开书看看，知道三案是指明朝后期震惊朝野的三个大案，也就是梃击案、红丸案和移宫案，这三案中的前两个我是比较清楚的，第三个也仅略知大概，但把这三件事连缀而成"三案"，却是初次与闻。而温功义先生，我从未听说过，但翻开书看几行，就知道此君功力相当可观——我的诀窍是看文字，文字好而史学功底差或偶尔有之，但文字差而史学功底好的，未闻之也。温先生的文字，颇得古典史著要旨，这自然是看这本书的理由。当然，书是生活·读书·新知三联书店出版的，有此名社加持，就更是好书了。

这本书记载"明末三案"，按照书中的说法，一是梃击案，事由是皇太子寝宫被不明壮汉擅闯，还用棍击伤了主管内侍，被怀疑是争储失败的郑贵妃派系所为。刑事案发展成派系斗争，皇室和官场都人人自危。二是红丸案，万历长子登基不到一年就晏驾，被怀疑是服用了一种红色药丸所致，而这个药丸疑是郑贵妃的下属敬献，再次引发宫廷剧震。三是移宫案，先是郑贵妃在万历死后拒绝搬出皇帝寝宫乾清宫，后有光宗朱常洛的内官李选侍效仿，目的都是扶植傀儡皇帝，引发宫内外很多变故。温先生大笔如椽，简约而清晰地介绍了三件事的来龙去脉、内部纠葛、朝野背景和历史影响，对明史感兴趣的读者，自可以从中获得裨益。

更令人感兴趣的一个问题是，当年明月写《明朝那些事儿》，写了明朝的很多事儿，从不太严格的意义上，几乎就是明朝全部的大事。如此写明朝，自然无可厚非。但温先生写明朝，只写了三件事（三案），并非全部，也不是多数。这样，显而易见的问题就是，为什么只写这三件事？是偶然的三件事，还是相互有联系的三件事？从出发点而言，是在于这三件事的具体研究，还是"一滴水里见大海"，显然目的在于见微知著，从中研究晚明的政治腐坏，从而分析明清鼎革的历史动因。

在我看来，这三个问题，温功义先生都用他的笔墨，做了有力的回答。这是相互有联系、有代表性的三件事，而且，通过这三件事的具体分析和背景研究，能够让我们对晚明政治的演化产生理性的认知。温先生在介绍三件事的来龙去脉时，几乎是不动声色地把明朝的历史嵌入其中，不经意间就把一部明朝的历史介绍给了读者。而完成这些看上去无比宏大的目标，温先生只用了区区十万字。黄仁宇能写出名著《万历十五年》，显然也是受了温先生这本书的影响。

总之，这是一本篇幅不大但颜值极高的著作，从了解明朝政治与历史的目标看，这是一本不该被忽略的名著。

10. 西风东渐得先声

读《欧洲文艺复兴史》

书　　　名：欧洲文艺复兴史
作　　　者：蒋百里
出版机构：东方出版社
出版时间：2007年5月

　　1917年底，梁启超辞去北洋政府内阁财政总长，致力于学术。1918年初，梁启超决意游历欧洲，以资学术，但因旅费无着，一战犹酣，直到年末才实现。是年12月23日，梁启超携蒋百里、刘子楷、丁在君、张君劢、徐振飞、杨鼎甫等，自北平出发，开始了欧洲游历。至1920年1月17日离开巴黎返回祖国，诸位学者历时14个月，先后游历了英国、法国、比利时、荷兰、瑞士、意大利、德国等国。同行者皆是一时之人杰，回国之后，各有著述。我们比较熟悉的梁启超的《欧游心影录》正是此行的记载和阐发，蒋百里的《欧洲文艺复兴史》也是在这样的背景下完成的一部学术著作。

　　历经一个世纪，《欧洲文艺复兴史》早已成为藏之名山的经典之作。站在历史学高度发达的今天，回望这本书的立意、观念乃至文笔，仍然能够明显地感受到它的浑然一体，独具特色。著者蒋百里，实是清季民初一位颇具才学与魅力、文武皆备的时代翘楚。说他文吧，他曾数次主持军官学校，积极革除弊端，播扬军事教育，晚年佐助当局发展国防和开展外交，负责向当局提供军事、外交咨询，又受任为陆军大学代校长，写过《国防论》，注过《孙子兵法》，甚至因壮志难酬，心灰意冷，当着全校2000多名师生的面拔枪自杀，弹中左胸，幸得不死。说他武吧，他又参加新文化运动，经年主编《浙江潮》杂志，宣传革命，与梁启超辩论人文哲学问题，搞得老师都下不了台，写了《欧洲文艺复兴史》《东方文化史及哲学》等历史与哲学著作，学养丰厚，举世罕有。这样一个文韬武略的巨匠，惜乎命祚不长，只活了56岁。否则，假以岁月，他的"立德立功立言"，一定更加不平凡。

难得的是，这部书虽然介绍前后几达300年的欧洲文艺复兴史，但著者删繁就简，化冗为短，只用了十几万字，就说得条理清晰，脉络分明。此外，就一般概念而言，我们通常言欧洲文艺复兴，大抵不包括北方的宗教改革，但蒋书不仅写了缘起意大利的文艺复兴，也写了稍后传递至西欧和北欧的北方文艺复兴运动，以及更晚一些兴起的宗教改革。这当然是其时学界的普遍观念，并非蒋百里独创，但范围如此广阔，头绪如此众多，蒋百里却不慌不忙，写得从容不迫，可谓气度不凡、高明之至。中国人意欲了解六七百年前足以再造欧洲并且影响世界的这一重大事件，从蒋百里先生的这本书入手，可谓事半功倍。恩格斯形容文艺复兴，是"一个需要巨人并且产生了巨人的时代"，我们今天了解文艺复兴这件大事的幸运，在于已有蒋百里这样的巨人，写出了我们想知道的重点，令今人受益匪浅。

蒋百里先生曾在书中给了我们一些忠告，容易被性急的读者忽略，故而引于下，兹与读者共勉：

> 故以广义言研究文艺复兴，即研究欧洲现代文化之由来是也。惟应注意之点三：一、不可有成见，人动谓中世纪为黑暗时代，此则仅指教会封建之压迫言耳，其实如法国圣路易时代，其文化亦曾大放光明。不过因百年战争而遂衰歇耳。可知文艺复兴，一方面对于中古为继承的，非突发的。一方面对于古典，为创造的，非模仿因袭的也。二、不能专注重意大利。意大利固为文艺复兴之源，然北欧人之事业亦大有可纪者，社会政治之组织，与意大利之关系较浅。三、不可专注意美术文学。民族生活，不仅在美术文学，如政治科学之进步，亦当研究其关系，不过美术文学为当时生活之反影，研究者当藉影以求其本体。

在我看来，这三条，不仅是学习文艺复兴史要关注的要点，也是研习整个欧洲近现代历史要留意的问题。我看过若干欧洲近代史的著作，朦朦胧胧也似有这般感受，经蒋百里先生一语道破，豁然开朗，确有醍醐灌顶之效。

谈《欧洲文艺复兴史》，还有一段有趣的公案，颇值得给读者诸君介绍。梁启超是蒋百里的老师，老师带着学生游历，学生回来写了著述，自然是要请老师赐序。老师也欣然领命，回去洋洋洒洒，一个不小心竟纵笔写了好几万字，几乎和蒋作一样长了。事已至此，梁先生索性加了把力气，将本来给蒋百里写的序，再行加长，直接写成了独著，就是后来的《清学概论》。当然，君子重然诺，答应给蒋百里的序，梁启超也没有失约，另写了一篇短序。现在我们在此书的前面看到的梁序，是个再生之子。梁居然又请他的学生蒋百里为《清学概论》作序。这也算民国文坛的一段佳话了。

11. 子乔祠名之我见

读《中国早期姓氏制度研究》

| 书　　名：中国早期姓氏制度研究
| 作　　者：赵艳霞
| 出版机构：天津古籍出版社
| 出版时间：2008 年 12 月

这是一篇旧文。其中涉及到商周时期姓氏来历及应用等问题，属于一些今天不太常用的知识，但倘要读上古之书尤其是先秦的古史，完全不懂，恐怕就很难正确理解古人的意思。我这篇文章很浅显，限于本人的水平，涉及到的一些专业知识，可能还有不当之处。读者倘要进一步的知识，我觉得赵艳霞这本《中国早期姓氏制度研究》是不错的，可以参考。

前日，陪客人去晋祠参观。祠南有子乔祠，是应"天下王姓出太原"之说，附会而来，据说是为周灵王太子王子乔（也即王姓始祖）修的祠堂。王子乔是否即王姓始祖，本人不敢妄断。但祠名"子乔祠"，却颇有不妥。

这就说到古今姓氏之别了。如今我们讲姓氏，似乎姓和氏是一样的。其实，至战国以降，姓氏渐渐合一，到了司马迁的史记中，已经分不清姓氏之别了。但在先秦时期，姓与氏，却是严格区分的。一般说来，远古为了部落之间的区分，渐渐产生了姓，一个部落，就有一姓。因为是母系时代，后人追溯而记之，多半以带女字边的字来书写，如姬、妫、姚、姒、姜、嬴、任（写作妊）、子（写作好）等，这些古姓，传至今日，大约20多个。但后期，进入部落时代，男权上升，人口增加，部落渐渐分割，这些为数不多的姓，就衍生了分支，也就是氏。一个部落，男性宗主，可能由嫡长子继承，则次子及其他庶子，就会领着部众，另立门户。皆以原来的姓称之，极不方便。这样，氏就应运而生。显然，只有贵族才需要姓氏，所以，也只有贵族才有姓氏。《通志》说"贵者有氏，贱者有名无氏"，就是这个道理。同时，"姓所以别婚姻，氏所以别贵贱"，所以，男子称氏不称姓，女子称姓不称氏。因为，男子要靠姓氏来彰显自己的封地、爵位等与其社会身份紧密相关的信息，而女子则因为"男女同姓，其出不蕃"，为了避免同姓为婚，而必须在取名时将姓标注出来。所以，有些读物将周文王称姬昌，武王称姬发，其实不妥的。周公叫姬旦，则尤为荒唐，正确的应该是王昌、王子发（即位前）和周公旦。一般地，男子之氏置于名之前，而女子之姓置于名之后。如，我们说孔丘是孔氏而非孔姓，孟姜女也不姓孟，而是姓姜。

男子的氏，来源很多。以邦国、以封邑、以地望、以族名、以爵位、以官职、以职业皆可为氏，由此，我们知道吕尚是吕地人，卫鞅是封于卫，司马氏原是武官，等等。而且，一个贵族也不止一个氏，如商鞅、卫鞅，商是这位改革家在秦的封邑，卫则是他的母国，其实是一个人。

说到此，就可以说说为什么"子乔祠"不妥了。西周以来，宗法制和封建制渐成国家基本架构。所谓宗法制，就是国家分为王族、诸侯、公卿、士、庶民五个层次。每个层次，均以嫡长子继承制分大宗、小宗，大宗即嫡长子，等宗主百年之后承继大位，而小宗若干，则降低一等，王子为诸侯，诸侯子为公卿，公卿子为士，士之子则为庶民。那么，王室中，其氏是如何确定的呢？

典籍《礼记·王制》中记载："王者之制禄爵，公、侯、伯、子、男，凡五等"。王族可以封为诸侯，视其在家族中的地位分五等。这些王族以官位爵号为氏，有皇氏、王氏、公氏、霸氏、侯氏、庶长氏、不更氏、公乘氏、公士氏等九氏的后裔皆可获得氏，因此其后又分衍出了王叔氏、王子氏、王孙氏、公子氏、公孙氏、士孙氏、贾孙氏、古孙氏这八氏。大体上，是描述与某一王公贵族的关系而形成的。王子即王之子，王孙即王之孙，公子即公之子，公孙即公之孙。由此看，王子乔之得名，是因为他是周灵王之子，所以以"王子"为氏，以"乔"为名。套用今天的观念，可以说王子乔姓"王子"名"乔"。如此，则"子乔祠"之谬，犹如我们可以称诸葛亮为"诸葛"，或者"亮"，但不能称为"葛亮"一样。

那么，为什么人们会犯这个不太高级的错误呢？我以为，因为后来王子乔流落民间，起初的几代，尚可以"王子""王孙"名之，以后，因为庶民无封地，亦无官职，如何称氏成了难题，所以即以王字为氏。久之，人们不知道王子乔这个名字的真实含义，以为也如他们一样，是姓王名子乔的，渐渐，由于慎终追远的传统，层层累积祖先之历史，甚至还有姓王名晋字子乔的说法，就更离奇了。

　　以上见解，系病榻无事，随性而为之。手边没有参考书，大多凭记忆而作，不一定准确，算是抛砖引玉，就教于方家吧。

12. 文明与进步密不可分

读《文明的故事》

> 书　　名：文明的故事
> 作　　者：[英]赫伯特·乔治·威尔斯（Herbert George Wells）
> 译　　者：高　尧
> 出版机构：安徽人民出版社
> 出版时间：2012年9月

在历史学浩如烟海的作者群体中，只要你提到韦尔斯（又译威尔斯），无人不知。他的全名是赫伯特·乔治·威尔斯，出生于1866年，死于1946年，活了80岁，写了100多本书，是最多产的作家之一，已经不是"著作等身"，而是"著作超身"。他的身份包括小说家、新闻记者、政治家、社会学家和历史学家等等，他的著作自然也包括社会小说、科幻小说、政治论著、社会评论乃至通史著作。但真正让他蜚声世界的，主要还是他创作的史学巨著《世界史纲》以及这本书的简写版《文明的故事》。

人类的历史研究，在修昔底德乃至此后很长时间，只有区域史，没有世界史，尽管很多人在很早的时候就把自己书写的历史称为或者视为世界史。但事实上，他所看到的世界只是今日之一隅而已。直到15世纪中叶，欧洲人都不知道世界上有包括玛雅、印加和阿兹台克等伟大的美洲文明，关于非洲腹地和澳洲之知识均为空白，即使是相对并不陌生的中华文明，欧洲人也是想象多于理解。随着地理大发现，人类才似乎有了世界史这样的视野，但是，由于欧洲人根深蒂固的基督徒与异教徒对立如仇雠的观念，他们的世界史仍然是我者和他者截然两分的状况，或者说，"我是好的，而他是不好的"的观念依然是史学的常态。此时，会有世界史，但不会有文明史。

直到19世纪后期，随着陆上的地理大发现，尤其是亚洲腹地的探险取得丰富成果，欧洲人才逐步产生了文明的概念，打破了文明"独此一家，别无分店"的迷思。事实上，我们今天对埃及文明、印度文明乃至古老的两河流域文明的了解和理解，都源自这一时期。此时，尽管欧洲人傲慢依然，但他们中敏感而进步的人士，已经不是从进步与野蛮或者说"我者和他者"的二元对立来看待世界，而是自觉地把"我者"置于宽广视野，从文化孕育与沿革的不同风格与类属关系来看待历史现象，从而产生了文明史的概念。在文明史的视域中，重要的不是"高下""文野"，而是"特殊""不同"。当然，真正能够促成理解的，还是"不同"中有"同"。我们当然能够发现，文明的样貌可能不同，但人性却是相同的。

韦尔斯生活的时代，正是文明史作为一种新的史学观，已经滥觞且快速发展的时期。他的洋洋洒洒的《世界史纲》，标志了人类史学研究在观念上突破的最新成果。而他的《文明的故事》，也仅仅是把这些观念平白、简明和大众化地写出来而已。尽管其中仍不失欧洲人的傲慢，但总体而言，我们能够从中俯瞰到人类文明演化的伟大征途，获得比较公允而全面的文明史知识。尤其是通俗版《文明的故事》，使读者像阅读小说般阅读人类的历史，从中获得一种历史研究最为重要的历史概观，进而为研究特定的一个时代或一个国家的历史构成一个分析的框架。从这个意义上，这本书虽是简版，但就其崭新的立意而言，并不逊于《世界史纲》。

我阅读这本书的体会，可以概括为：就人性的本质而言，人不免为恶，世界不免堕落，因而人类的命运，应不止于江河日下，而是始终黑暗。但对人类史乃至文明史的经验观察证实，如果以同类相害的比例为标准，人类确实是进步的。20世纪出现了两次世界大战，死伤累累，惨绝人寰，但以此百年较之以往五十个百年，仍是人类自相残杀比例最低的。何以如此？起初可能是恶恶相搏，皆不得遂，退而求其次，终成善因。善因虽小，却如暗夜之灯，以微小之光明，返照黑暗的真相。久之，人类渐有反思之能，不仅对世界之实相了解渐深，于自身行为，也知其是非。这种反思之能，以人类学观察，唯人类有之。正是这种特质，令人类在堕落之反向，形成有力拉动。不仅没有万劫不复，而且还日见其进。所谓"道路曲折，前途光明"是也。不过，这是就大趋势言之。就局部和某时，则时有罪恶发生，对个体而言，历史可以重写，青春乃至生命则不肯再来。欲成反思之效，当以独立思考为本。

各位看官在埋头拉车之余，倘只想找个地方歇歇，也就算了，倘也想抬头看看前路，看看这本书，当有些意思。它即使不能让我们变聪明，也至少能让我们避免最愚蠢的情况发生。

13. 罪犯，还是英雄？

读《创造世界史的海盗》

> 书　　名：创造世界史的海盗
> 作　　者：[日]竹田勇
> 译　　者：阿部罗洁
> 出版机构：浙江大学出版社
> 出版时间：2017年4月

几年前，我曾经读过彼得·莱尔所著的《全球海盗史：从维京人到索马里海盗》。就其涉及的题材而言，这是一本相对理性客观的著作。

之所以强调"理性客观"，是因为在多数涉及海盗题材的各类文艺作品中，都不免存在着浪漫化的想象。从被古犹太人伟大的大卫王打败的非利士人首领歌利亚，到兵锋横行于北欧乃至东西欧、令整个欧洲闻风丧胆的北欧海盗维京人；从无数文艺作品讴歌成史诗般英雄的加勒比海盗，到现代出没于波斯湾，令全球贸易秩序倍受打击的索马里海盗。我们对海盗总有一种毫无道理却清晰可辨的好感，仿佛是一种"糊涂的爱"。

幸好，彼得·莱尔的这本书还原了海盗作为一种人类文化现象的历史演进和文化特征。其中特别重要的一点就是，它尖锐地指出，在海盗肆虐于四大洋各个角落的千年历史中，海盗不仅是个人满足私欲的犯罪团伙,也是各个时代海洋帝国之间相互博弈、对抗的重要手段。海盗之所以屡禁不绝,根本原因还在于大国之间的地缘政治竞争。就好比说,海盗集团并不只是啸聚山林、打家劫舍、大秤分金、大碗喝酒的梁山好汉,而更像是被朝廷招安、然后组织化地去打王庆讨田虎征方腊的特殊官军,其实就是各个海洋帝国之间大国博弈、全面对抗的棋子。一方面,是总有人因为欲望的诱惑铤而走险;另一方面,是诸大国需要它的存在。进一步想,海盗集团如此,本·拉登不也是如此?

在刚刚读过的《创造世界史的海盗》一书中,作者竹田勇以细腻且精准的笔触讲述了一个叫弗朗西斯·德雷克的特殊人物的经历,为我们分析了前述这种颇有吊诡之处的现象:海盗们明明是罪犯,为何每每被描绘为英雄?明明他们神出鬼没、四处抢劫、戕害人命、目无法纪,为何却常常被视为自由自在、无拘无束、智勇双全、重情重义?

竹田勇,1952年生于东京,对于他从事的这样一个重要主题的历史学研究而言,他本人并非出身于历史学专业,而是主攻国际关系。竹田勇毕业于上智大学国际关系学院,曾在悉尼大学、伦敦大学留学,获得国际政治史博士,早年研学国际政治,专注于研究曾负笈于此的澳大利亚。回国之后,竹田勇的研究视域有所扩大,目光渐渐锁定于世界范围内的海盗。《创造世界史的海盗》,就是他在这一新领域内的研究成果。

这本书中,竹田勇重点关注了一个名叫弗朗西斯·德雷克的船长。在前面提到这个人的时候,我本人会有意识地回避了对他具体身份的陈述，而只说他是一个"特殊人物"。在汉语里，"人物"这个词是中性的，既可以用作"英雄人物"，也可以用作"反面人物"。这也恰好能更为客观地说明，在竹田勇心目中这个人物所具有的复杂性和多面性。这种复杂性和多面性，不仅是从其一生功业的是非得失来评判，也是从立场和站位来评判。

从功业看，他是英国历史上第一个，也是世界历史上第二个驾船环游地球的船长。据说，大英博物馆收藏了一枚纪念德雷克成就的银质纪念章。银章直径大约为7厘米，其薄如纸。一面镌刻着欧洲、非洲和亚洲，另一面镌刻着美洲。如果把它举起来对着光，可以发现上面用细小的圆点标出了德雷克的航海路线：从英国普利茅斯下行至南美洲末端，再沿南美海岸线上行——图上标出了利马和巴拿马——到达加利福尼亚后，穿越太平洋，抵达印度尼西亚的香料群岛（即马鲁古群岛），之后绕过好望角，沿西非海岸线上行，最后回家。南极洲周围镌刻着拉丁文铭文："弗朗西斯·德雷克的航行始于1577年12月13日"，另一面则记着"于1580年旧历10月4日（9月18日）返航"。这一壮举耗时近三年才得以完成，相当于16世纪的"太空竞赛"。完成此举，无论在世界上哪一个国家，都会称道他的功绩，因为这样的探险，不单单意味着个人和国家的进步，更重要的是意味着人类在该领域的进步。

然而航行中，他又数次袭击远洋航行的商船、劫掠昂贵货物、杀害船员和旅客，并将赃物带回到伦敦和安特卫普转卖为"海盗钱"。书中介绍，德雷克掠夺的财物主要是金银货币或金银条，以及大量的砂糖和红酒，掠夺对象多为西班牙和葡萄牙船只。尽管他所代表的英国当时与西班牙和葡萄牙处于敌对状态，但是这种劫掠商船、杀害平民的行为，在任何一个文明时代都被视为罪恶。

从立场和站位看，他的行为无疑是站在英国立场之上的，因而，伊丽莎白女王授予了他骑士称号，顺利返航后，他也获得了国家英雄的待遇。与此同时，在被掠夺的西班牙和葡萄牙人眼里他就是彻头彻尾的海盗，杀人越货，罪不容诛。

当然，竹田勇作为一个从实证主义角度研究历史的学者，他的研究重点，并不是想要从道德主义的立场，去评判德雷克的功过是非，而是揭示历史的实相，进而分析其所以然。他发现，（站在英国立场上）海盗之所以被当做英雄对待，很大程度上是因为他们做出了相当大的社会贡献。显然，在英国崛起为大英帝国的道路上，有着海盗们的活跃背影。他甚至断言，以德雷克为代表的海盗们对于大英帝国加冕的贡献，是"雪中送炭"，而非"锦上添花"。他总结说：

> 以和国家权力融为一体的16世纪为基点，海盗们将英格兰筑建成历史上罕见的大英帝国，并在18—19世纪，支配了整个世界的海洋。

看到这个地方，或许我们能想起那个英国人和美国人互相谩骂的笑话。英国人说美国人连爷爷在哪里也不知道，美国人反唇相讥:"你们英国人当然知道自己的爷爷是干什么的。他们是海盗!"

今天我们可以用大量历史学研究的成果证明,美国人没有胡说——隐藏在德雷克"国家英雄""航海家""探险家"光环背后的,就是他的海盗身份。根据竹田勇在书中揭示的数据,德雷克的数次劫掠一共带回了60万英镑的财富,其中一半进了女王的腰包,如果说一个帝国的最初也需要"资本的原始积累",那这笔钱实在是来得恰是其时。大宪章之后的英国王室,向国民征税的权力受到了极大制约,如果没有这样的飞来横财,英国如何能够在殖民战争中所向披靡,从而成为"日不落帝国"? 要知道,当时英国每年的国家预算大概是20万英镑,也就是说德雷克将相当于三年国家预算规模的财富带回了英国,而这些财富,成了伊丽莎白时代英国战胜强大的西班牙和葡萄牙的重要支撑。我们还应当知道,当时英国人口是400万—450万,而刚合并了葡萄牙的西班牙人口达到了1000万,欧陆上最强大的法国,人口已经达到了1600万。即使议会不制约,英国政府的征税能力也明显低于西班牙和法国。

显然,一个清晰的事实就是,女王暗中做了海盗的真正首领,她组织了德雷克们的所有行动,尽管,女王不会留下参与此事的书面痕迹。这些被誉为"女王陛下的海盗们"的冒险家,在"大航海时代"背景下帮助英国开拓了一条海盗致富的道路。对此,竹田勇是这么说的:

欧洲大陆诸国是以贸易为主要目的，而英国人却是以进行海盗活动为目的。16世纪的英国经济成长的原动力，是以海盗行为作为主要的发动机，贸易手段不过是辅助的引擎而已……英国以贸易立国成为世界经济强国是在18—19世纪，在此之前的200年左右，英国不得不依靠"海盗钱"为生。

这样一个历史研究的结果，不禁让我想起小时候看过的动画片《大闹天宫》的一个情节。孙猴子被二郎神追捕，情急之下，变成了一个神庙，但尾巴无处掩藏，只好变成一个插在庙后面的旗杆。神庙当然巍峨壮观，但尾巴变成的旗杆却格格不入。今天的大英帝国当然也巍峨壮观，但绕到背后，靠海盗起家的尾巴，也实实是不好遮挡啊。

14. 西周的道路和意义

读《西周史（增补二版）》

书　　名：西周史（增补二版）
作　　者：许倬云
出版机构：生活·读书·新知三联书店
出版时间：2018年8月

　　我知道许倬云先生，应该是20多年前的事了。第一次看到他的书，就是一本老版的《西周史》。那时对历史，粗识框架，基本都是在读通史。类似这样断代的著作，并未引起我十分的注意。2000年以后，许倬云先生的著作在国内出版了很多，我读了其中的几本，这时才感受到他不凡的人文素养。最后，我基本把国内所能看到的许著尽可能收罗，大约有十五六本，看了也至少有五六本了。但多少有些遗憾的是，最初接触到的《西周史》，反而是前几年才开始看，到今年才看完。

　　按照书里的介绍，许倬云先生是江苏无锡人，1930年生于厦门。美国匹兹堡大学荣休讲座教授，台湾"中研院"院士。许倬云出生即残疾，手脚弯曲，双脚无踝；童年时又经战乱，千里逃难流离失所；及至成年，身高不足1.5米，只能靠双拐行走，人生可谓多灾多难。然而，他又因祸得福，不仅从父母兄姊处得到别样关爱，求学时，又受到傅斯年、李济等一众良师特别照顾。冷眼旁观几十年，他心怀天下悲悯苍生，不断思考和著述，被称为"台湾历史学界的耆宿"。读他的书，不仅是在收获知识乃至智慧，也是一个朝圣之旅。

这本书的来历颇为有趣。大约在上个世纪 80 年代末到 90 年代初，可能是觉得海内外研究先秦史有了一些重要的进展——学界的认知，对由商王朝以降，秦汉以前的所谓上古史，已经具备了以全新方式书之史册的能力，故而由张光直发起，邀请了此领域内皆有令名的李学勤、王仲殊和许倬云等一流学者，分别领命撰某一断代史。张光直自领了商代，李学勤是东周，王仲殊是秦汉，本篇着重介绍的许倬云先生领了西周。这四位学者从出身看，大陆台湾各两位，不过，张光直和许倬云都是发蒙于台湾，但最终负笈且工作在美国。按照现代史学方法重修秦汉以前的中国古史，这恐怕就是当时的最强阵容。

作为一个读者，我其实最早接触到的是张光直的《商文明》，买到的版本，至少有三个，虽然翻了数次，至今没有看下来——实在太枯燥。后来，也非常认真地研读了王仲殊先生的《秦汉史》，从头到尾都看完了，也许过一段可以聊聊。而李学勤先生的《东周史》，恕我孤陋，竟一直没有见到（只见到一本李学勤著《东周与秦代文明》，或许就是这一本）。不过，尽管读得较晚，但读得最认真的，还是许倬云先生的这本《西周史》。在现在这本增补本出版之前，我就差不多把上一个版本读完了。而由于一个特殊的机缘，我又带着一个很重要的问题，认真地读了增补本的《西周史》。

我所谓特殊的机缘，就是去年疫情期间，我的若干朋友，乃至朋友的朋友在线上组织了一个研读《诗经》的群，大家因疫情而封闭在家，相约共读《诗经》某一篇章，并请老师做线上辅导。朋友也约我讲一次，我对《诗经》本无研究，但疫情期间，闲来无事，朋友盛情难却，我就选了一个《诗经里的周王朝史诗》为题目，在线上给大家讲解了《生民》《绵》《公刘》《皇矣》《大明》等五首大雅，其实是借这五首史诗，来传达先周和西周两个阶段的历史。讲之前，除了对五首诗必要的义理辞章的考订之外，几乎所有的准备都献给了研读《西周史》，不仅精读了全部的篇章，还做了大量读书笔记。

许倬云先生的《西周史（增补二版）》，是一本真正意义上的现代方法的断代史。所谓现代方法，主要就是利用关于西周的一切考古发掘及其研究的成果，努力运用王国维先生所言的"二重证据法"对历史史实进行分析研究，从而建立起实证分析和演绎推理相互佐证的更为确实的历史。许倬云先生尽管身体残疾，多有不便，但他仍然以顽强的意志和求实的精神，参阅了大量来自考古第一线的资料，使得他的《西周史（增补二版）》几乎每一页，都翔实而准确。他论证周部族起源于晋南，且与北方游牧民族关系密切的论断，尽管与千年以降的主流观念不合，但由于有扎实的考古资料佐证，就显得令人信服——至少我是被说服了的。

我对西周下功夫，很大程度上是因为，从某种意义上讲，西周才是"最早的中国"。近些年有一些新的提法，好几个地方在争论到底哪里才是"最早的中国"。其实，在没有对"最早"和"中国"两个概念作出明确界定之前，这个问题即使有答案，也一定不是标准答案。而在我看来，"中国"当指大一统王朝建都之地，而"最早"，应当是最早确立与今日一脉相承之文化的滥觞之时。倘这两个概念成立，那毫无疑问，西周才是真正的中国之始。在此之前的夏商自然也是建都于中原之地，但我们今天所因袭而来的文化基因，毫无疑问是直接承继西周的。孔子梦周公，其实正是这种传承关系的生动写照。用许先生的话说：

> 在《西周史》中，我着重的是，西周从一个蕞小的部落，如何发展成为一个国家，而且建构了跨越国家的封建秩序。我尽力描述西周在成立国家以后，内部的改变，尤其提出国家统治机制的发展，以至于职务专业化、逐步形成官僚体制的过程。我也提出，西周中叶以后，经济力量逐渐发展，呈现政治力量以外的社会力……在文化发展方面，《西周史》的描述，着重在西周文化圈的扩张，甚至跨越了政治力量的版图。

尤为难得的是，在书的序言中，许先生还以他对研究西周历史的新生代力量，哥伦比亚大学的李峰教授的期许，展示了虚怀若谷的胸襟和严谨求实的修养。他认为，《西周史》成书20多年来，又出现了许多新的考古发现，因而也需要进一步修改。但自己已是八十多岁，身体又不好，很难胜任修改的工作了。因而希望"既有考古的田野经验，又有阅读文献的能力"的李峰教授，不仅为新版的《西周史》撰写长跋，交代这二十多年来种种发现的大概情形，同时，更希望有一天，"李峰教授会自己写一部新的西周史，来代替我的旧作"。这段不经意的抒发，使我在阅读这本大书的时候，多了一些品格修为上的滋养。

治学当如许倬云，信夫。

15. 德意志的崛起与沉沦

读《从俾斯麦到希特勒》

> 书　　名：从俾斯麦到希特勒
> 作　　者：[德] 塞巴斯蒂安·哈夫纳（Sebastian Haffner）
> 译　　者：周　全
> 出版机构：译林出版社
> 出版时间：2015 年 12 月

从某种意义上，德国是世界进入近代化以来最为重要的国家——说重要，不是指其对世界的近代化和现代化的贡献（当然，贡献也还是有不少），而是指其对世界历史走向的改变而言。

19 世纪下半叶，德意志在其铁血宰相俾斯麦执政期间，迅速打败奥匈帝国和法兰西两个不可一世的欧洲强权，随即完成统一，极大地改变了欧洲乃至世界的政治格局。20 世纪上半叶，又是德国在不到三十年的时间内，连续发动两次世界大战，将世界拖入一片火海。

德意志完成统一以及发动第二次世界大战，这两个人类历史上的重大事件，分别是由两个人代表的，前一个是俾斯麦，后一个是希特勒。同样的军事强人，同样的演说天才，同样一度受到举国支持，但两个人执掌德国，却遭遇截然相反的结果。

对俾斯麦而言，很多人都同意，德国的统一和崛起来源于他的铁血政策，而德国的沉沦，也与俾斯麦1890年被迫辞职具有密不可分的关系。

对希特勒而言，情况恰恰相反，几乎所有的人都认为，1933年希特勒上台，是德国灾难的开始，而之所以二战后的德国能走出灭顶之灾，开始真正的复兴，正源自希特勒的灭亡——肉体的灭亡，以及臭名昭著的纳粹思想的灭亡。

为什么个人禀赋如此接近的两个人，执掌德国的最高权力之后，却发生了如此相反的历史结果呢？塞巴斯蒂安·哈夫纳的这本《从俾斯麦到希特勒》，正是试图回答这一问题的。

本书作者塞巴斯蒂安·哈夫纳，是一位活到九旬高龄的德国学者。哈夫纳虽非专业历史学家，但一生都在思考和研究上述这个使许多人都感到无比困惑的问题，成为了这一研究领域内首屈一指的大家。更能增强他的权威性的原因，还包括他的年龄。这位德国近代史学大师生于1907年，死于1999年，他的一生，成长于德意志的崛起成为事实之时，经历了一战、二战和战后德国的重建，也经历了德国在冷战背景下的撕裂与统一。德国百年来像过山车一样的发展道路，无法不引起他深沉的追问。

出于回答这一问题的动机，哈夫纳写了好几本畅销书。起初，《一个德国人的故事》《解构希特勒》还是写他所处的时代的，但在这本《从俾斯麦到希特勒》中，他把解读历史的准星瞄向了更靠前的时代，或者说，更深刻的层面，那就是，一个孕育了黑格尔、康德、莱布尼茨、费希特、尼采、费尔巴哈乃至马克思这样伟大思想家，素以严密而深刻的理性著称于世的德意志，何以能如此轻易地卷入一场以魔幻、癫狂和理性缺失为特征的自我毁灭之路？

由于这样的追问，这本篇幅不长的著作显得尤为深刻和睿智。其中丰富而全面的历史分析，读者可以自行体会。但从中一定会深刻地感受到，从1871年德国统一到1945年纳粹灰飞烟灭，短短74年，高岸深谷，沧海桑田，历史呈现出的惊人之处，比任何文学作品更加扑朔迷离。这正是恩格斯在分析黑格尔哲学时所深刻揭示的，运用黑格尔的辩证法，一切存在的都是合理的，而一切合理的，最终都要变成不合理。

能不慎乎？

16. 水果的前世今生

读《水果：一部图文史》

书　　名：水果：一部图文史
作　　者：[英]彼得·布拉克本－梅兹（Peter Blackburne-Maze）
译　　者：王　晨
出版机构：商务印书馆
出版时间：2017 年 11 月

钱钟书先生给一位希望来拜访他的读者回信说，作品好比鸡蛋，作家好比母鸡。读者倘爱读书，那就吃鸡蛋好了，不必要见母鸡。钱先生的道理讲得出其不意，而且事关个人偏好，他人无从置喙。但倘要将这个道理普遍化，我们就不敢苟同。因为倘无人关心母鸡，世界上的鸡蛋就会越来越少，最后大家都吃不到。

仔细想想，水果也一样。

我们现在几乎天天吃水果，而且，通常还吃不止一种。如果观察一个长时段，且兼及他人，则水果之品种、数量、口感、现身之时令，都纷纭多样，不可胜言。但倘要问问人关于水果的"前世今生"，那就不免"王顾左右而言他"了。倘水果是一种来历短浅之物，那或许无可厚非。但人类种植水果，已有数千年历史，要是从采摘野果算起，那恐怕就几万年乃至几百万年了。吃水果如此之久，我们居然如"猪八戒吃人参果"，仅知其味，却不知其由，这无论如何也说不过去吧？

彼得·布拉克本-梅兹著《水果：一部图文史》部分地解决了这一问题。这位英国皇家园艺学会的高级专家用渊博的知识和风趣的文笔，为我们介绍了人类历史上几乎全部的水果，包括将近六十个种类，几百个品种。从书的结构上看，作者显然是充分考虑了普通读者的感受，没有按照植物学刻板的分类方法将各种水果各安其位，而是按照我们食用水果的主体感受，将所有水果分为梨果、核果、浆果、杂果四大类，分别予以介绍。一书在手，我们所关心的水果知识，只要不求过于深奥，几乎可以一网打尽。

但奇特的是，作者到了最后，也没有能够对他所介绍的对象给予一个确切的定义——他说"水果是甜的"。显然，他说得对。我本来还想说"然并卵"，但忍住了。因为作者已经很有趣了。

前面荐书的过程中我不止一次说过，人过半百，我阅读的趣味有了很大变化。其中最主要的，就是读书的内容，由过去的形而上转向了形而下，说得直白一点，就是喜欢看那些介绍物质文明成果的书。当然，这是我第一次遇到一本专门介绍水果的书，作者有针对性地回答了我们关于水果所关心的问题，比如，苹果是如何从一个生长在中亚地区的野生物种发展成风靡全世界的"第一水果"，并在几百年间演化出成千上万个品种？梨子和橙子的故事和苹果有着怎样的相同与不同？特别是，哪些水果起源于中国？而特别的，有哪些水果虽然起源于中国，却连中国人也认为它是外国水果？它也会告诉你，菠萝是怎么生长的，火龙果其实是一种仙人掌，而腰果——在我们看来不是水果，其实是长在

"腰果苹果"外面的。这些生动的知识当然能满足我们的好奇心，更重要的是，通过这些知识，我们也许能猜到，未来我们能吃到什么样的水果。

这本书难能可贵的地方还在于，它文字很少，阅读起来很轻松。从头至尾，你看到的更多的是图片，各种各样鲜活而优雅的水果画作，单看这些图片都会让人食指大动。据介绍，这300多幅精美画作全部来自英国皇家园艺学会林德利图书馆的官方授权。另外，这本书是商务印书馆出版的，这几乎也是书的品质保证。

附带说一句，读这本书的时候，可以削一盘水果放在旁边，边吃边看。据说，菲茨杰拉德在读书和写作的时候就喜欢吃苹果，在我的想象中，一定是切成小块，用叉子扎着吃。如果世界上从来没有苹果，我们就不敢肯定，盖茨比是否还了不起，而夜色也完全可能不再温柔。

17. 空山不见人，但闻人语响
读《中国古代建筑师》

书　　名：中国古代建筑师
作　　者：张钦楠
出版机构：生活·读书·新知三联书店
出版时间：2008年1月

　　这是一本出版于15年前的老书，内容是书肆中早已屡见不鲜的古代建筑。但这本书之所以引起我的特殊兴趣，是它非常与众不同地着眼于构筑古代建筑的那些人，也就是作者眼里的"中国古代建筑师"。

　　我们读几本中国历史就能知道，中国历史有建筑，但没有建筑师。这倒不是说中国古代建筑都是天外来客的杰作，而是在中国古代，建造建筑的工匠不能载入史册——俳优甚至都好一点。中国古代的历史是形而上者的历史，身处形而下的建筑师自然不能载入。但在普通人看来，能够构筑高大建筑的人足够伟大，值得以野史或者神话铭记他们，所以，古代看上去伟大些的建筑就都是鲁班所造，赵州桥和应县木塔都是，全不顾鲁国已经消失了一千多年。有些古代建筑的细部会留下建筑师的姓名，但那是构造者偷偷刻上去的，不代表官方态度。

外国的情况有所不同。埃及的金字塔能算得上最古老的伟大建筑，今天，我们能知道大多数建造者的姓名，他们的生平被刻上石碑，永久流传。在古希腊，那些建造了伟大神庙的建筑师是世人崇拜的对象，和政治家、军事家、哲学家、戏剧作家和艺术家一样，绝大多数都永远地留下了姓名。在古罗马，建筑师的地位更加尊崇，罗马人甚至认为在所有与艺术相关的门类中，只有建筑师才是值得尊重的身份，因为他们需要通晓制图、文学、数学、科学、哲学、音乐、医学、法律、天文等多种学科，而其他人不过是体力劳动者，不值一提。

显然，建筑师的社会地位不仅决定了伟大建筑的壮观与美丽，也决定了建筑理论的孕育与成熟。这容易理解，一个受人轻视的行业只能产生技术，而一个受人尊敬的行业才能产生理论。实践变成理论，前提必然是从业者发自内心的自豪感。古罗马在公元前1世纪就产生了非常翔实的建筑理论，标志性成果就是维特鲁威的《建筑十书》。而同期或者更早，我们尽管已经有了像秦长城、都江堰、灵渠、郑国渠、秦阿房宫、汉未央宫以及大量规模宏大的都城建筑，论实践绝不亚于全世界任何一个民族，但中国整个古代时期都没有产生像样的建筑理论，最多也就是类似《营造法式》《清代工部则例》一类的建筑规范——只是告诉你怎么做，并不告诉你为什么，所以严格地说，不算建筑理论著作。

中国古代虽然没有建筑师，不等于一个作家不能写出一本叫做《中国古代建筑师》的书。显然，作家修改了"古代建筑师"的定义，把在构造建筑物中作出了决策、贡献了思想、提供了意见甚至检阅了工地的人都算成了"建筑师"。以今天的观念，作者实际上是混淆了建设工程的甲方和乙方，把那些出资建设建筑物的帝王将相都算了进来。在作者介绍的54个"古代建筑师"中，有巢氏是传说人物，辽代无名工匠是虚指，其他52个，多一半是帝王将相，其中有5个帝王，将近20个不以建筑为职业的朝廷高官，以及十几位纯粹的文人，真正以建筑为业、倾注毕生精力的建筑师，最多也就十几位，多数还是明朝以降、城市文明已经比较发达之后才出现的。

当然，这绝不是说，这本书的写作毫无意义或者牵强附会，恰恰相反，尽管中国古代鲜有职业建筑师，建筑理论也仅仅停留在李泽厚先生形容儒家学说时概括的"实用理性"层面，但张钦楠先生以"中国古代建筑师"为题串联整个中国古代建筑史，仍然有着非同一般的重要意义。一方面，他尽可能地还原了古代建筑事业发展中最可宝贵的革命性力量——人的历史，从而为我们思考和研究中国古代建筑的历史、环境、沿革和技术提供了一个相当独特的视角，特别是他把每个时代的"中国古代建筑师"的建筑成就与同时期国外的建筑及建筑师进行对照，客观评价古代建筑师们的功绩，令人耳目一新。另一方面，由于人作为建筑工程的"甲方"的介入，使得张钦楠先生能够在介绍历朝历代"何为建筑"的同时，为我们提供了十分周详的"何以建筑"的丰富例证，从中我们深刻地感受到了中国建筑与中国政治紧密无间的伴生关系，同时，也看到了那些如陶渊明、王维、白居易、苏轼等具有鲜明个性的文人，是如何从礼制建筑的夹缝中脱颖而出，在个人居所的方寸之间实现人格理想的。

其实，如果不是自己要盖房子，一个人对"何以建筑"的关注，是必然大大超过"何为建筑"的。

18. 城市：文明的核心要素

读《全球城市史（修订版）》

书　　名：全球城市史（修订版）
作　　者：[美]乔尔·科特金（Joel Kotkin）
译　　者：王　旭
出版机构：社会科学文献出版社
出版时间：2010年11月

人类从漫长的文化时代进入文明时代，最核心的标志就是城市的诞生。

根据考古学家的研究，人类社会最早的城市诞生于今日巴勒斯坦的杰里科，可追溯到公元前9600年。杰里科的海拔远低于海平面，但在整个人类历史中都有人居住，直到今天，杰里科仍然有两万居民。

从杰里科开始，人类社会的不同文明不约而同地展开了建设城市的伟大旅程。如果说杰里科式的原始城市最初的常住人口可能仅仅是千人左右的话，今日的城市人口规模已经扩大了万倍，全球一半以上的人生活在城市里，还有更多的人正在熙熙攘攘地涌进城市。

城市改变了人类的生产和生活方式，创造了无数的发展机遇和美好生活场景。也许我们因为司空见惯，已经不能清晰而准确地感受城市的魅力与效能，但城市几乎是人类创造物中最令人不可思议的成果——有时候，你只要想一想每天生活在城市里的人要消耗掉多少粮食、蔬菜和衣物，又要处理掉多少垃圾和粪便，就会对城市充满膜拜之情。

这本《全球城市史》正是描述这一伟大进程的专门著述。其作者乔尔·科特金是全球公认的未来学和城市问题研究权威，美国查普曼大学都市未来学研究员，被媒体称为"美国当代首席都市学家"。

令人惊异的是，乔尔·科特金只用了 300 页左右（中文版）大约不到 20 万字的篇幅，就把城市的历史，从中石器时代到现代进行了一次全景式的扫描。他从远古中石器时代（我们今天一般说旧石器时代晚期）城郭的宗教根源入手，分析了四大文明古国中古代印度和中国的集镇，初步地提出了"正统城市"的概念，从而揭示了城市的起源。

随后，作者进一步解说从东欧地区到中东地区的城市，分析了其起源和不同的演化过程，进而分析了在中国、亚平宁半岛、希腊半岛形成的城市商业帝国，一直到工业文明诞生之后从伦敦、芝加哥、东京到上海和底特律的鳞次栉比的工业城市，直至今天后工业化城市和城市郊区相互映衬的现实，从而构建起一部以功能的丰富与转换为核心的城市变迁史。

乔尔·科特金也特别强调了发展中国家的城市特征，包括形形色色的"城市病"，从而分析了这些城市在 21 世纪所面临的问题和危机。

城市并不是人类的原生之物，在漫长的人类史或曰文化史的过程中，城市一直阙如。城市的出现，是人类由文化的发展阶段向文明发展阶段过渡的最主要标志。而此时，城市不仅仅呈现为人口多、规模大的大型聚落形态，而且隐含了社会横向分工和纵向等级的特征。按照我的理解，乔尔·科特金用简约而又清楚的文字，不仅回答了何为城市的问题，也解读了"何以城市"以及"何种城市"的问题。随着人类文明的进步，城市呈现出日益丰富和多样化的样貌，"城市让生活更美好"成为可能。

从文字看，乔尔·科特金的这部作品看上去不太像学术性专著，而更像是文化散文和历史随笔，作者才华横溢，汪洋恣肆，旁征博引了许多不同领域的文献资料，整个文字大气磅礴，视野开阔，让人有登高望远，一览众山的感觉。但同时，由于篇幅所限，当然也是作者这种写作风格的必然结果，每个历史阶段都点到即止，仅及腠理。

在介绍我们更加熟悉的中国古代城市时，看得出乔尔·科特金未能深入研究的缺憾，仅仅是蜻蜓点水式的只鳞片爪。也许，除了欧洲和美国的近现代时期，乔尔·科特金对其他地区古代时期的介绍也多多少少缺乏一些自信，从而影响了整本书的说服力和可信度。当然，对于大多数读者而言，这本书正好可以成为城市史的入门读物——总体上看，还是一本十分优秀的入门读物。

在书的最后一章畅想城市的未来时，乔尔·科特金饱含哲思地写到：

城市兴衰的进程既源于历史，同时也被历史所改变。今天成功的城市化区域也必定是古老原则的体现——神圣、安全和繁忙的地方。

显然，神圣、安全和繁忙，成为亘古未变的三个最重要的城市文化特征。未来，城市也必然地继续走在这样的道路上，交通更顺畅，信息更及时，教育更优越，港口更繁忙，服务更丰富。从这个意义上，城市化仍然是人类文明的方向，如果以前是人从乡村进入城市，今后人将继续从城市"进入城市"，因为，"人不可能两次踏入同一条河流"，人虽然没变化，但河流一直在变。实际上，连人也在变。

19. 世的世界史，还是界的世界史？
读《世界上古史讲义》

书　　名：世界上古史讲义
作　　者：雷海宗 著　王敦书 整理
出版机构：中华书局
出版时间：2012 年 4 月

我们今天用"世界"这个词的时候，已经不再专门想一想组成这个词的两个单字各是什么意思。但在世界这个词传入中国的时候（按照赵朴初先生编撰的《佛源词典》，这个词是外来的），其实，人们是被这样两个单字组成的词所吸引了，世代表时间，而界代表空间。你看，一组合，我们栖身其间这个"所在"就完美地表达出来了。当我们描述历史的时候，无论是"宇内"还是"天下"，都不如"世界"来得准确和全面。康德把时间和空间作为人类认识世界的两个先天的基本范畴，但我们只用一个词就表达出来了。

历史是空间和时间两个向度的合体，但如果我们把历史写成历史著作，从经验主义哲学的分析方法来着手，却很难同时兼顾两个向度。所以，当民国时期若干历史学大师准备写中国人自己的世界历史著作时，他们陷入了思考：到底要按照哪个向度来着手呢？

具体地说，是一个国家一个国家地写它的历史，还是一个阶段一个阶段地写所有国家的历史？从实践的角度，前一种写法更容易措手，无非是把各个国家已有的国别史精编到一起。所以，最开始的世界史，全是"国别史集成"或者说"国别史大全"。这样，虽然内容足够翔实，但对于学生或者读者来讲，却需要在历史长河中不停地穿梭往来，一会儿随着荷马回到古希腊的迈锡尼文明，一会儿又要跟着罗马的君士坦丁大帝东征拜占庭，一会儿还要随着沙皇开发西伯利亚，阅读的体验颇似孙悟空的筋斗云，来来回回十万八千里。这样的阅读，对学生或者读者，可谓苦不堪言。但在建国之前，我国的世界史编撰体例，基本上都是这种"界"的视角，以空间而不是时间作为叙事的线索。

建国以后，我国著名大师级史学家雷海宗先生开始改变这种相对落后的方法，他开始采用"综合年代教学法"讲授世界上古史。1956年初，按照教育部的统一安排，国内多位著名历史学家在复旦大学召开"世界上古史"教学大纲讨论会，雷海宗先生在会上做了长篇发言，倡议这门课程改为分阶段讲述，并且介绍了自己初步的实践经验，得到了与会绝大多数同志的赞成。会后，雷海宗先生率先在他供职的南开大学按照"综合年代教学法"讲授"世界上古史"。我今天介绍的这本《世界上古史讲义》，就是雷海宗先生为这一改革而专门编撰的教材。

今天，几乎所有的世界历史教材和论著，都已经采取了这种"综合年代教学法"的叙述方法。到了上世纪后半叶，法国年鉴学派开始倡导一种大历史观的史学研究方法，从逻辑上看，就是在"综合年代教学法"的基础上，进一步强调历史演进的整体性和系统性，离原来"界"的分割的历史就更远了。

无论如何，由于雷海宗先生这样的开创性贡献，这本他亲手编撰的《世界上古史讲义》就成了这一学科中真正的经典。20多年前，我在西安的某个书市上只花了不到 10 元钱淘到这本书的时候，还完全不知道它的价值，从结果看，那一刻，和真正意义上的盗宝颇为相似。

更值得额庆的是，这本书的附录里，还把雷海宗先生精心编撰的《世界上古史教学大纲》也收了进来。要知道，这个《大纲》可不是寥寥数语，而是非常翔实。整个"大纲"由"总论"和十章内容组成，全文差不多 100 页，约 5 万字，即使单独出版，也完全是一本书的容量。这个《大纲》，对于从事历史学教学和研究的专门人士，可以说是一个弥足珍贵的工具。

可惜的是，1957 年，雷海宗先生在"鸣放会"上发言，称马克思主义在社会科学方面停滞于恩格斯逝世的 1895 年。此一发言随后被《人民日报》加"按语"发表，其解读显然是政治性的，不容商榷，尽管本人及其公开辩护者杨志玖先生一再申明发言的学术内涵及初衷，终归于事无补。不久，雷先生被划为"右派"。由于这样的打击，雷先生的健康不断恶化，5 年后病逝，只活了 60 岁。如果再给他些时间，世界中古史乃至近现代史，都可能以这样的方式编撰出来。一念及此，唯有一声长叹。

20. 了解西方历史的一把钥匙

读《基督教史（上下）：初期教会到宗教改革前夕》

> 书　　　名：基督教史（上下）：初期教会到宗教改革前夕
> 作　　　者：[美] 胡斯托·L. 冈萨雷斯（Justo L. González）
> 译　　　者：赵城艺
> 出版机构：上海三联书店
> 出版时间：2016 年 3 月

据一份社会调查报告，中国人有真正宗教信仰的并不多，那些自称有宗教信仰的人，也多半持实用主义态度，信仰若有若无。即使是这为数不多的信仰，也多数是在佛教这个已经相当中国化的东方宗教上，从信众的数量看，信仰基督教就更少了。但这份报告也指出，近些年，国内基督教的信众增加的幅度很大，在少部分地区增长的速度甚至令人咋舌。很多人感受不到这种信众增加的情况，原因是基督教的新增信徒，多数从经济收入看都是处于社会较底层的人，他们平时也活在人们的视线之外——这种"幸存者偏差"在许多领域都很常见。

正由于这样的缘由，尽管改革开放以后，中国人对西方已经相当熟悉，但真正熟悉基督教文化的人并不多。从历史逻辑来看，现在西方的历史，本是一部基督教产生、流变、渗透、鼎盛、衰落的历史，相互伴生，你中有我，我中有你。不熟悉基督教的历史而熟悉西方，从道理上是不融贯的。当然我的本意，绝不是鼓励中国人信教，而是觉得，无论是我们已经进入的全球化日益深入的21世纪，还是近些年逆全球化倾向的暗流涌动，都要求我们对全球不同文明的前世今生有一定程度的了解。看来，读一本基督教的历史著作，对许多人而言，不仅是弥补知识体系之缺漏，也是了解西方世界的必要行为。

以我的阅读经历看，在国内出版的众多介绍基督教历史的著作中，胡斯托·L.冈萨雷斯所著的《基督教史（上下）：初期教会到宗教改革前夕》是最好的一本——没有之一。与其他类似的著作相比，这本书具有三个显著不同的特点：

一是史料详尽。基督教的历史，如果再拉上其前身犹太教的历史，跨度达到数千年，即使从耶稣上十字架开始，距今也有2000年之久。这样长的时段内，其事件纷纭，人物众多，头绪杂岐，覆盖面广，涉及到的历史文献与实物可谓数以亿计，城市、遗迹、标志性建筑等所在的范围，就近代之前，几乎就是整个欧亚大陆，而进入近代以后，则差不多就是整个世界。以一本书天然的线性叙述特征，展现如此纷繁复杂、波澜壮阔的历史画卷，对作家的功力可以说是非凡的考验。但胡斯托·L.冈萨雷斯巧妙地进行分类编排，将基督教发展的历史长卷缀入其间，详略剪裁，使我们仿佛置身于一个巨大的基督教博物馆，一路走来，琳琅满目，目不暇接，但又展线流畅，如舟下行。全书读完，基督教2000年的历史就有了全貌式的了解，细节也历历在目。

二是持论公允。虽然胡斯托·L.冈萨雷斯本人是教徒，但通篇读下来，作者极大程度地保持了客观公允的叙述特点。涉及到一些教内人物的经历与评价，作者秉笔直书，惟实是载，不因名望高低而任意褒贬，也不遵循天主教廷所谓"教皇永远正确"的规矩。在称述基督教内本教与异教，教内的正统与异端，以及正教与公教，尤其是后期基督教一分为三（天主教、东正教和基督新教）之间的纠葛、对抗甚至诉诸战端的许多重大事件时，作者既没有把自己的教派信仰带入其中，也没有因材料、情感乃至政治等因素而厚此薄彼，乃至"为尊者讳"。这种公允的态度，使得即使是教徒也能平静地接受作者书写的历史，进行理性而客观的反思。

三是特色鲜明。这本书除了上述特点外，还有一个十分显著的特色，那就是作者不仅深入介绍了基督教发展进程中人物和事件的历史，也深刻地阐述了基督教宗教哲学演进的历史。对于我们意欲了解基督教全貌的读者而言，阅读的需求，不仅在于基督教本身，而更希望了解基督教与欧洲乃至世界经济、政治、社会、地域与全球文化等领域互动、融合、促进的历史，从某种意义上，这就不仅仅是宗教本身演进所能涵盖的历史，而更是基督教思想演进的历史。正是这些源于基督教自身发展，又深刻地与基督教所栖身的社会发生关联的历史过程，使得基督教思想成为西方乃至全世界哲学、政治学、经济学、社会学、法学等学科思想的渊薮，甚至连大学、研究机构、各类学会等学术机构，音乐、美术、雕塑、文学、建筑、戏剧等艺术门类的演变与成熟，都来自于基督教的宗教实践。因而，作者花了大量笔墨，在介绍历史的同时，也全方位、深层次地介绍了基督教思想的变迁，使得这本书不仅成为文化史，也成为了思想史。

我自己之所以对基督教的历史发生兴趣并做了不少阅读和思考，很大程度上就是因为阅读西方从奥古斯丁到洛克等思想家的著作时，发现如果不对基督教的历史有一个比较清晰和全面的了解，读那些著作就会非常困难。而这一段历史，我偶然发现，就连今日基督教的教父们也不太熟悉。十年前，我应当时的省宗教局邀请，为全省基督教天主教神职人员讲一个叫作基督教文明史的讲座，交流中发现，他们此方面的知识极其缺乏，所问的问题非常浅显。在我看来，了解一个领域内的知识，如果不熟悉其历史，那仍然不能说是全面的。所以，如果读者诸君要了解基督教的历史，这本书当是非常合适的选择。这也是我们了解西方历史的一把钥匙。

当然，这部书上下两册，字数几达百万，读来并不轻松。但"世之奇伟、瑰怪、非常之观，常在于险远，而人之所罕至焉，故非有志者不能至"，欲求真正的知识，时间和精力的代价，恐怕是必须的成本。

另外，国内通常把基督新教简称为基督教，而本文中所言之基督教，是指整个耶稣崇拜的宗教而言，一般而言，包括天主教、东正教和基督新教三大部分。这也是书中的说法，仅此辩正。

21. 一本朴实无华的好书

读《图说中国文化基础》

书　　名：图说中国文化基础
作　　者：郭维森　柳士镇　主编
出版机构：新世界出版社
出版时间：2007年11月

我荐书的文章，多数是要"借题发挥"，除了说出书的好处，不免还要兜售些私货，也就是我自己的思想。但对于新世界出版社这本老书，就是准备老老实实地谈书之本身，没有发挥的设想。

对于想要比较全面而综合地了解中国传统文化的读者而言，我没有发现有哪一本书比这本《图说中国文化基础》更适合作为入门的读物。类似的著作当然不少，但相比之下，这本书的特色相当明显。

首先是它的内容非常丰富。通读全篇，这本书可谓包罗万象。仅从标题看，作者把内容分为十二大类，分别是：

（一）政治·经济制度，包括察举·九品中正制、科举取士、天地四时与职官、幕府制度、官学和私学、兵役制度、货币制度、土地制度、度·量·衡、商业活动等类目；

（二）宗法·礼俗，包括姓氏·名字、避讳、谥号、庙号、尊号与年号、宗法制度与亲属称谓、吉礼、凶礼、军礼、宾礼、嫁娶制度及冠礼、女诫、闺训、媵妾·宫嫔制等类目；

（三）法律，包括立法、儒家法律观、刑罚、狱讼、监察等类目；

（四）天文·历法，包括二十八宿及其他、计时单位及记录方法、二十四节气、岁首与建正、传统节日等类目；

（五）历史，包括四大发明与科技成就、编年体史书、纪传体史书、《通鉴纪事本末》与纪事本末体史书、"十通"和历代会要方志与地方文献、史学批评等类目；

（六）地理，包括地理行政区划、都城建造·六大古都、地图的绘制展、丝绸之路、海上丝绸之路、长城及其关隘、水利工程等类目；

（七）哲学，包括儒学之发展、道家与美学境界、墨翟与后墨、荀况与《荀子》、韩非、逻辑学派·诡辩家、阴阳家·历史循环论、《战国策》·纵横家、《孙子兵法》《孙膑兵法》、儒家经典·经学、经今古文学之争、魏晋玄学、理学与朱熹、清代考据学、西方学术之输入等类目；

（八）宗教，包括原始宗教与巫术文化、佛教东渐及发展、道家·道教文化、基督教在中国、伊斯兰教今昔谈等类目；

（九）文学，包括风骚传统、神话与传说、古代的文体及特点、骈文、古文运动、古代诗歌、词及其风格流派、赋、戏曲、词调词谱·曲调曲谱、元散曲·明小曲、诗话·词话、讲唱文学、古典小说、文学批评等类目；

（十）语言学，包括古代的方言及其发展、上古音的韵部、反切注音与古今汉语的声调、六书、右文说与右音说、字源与语源学说、《尔雅》与《说文解字》、训诂学、词义的演变、古书中的代称等类目；

（十一）校雠学及工具书，包括古籍版本、古籍校勘、古籍目录、古籍典藏、工具书之选用、古代类书、古代丛书、古书的辑佚、伪书的辨别等类目；

（十二）艺术·体育及其他，包括书法艺术、绘画艺术、建筑艺术、音乐·乐器、舞蹈、民间拳术、体育、服饰、饮食、茶文化·酒文化、人口状况、历代帝王陵寝、妓女与妓女文化等类目。

我之所以要把目录逐一列出，就是想说明，这113个类目，几乎包括了中国传统文化的方方面面，诸等具足，略无缺漏。一册在手，如此丰富的内容，足以使每一个有志于了解中国古典文化的读者，迅捷掌握精要，收事半功倍之效。

其次，这本书的编撰水平也非常之高。编撰者之一的郭维森，出生于民国，学成于解放后，是南京大学中文系教授，写过《屈原》《司马迁》《陶渊明集全译》等著作，是中国古典文化高水平的专家。另一位编撰者柳士镇，1945年7月生，历任国家教育部高等学校中文学科教学指导委员会委员、江苏省语言学会副会长、江苏省高等学校中文学科教学研究会副会长等学术职务，颇有学养。而撰写类目的各个专家，绝大多数都是本行业内的中青年优秀学者，检视多数文稿，都能看出治学水平和文字功底非同一般。这样一个高水平的编撰团队，正是这本书高质量的保证。

最后，这本书的编辑和美工设计水平也非常之高。版式为大16开本，厚达700多页，一册在手，沉甸甸的感受令人陶醉。而内文设计简明大方，令人赏心悦目。特别对我脾气的是，内文的版式天头、地角和翻口留白很多，特别方便阅读者在阅读过程中随手撰写读书心得，这也是令人喜欢的地方。

值得一提的是，配合文字，这本书选了800余帧相关的图片，完美地呈现了各种文化形态的样式，使读者能感性认知，增益效果。另外，书中还选辑了各方面的经典篇章，或随文一侧，或附于文后，能更好地展示中国文化各个方面的成就，使读者拓展阅读，有一个较为丰富的认知。作为一本全面介绍中国传统文化的图书，这些附加的内容，是本书物超所值的部分。

我早就有计划重读此书，而且准备再一次在书的空白处作读书笔记。为达此目的，专门在孔夫子旧书网下单，又买了一本。令我遗憾的是，这本书网上的价格居然很低，说明今天的人们已经不太了解它的价值，相反有些品质远低于它的书，网上却价格不菲。图书市场上，这种买椟还珠的事天天都能看到，令人一言难尽。

22. 近观"明治维新"

读《明治维新的国度》

书　　名：明治维新的国度
作　　者：宗泽亚
出版机构：北京联合出版公司
出版时间：2014年11月

尽管很认真地查了资料，但关于本书作者宗泽亚还是有很多疑问。比如，他是旅日华人无疑，但到底是不是加入了日本国籍，说法不一。另外，他是中山大学毕业，曾经在中国科学院工作，担任的职务似乎是化学工程师、电子工程师，这两项工作虽非风马牛不相及，也差距很大，不知道他是如何兼顾的，何况，他后来甚得大名，却是依靠两本史料翔实、视角独到的史学专著（《清日战争》和《明治维新的国度》），这两个方向（文科和理科）、三大领域（化学、电子和史学）是如何协调统一的？网上的资料不多。但就已知部分，此人已经足够神奇。

读他的书，《清日战争》是几年前开始的，但至今没有读完。这倒不是他写得不好，难以卒读，而是我读书颇是"花心"，见到好书便常常"喜新厌旧"而"见异思迁"，所以每年书读完不少，但打开而未能卒读者也不在少数。而这本《明治维新的国度》虽然看上去开本更奢,厚度更大,但读起来却颇为顺畅,不到一周时间便读完了。

这本书的内容,就是一部图解的明治维新史。从内容上,可以视为《清日战争》的姊妹篇,但写法不一样,《清日战争》白描多,《明治维新的国度》却更多的是"看图识史"。后一种方法似乎浅薄,但就事论事谈这本书,图片并非为史学内容的浅显表达而存在,图片本身就是史学理应关注的对象。英国历史学家彼得·伯克曾提出,图像如同文本和口述证词一样,也是历史证据的一种重要形式。近年来,国际上正有图像史学兴起的趋势,引起了多学科领域研究者的关注。就中文的史学写作而言,图像史学的研究仍然处于起步阶段,实践创作和理论建构两方面,都期待有所突破。试想,一幅《清明上河图》,蕴含了多少史学研究的内容,如果以文字描写,该有多少浩繁之卷帙才能说清楚?

宗泽亚这本《明治维新的国度》,最大的史学研究价值恰恰在于图像证史的强烈特征。从体例上看,作者颇具匠心地把明治维新这一日本近代史上最为重要的历史阶段划分为28个主题,分别是幕末之国、明治政治、明治天皇、日清战争、日俄战争、日清关系、日俄关系、日朝关系、国家纠结、民权反战、国民教育、富国强兵、殖产兴业、交通运输、通信事业、科技振兴、报刊媒体、城市建设、贫困世相、脱亚入欧、职业群像、民俗民风、少数民族、明治女性、性的文化、明治灾害、岛国清人和明治名人。全书的结构,就是以简短篇幅之文字,叙述某一主题的主要史实史料,然后后面配置丰富的图片加以说明和深化。在每张图片的下面，都用比较详尽的文字做了介绍，成为前述内容的重要延伸和强化。从我个人的阅读体验看，这本书比以往读过的任何一本明治维新史都更能令人迅速地进入甚至沉浸于历史现场之中，大大加深认知与理解。作者搜集整理日本所藏的数据文件，通过展示上千幅古写真，全面系统地介绍了明治维新带来的深刻社会变革。本书不但有助于读者深入了解明治维新和近代日本，而且可与中国同时期的"洋务运动"对比，使读者深刻认识和冷静反思中日在近代化历程中所存在的诸多差异和巨大差距。我们当然不能要求每一本史著都如此着墨，但在自己感兴趣的领域内，能有这样一本图文并茂、全景呈现又细节动人的著作，实在是善莫大焉。

这本书的又一特色是，它是从日本的角度看明治维新。如果作者是一个日本人，这自然很正常，而作者是华人，这样的特色就非常重要。有人可能又要以狭隘的民族主义苛责作者，但我的看法，这反而成为本书最难能可贵之处。明治维新作为日本近代史上最为重要的历史事件，它的影响，不仅仅是日本国家的盛衰荣辱，也直接对每一个日本国民的生存、生活乃至心灵世界产生巨大冲击。而这种心灵世界的强烈感受，也会对国家、民族这些宏大主题的变迁产生潜移默化的影响。历史每每就是人与各种异化了的人造之物的反复博弈，而洞悉这一博弈的过程和结果，对人的观察和体验就显得非常重要。一个长期浸淫在中国文化中的历史学者，站在日本普通人的角度去观察历史事件，对历史研究本身，对我们这些希望对历史有深度理解的读者而言，都是十分可贵的福音。

站在中国的角度，明治维新也是一个值得长期研究和关注的历史话题。用作者的话：明治维新的日本，坚持"全盘西化，誓言'求知识于世界'；出动'半个明治政府'赴欧美考察；高杉晋作、伊藤博文、大久保利通、木户孝允、岩仓具视、西乡隆盛等群杰涌现，锐意改革；确立国民国家观，普及教育，国民识字率达85%……"，实现了令人意想不到蜕变，从此"'脱亚入欧'，一跃成为亚洲第一强国。经甲午海战将垂垂老矣的大清帝国打翻在地，日俄战争对马一战，完成了跻身近代列强的'成人礼'，而隔海相望，彼时同光中兴的清国，注定不能实现近代化'蜕变'，反被弹丸小国日本逼至崩溃边缘"。

最后，作者沉痛地感慨："明治四十四年，慈禧四十八年，站在命运的转折点上，变革与守旧带来了怎样的可能？令人心潮澎湃的腾飞，让人扼腕叹息的衰落。回望昨天的中国和日本，历史的隐喻能否帮我们照亮未来的路？"

这本书倘能在这个主题上裨补阙漏之万一，也就难能可贵了。

23. 千万不要忘记"物质文化"

读《中国古代物质文化》

书　　名：中国古代物质文化
作　　者：孙机
出版机构：中华书局
出版时间：2014年7月

这是一本精装而典雅的书，充满古典韵味的封面设计，极富设计感的内文版式和插图，400多页篇幅的丰富内容，让你只要看了就会欲罢不能。我手头的这本发行仅9个月，已经第6次印刷，印数也已经达到10万册之巨。从这个侧面，也可以看出孙机先生这本著作的受欢迎程度。

尽管我就是从《中国古代物质文化》开始才知道孙机先生的，但从读了这本书之后，我就对这位真正意义上的文史大家有了发自内心的崇敬。孙机先生生于1929年，就在今年（2023年）6月份病逝于北京，享年93岁。他是山东青岛人，1960年毕业于北京大学历史系，长期担任中国国家博物馆研究馆员和学术委员，中央文史研究馆馆员，国家文物鉴定委员会副主任委员，是获国务院特殊津贴的专家，全国美协曾授予他"卓有成就的美术史论家"奖。除了这本《中国古代物质文化》，他还著有《汉代物质文化资料图说》《中国古舆服论丛》《中国圣火：中国古文物与东西文化交流中的若干问题》《仰观集》等著作。这几本书我都已收入囊中，其中《汉代物质文化资料图说》已经看了一小部分，但因为过于强的专业性，读起来困难不少，只好先放下了。

介绍中国古代的物质文明成果，说来重要的著作也不少，仅我凭记忆，就能数出王力先生主编的《中国古代文化常识》，沈从文先生所著的《从文赏玉》《唐宋铜镜》《龙凤艺术》《战国漆器》《中国古代服饰研究》等，以及严文明、张传玺、袁行霈、楼宇烈主编的《中华文明史》，也有大量物质文明成果的介绍。但如果从研究物质文明的学术性、系统性、权威性乃至丰富性的角度来审视，没有比孙机先生这部书质量更高的了。

从学术性的角度，孙机先生在这一领域能取得杰出的成就，绝非偶然。20世纪20年代，王国维先生提出"二重证据法"，主张以"地下之新材料"补正"纸上之材料"。后来，陈寅恪先生又对此有所阐发，将"地下之新材料"的内涵扩充为"地下之实物"，强调"取地下之实物与纸上之遗文，互相释证"。当前学界又有所谓"三重""四重"证据法，都是在王国维先生"二重证据法"基础上的阐释。但如今历史学者更重视带有文字的"地下之新材料"，考古学者则多按照现代考古学知识对"地下之实物"进行研究分析，并没有很好地将出土文献、出土文物、传世文献结合起来进行综合研究。但在这本书中，孙机先生熟习中国古代的各类文物，历史文献功底深厚，具有敏锐的学术洞察力，在研究过程中能够将实物资料和文献记载有机结合起来，熟练运用

"二重证据"法，以探索历史之真相，其著作已成为一种学术研究的典范。

从系统性的角度，中国古代物质文化包罗万象，涉及多学科的知识，孙机先生能以一己之力，绘制出这一副古代物质文化的"全景图"，充分体现了其渊博的学识，令人钦叹。更为可贵的是全书内容之"博"并不影响其"精"。他对文物的梳理，十分注重其历史发生和流传顺序。如"酒、茶、糖、烟"专题中，按照中国古人对几种日常生活消费品的认识、生产和使用顺序展开介绍，正本清源，使人不致前后迷惑。而各专题的设计与编排，也有其内在的逻辑次序。

从权威性的角度，孙机先生长期从事中国古代物质文化的研究，曾以《汉代物质文化资料图说》享誉海内外学术界。在《中国古代物质文化》中，他将古代物质文化分为"农业与膳食""酒、茶、糖、烟""纺织与服装""建筑与家具""交通工具""冶金""玉器、漆器、瓷器""文具、印刷、乐器""武备""科学技术"等十个专题，对中国古代物质生活的方方面面作了十分专业的介绍，其中涉及的许多知识点，孙机先生都曾有精深的研究。如专题三"纺织与服装"和专题五"交通工具"，分别涉及古代的"衣"和"行"，是他致力多年的研究领域，曾出有《中国古代舆服制度论丛》一书。专题十"科学技术"，也包含了他研究中国古代科技史的部分成果。

从丰富性的角度，本书可谓旁征博引，深入浅出，雅俗共赏。治中国古代物质文化史并非易事，对研究者的学术素养要求很高。

如果说《汉代物质文化资料图说》是一部关于古代物质文化的断代史，那么本书在某种程度上可视为一部内容丰富的"通史"，各个具体内容虽则简要，其全面性却不容低估。

扬之水先生在为本书所作书评中写道："普及读物的写作，难度实远过于专业著述。作者须站在学术前沿的位置，有洞晓成说优劣的目力，有理棼治丝的本领，取精用宏，论证得宜，举重若轻，都是必须，而叙述简明扼要尤为关键，全容不得半点含混。"这正是对孙机先生这本书学术性、系统性、权威性和丰富性的极好概括。

孙机先生的《中国古代物质文化》甫一发行，即受到学界和社会的极大关注，一时洛阳纸贵。孙机先生在本书后记中谈及本书的写作初衷："中国古代的物质文化成就，是我们这个东方大国五千年辉煌历史中重要的组成部分，是基本国情，本应成为常识，本宜家喻户晓。因此，我有勇气将这几篇不成熟的文字发表出来，聊供读史者格物之一助。"孙机先生的谦逊当然只是他高贵品格的展现，但他所言物质文明研究的成果"本应成为常识，本宜家喻户晓"却是一个优秀学者问题意识、责任意识展现的金玉良言。斯人已逝，他的话，更该由后人铭记和发扬。

24. 谁是柏拉图？

读《最伟大的思想家·柏拉图》

书　　　名：最伟大的思想家·柏拉图
作　　　者：[美]约翰·E·彼得曼（John E. Peterman）
译　　　者：胡自信
出版机构：中华书局
出版时间：2014年1月

　　这本书是2014年中华书局出版的45本一套的"最伟大的思想家"丛书中的一本。我第一次遇到这套书是在北京刚刚开始通宵营业的三联韬奋书店，忘了是在2016年还是2017年的夏天，我在北京出差，恰逢周末，晚上，我和许多爱书之人一样，计划在这个令人钟爱的书店过一个通宵——大家都是以此来表达自己对好书店的敬意的。对我来说，除了陪钟爱的书店"共度良宵"，表达敬意的方式还包括将一整套"最伟大的思想家"买下，其中就包括这本《柏拉图》。

　　《柏拉图》这本书，基本而言，是古希腊伟大的哲学家柏拉图的传记。它简要介绍了柏拉图的生平及其时代，而后则对柏拉图的哲学思想及著作进行了全方位但简明的解读，帮助读者全面、深入地领略柏拉图的思想体系。在全套45本"最伟大的思想家"丛书中，我第一本打开的就是这本书，但遗憾的是，只读了一半不到就放下了——因为并不好读。到如今已经五六年过去了，从去年起我就开始有个计划，要把过去读过而没有卒读的 200 本左右的书彻底读完，以免半途而废，哪怕读得草率些。所以，整个 2022 年，除非必要（写作的需要）不启新书。但直到 2022 年结束，任务也只完成了一半。不过，《柏拉图》倒是完整地看完了。

这本书篇幅很短，只有 140 页左右，十来万字。但在我看来却是十分严肃而功底扎实的著作。就我的判断而言，这本书给读者描述了一个清晰而真实的柏拉图。由于历史久远和其他的原因，完整还原柏拉图历史的真相已不可能。直到今天，人们对于柏拉图的年龄、生平乃至他的著作中的苏格拉底到底是实有其人还是代言人都模糊不清。许多著作言之凿凿，但可以肯定的是，那些貌似确切的描述，多半源于著作者过于泛滥的想象。

但本书作者则完全不同，甚至可以说，他的可贵之处，就在于他直面这些模糊不清，努力地呈现怀疑和模糊。这样的努力，反而使我们尽可能地走近了历史上那个真实的柏拉图。我们都知道，在人类哲学的园地里，柏拉图是一个无论怎么强调都不过分的哲学家，套用一个伟人形容牛顿的话，"如果问我们第二伟大的哲学家是谁，可能会有争议，但第一名是柏拉图，没有争议"。怀特海甚至说过，人类哲学史不过是对柏拉图的一系列注脚而已。这大概是说在柏拉图的著作中，哲学的问题已经差不多全部提出来了，剩下的只是发表意见。但对哲学而言，提出问题比解决问题还重要。

如果读者诸君对西方哲学感兴趣，阅读本书是个不错的选择。

畏惧哲学之难的人们可以从它入手，因为你很难找到比它还短小的严肃读物；而喜欢探究深刻哲理的人也可以从本书中获得收益，就了解西方哲学这座入云的高峰而言，没有比这本书更富有深刻的哲思与理性的了。既使你只愿意读读序言，也能物超所值地有所收益。

25. 一个强权女人的华丽与黯淡

读《英国人之最：维多利亚》

书　　名：英国人之最：维多利亚
作　　者：[英]里顿·斯特拉奇（Lytton Strachey）
译　　者：李祥年
出版机构：国际文化出版公司
出版时间：2004 年 12 月

在某个场合，我曾见到刀尔登推荐这本书，以我对刀氏的信赖甚至崇拜，以之为必读之好书无疑。但遗憾的是，最初翻开这本书的日期没有记下来，按照许多史家的惯例，我编了一个不太离谱的日子：2020 年 9 月 5 日。这不是说回忆起了那一天，而是认同一个观点——总该有个起点。

这本书大约是购自西安，少说也是 15 年前了。书的作者叫做里顿·斯特拉奇，是一位毕业于剑桥大学的著名传记作家，据很多资料介绍，他与法国的莫洛亚、德国的茨威格并称 20 世纪最有影响力的传记文学作家。莫洛亚我不太熟悉，但茨威格的传记我就多有涉猎，深知其份量和水平。一个能与茨威格并称的作家自然不会是等闲之辈。

这本书中，令人印象深刻的是里顿·斯特拉奇极流畅而优美的笔触，很难想象一个作家有如此之强的抒情性，而又能把事情交代得如此清晰。它总体上是从维多利亚作为一个女人的视角来着墨的，更多写了她对人的情感以及对权力和社交生活的复杂感受，而时代和国家的重大事件反而匆匆带过，我想了解维多利亚时代政治经济军事文化的初衷并没有在阅读中实现。我们本该期待的是女王的议会演讲、四处巡游、权力斗争和宫廷宴饮，乃至必不可少的花边新闻，但在里顿·斯特拉奇的书中，尤其是前半部分，一切似乎都颠倒了过来，女王似乎是在不断地享受爱情的甜蜜和家庭的美满，顺便做了一把国王。这也是作者独具匠心的地方。他打破了长久以来替传主歌功颂德的官方传统，而是带有强烈的思辨、质疑甚至破坏偶像的成分。它不是要写一段历史，而是要写一个人。唯其如此，我们该多喜欢他一点。

　　读传记总是有趣的，依我看，英国著名君主的传记都该看看，尤其是为数不多的女王。英国历史上曾经有六位女王，分别是玛丽一世、伊丽莎白一世、玛丽二世、安妮女王、维多利亚女王、伊丽莎白二世。论在位时间长，是2022年才去世的伊丽莎白二世，整整干了70年。论名气大小，可能是开创英国历史的"黄金时代"的伊丽莎白一世。但如果从在英国历史上的地位和贡献而言，排到第一位的当是维多利亚女王。在她于1901年辞世时，她不仅是英国历史上在位时间最长的女王，也是在位时间最长的君主，长达64年。在她任内，英国成了世界上真正意义上的第一强国，这种殖民统治的幅度是历史上从亚历山大大帝到阿育王，从凯撒大帝到成吉思汗，从达伽马到拿破仑都没有做到过的，这就是所谓英国历史上最强盛的"日不落帝国"时期。纵观英国的历史，这个长期偏安于大西洋滚滚波涛、时不时以觊觎之态登陆欧陆的古老民族真正的鼎盛，就发生在维多利亚在位时期，所以这个时期也恰当地被称为"维多利亚时代"。按照马克思历史唯物主义的历史观，维多利亚时代正是英国自由资本主义由鼎革初创到繁荣兴盛，进而发展到垄断资本主义的阶段。这一阶段，英国君主立宪的政治体制发挥得淋漓尽致，经济文化空前繁荣，对外殖民无孔不入。维多利亚女王成了英国鼎盛与繁荣的象征。

真正难得的是，与其他几位同样高高在上的女王相比，维多利亚算是一个把"江山"和"美人"的矛盾处理得尽善尽美的女王。换句话说，作为女王，她无比成功；作为女人，她又十分幸福。从其个人的经历和禀赋看，维多利亚女王性格鲜明，秉性真挚。她尽忠职守，颇具治国之才；她忠于丈夫，对子女要求严格，又堪称一代女性楷模。翻遍历史，大概找不出像维多利亚这样的女人，能够既如此出色地完成了一个女王的职责，又如此平凡地保存了一个女人的幸福。

但是，当女王的丈夫、年仅42岁的阿尔伯特亲王骤然离世后，维多利亚的天塌了，她不愿意再出现在公共场合，独自一人躲在白金汉宫里，追忆过去的美好。尽管她在未来的日子里也有身边的仆人陪伴，不断传出花边新闻，但她恐怕仍然是英国历史上最保守的君主，一心一意为阿尔伯特守寡，心甘情愿当未亡人。除了阿尔伯特，谁也没有资格走进她的心里。这也注定，她的后半生是孤寂的。一个拥有世界上最强大国家的君主，却缺少一个小女人该有的幸福。从文学作品的角度，这是里顿·斯特拉奇笔下真正的华章，令人唏嘘感叹，一言难尽。

26. 卢梭悖论

读《最伟大的思想家·卢梭》

> 书　　名：最伟大的思想家·卢梭
> 作　　者：[美] 萨莉·肖尔茨（Sally Scholz）
> 译　　者：李中泽　贾安伦
> 出版机构：中华书局
> 出版时间：2014 年 1 月

今天（2023 年 6 月 28 日），是法国 18 世纪启蒙思想家、哲学家、教育家、文学家，民主政论家和浪漫主义文学流派的开创者，启蒙运动代表人物之一卢梭的诞辰纪念日，所以，我专门找来《最伟大的思想家：卢梭》认真地读完，想和大家聊聊卢梭。

如前所述，卢梭名字的前面，带有一长串头衔。考虑到他死于 245 年前，这些头衔一定不是今人浮夸的粉饰，而是历史客观的评价。唯其如此，从哪个角度去谈卢梭就成了一个需要思考的问题。正巧，我的儿子也是 6 月 28 日出生的，算起来，他比卢梭要小整整 297 岁。在读完卢梭的这本传记以后，我突然就有了一个角度：鉴于我的儿子与卢梭生于同一天这样的事实，假如有可能，我希望他成为卢梭那样的人吗？实话讲，我不知道。

为了避免某些语焉不详造成的误会，我必须首先要指出的是，之所以在"成为卢梭"的问题上有所困惑和迟疑，是因为就卢梭的一生来看，他具有明显的两面性：一方面，他才华出众，万里无一，为人类的思想宝库做出了不可估量且无法替代的贡献；另一方面，在私生活中，这样一位声名显赫的哲学家、思想家，盛名的光环却掩盖不住个人道德、人格上的巨大缺陷。他是一个有着明显道德缺陷的"小人"，撒谎成性，多次偷窃，趋炎附势，出尔反尔，抛弃骨肉，做了不少令人不齿甚至卑鄙无耻的坏事。罗素在《西方哲学史》中形容他"卢梭——这个拥有创造性思想和女性般优雅容貌的哲学家，他的所作所为、他在个人私生活上所表现出来的品质的不堪令人无比的震惊"。

你看，阅读薄薄的一本书，我们就发现了"两个卢梭"，伟大思想家的卢梭和卑鄙小人的卢梭。我当然希望我的儿子能够成为前一个卢梭，不仅为家庭、国家，也为人类作出不可估量的思想贡献，忝列最伟大的思想家之列，但我同时也担心，如果他真的向卢梭学习，会不会也成为一个道德败坏之人，甚至连我的孙子，都给卖到孤儿院去。问题是，只有一个卢梭，天使的卢梭和魔鬼的卢梭，是集于一身的。

我不知道有没有人总结过卢梭这样的现象。在我看来，这种现象可以称为"卢梭悖论"——天使和魔鬼是同一个人。

"卢梭悖论"不止发生在卢梭身上，其他人也有符合条件者。在我有限的知识存量中，至少，宋代的沈括是如此——写伟大的《梦溪笔谈》的是他，背后打小报告差点把苏东坡整死的也是他。还有，卓别林似乎也符合这样的条件——拍《摩登时代》的是他，抄袭和窃取他人艺术成果的也是他。如果我们愿意放开些视野，符合"卢梭悖论"的古往今来人物，不胜枚举。

对于这些人，我们或可以以维护道德纯洁性为己任，举起道德的大棒，一一排头打去，就像破坏圣像运动、宗教审判所、伊斯兰原教旨主义、麦卡锡主义、红色旅等一样，不仅摧毁思想，甚至摧毁肉体。这自然是一个极端。

另一种选择，或者说是另一个极端，就是我们都耳熟能详的曹操曹孟德。大家都知道，曹操重才，已经到了真正"唯才是举，不论其他"的地步，曹操的《求贤令》直接提出：即使是未必廉洁、甚至是德行败坏，只要是有真才实能，就给予录用，他重才是不看德行的。这应该说是另一个极端。

在我看来，在破除"卢梭悖论"、正确处理德才关系的问题上，"执其两端而叩其中"是一个更为可取的思维方法。事业的发展、时代的进步当然需要高质量的人才，从这个意义上，不仅要"唯才是举"，而且必须大张旗鼓地"唯才必举"，才能保证如卢梭般的人才脱颖而出。但另一方面，完全不看德行，事物就会走向它的反面，因而，以立法的方式，确定道德约束的底线和边界，使得道德确实能够匡正风气，引领时尚，但又不至于成为道学家们以"泛道德主义"大棍压制甚至扼杀人才的利器。在现实生活中，处理掉一个"小人"卢梭不费吹灰之力，但孕育出一个"思想家"卢梭却是可遇不可求的事。

令人庆幸的是，虽然我儿子和他生于同一天，但他正反两个方面，都和卢梭有极大差距，所以，至少目前，"卢梭悖论"还不会困扰我。

27. 福柯的冒险与倔强

读《福柯传》

书　　名：福柯传
作　　者：王　辉
出版机构：华中科技大学出版社
出版时间：2020年6月

巴迪欧说：当代法国哲学的发展可以称为一场冒险。在我看来，很大程度上，巴迪欧是在谈福柯。

哲学在苏格拉底、柏拉图、亚里士多德的时代是形而上学，到了笛卡尔实现了认识论转向，但直到启蒙运动之前，哲学都能在神学的天空里找到神圣的皈依——尽管哲学似乎一直是要和神学划清界限的。所以，在更早的阶段，哲学本身虽不断受到冲击——多数来自哲学的内部——但哲学赖以生存的大地是安全的。但到了近代，不仅哲学的内容受到质疑和否定，连哲学所赖以存在的前提都受到了有力的质疑。尼采高呼"上帝死了"，他的意思自然不是上帝真的死了，而是上帝失去了意义。就是说，问题不在于"哲学对不对"或者"哲学好不好"，而在于"哲学为什么"。尼采在哲学的大地上感受到了脚下土地"高岸为谷，深谷为陵"般崩塌，所以就喊了那么一嗓子，然后就疯了。

哲学大地的崩塌是20世纪最重要的事件，比二次世界大战都严重。因为人类是靠意义生存的，无论信仰、理性抑或宗教的天启，最终的目的是赋予人类以存在的意义。而当意义的世界消失，不仅哲学失去了它的前提，人类也失去了生存的前提，变成行尸走肉。它的余波一直波及到现代。如果有人向你哀叹整个社会都没有信仰，或者老年人感慨"世风日下，国将不国"的时候，他们其实就在说这件事。

因而，20世纪哲学的主要任务就是寻找意义，或者说，寻找哲学失去了的灵魂和根基。其实，由于祛魅本身的彻底性，这种哲学的贫困到19世纪中期就已经凸显。但科学给了人以新的信念，因为睿智的人们看到，科学的背后有一个非神的，但威力无比的力量，叫做理性。理性本来存在了两三千年了，但除了它早期曾经短暂辉煌之外，这个奥林匹斯山上令人瞩目的神祇一直流落人间，蓬头垢面，无人相识。到了17世纪，伽利略、牛顿们"上穷碧落下黄泉"地找到了理性这个曾经的天潢贵胄，重新把它扶上神坛，差不多风光了200年（大致是1700—1900年），从英国的经验主义，到欧陆哲学的种种分支，一直到德国人企图统合哲学的顽强努力，理性"引无数英雄竞折腰"，成了真正的神。但是，进入20世纪，理性似乎在达到最高的胜境之后，就如同萧条期的股市，突然看跌，最后，被二次世界大战的炮火炸得粉身碎骨。战争前城市的高楼大厦来自理性，而炸毁这一切的弹药也来自理性。如果理性都如此苍白，我们又能相信什么呢？

确实，从二战结束后的 20 世纪中叶起，哲学似乎经历了一个令人困惑的过渡期。传统的形而上学已经完全过气，而作为形而上学重要超越者的存在主义也渐渐归于沉寂，作为欧洲哲学的重镇，法国哲学本来是由尼采和萨特开创的滚滚洪流，突然，河床变宽，落差减缓，各种形形色色的哲学支流开始漫无边际地分叉，在大地上曲折蜿蜒，一片奇异景象。

而此时，米歇尔·福柯开创了最为奇特、高迈和丰富的哲学领域，在尼采横冲直撞冲开的新河道上，福柯成了最为汹涌也最无法忽略的巨浪中一个不服管教、倔强无比的冒险者。王辉的《福柯传》，正是从这一思想脉络和历史传承的角度，生动地记述了福柯这位我们至今无法忽视其耀眼光芒的哲学大师。

米歇尔·福柯博士，法兰西学院思想体系史教授，毕业于巴黎高等师范学院、索邦大学，法国当代著名哲学家，社会学家，思想家，关于思想的历史学家（最后这个头衔是我生造的，意指福柯为各种主流和非主流的人文思想建立谱系的研究）。福柯是最难定义的思想巨人，他在与传统哲学领域似乎不相重合的文学评论、文艺理论、批判理论、历史学、科学史、医学、教育学和知识社会学等领域内都做出了杰出贡献。他研究几乎所有的思想领域一开始都是从非主流进入，经历了如巴迪欧所言之"冒险"，接受无数的批评和质疑以后，最终把非主流变成主流，产生开宗立派的独特影响力。他的作品包括《疯癫与文明》《性史》《规训与惩罚》《临床医学的诞生》《知识考古学》《词与物》等，单看名字，我们似乎完全无法把这样的领域视为哲学研究的对象，但恰恰相反，由于福柯无可比拟的洞察力、创造力和实践力，他最终不仅证明了自己是最为优秀的哲学家，他所涉及的诸如疯癫、规训、性史、词与物、知识考古等等议题，也成了20世纪中期之后最为瞩目的哲学议题，甚至，从某种意义上，他以一己之力，挽救了由于理性的堕落而无处安身的哲学；他拒斥主体性，最终却接过尼采的衣钵，成为彰显主体性的大师。

不仅如此，当别的哲学家都在书斋里或者咖啡馆里"研究"哲学的同时，福柯却以他略带疯狂而离经叛道的行为——包括他的同性恋身份乃至死于艾滋病的结局实践着他的哲学。他的贵族出身，他永远不妥协的人生历程，他放浪形骸的生活方式，他总是与众不同的思维角度，他对非哲学学科"不讲理"的侵入，都使他更像是一个愤世嫉时的社会批判者，而恰恰相反，他比整个20世纪任何一位法国哲学家都创建了更深刻的思想体系。按照德勒兹说法，福柯的世纪已经到来。这完全不是溢美之词，而是切中要害的评价。无数人尽管伟岸无比，其实也只是走在福柯的延长线上。

最近，我也在读另一本福柯的传记，法国作家迪迪埃·埃里蓬撰写的《米歇尔·福柯传》。书的封面上，福柯以他手指放在唇间、光头和深邃而忧郁的目光，给我造成了更强烈的阅读吸引力。但从平实、全面和简略的角度，王辉的这本著作可能略擅胜场。他更多的是从福柯的生活、工作和经历入手，通过人生的实践来揭示一个活生生的福柯和他带着心跳的思想。我们可以由此慢慢地走近福柯，毕竟，要想真正读懂这位大师，单读哪一本传记也是不够的。得读他的著作——但这更不容易。

28. 曼德拉效应和曼德拉精神

读《漫漫自由路：曼德拉自传》

书　　名：漫漫自由路：曼德拉自传
作　　者：[南非] 纳尔逊·曼德拉（Nelson Mandela）
译　　者：谭振学
出版机构：广西师范大学出版社
出版时间：2014 年 9 月

今天（2023 年 7 月 18 日）是已故南非总统纳尔逊·曼德拉诞辰 105 周年纪念日。当我读完这本厚厚的《漫漫自由路：曼德拉自传》，准备为写点什么而在网上冲浪寻找材料的时候，我突然读到了一个心理学概念——曼德拉效应，心里吃惊了许久。

这份介绍"曼德拉效应"的材料是这么写的：

曼德拉效应是一种都市传说或阴谋论，指大众的集体记忆与史实不符。尚没有科学研究证明这一"效应"的真实性，但也没有足够的反对依据。

这多少有些抽象，接下来便有具体的说明：

最早声称有曼德拉效应现象是 2010 年一位研究超自然现象的"超能力研究者"——美国博客菲安娜·布梅。她发现自己跟很多人一样，记忆中南非总统曼德拉"应该在20世纪80年代已经在监狱中死亡"，但现实是曼德拉没有在20世纪80年代死去，后来更被释放，还当上南非总统，直至2010年时仍然在世。但是，原来早于2010年的时候就有人提出，自己清楚记得，曼德拉在80年代的时候，就已经在监狱中离世。提出的人能够陈述当年自己看过的报道、葬礼的电视片段，甚至是曼德拉遗孀赚人热泪的演讲。当这个说法提出后，得到大量网民回应，表示有相同记忆。

此后，相类似的事件在全球各地不断发生，在2015年和2018年成为爆发的高峰，之后余波还在持续。而2013年曼德拉去世的新闻自发布之后，世界各地的人发现自己对曼德拉的记忆出现了混乱，从死亡时间到死亡原因都出现了不同的记忆。

这就是说，作为一位全球知名的政治领袖，曼德拉在许多人的记忆中死过两次，一次是上个世纪80年代，这些人都"清楚地"记得那时关于他去世的报道乃至电视画面，甚至——"曼德拉遗孀在追悼会上含着热泪的演讲"。而另一次，则是2013年，比上个世纪80年代远为发达的全球媒体做了更加深入的报道，更多的人目睹了葬礼的全过程。曼德拉当然不能死两次，但有这么多人都产生同样的感觉，那一定是哪个环节出了些问题。

前面，我之所以用"吃惊"这个词汇来形容读到"曼德拉效应"的感受，是因为我也完全经历了曼德拉逝世两次的记忆。我甚至记得，当有人在单位早餐的桌上谈起曼德拉去世，包括怀疑曼德拉是被人投毒陷害而身亡的新闻时，我还不无调侃地问对方：是谁在阴间投毒，让他重返阳间的？这也从我个人感受的角度，印证了"曼德拉效应"的存在。

关于"曼德拉效应"，不同的人们提供了不同的解释，一种解释认为这是"多元宇宙状态"使然，在我看来这近乎胡扯。第二种则认为，这是"未来人类对于历史的修改遗留下的漏洞"，显然，这个胡扯的段位更高。第三种看上去更靠谱一些，认为曼德拉当年出狱，名气并没有今天这么大，因而，大家把他轰动一时的出狱记成了葬礼——或者从潜意识里认为，从事这样伟大事业的人都不免危险，因而死亡也是合情合理的。在我看来，这多少有些靠谱，虽然也无法充分合理地解释"曼德拉效应"的成因和机理。

读完《漫漫自由路：曼德拉自传》后，我突然对"曼德拉效应"的成因有了一个新的认识。由于这本书所叙述的时段，恰好和"曼德拉效应"所关注的时段具有互补关系——自传主要是写他从出生到出狱前的这一段的，而"曼德拉效应"反映的则是出狱以后，这样，把两者结合起来，曼德拉完整的一生就呼之欲出了。当然，"曼德拉效应"并不能提供细节，要想了解这一段历史，我以前曾经推荐过的图图大主教的《没有宽恕就没有未来》，恰好可以作为重要的补充，似乎正是"天生的一对"。

纵观曼德拉的一生，不论是"漫漫自由路"所反映的时期，还是"曼德拉效应"所反映的时期，他可以说是用毕生的精力，去做好了"结束种族歧视、争取民族自由"这一件事，这件事，即使从曼德拉开始产生强烈的解放意识算起（参见书的第三部《一个自由战士的诞生》），也经历了几乎六十年的时间。很少有人能如此之长地关注一件事，相比较，第二次世界大战只有不到十年的时间，两个超级大国阵营的冷战也只有四十多年的时间，而南非走出种族隔离仅从其领袖个人而言，就整整用去了六十多年的时间。这样的时间跨度，对大多数人的注意力而言，已经是一个过于漫长的过程，不仅对于曼德拉是"漫漫自由路"，对于全世界关心南非的人们而言，又何尝不是"漫漫关注路"呢？因而，人们在记忆中想象其领导者的牺牲，放在这样一个漫长的时代背景之中，就并不显得离奇了。但也正是这一点，才进一步证明了南非走出这一步，最终取得打破种族隔离制度、实现全面胜利之来之不易。

我们在上中学时，几乎人人都会背诵裴多菲的伟大诗篇"生命诚可贵，爱情价更高。若为自由故，两者皆可抛"。当时其实不是太理解，"自由"具有何等价值，居然可以高过"生命"和"爱情"。今天，读了《漫漫自由路：曼德拉自传》我们就知道，这本曼德拉在狱中写成的自传，其内容，包括了从曼德拉出生一直写到他当选并宣誓就任新南非总统，时间跨度达76年。这就是争取自由的时间代价。这个时间，超过了地球上现存人类的平均预期寿命，恐怕也比绝大多数的爱情长久得多。人们在这么长的时间内出现一些记忆的模糊、盲点乃至错漏，那实在不能算是意外或者偶然。

所以，在曼德拉诞辰105周年纪念日这一天，阅读他的自传，其意义，既是在向爱情致敬，也是在向生命致敬，更是在向自由致敬。

29. 李贽的意义与悲凉

读《李贽》

书　　名：李贽
作　　者：邱汉生
出版机构：北京人民出版社
出版时间：2019 年 5 月

这本书是北京人民出版社出版的"新编历史小丛书"中的一本，2019 年 5 月正式出版。看这些信息，似乎是一本新书，但看了序言才知道，这本书在"文革"前的 1959 年就写成并出版了，这一次名为新编，实则再版。

这本书是小开本，即便这样也只有 66 页，大约两万多字。除去那些以介绍绘画或者文物为内容的艺术类读物，这恐怕是我读过的篇幅最短的书籍了。而且，由于当初普及的需要，书写得非常通俗。所有引用古语的地方，全部直接用意译了的现代汉语讲出来，非常好懂。我从头至尾看完它，也就花了不到一个小时。

之所以要推荐这本书，其实是想和大家分享一个观念，那就是我们值得花些时间，去关注李贽这个人。依我看，中国古史浩如烟海，其中名人自然繁若群星，但像李贽这样的人物，从古至今实在没有第二个。有明一代，大家都关注王阳明，但在我看来，李贽对中国的意义，实在不在王阳明之下。王阳明至少可以比作诸葛亮之类的人物，但李贽，却实在找不出第二个可比。

当然，王阳明之知名，因他是古人所言"三立"的典范，一般古代思想家，立德者有之，立言者亦有之，但立功者却乏善可陈，而如商鞅般事功卓越者，立德与立言又各有不足。今人称许王阳明，自是他"三立"皆备，罕有匹者。如果以这样标准看，李贽毕竟也欠了事功一项。但我推崇他，实是他在立言与立德上，出乎其类而拔乎其群，至今我们都值得仰他的高峰。

李贽的思想，主流是冲着批判理学或者说道学而去的。理学是由中唐之后形成、到宋明而蔚为大观的新儒学，无论是学问的发幽探微，还是体用的经世济时，较之传统儒学，皆有质变之处，也产生了周敦颐、二程、朱熹、陆九渊、王阳明等大师级的人物。但到了晚明，政治败坏，学术亦腐败，理学名存实亡，而心学也流弊横生。在李贽看来，那些道学家原先最为可贵的一个"诚"字，已经被满口仁义道德、一肚子男盗女娼的"假"字所代替。因而，李贽针锋相对地提出"穿衣吃饭，即是人伦物理"的主张，挑战所谓"天理"学说，这已经让食古不化的道学家们大惊失色了。更有甚者，李贽进一步把矛头指向了汉代以降就忝为中国政治正统学说的儒家经学，认为孔孟学说之权威和教条不足为凭，直接挑战以孔子及其徒子徒孙为代表的儒家思想。如果说对"天理"的全新阐释是思想改良，那么，对儒家学说正统地位的质疑甚至否定，那不仅是离经叛道，已经是大逆不道了。

李贽不仅对儒家学说展开彻底批判，在若干社会问题上，他也自有区别于儒家的独到见解。他批判贪官污吏，似乎并未背离儒家学说的一贯立场；重学问而轻仕途，已经和儒家"八条目"中所谓"修身齐家治国平天下"的理想模型相去甚远；反对"男尊女卑"，强调个性解放，就和传统的儒家立场相悖而行了；而批判重农抑商，褒扬商贾功绩，倡导功利价值，这已经不是"新儒家"，而是"反儒家"了。如果说类似王阳明那样主张对儒学进行根本性改造的思想家尚属"打着红旗反红旗"，那么李贽的思想，已经完全走在了否定儒学的道路上。无怪乎李贽在七旬高龄仍然身陷囹圄，最终，他十分决绝地用剃刀割破了自己的喉咙，用一句"七十老翁何所求！"给自己的一生做了了断，惨烈死去。

在中国的晚明，出现李贽这样的人物，事非偶然。用马克思主义的观点来分析其根本，仍是"社会存在决定社会意识"精辟论断的再一次验证。从本质上，李贽思想的"革故鼎新"的社会价值，仍然来自明中后期资本主义萌芽的发展要求。"风起于青萍之末"，在历史滚滚向前的洪流中，没有什么思想是偶然的。

遗憾的是，随着欧洲从思想特质上与李贽的观念颇为类似的启蒙运动的兴起，在同一个历史坐标和时代节点上，中国和欧洲分道扬镳，各奔东西。就是这个时刻，领跑了两千年的中华文明开始落后。李贽一声惨烈的哀吼，最终隐入历史的烟云，仿佛什么也没有发生。

30. 托尔斯泰之死

读《托尔斯泰传》

> 书　　名：托尔斯泰传
> 作　　者：[奥地利] 斯蒂芬·茨威格（Stefan Zweig）
> 译　　者：申文林
> 出版机构：浙江文艺出版社
> 出版时间：2009年4月

记得过千禧年的时候，英国有一家媒体评选了人类有史以来最伟大的四位作家，包括荷马、塞万提斯、莎士比亚和托尔斯泰。我听说以后，觉得塞万提斯有点出人意表，其他三个都恐怕没什么争议。而包括塞万提斯在内的四大作家中，离我们最近的就是托尔斯泰，从价值观通融的角度，和我们最为接近的，也是托尔斯泰。

以往阅读托尔斯泰多半还是读他的书。上大学的时候，我就读过《安娜·卡列尼娜》和《复活》，前几年，遇到中译出版社一套不错的版本，又把《战争与和平》读完了。托翁的著作，在我看来主要就是这三部。全读了以后，就想看看他的传记，在自己的藏书中搜罗了一下，居然有七八个版本，都是托翁的传记。看作者，我熟悉的只有罗曼·罗兰和茨威格，而两人的传记中，茨威格的又是薄薄的一个小册子。这也就是我读这本书的缘由了。

大家都知道，斯蒂芬·茨威格是奥地利著名作家、小说家、传记作家，他写小说、写诗歌戏剧乃至散文，都颇有成绩。他的小说知名的就有《月光小巷》《看不见的珍藏》《一个陌生女人的来信》《象棋的故事》《伟大的悲剧》等，我看过的，只有《象棋的故事》，印象也不太深了。

但最能令他蜚身世界文坛的，还是他的传记。茨威格的传记文学，数量之多，传主之博，领域之广，在世界文坛都鲜有匹敌者。仅他为名动天下的文学巨匠立传，传主就包括巴尔扎克、狄更斯、陀思妥耶夫斯基、荷尔德林、克莱斯特、尼采、卡萨诺瓦、司汤达、列夫·托尔斯泰等，放眼这个名单，几乎就是一部19世纪的欧洲文学史。不仅于此，他还给荷兰哲学家伊斯拉谟、加尔文宗教改革学者卡斯特里，苏格兰女王玛丽·斯图亚特和路易十六的王后玛丽·安托内特立传，皆能传其神采、揭其内心，令读者大饱眼福。在这样规模空前的传文中，茨威格也形成了自己写作传记文学的思想主旨和文学风格。从思想看，他无论是叙述传主的经历，还是评价其历史地位，都坚持了人道主义的立场，肯定自由理念，抒发人道情怀，反对保守思想，抨击专制独裁，表达了爱人类、爱生命的人道主义精神。从文学风格看，茨威格擅长心理描写，注重刻画人物内心世界，能细致入微地展现传主心理的发展与变化。能做到这些，虽然与当时的风尚有关，但也是他不断探索和实践的结果。对我而言，从茨威格的笔下去了解这位人类史上最伟大的作家之一——托尔斯泰，显然是十分合适的选择。

但阅读时间不长我就发现，茨威格的立传风格，给我了解托尔斯泰的生平，也造成了一些困惑。一方面，由于过于细腻的心理描写占去了大量篇幅，我们在充分感受茨威格细致入微的文字魅力的同时，又会感慨能够得到传主生平的有用信息过于之少。好比我们随着旅行车漫游，窗外美丽的风景尽管赏心悦目，但却忘了此行到底要去哪里，车要开向何方。尽管我们不能因此苛责传主，但要另找一本传记来看，才能得到我们希望的托尔斯泰生平，却是必须的了。

另一方面，甚至是更重要的方面，茨威格这本书，虽然名为《托尔斯泰传》，但事实上更准确的书名应该是《托尔斯泰之死》。他几乎全部的篇幅，都只停留在托尔斯泰七十岁以后，一直试图摆脱自己已经高度反感、但又因现实的羁绊而不能如愿的贵族生活的经历。在托尔斯泰一生的历程中，这一段经历不仅重要，而且典型，茨威格花较多的笔墨，我们完全能够理解。但是，茨威格几乎放弃了对托尔斯泰前大半辈子生涯的哪怕是约略的描述，而把几乎全部的笔墨，毫无保留地用在了揭示托尔斯泰这一重要阶段的心路历程和现实纠葛之上。最后，托尔斯泰终于在八十二高龄夤夜出走，几天之后死在火车站的悲剧命运，被茨威格演绎得达到了悲剧的高潮，这使得这本书的文学性和思想性都达到了茨威格创作的新高度，我们也从中获得了难以名状的艺术享受。但是，带着托尔斯泰传记这样预设的期待读这本书，就仿佛我们被邀请赴一次盛宴，却发现这个盛宴只有一道菜——一道超好吃也超名贵的菜。我们是应该吐槽，还是应该点赞？

无论如何，也许一千个读者心中就有一千个哈姆雷特，那么一千个作家的笔下也可能有一千个托尔斯泰。我们不应该感到遗憾，因为这虽然不是最完整的托尔斯泰，但却是最独特也最打动我们的托尔斯泰。

31. 李白是每个人的远方

读《李白传（修订插图版）》

书　　名：李白传（修订插图版）
作　　者：李长之
出版机构：百花文艺出版社
出版时间：2020 年 2 月

20 多年前的一段时间，我很喜欢读各种古代文学家的传记，林语堂的《苏东坡传》，冯至的《杜甫传》，朱东润的《陆游传》，乃至李长之的《李白传》和《陶渊明传》，都是那时候读的。最近，动画电影《长安三万里》火透半边天，令我突然就想起了多年前看过的这几本书，尤其是李长之先生的《李白传》。但遍翻书箧，不见旧书，倒是架上有另外版本的新书，遂重读了一遍，前半部分看得更仔细些。

这本书的作者李长之，是清华大学毕业的文史大家。他师从张东荪、金岳霖和冯友兰，与吴组缃、林庚、季羡林并称"清华四剑客"，后来在多所大学任教，研究李白，是他终身的志趣。

李长之先生的《李白传（修订插图版）》，其实是两本书的合集，前面的是《道教徒的诗人李白及其痛苦》，是 1941 年出版的作品，后面的《李白》，则是建国以后应三联书店的邀请，重写的李白传记。在我看来，第二部李白传，虽然写得四平八稳，中规中矩，但就李白之为李白的传神描摹上，比第一部有一定的差距。粗略地概括，第一部可以称为"文的李白"，第二部可以称为"史的李白"。我们当然更喜欢那个"文的李白"，因为这与我们对李白的内心感受是一致的。

中国诗的文化绵亘三千年，无论李白之前和李白之后，都只有一个李白，所有的古代诗人，与他都不一样。诗才如李白者可以有数个，但其他几位，可以被某一部分人视为同类，而被另一些人视为异数，但李白，所有的人看他都是异数。你可能与苏东坡亲近，或者视杜工部为友人，乃至能与陶渊明把酒东篱，但李白，你只能远远地仰望他，他是"每个人的远方"。贺知章叫他"谪仙人"，就是说，他是天上的神仙，不是我等凡夫俗子。

李长之先生笔下的李白，尤其是《道教徒的诗人李白及其痛苦》，虽然书的名字很笨拙，但就勾画浪漫主义诗人李白的一生而言，却是十分传神，既有史学家的严谨，又有文学家的才情，他用李白强烈的道教信仰串联始终，写出了一个活的李白，他的"生命与生活"，他与儒家之格格不入，他随父亲侨居中亚的独特经历，他强烈的游侠意识，他亲力亲为的道教徒生活，他政治上的狂热与笨拙，他诗风上的"清真"与"自然"，都强烈地提示我们他是"可远观而不可亵玩焉"的另一个天地，令我们观照自身而自惭形秽，心生羡慕却无法学习。

每个中国人心中都有一个李白。我读过好几本李白的传记，就走进李白内心这一点，李长之先生是最好的，没有之一。

32. 未经省察的生活不值得过

读《最伟大的思想家·苏格拉底》

书　　名：最伟大的思想家·苏格拉底
作　　者：[美] 霍普·梅（Hope MAE）
译　　者：瞿旭彤
出版机构：中华书局
出版时间：2014年1月

这本书是中华书局出版的"最伟大的思想家"丛书中的一本，是介绍苏格拉底的。我在前不久的推荐文章中，已经谈过卢梭和柏拉图，以后或许还可以谈谈我已经读过的康德、亚里士多德和皮尔士，都是这套丛书入选的思想家。

与其他小册子相似，这本书从介绍苏格拉底身处的时代背景说起，探讨苏格拉底思想形成的原因和意义，特别是所谓"苏格拉底方法"即"诘问式"，以让我们深入了解苏格拉底的思想。随后，着重讨论了苏格拉底生命的最后时光，谈他受审时的申辩，谈他得闻死刑判决时的淡定，谈他慷慨赴死的从容。难得的是，作者详尽介绍了这一切，却只用了一百多页纸的篇幅。

稍有读书经验的人对苏格拉底就不会陌生，某种意义上，他是整个西方哲学的象征。倒不是他的哲学理论具有如此地位，而是他所开创的哲学方法论，也就是所谓"诘问式"方法，赋予哲学以真正的品质。如果说从泰勒斯开始，古希腊哲学就确定了形而上学的宏大主题，那么，到了苏格拉底，就着重解决了如何形而上学的问题——任何一门学问，只有方法论的成熟，才是真正学术的成熟。因而从一定意义上，苏格拉底的哲学方法是原哲学，由于他对哲学源头的开创，哲学才真正地诞生了，以往的努力不过是"在黑暗中摸索"。直到今天，我们看待一种哲学的品质，最终也是要以苏格拉底倡导和奉行的方法为标准的。

我以往读过很多介绍苏格拉底的文字，在我的头脑中苏格拉底已经是一个"杂多"的存在，洞见频频，形态多样，样貌复杂，甚至互相矛盾。这其实反映了我们现有知识所能提供的让我们想象"谁是苏格拉底"的资料显著不足。他的生平散见于与他同时的各个哲学家、戏剧作家乃至诗人的笔下，从睿智的思想家到笑话百出的小丑，从热爱雅典的高贵公民，到教唆青年腐化社会风气的阴谋者，不一而足。苏格拉底的哲学思想也很难一言以蔽之，因为他自己没有流传下来任何的著作，人们或以为是散佚了，但更有可能的是他也和孔老夫子一样，是"述而不作"的。他所有的思想都体现在柏拉图的书中，以至于人们不怎么能搞清楚，哪些是他的思想，哪些是柏拉图借他的名字，传达自己的观点乃至思想。

不过，我坚定地相信，"未经省察的生活不值得过"这一句，是苏格拉底自己的思想。因为无论从各种资料和信息来分析苏格拉底的哲学思想，都与这一句洞见高度契合。一方面，他强调了"省察"作为一种哲学方法的重要性，显然，苏格拉底高度推崇的"诘问式"方法,正是一种"省察"。另一方面,经过"省察"而"值得过"的生活,必然是一种道德生活,这正是苏格拉底反复强调的。进一步想,这一句极富哲思的断言,也蕴含了哲学的全部追求。如果说"省察"意味着对某种对象的形而上学探究,那么,这个对象就绝不仅仅是客体,而包括了对主体,也就是人自身的探究——这正是道德的起源,也埋下了认识论转向的机缘。苏格拉底虽然没有写下一部哲学著作,但所有哲学研究的主题都是从他开始的。

华东师范大学哲学系教授方旭东在评价本书的时候说:说它是小书,只是就装帧的体量而言,至于它在学术深度上,就绝非小书。总之,套用《论语》上的一句话:(此书)为之小,孰能为之大?这句话用来形容苏格拉底的哲学,也是对的。

33. 无限后退的道德是危险的

读《最伟大的思想家·康德》

书　　名：最伟大的思想家·康德
作　　者：[美] 加勒特·汤姆森（Garrett Thomson）
译　　者：赵成文　藤晓冰　孟令朋
出版机构：中华书局
出版时间：2014 年 1 月

讨论西方哲学，康德是绕不开的存在。有人称他是人类历史上最伟大的哲学家之一，能与他比肩的只有柏拉图、笛卡尔乃至黑格尔等寥寥数人。我不习惯这种排座次式的评价方式，但对康德应该获得一个极高的评价，完全没有异议。

通常，我们对哲学家有一些刻板印象，觉得他们多数应该行为古怪，深居简出，不苟言笑，貌若深沉，通常都在独来独往，时而激动时而沉默。其实，英国有一家杂志统计了从古到今的大量哲学家，只有极少数会像我们心中的刻板印象。但值得欣慰的是，康德很符合我们心目中的那种"标准"哲学家，他一生独身，从未离开过自己的出生地柯尼斯堡，成年以后的绝大多数时间是在柯尼斯堡大学教书，每天生活刻板，在固定的时间出门散步，他的邻居经常用他出门的时间对表——这则逸闻虽然颇有趣味，但似乎不是真的，因为那时大多数家庭应该无表可对。不过，这也反映了人们对康德的认知，一个像钟表一样精确生活着的古怪老头子。

同一本英国杂志证实了，另一个我们对哲学家的印象也是不准确的，那就是，绝大多数哲学家都不长寿。恰恰相反，也许是清心寡欲、终日营营于思想的缘故，绝大多数哲学家活得比同时代人们的平均年龄要长。康德活了整整80岁，这在当时绝对是今日百岁一样的高龄。康德的高龄值得所有热爱真理的人们额手加庆，因为，大约是厚积薄发的缘故，康德绝大多数的伟大作品都出版于他50岁以后（康德生于1724年，而《纯粹理性批判》出版于1781年、《实践理性批判》出版于1788年，《判断力批判》出版于1790年）。如果他不幸短寿，这些作品就无以问世。当我们多多少少领略了康德的思想，就会清晰地感觉到，如果没有这些伟大的作品，人类会寂寞太多。

读康德是一件无比困难的事情，我至今也没有把这件事情做好，虽然时而对自己愤愤不平，但也无可奈何。伟大的三大批判，我读的是商务印书馆汉译世界学术名著那个版本，几次都无法卒读。后来读邓晓芒先生的句读本，虽然好懂了些，但时间又花得太多，需要放弃太多阅读其它读物的乐趣，所以也未能持续。一时间，阅读康德成了心病，时时萦怀于心，却至今没有付诸于行。

鉴于此，前几年在北京购得的这套"最伟大的思想家"丛书就成了最佳替代。想了解某一个伟大哲学家的生平与思想，实在无力读原著，就寄托于这套书。《最伟大的思想家·康德》这本书自然也是如此。比起原著，它篇幅精干，条理清晰，解说明了，对于一个如我般阅读能力有限的读者，实在是不二之选。尽管如此，这本区区百页的小册子也花去了我一周左右的业余时间，你能想象我读的过程有多困难，就能想象我读完以后有多开心。

由于康德思想的博大精深，介绍全书是困难的，但可以举个例子。

在读这本书之前，我始终对康德的"道德律令"充满了疑惑，毕竟这与我们的经验相去甚远。我们都知道"不说谎"是对的，但如果把"不说谎"作为律令，那就是说，任何情况下都不能说谎，这就令人大惑不解了。难道，一个病人得了癌症，无药可医，我们也必须残忍地告诉他真相吗？难道如果有法律规定我们必须如实禀报，我们就必须向凶恶的杀手透露亲人的藏身之处吗？这样的极端事例，不仅于经验不合，也与我们所受教育不相融洽。圣人不是告诉我们，如果亲人犯了偷窃之罪，要"父为子隐，子为父隐"吗？连宋襄公准备按照当时的规则打一场战役，不肯"半渡而击"，亦不肯进攻未列阵的楚军，不是被我们骂成"蠢猪一样"吗？如此推理，康德的道德律令，不也是"像蠢猪一样"吗？

通过阅读和思考，我多少明白了些。突破道德律令，尽管能够获得一定的收益，短期内好于严格遵循道德律令，但是，由于可以在遵循道德律令的时候后退一小步，就意味着它也可能变成后退一大步，或者两小步，乃至两大步，三小步，三大步，如此这般，以至于无穷。这样，必须遵守的"道德律令"，就变成了人人可以违反的"道德律令"。这种"无限后退的道德"如果不加限定,那就会失之蚁穴,溃之千里,道德最终变成缺德。

如此,康德把"道德律令"奉为和"头顶灿烂的星空"同样神圣不可侵犯之最高准则,就有了其深邃的历史意义。至少我们该明白,"无限后退的道德"有多么合理,它也同时有多么危险。

回顾历史,人类绝大多数惨绝人寰的悲剧,都来自于许多不断后退的"一小步",而非一夜之间的改天换地。

34. 托克维尔：一面镜子

读《托克维尔》

> 书　　名：托克维尔
> 作　　者：[美] 哈维·C. 曼斯菲尔德（Harvey Claflin Mansfield）
> 译　　者：马　睿
> 出版机构：译林出版社
> 出版时间：2016 年 11 月

　　我曾经在以往的荐书文章中推荐过托克维尔，当时所荐之书，是他关于自己祖国的未完成作品《旧制度与大革命》。这本书，2016年我在党校读书班学习时，学校曾推荐为课外必读之参考书，班里还组织了讨论。其实，更早的时候我也读过托克维尔的《论美国的民主》（虽然只读完了上册），那时，我刚刚通过刘瑜的著作《民主的细节》初识托克维尔，对这个未及深知的政治哲学家和社会学家充满了好奇。

　　而在回答"托克维尔是谁"的问题上，哈佛大学著名政治哲学学者哈维·C. 曼斯菲尔德所著的这本小册子《托克维尔》实在是当然之选。

　　本来，前几年浙江大学出版社出了一套西方哲学家的传记，从亚当·斯密到维特根斯坦，有十几位哲学家（或思想家）位列其中，也包括托克维尔。我是计划要逐一看完这套书的，《托克维尔传》自然也在其中。但与哈维·C.曼斯菲尔德这本小册子相比，浙江大学出版社的这本书篇幅不短，读起来要多费很多时间。所以，我就"好逸恶劳"地选择了前者。

相对于孟德斯鸠、卢梭、伏尔泰、狄德罗等法国政治哲学家，托克维尔是我最晚知道的。但近些年，又是涉猎其著作最多的。事实上，与著述等身的卢梭、伏尔泰不同，托克维尔的全集只有三部著作，除了前面提到的《论美国的民主》和《旧制度与大革命》，就是《托克维尔回忆录》。但就其思想对所处时代的穿透性认识而言，托克维尔恐怕是最为深刻的。

与托克维尔的"深刻"相比，伏尔泰更多的是"丰富"，而卢梭则是"激烈"。显然，伏尔泰对专制政治的否定和对贵族阶层的批判都产生了巨大的社会回应，使得启蒙成为一个鲜明的时代主题，但就对"娜拉走后怎样"的革命前景的描摹上，伏尔泰是长于"破坏一个旧世界"，而拙于"建设一个新世界"的。

卢梭虽然在打破专制、走向民主的议题上提出了惊人的理论，对摧毁旧世界的堡垒发挥了无以伦比的重要价值，但细察之下，卢梭的理论恰恰又为新的暴政埋下了伏笔。与之对照，看上去有些保守和犹疑的托克维尔却更能经得起历史的检验。看上去，托克维尔更像是一个长于经验主义思辨的英国人，而不是乐此不疲地构建理性大厦的法国人。

三位伟大的政治哲学家都与法国大革命有着千丝万缕的联系，但面向并不相同。伏尔泰和卢梭虽然未及等到大革命爆发就都已经撒手人寰，但这并不能表明他们对法国大革命贡献不大，恰恰相反，他们仍然被历史学家称为"大革命的缔造者"。好比耶稣不知道自己创立了基督教，马克思和恩格斯也未及见到十月革命，遑论中国革命，他们也仍然是遍及全球的基督教运动和共产主义运动的始作俑者。需要着重指出的是，卢梭不仅要为法国大革命的爆发负责，也要为法国大革命最后的异化负责，从革命的专制到反革命的专制，从雅各宾派的白色恐怖到热月革命的专制重现，似乎彼此互相对立的各方都在实践卢梭的理论，甚至可以说，法国大革命是"成也卢梭败也卢梭"。

而托克维尔则以另一种方式参与了法国大革命。他1805年出生的时候，狂飙突进的法国大革命已经爆发了十几年，法国人正在陷入"革命的后遗症"之中。等到托克维尔长大开始思考社会问题的时候，法国已经被时而共和、时而专制的政治变动搞得天旋地转，每个人都只能牢牢抓住身边一切可凭籍之物，避免被像过山车一样前行的法兰西甩下列车。恰恰是此时，一批相对冷静的思想家开始反思这场许多人投入了激情、梦想甚至鲜血和生命的伟大运动，惊疑它何以从"自由、平等、博爱"变成了今天这样的专制暴力和血雨腥风。

托克维尔完全是一个历史学家的视角，他关心的不是谁对谁错，革命的立场应该站在哪一边，而是发生了什么，以及何以如此。托克维尔的一生都把这个问题萦绕于心，无论是《论美国的民主》还是《旧制度与大革命》，乃至他回忆录中的大量内容，都是这个主题的延伸。唯其如此，托克维尔才显示了与众不同的价值，成为一个冷峻而清醒的旁观者。

这部关于托克维尔的小册子中，哈维·C.曼斯菲尔德见解深刻、言简意赅地向我们阐述了他数十年的研究成果和反思。在介绍托克维尔的生平经历中，着重阐述了传主托克维尔的贵族出身、政治历练、海外游历和情感倾向（如对美国的希望和疑虑、对法国的失望如何影响了他的倾向等），从而向我们描绘了一个思想深邃、个性鲜明、具有良好贵族传统，又有崇高道德素养的伟大思想家。

同时哈维·C.曼斯菲尔德也从自身研究的深厚积淀出发，为我们介绍了托克维尔的每一部著作，既包括举世皆知的杰作，也包括只为传诸后代而无意公开的《托克维尔回忆录》，精到地概括了托克维尔的思想历程。对于一个有志于了解托尔维尔一生，体会其深刻思想的读者，这本书观点不偏不倚，文字不长不短，情感不温不火，是一本关于传主的最佳读物。

从中我们可以清楚地感受到，观察近代的政治变迁，托克维尔是一面不可多得的镜子。

35. 形而下的"真孔子"和
形而上的"孔子原来"

读《去圣乃得真孔子：〈论语〉纵横读》和《孔子原来：被误解的孔子》

> 书　　名：去圣乃得真孔子：《论语》纵横读
> 作　　者：李　零
> 出版机构：生活·读书·新知三联书店
> 出版时间：2008 年 3 月

> 书　　名：孔子原来：被误解的孔子
> 作　　者：鲍鹏山
> 出版机构：中国青年出版社
> 出版时间：2020 年 1 月

套用顾颉刚先生的一个词，中国人关于孔子的历史是一部"层层堆累的历史"。2500 年来，尤其是汉武帝"罢黜百家，独尊儒术"以后，孔子就从一介布衣，逐步地封圣封王封帝，最后成了大成至圣先师，以至于"天不生仲尼，万古如长夜"。这样，春秋末期那个真实存在过的孔子反而真伪莫辨，漫漶不清。

从历史学的角度，孔子一生的经历，如他的出生"野合"到底是什么意思，孔子是否做过官，孔子有没有删诗经，至今仍有许多模糊之处；从学术的角度，对孔子的思想和观念的认知也各有歧说，历史上，孔子本人时而攀上云端时而被"打翻在地，再踏上亿万只脚"，也令人莫衷一是。

于是，廓清孔子一生事迹之真伪，乃至辨明其学术观点之是非，就成了现代学者倾力研究的重点。以往看过的两本书，一本是李零先生的《去圣乃得真孔子：〈论语〉纵横读》，一本是鲍鹏山先生的《孔子原来：被误解的孔子》，都是此方面研究的力作。

从学问理路的角度，李零先生的作品，是用历史学的方法，试图搞清楚孔子一生的事迹，其中用了很多考据、辩正、推析的手段，也包括考古学功夫，这样形成的孔子，姑命之为"形而下的孔子"；而鲍鹏山先生的作品，已经确认了孔子一生的言行事迹，更多地是从哲学研究的角度，讨论孔子思想的人文立场、政治倾向与对后世的影响，这样形成的孔子，姑名之为"形而上的孔子"。

本来，两人都是致力于孔子研究的去伪存真，在李零先生那里，曰"真孔子"，在鲍鹏山先生那里，曰"孔子原来"，在我看来，其实内涵是非常近似的。但鲍书晚出，其中对李零先生的研究，有些负面的评价，兹引于下：

> 今天还有一些学者，打着还原历史的旗号，宣称"孔子就是一个普通人"，只有立足于此，才能认识真正的孔子，所谓"去圣乃得真孔子"。这是很肤浅的无知与傲慢。

这就多少有些特殊的意味了。显然，两位学者研究孔子所追求的目标，看上去都是要"恢复孔子的本来面目"，但努力恢复了之后，结论却是不同的。简单点说，李零先生认为孔子首先是个普通人，其不普通之处，是后世逐步累积的结果；而鲍鹏山先生大概认为，孔子绝不是普通人，或者说，从头至尾都是个圣人。他们心目中的"真孔子"，其实是截然相反的。所以，这篇荐书的文章，只好把推荐两本书的意见写到一起。

按照成书的时间顺序，先说李零。这位北京大学历史学教授是我十分崇拜的学者，他写过《简帛古书与学术源流》《长沙子弹库战国楚帛书研究》《郭店楚简校读记》《上博楚简三篇校读记》《〈孙子〉十三篇综合研究》《中国方术正考》《中国方术续考》等学术著作，我虽然都已购得，却并未读过。但他另一些介于学术和大众之间的著作，如《兵以诈立——我读〈孙子〉》《丧家狗——我读〈论语〉》《入山与出塞》《铄古铸今》《李零自选集》《放虎归山》《花间一壶酒》等，乃至近些年的两个四卷本（《我们的经典》《我们的中国》）和《波斯笔记》，我都比较认真地看过了。

李零先生不仅是历史学家，也是考古学家。他研究历史人物，多从实证的角度切入，先尽量搞清楚"是什么"，再进一步研究"为什么"或者"该是什么"。试举一例，过去人们读《史记·老子韩非子列传》，每每困惑于司马迁记述的老子、老莱子和太史儋三个"老子"，但李零先生通过对秦简、楚简"李"字不同写法的辨析，令人信服地断言老子和老莱子是同一个人，因为秦简中的"李"字写作"李"，楚简中的"李"字就写作"莱"。仅此一字之识，春秋老子的诸多疑问便迎刃而解。

李零先生写《去圣乃得真孔子：〈论语〉纵横读》，走的也是这个路数。他对当时甚嚣尘上的"复古狂潮"很是不满，所以动了要以实证主义的研究还原真实历史的念头。李零先生自己说：

> 我的研究，是针对近二十年来中国社会上的复古狂潮，一种近似疯狂的离奇现象。我觉得，早该有人出来讲几句话了，哪怕只是一个不字。不是跟哪位过不去，只是本着学者的良心，说几句再普通不过的话。我不忍心，我可爱的中国，就这样被糟蹋下去，被一大堆用谎言、谣言编织起来的自欺欺人糟蹋下去。

看得出，说这些话的时候，李零先生是颇有些愤怒情绪的。这种情绪的来由，活到一定年龄的人都有些感觉。曾几何时，"批林批孔"运动，孔子是批判对象，不能称"子"，要称"孔老二"。而世事沧桑，星移斗转，到了新世纪，"孔老二"重新变成"孔子"，尊孔崇孔又成了社会时尚，孔子的学说从祸国殃民变成了救世良药，国家办了若干"孔子学院"遍及全球，大学重开儒学课程，坊间诸多文人"言必称孔子"——很多就是"文革"时候念过批判稿的。

我曾接触过一些各类国学协会的负责人，从交谈了解，这些人《论语》未必通读过，遑论其他五经九经十七经，但谈起所谓"国学"，每每推向真理的极端，可以解决国家、社会乃至人生的一切问题，遂满脸都是花痴状的崇拜。但细究其言谈，却连孔老孟庄墨的要旨大略也说不清楚。我猜想，李零先生的愤怒，乃至要"去圣",正是由此缘起。

针对这样的状况,李零先生的办法是回到历史的现场,当然不是乘坐时光机穿越回去,而是充分地寻找和探索从考古、文献乃至其他人类学研究的实证资料,努力地拨开层累堆积的历史迷雾,用"历史学的想象力"来还原一个真实可信的孔子。这种形而下的理路固然未必高迈,却正好或者理应成为一切形而上研究的前提和基础。一般意义上,我们当然更能接受这样一种以严格甚至琐屑的考证为基础的孔子研究方法。但是,当"破"和"立"本身成为一面旗帜的时候,这样的研究方法,就会存在力度不足的问题。

再说鲍鹏山。近五六年来,鲍鹏山先生是国内知名度、活跃度都相当之高的学者,关注度高,粉丝群众,且如意见领袖般,多直面敏感话题,敢于一抒胸臆,显示了一个学者的职业操守与学术良心。

与李零先生的本行历史学相对应,鲍先生的本行是文学,他是一个作家,研究先秦诸子和中国古代文学的学者。他的作品已经有《孔子是怎样炼成的》《中国人的心灵——三千年理智与情感》《风流去》《鲍鹏山新说〈水浒〉》《孔子传》《论语新读》《寂寞圣哲》《说孔子》《附庸风雅——第三只眼看〈诗经〉》《致命倾诉》等三十多部。我以往读过若干,最近看过的是所谓鲍鹏山典藏系列文学史、思想史以及古典今解三本,厚厚的三大本,装帧很精美。

总的看,鲍先生是"直面问题"的路子,他也注意到了国学研究与普及中鱼龙混杂的局面。遇到这样的情况,他的办法是开骂，当然不是如凡夫俗子市井间的跳脚大喊，而是逐句辨析，寸土必争，锋芒直指，如鲁迅般"一个都不宽恕"。

他的《孔子原来：被误解的孔子》就是这样一部针锋相对的著作，他预设了23个关于孔子的议题，提出问题再加以辨析，不仅饱含人文哲理，也充满斗争精神。

看得出，鲍鹏山先生是一个非常有良知的学者，他虽然开宗明义地告诉我们要对"被误解的孔子"来个拨乱反正，但事实上，就论证本身的合理性而言，鲍鹏山先生的诸多论证和考据，每每攻其一点不及其余，论据也多是选择性的，意图在于塑造一个能够代言其思想观念和人文价值的孔子。在鲍鹏山先生这里，那些真正与成说不同的观点，呈现出来的孔子既非原来，也非后来，而是"六经注我"式的"另来""如来"。

看得出，鲍鹏山先生具有相当进步的现代性价值观念，他从始至终的目标，都是试图抱着规训权力的态度，拿现在的话，是要把权力装进"笼子"，不仅是制度的笼子，也是思想的笼子，也就是说，要借孔子这个"大成至圣先师"，来说出批评历史英雄主义，提倡个人主义、提倡科学与理性、提倡公民的不服从的一整套现代观念。在这一过程中，鲍鹏山先生对孔子的思想遗存，采取的是实用理性的态度，无怪乎他强调辩论和战斗性。

当然，在"破"和"立"的选择中，鲍鹏山先生是以"破"为先的，他主攻的方向，就是捍卫一种古典文学乃至文化中弥足珍贵的人文精神，以此来批判现实中种种悖谬乖戾之处。这样，他的论著是解构大于建构、批判大于立论，他的方法是攻其一点不及其余,他的日常,便是如斗士般向一切在他看来的错误言论开火,即使伤及无辜也在所不惜。看他的文章,我们每每能想起鲁迅的"论费尔泼赖应该缓行",要"痛打落水狗"的。

在我看来,穿透千百年来"层层堆累"的孔子的历史,找到"真孔子"或者"孔子原来",把两本书结合起来读可能是个不错的选择。先读李零先生的著作,再读鲍鹏山先生的著作,我们就很容易看到,一个真正的孔子,首先应该去圣,还原他作为一个鲁国布衣知识分子的基本形象,也就是"普通人"的形象,这是李零先生的意见。同时,在孔子学说经过现代性的检视之后,我们又能使他契合时代价值,承载进步追求,成为一个灯塔般存在的"圣人",这是鲍鹏山先生的意见。

对于我们阅读者,能够注意的就是时刻注重把"形而上"和"形而下"结合起来,尽可能清晰地形成心目中相对准确的孔子概念。当然,我们实际上无法真正地"去圣",也难以准确地找到"孔子原来"。但是,针锋相对的讨论是有意义的。毕竟,孔老夫子也告诉我们:视其所以,观其所由,察其所安,人焉廋哉,人焉廋哉?孔老夫子可能想不到的是,他的话,对于研究他本人,也是有指导价值的。

36. 一个阿里乌派的"异端"耶稣

读《耶稣传》

书　　名：耶稣传
作　　者：[法]欧内斯特·勒南（Ernest Renan）
译　　者：梁工
出版机构：商务印书馆
出版时间：2010年10月

耶稣是西方历史上最为重要的人物，仅从一个细节也可以证明。商务印书馆蔚为大观的"汉译世界学术名著"丛书中，尽管各类名著浩如烟海，选不胜选，但居然收入了两个不同类型的《耶稣传》，包括我们在此要介绍的法国勒南版《耶稣传》和德国斯特劳斯版《耶稣传》。据说，世界上不同的耶稣传多达上百种，但我能看到的中文译本似乎就只有这两种。无论如何，同一个人的传记，能有不同的两本入选商务印书馆的那套名著集，是目前所仅见的。

当然，如果今天的读者中有笃信基督教的信徒，可能对我上面的说法会有意见。因为把基督耶稣称为一个人，似乎显得不够敬虔。但从我个人的角度，我没有宗教信仰，自然也谈不上要对基督耶稣有什么敬虔。而且，如果熟悉基督教的历史，就会知道，基督耶稣到底是人，还是人神兼备，抑或干脆就是神，其实是有

131

过激烈的争论的，甚至酿成了大规模的流血事件。

在3世纪到4世纪初，基督教阵营有两大互相敌对的神学派系，分别是亚历山大城派系和安提阿城派系。属于安提阿城派系的神父阿里乌，曾担任过亚历山大城教会的长老，但他的神学体系是跟随着安提阿著名学者路迦诺学到的，因而最终还是成了安提阿城派的代表，甚至这一派就叫成阿里乌派。阿里乌派的人认为基督具有完整的人性，但却完全没有神性，因为在阿里乌看来，所谓圣子也是受造物，只不过他是第一位受造物，所以，不论基督（圣子）的位次多么靠前，从逻辑上讲，他必然不是上帝，而是一个人。而亚历山大派则认为圣父、圣子及圣灵都是同一位神，在不同时期表现为不同的三种位格，这就是基督教十分著名的"三位一体"教义。

两派的争议直到381年第一次君士坦丁堡公会议的召开才见分晓，亚历山大城派的"三位一体"说被正式确定为正统，直到今天，"三位一体"仍然是天主教的正统教义，未曾改变。而阿里乌教派被斥为异端，此后教派大势已去，最后淡出历史。这期间，由于被刻上了异端的烙印，许多阿里乌派教父和平教徒都死于非命。

但有意义的是，在差不多1500年之后的欧内斯特·勒南的这本《耶稣传》中，耶稣却似乎恢复了阿里乌派的样貌，变成了一个百分之百的人。在书中，一个笃信正统教义的平教徒可能会惊讶地看到一个闻所未闻的"基督耶稣"——既没有降生在马厩里，也不是玛利亚受圣灵感孕而生。和大多数世纪之初出生的孩子一样，耶稣出生在一个普通老百姓家庭，父亲和母亲都是穷工匠，地位卑微，一文不名，靠劳动谋生。耶稣从小生活的环境和接受的教育也和当时普通的孩子没什么两样。如果一定要说有什么不同，也只是和孔夫子从小就"陈俎豆，作礼容"一样，表现出一种比一般孩子更多的爱心，也可以说是一种宗教式的悲悯情怀。

成年后，耶稣自己也并没有认为自己是上帝的化身，只是完全按照一个普通人的方式生活、成长和社会交往。因而，一个人所具有的弱点，在他身上也均有正常的表现。当"偶然地"走上宗教的道路后，他也并非从始至终坚定而自信，相反，传教过程中也有过惧怕、动摇和妥协。在他被叛徒出卖，遭到最后审判，最终被钉上十字架时，他真正的自我一度苏醒，认为自己在园子里的极度痛苦是对十字架之路产生了重大怀疑的表现。这一刻，他就完全不像传统意义上一个高大上的英雄，不食人间烟火的"万能的救世主"，而是一个有着七情六欲的普通人。在勒南的笔下，没有看到耶稣的神性，而仅仅是人性的展现。甚至，在基督教教义中具有重大意义的"耶稣复活"，按照书中的描述，也变成了玛丽亚的一个美丽幻觉，出自她"强有力的想象"和"爱的神圣"。就这样，勒南几乎凭着一己之力，彻底否定了耶稣的神性，把他还原成一个有血有肉的凡人。

当然，勒南仍然认为，耶稣是一个伟大的宗教创立者，具有至高的人格力量，他不是依靠上帝的赐予，而是用他自己的人格力量、智慧行为获得了门徒乃至信徒的尊敬。如果以传统基督教教义来审视，我们仿佛看到早就偃旗息鼓、溃不成军的阿里乌派在勒南身上"借尸还魂"，难怪当时正统的基督教神父对勒南的著作充满了抵制甚至仇恨。

我们其实也应该明白，即使表现着阿里乌派的观念写出了一个"异端的耶稣"，但勒南本人也和当年的阿里乌教父本人一样，仍然是一个宗教信徒。他撰写《耶稣传》的目的，不是为了向基督教的所谓"根本教义和普世使命"发起挑战，甚至一鼓荡平，而是为了使基督教摆脱在19世纪面临的危机，以便在理性和科学的时代背景之下，使传统教义已经被冲击得千疮百孔的基督教重获一个牢固的理论基础，重新唤起人们的信仰。

我们都知道，和当时许多重要的学者一样，欧内斯特·勒南也具有"合情合理"的双重性，一方面，他是带着虔敬信仰的宗教学家，另一方面，又是具有科学实证主义精神的作家和历史学家，他继承了奥古斯特·孔德的实证主义思想，希望用理性主义的理念和经验主义的方法重估宗教的价值，从本意上看，他虽然像一个"阿里乌式的异端"，本意却并非如此，恰恰相反，他的出发点是拯救已经岌岌可危的基督教大厦。

从某种意义上，勒南的努力收到了成效。他的《耶稣传》于1863年出版后，很快就引起了巨大反响，一年内居然重印10次，并被翻译成多国文字。人们并没有因为他对传统教义的颠覆性改变而谩骂和攻讦，相反，这个迥异于过去的基督耶稣受到了普遍的欢迎。这恐怕是勒南本人也始料未及的。从这个意义上，这本独特的《耶稣传》，也为我们从基督教的角度了解19世纪科学革命和理性主义的真实样貌，提供了难得的视角。

37. 你该知道的建筑知识

读《拱的艺术——西方建筑简史》

书　　名：拱的艺术——西方建筑简史
作　　者：[美] 卡罗尔·斯特里克兰（Carol Strickland）
译　　者：王　毅
出版机构：上海人民美术出版社
出版时间：2005 年 1 月

　　走在中国城市街头，到处可见那种源自西方的建筑造型。古希腊有古典三大柱式：粗壮如男人的多利克式，曰男柱；端庄如成熟女性的爱奥尼克式，曰女柱；秀美如少女的科林斯式，曰少女柱。三柱各处其位，装点了古典建筑的最初风景，可谓轴心时代的建筑原型。罗马一统泛希腊化世界后，对希腊文明成果艳羡不已，照单全收。当然也有狗尾续貂式的改良，比如在科林斯柱式的上面再加一个爱奥尼克涡卷，在罗马人看来，其逻辑犹如：饺子好吃，咖啡好喝，所以吃饺子就咖啡，属于好上加好。这种逻辑自然让希腊文化的原教旨崇拜者大摇其头，但我们今天看来，倒也另有异趣。罗马人崇拜洗澡，城中最宏伟的建筑，不是宫殿，而是澡堂。贵族泡在池中，吹牛论政谈生意，皆无不可。不料两千年后，中国人学习了罗马的洗澡文化，随便到街上看看，所谓洗浴宫比比皆是，皆以罗马帝王之名命名，以凯撒最著。且建筑造型皆师承罗马,让一大堆古典柱式充斥各类澡宫。古时中国人,本无公共洗浴传统,论及洗澡,大半香艳,如华清池者,属帝王私苑,百姓自然无缘。罗马式的公共浴室,是洋人来后的产物。可见中国文化,最能化外。现在规定严厉,不许官员到此类地方洗浴。依我看,官员百姓身无片缕,同泡一池,君子不尊,小人不卑,坦诚相见,上下无隐,百姓看官员,肥肉多些,皮肤白些,其余无甚特别。对于消除仇官心态,打破尊卑传统,不无裨益。

拉拉扯扯,从建筑谈到洗澡,当是乱谈。但说起西方建筑的脉络与流变,倒是现代人该掌握些的知识。不论是到国外旅游观光,抑或欣赏近代以来中国引入的西方建筑风格,了解些西方建筑的基本常识,还是非常有裨益的。而对于一个希望用尽可能短的时间了解西方(主要是欧美)建筑历程及嬗变规律的人来说,以这本《拱的艺术——西方建筑简史》入门是一个恰当的选择。这本书首先的好处是内容极富学术价值,基本上可以代表西方对欧美建筑史研究的最高成就。作者涉猎了许多此方面专家的论点,这些专家和主流的观点能使初涉者避免歧途,当然是读者的福音。其次,这本书的主脉络十分清晰。每一章的开头都有一个十分简明的列表,历数这一时期的世界大事,同时对应地标明此时的建筑风格和样式,使两者之间的互动关系十分准确地揭示出来,也便于学习和辨义。

另外的好处是那些著名建筑的介绍。好的建筑史实际上可以视为"'好的建筑'的历史"。我们对建筑史的兴趣,很大程度也来源于对诸如金字塔、通天塔、巴黎圣母院、卢浮宫等著名建筑物的兴趣。这本书对这样惊骇世人和启承历史的建筑物的介绍十分详尽且图文并茂，许多照片令人印象深刻。

可惜，到了现代建筑部分，我看得过于潦草，效果不是很好。也许改天该认真地读一本介绍西方现代建筑的专著，毕竟，我们生活在现代。

38. 堂上风光等闲看

读《西洋镜：五脊六兽》

　　书　　名：西洋镜：五脊六兽
　　作　　者：[德]爱德华·福克斯（Edward Fuchs）
　　译　　者：周海霞
　　出版机构：北京日报出版社
　　出版时间：2021年9月

　　"西洋镜丛书"是广东人民出版社以及台海、北京日报、中国画报等出版社出版的一套以介绍早期"外国人眼里的中国"为主要内容的历史影像类系列出版物。仅我之所见，这套丛书已经出了20多种30多册，内容涉及中国古代文化艺术的各个门类。这套书，每一本都风格鲜明，图文并茂，装帧考究，铜版纸印刷，一册在手，沉甸甸的感觉，实在令人爱不释手。我有志于集齐这套书，在各类图书网站搜罗甚久，日积月累，阙遗已不多。

　　"西洋镜"这个名称，源于20世纪初传入中国的一种大众娱乐装置，外型颇似那种专业箱式照相机，实则就是一个立在架子上的大箱子，一侧有孔，蒙有遮光之布，人钻进布后凑近小孔，旋转机栝，可见一张张西洋图片，光怪陆离，引人入胜——根据光原理的暗箱操作，显得有些神秘，对于当时尚在封闭的中国人而言，颇能开眼界。"西洋镜"是上海人的叫法，北京人叫"拉洋片"。我小时候在老家也见过这样的装置,叫"西洋景儿",兜里钱少,只看过一两次,其大呼过瘾不一而足。有此记忆,现代中文遂有了"西洋镜"或者"西洋景"这样的新词,形容那些平日不见的稀罕之物。

细想,"西洋镜"作为丛书之名,并不贴切,因为"西洋镜"是中国人看外国,而"西洋镜"丛书,却是外国人看中国。仿佛是这个缘故,后来书市上又有了"东洋镜"系列,但也不是中国人看外国,而是日本人(东洋人)看中国。当然,无论东洋镜还是西洋镜,都是外国人拍成的画面,印刷了给今天的中国人看,以"洋镜"名,也算差强人意。

今天要谈的这本《西洋镜:五脊六兽》,是丛书中较晚出的一本,北京日报出版社出版,写中国古代建筑屋顶上的各类装饰性小兽。北方人有一句俚语,就叫做"五脊六兽",我的老家阳高话里就有这个词,形容人遇到事情心急火燎、心烦意乱的那种心理状态。口语里多有,但当时只是随口说说,连怎么写也不知道,更别说知晓它的来历。后来到了太原,发现太原也有这个词,大学里的同学,五湖四海,但基本都是北方人,几乎全有这个词,才知道它并非只是阳高方言,而是北方普遍使用的"广谱方言"。读了这本书才知道,方言里的"五脊六兽",来历居然就是中国古典建筑中的"五脊六兽"。

那么,古典建筑中的"五脊六兽"又是什么意思呢?书中讲了,中国古典建筑之中,其建筑规制是以开间(也包括入深)大小、屋顶规制、是否重檐等标准来区分尊卑贵贱的。开间越多越好，重檐高于单檐，这个容易理解。而屋顶规制则复杂些，简略而言，仅所谓"庙堂建筑"（尤其是明清建筑）而言，就有庑殿顶、歇山顶、悬山顶、硬山顶四种，其中"庑殿顶"为最高。所谓"庑殿顶"，就是屋顶有一条正脊、四条垂脊（也叫斜脊）的造型方式。一般而言，每条垂脊的尽头，各塑有一只走兽，正脊的两侧也各有一只，这样，五条屋脊，六只走兽，就构成了"五脊六兽"。当然，也有一种说法，五脊固无争议，但"六兽"则是指正脊端头的吻兽、鸱吻背面的背兽、戗脊端头的戗兽（也叫垂兽）、垂脊上的一排蹲兽（也叫跑兽、小跑）、仔角梁端头的套兽、围脊上的合角兽，也就是"六种走兽"。我认为，前一种说法可能更符合历史的原意。

　　为屋顶的脊饰专门写一本书，这是一种古已有之，但进入现代社会才愈加普及的研究方法，就内容而言，叫做"物质文明研究"，就方法论，叫做"实证主义研究"。其出发点，就是对任何对象，要先搞清楚"是什么"，再研究"为什么"。本书作者注意到，尽管屋顶的形制是中国建筑区别于外国建筑的主要特征，而屋顶上的脊兽又是中国建筑最具风格化特征的构成之一，但在这部专著之前，相关领域内连一本独立的专著都没有。因此，爱德华·福克斯决定自己来研究这一课题。虽然终其一生，爱德华·福克斯并未踏上中国的土地，但他丰富的中国文物藏品乃至当时在德国各个博物馆和市场上的中国文物留存，足以支撑他展开这一研究。

　　1924年，爱德华·福克斯完成了他此方面的研究成果《屋顶脊饰及中国琉璃的变迁》，这是西方也是全世界第一本系统研究屋脊兽的专著。我们今天看到的《西洋镜：五脊六兽》，正是这本专著一个通俗化了的编译本。

在《西洋镜：五脊六兽》中，爱德华·福克斯不仅提供了关于中国古典建筑中屋顶脊兽的丰富样式和历史沿革次序，也从建筑功能与文化的角度，分析了这一建筑现象的原因。其中，他深刻地分析了脊兽所具有的鲜明的"庇护"功能。他谈到：

> 基于这些原因，本书的研究对象——屋顶脊饰也无可辩驳地证明了除庇护功能之外，对于中国屋顶外形的其他阐释都是错误的。如果我们将所有这一切都置于其不可割裂开来的必要性和关联性中，即我们首先将中国独特的气候条件考虑进来的话——正是独特的气候条件使得屋顶的庇护功能在中国人的整个生存框架中享有非常重要的地位——那么屋顶成为中国人想象世界中最重要的外形设想之一就完全解释得通了。

这同样完美地解释了为什么中国人在屋顶的技术构造和艺术建构上如此地花费心思，如此地极致投入。

爱德华·福克斯对中国屋顶脊饰中体现出来的高超的美学风格给予了高度评价，他深刻地指出：

> 明代屋顶脊饰所彰显的宏大气魄、磅礴大气的力量，以及引人注目的精神内涵，恰恰是当下西欧文化艺术创造领域

所缺乏的。当下西欧的政治文化既缺乏气魄，也没有力量。虽然现在这种席卷全球的文化灾难对我们影响较小。可是在西欧，我们所处的这个时代的主导性力量在文化创新方面微乎其微，仅比文化修补工作强一点儿而已。像以前一样，今天的人们只是草草地做了一些表面工作，只想在语言表述上做一点儿改进，只想以同样的方式对这种宿命的文化冲突做一点儿粉饰性的工作，却从未勇敢地从根本上重塑这些事物。

最后，对于中国屋顶的脊饰这一独特的建筑特征，爱德华·福克斯用一句话给予了高度评价：

> 整个人类建筑史上，中国屋顶的脊饰是独一无二的，再没有第二个与之类似的建筑现象。

如果读这本书需要一个充足的理由，在我看来，有这句话就够了。

39. 古建筑中的中国

读《识别中国古建筑》

书　　名：识别中国古建筑
作　　者：李金龙
出版机构：上海书店出版社
出版时间：2008年10月

　　虽说人类的历史有三四百万年的长度，但一般意义上的建筑仅仅是出现在最后百分之一的阶段，也就是最近的三四万年以来。在这之前，人类或者住在露天下，或者树上，或者洞穴里。当然建筑的功能不止于居住，像英国索尔兹伯里巨石阵和中国辽宁红山文明的大型祭祀中心，都不是用来居住的。但无论如何，如果历史是一种人类的记忆，那它的有形部分，大部分都保留在建筑中。欲知历史而不懂建筑，如同缘木求鱼。

　　中国古代建筑是世界古代建筑大家庭中独具特色、不可忽视的重要组成部分。中国古代建筑不仅穿越万年历史烟尘而独具特色，也极大地影响了东亚、南亚地区的各个国家和地区，形成了独树一帜的东方建筑景观。熟悉中国古代建筑的历史沿革、形制风格、工艺特点、地域差异、营造技术和礼制内涵，不仅对我们研究和学习中国的历史具有特殊意义，即使是对我们外出观光旅游，也是极其重要的知识储备。到了那些古老的人文景观，不懂得些古代建筑的知识，观赏的收益和乐趣就会大打折扣。

要想熟悉中国的古代建筑，除了一个个单体建筑的来历、样式、形态、尺度、结构、功能、沿革这样的基本要素外，如果要从宏观和整体的角度把握古代建筑的基本脉络，至少还应该从两个方向入手，一个是建筑的思想演变，一个是建筑的工艺特征。前不久，我向读者诸君推荐了张钦楠先生的《中国古代建筑师》，从某种意义上，这本书可以视为一本通俗版的古代建筑思想史。当然，如果要深入了解，梁思成先生的《中国建筑史》乃至《图像中国建筑史》，张驭寰先生的《中国古代建筑文化》等诸多著作，以及日本人伊藤忠太的《中国建筑史》均可作延伸阅读。

而要了解中国建筑的工艺特征，今天要推荐的这本《识别中国古建筑》正是相当不错的读物。

这是一本老书了。最早的第一版，大约是在2008年由上海书店出版社出版的。作者李金龙，本来不是专业的建筑师或建筑理论研究者，他毕业于上海戏剧学院舞台美术系舞美设计专业，看家的本行业是戏剧艺术。许是因为艺术的内核每每相通的缘故，这个上海戏剧学院创意学院的教授，上海戏剧家协会的会员，居然洋洋洒洒地完成了两部关于古典建筑艺术的著作——除了这部《识别中国古建筑》，还有一本介绍外国古典建筑的《外国古建筑图释》。当然，细察他的简历，这种看上去的跨界也谈不上奇特，因为他自己在上海戏剧学院创意学院就开着《中国古代建筑样式》和《外国建筑艺术》的课程，这两本关于中外古建筑工艺的介绍，基本的部分就来自他的课程教案。这差不多也提示我们这本书完全可以当成教材来读，它的知识性特色，足以使我们从对古典建筑的不甚了了，变得可以观其大略。

比起很多把建筑工艺的介绍作艺术化和诗化处理的著作，《识别中国古建筑》是老老实实地"有一说一"。从章节的安排上，除了首章介绍"远古建筑"，末章专论"民居建筑"外，其他的十九章，每章都只介绍一个古建筑构件或者单体，依次是台基、梁柱构架、斗拱、雀替、柱础、屋顶、屋脊装饰、瓦与瓦当、门、窗、栏杆、罩、天花、彩饰、墙与地、石狮、塔、幢、牌楼，可以说是中国古代建筑工艺的"百科全书"。在各章的内容原则上，作者基本是以依次现存的各朝各代有代表性的建筑物为主，配合简要的文字介绍和图像记录，文字自然来自作者本人，而图像也绝大多数是他本人手绘、摄影而成。当然，也有的是来自若干建筑大师对中国古代的重要建筑规范，如宋代的《营造法式》、清代的《工部工程则例》的注释说明，当然也包括若干重要的碑文题记和古代绘画、雕塑作品。

难得的是，作者对建筑工艺的介绍，基本都是参考了考古专家的研究成果和建筑史专家努力后的复原图，许多图释都饱含真知灼见，体现了国内古建筑研究的最新成果。在构件名称和术语的应用上，也充分考虑了受众学科知识良莠不齐的特点，尽可能地回避了过多繁琐而用途不大的专业术语，使得读者能够比较简明地迅速掌握中国古代建筑的基本工艺技术。读者以这本书作为学习研究中国古代建筑的登堂之书，是最为合适的选择。

观看这本书的过程中，我曾经产生了一个顿悟式的理解：中国古代建筑主要两大体系——北方的抬梁式建筑和南方的穿斗式建筑，其最初的形态滥觞，正是来源于北方的地穴式建筑和南方的树巢式建筑。人类穴居和巢居两大原始居住方式，衍生出了现代蔚为大观的中国传统建筑，其中有两条十分清晰的脉络一以贯之是颇令人赞叹的地方。当然这并非这部书的要旨所在，姑且按下不表。

40. 建筑是流动的艺术

读《不只中国木建筑》

书　　　名：不只中国木建筑
作　　　者：赵广超
出版机构：生活·读书·新知三联书店
出版时间：2006 年 4 月

如果介绍中国古代建筑的书籍有风格之别，不久前我推荐过的李金龙教授的《识别中国古建筑》，可以说是一招一式沉稳有力的华山派，而今天要推荐的这一本台湾艺术学教授赵广超的《不只中国木建筑》，则是飘逸灵动的峨眉派。我们读李金龙教授的著作，会认为"建筑是凝固的艺术"，而读赵广超教授的著作，又会认为"建筑是流动的艺术"。

有趣的是，这两本描述中国古代建筑不同风格的力作，都不是科班出身的建筑师或者工程师所著。《识别中国古建筑》的李金龙教授，本行业是舞台艺术，大类当属戏剧。而写《不只中国木建筑》的赵广超教授，生于香港，肄业于法国贝桑松艺术学院及巴黎第一大学，回港后一直从事艺术及设计教育，写这本书的时候，是香港理工大学设计学院客席讲师、香港大学专业进修学院设计系兼任导师。看得出，本行业是艺术设计，大类或可理解为美学或者艺术教育学。李金龙教授虽然从专业上有所跨界，但写出来的作品却是扎扎实实的古建筑技术与工艺大全。而赵广超教授则写了一本完全不同的中国古建筑美学巡礼之作。恕我浅陋，以这样散文诗式的文字来介绍中国古建筑的艺术精神，实所仅见。

单看这本书的目录，尚不足以阐明这本书的特点，它大致分为起家、伐木、文字、高台、标准、结构、斗拱、基阶栏、屋顶、屋身门墙窗、空间、宫室之旋、四合院、略述风水、园林、装饰等16章，兼以简约文字及精致图像，看上去也颇似工艺或者技术大全之类的纯学科读物。但不到正文，你看到名叫"愿托乔木"的前言名称，就迅疾地感受到这本书的不同。如果你对中国古典人文有所了解且略有浪漫情怀，便能感受这四字短语的美感与内蕴——我们喜欢中国木建筑，也颇似《虬髯客传》中红拂对李靖"妾本丝萝，愿托乔木"的痴心，而且，高大的"乔木"，不正是中国古代建筑的基本材料？行文至此，本书的基调便呼之欲出。原来，作者乃是欲以浪漫主义的笔触，抒发对中国"木建筑"如爱情般的情感。而且，由此生发而"不只"，也浓情蜜意地表达了对中国古典艺术的痴爱之情。

由于这种诗化的基调，作者尽管写建筑，也颇有对中国古代建筑形态、建筑工艺、建筑构件乃至建筑理论的描摹和评介，但通览全书，更多的笔触还是对"中国木建筑"精神或曰灵魂的探索。

在这样的基调之下，整本书的每一页，都充满了洞见式的金句。比如，谈中国建筑的体量，作者睿智地指出：

中国建筑的高峰不在高处，神的空间固然尽善尽美，中国人却认为大未必佳。

但是，并非我们的祖先不能为之大。当他们认为大是一种必要的追求时，也会把他们的营构体量做到极致：

建筑的目标一旦是彰表非人间（超人）的力量时，建筑效果就会以凌驾一切的姿态从环境（自然）中突出，发挥慑人的超自然力量。仰望着这些庞大的建筑，令人感到无比的伟大，也令人感到震撼和压迫。

重要的是，营构出人造的空间，目的是"天人之际"广阔的空间。作者写到：

在同样的空间里，既萦绕着宗教的永恒意味，也传出婴儿呱呱堕地的生命呼声。神的空间，人的尺度，这便是中国建筑。

这是因为，和那些一开始便处于形而上学高位的巫术演化而来的艺术（如音乐、绘画和诗歌）不同，建筑从一开始就是以功能统率的实用主义追求。从本质上，建筑就是人的居所，神也是来自于人的想象，并且，基本也长着人的模样，按照人的逻辑来思考和行动。因而，作者引用梁思成先生的论述，深刻地揭示了中国古建筑的基本特征：

建筑之始，产生于实际需要，受制于自然物理，非着意创制形式，更无所谓派别。其结构系统，及形式之派别，乃其材料环境所形成。

——梁思成《中国建筑史》

但是，无论多么形而下的形态，也掩盖不了作者（乃至古往今来一切热爱建筑的人们）的浪漫追求。看到"如翚斯飞"的大屋顶，作者充满诗情地说：

牢固的砖石结构应付得了飓风豪雨，可载不下南方的满腔热情。

其实，无论说到古代建筑构成的哪个部分，作者的情思都会喷薄而出，让语言的美感与建筑的美感"如影随形"，无处不在。谈墙壁：

香泥作墙，兰房椒壁，未免奢侈。粉白虚空笃守静，面对墙壁，还可思过好参禅。

谈窗户：

窗，聪也，于内窥外为聪明也（与外在世界沟通可得智慧），人要聪明，请多开窗。

谈空间营造的哲学：

"有"是物质，"无"是空间。空间之所以是器皿，是因为陶土的暗示，陶土之所以成为器皿，是因为空间的发挥。

谈照壁：

这堵泛称照壁的墙，在古代有个很有意思的名字，"罘罳"。提醒一切进出的人，要恭敬肃穆，帽子歪了要扶正，整顿好衣襟，穿高跟鞋的男女要放轻脚步，总之，莫要作非份之想。

谈"堂堂正正"之堂：

堂相当于一座教堂，一部历史，一篇告示，一个法庭和一个内部检讨的场所，一切社会文化活动都写在庭堂之间，就算是方丈的空间，也足以安放整个天地人间。

在本书的最后，作者用动人的诗行描绘了中国古典建筑的功能和地位：

中国的古建筑
就静静的立在那里
就仿佛是穿越千年来与你对话
尤其是木制的建筑
好像仍拥有着生生不息的生命力
就那么无声的立着
犹如国家的脊骨一般
诉说着：
为天地立心，为生民立命
为往圣继绝学，为天下开太平

看得出，这是一本与众不同的建筑著作，它不只营营于建筑物本身的工艺技术和营构特征，而是深刻地探寻了建筑作为一种古老而常新的艺术所具有的美学乃至哲学意蕴，从道的高度和美的本质，揭示了中国木建筑的独特文化特征。《不只中国木建筑》把一切营构之物作为欣赏或者审视的对象，不论其体量大小或者处于实用功能金字塔的哪一级。毕竟，最基本的房舍也会包含建筑艺术的精神和意义；最高级的建筑文化，也可以具有"平易、闲适"的情调。

还是用书中的话做结吧，这是我最喜欢的一段文字：

> 日月星辰一直往西滑行，流水都带着落花东去，昼夜不舍。依仗春夏秋冬来耕种的古代中国人，俯仰天地，看着山岭绵延而出，看着永远流出东海的悠悠江水，看着天地给养生命的来龙去脉。

因而：

"建筑是凝固的音乐"，并不完全对，重院纵然深锁，大自然的节奏依旧在流动。春夏秋冬的音符，原是要人用心去倾听。

41. 品诗其实是品诗人

读《诗人十四个》

书　　名：诗人十四个
作　　者：黄晓丹
出版机构：北京联合出版公司
出版时间：2019年7月

我从小就喜欢旧体诗词，成年之后，也照猫画虎地写，但不通平仄，不习古韵，写出来难免贻笑大方。前年，拜了一个师傅，手把手教韵律，总算初步解决了这个问题。有行家言，旧体诗词要想写得好，一曰规矩，二曰才情，三曰底蕴。我以前自察，素以能文，又多读书，才情底蕴似乎不差，补上规矩这一课，诗词当有精进。学了一年才明白，规矩固然不易，底蕴和才情更不易得。唐代科举有明经科和进士科之别，对照于上，明经考察的是规矩和底蕴，而进士科当以考察才情为要，那时就有"三十老明经，五十少进士"之说。有分教：规矩诚可贵，底蕴价更高；若为才情故，两者皆可抛。

一般的看法认为，规矩可以学习，底蕴可以积累，但才情是天生的。在我看来，规矩（也就是平仄和押韵的基本素养）虽不像底蕴一样需要多年积累，但也并非朝夕可至。尤其是古人写诗词，是以古音论平仄和韵脚，与今天汉字之音相比，无论是发音还是四声，都有很大变化，严格按照古音韵写，比古人还难。而才情，虽则确有天赋，但也并非"羚羊挂角，无迹可求"，只要多读多悟，总还能有所精进。

最近，读了黄晓丹教授一本谈论古代诗词的小书《诗人十四个》，对才情可学而知之的旧见，更多了一些体悟。归结起来是一句话：品诗其实是品诗人。意思是：倘要通过品诗来裨益才情，一定要把着眼点，由诗歌转向诗人，了解诗人写某篇的抱负、际遇、感触乃至他写作（或者酝酿）的现场，才能真正地走近他的灵魂，取得情感的共鸣。惟如此，才可以增长才情。

黄晓丹，江苏无锡人，苏州大学古代文学硕士，师从罗时进教授；南开大学古代文学博士，师从叶嘉莹教授；加拿大麦吉尔大学联合培养博士，师从方秀洁教授。现任江南大学人文学院副教授，硕士生导师。我前一段学词，基本的读物就是叶嘉莹先生的那些讲本，一册一册细读，一页一页揣摩，所感颇深，所得尤多。在书架上看到这本《诗人十四个》，其实是被作者是叶嘉莹的学生这个身份吸引，就毫不犹豫地启读。从翻开第一页到昨夜读完，差不多两月有余（倒不是专读此一本）。基本的感受，正是"走在叶嘉莹的延长线上"。

能感受到，作者生在江南诗意之地，从小才情非凡，又孜孜以求几十年于此，文笔中透露出的点点韵味，已是让人流连忘返了。而这本书难得之处，是她巧妙地把状写的十四个古代诗人，分为两两组合的七组，即王维与李商隐，陶渊明与辛弃疾，陈子昂与张九龄，王昌龄与李白，朱彝尊与俞樾，姜夔与苏轼，周邦彦与晏殊。而每组中的两人，又多少有些内在一致性。如王维和李商隐都是中唐的田园诗人，王昌龄和李白都是以七绝见长的盛唐诗人，周邦彦和晏殊都是五代到宋初的婉约派词人等等。即使有的并非同时期，作者也敏锐地发现了他们内在的一致性，如陶渊明和辛弃疾看上去区别很大，但在长期不得志而归隐的际遇上又是高度一致的。这样，通过对他们诗风词风特别是成名作品的细致比较，我们对诗人创作的历史情景有了更加细微的体味。比如同属于婉约一派的周邦彦和晏殊，周之炽热与晏之冷静就有鲜明之别。正如同我们读《水浒传》，单见武松和鲁达，看不出他们的粗豪有何不同，甚至各自都"粗中有细"，但放在一起比较，当知鲁达粗中有情，武松是粗中有义。所以，鲁达可以不顾身家放了金翠莲，而武松则会血洗鸳鸯楼。反过来，武松可以伺候张都监，鲁达则估计不会杀嫂。正是这种寻求同中有异的手法，让我们不仅品诗，更品了诗人。这样的阅读体验，久之必可以增益才情，培养美感。倘要写出好诗，倘要欣赏好诗，这即便不是必由之路，也是有益之道。

42. 童年：走进人间之前

读《童年》

> 书　　名：童　年
> 作　　者：[苏联] 高尔基
> 译　　者：刘辽逸
> 出版机构：人民文学出版社
> 出版时间：2002 年 1 月

6月18日是伟大的俄国文学家高尔基逝世纪念日，恰好，这一天也是父亲节。对于广大的中国读者，特别是20世纪50年代就进入学校的那一代人来说，高尔基或许可以称为"革命文学之父"。在父亲节纪念这位革命文学的"父亲"，无论如何都是很有意义的事情。

在记忆中，我可以说是读着高尔基的作品长大的。这种记忆，既包括曾经选入中学语文课本的散文诗《海燕》，也包括课外阅读的那四本书（《母亲》《童年》《在人间》《我的大学》）。在这样的阅读史中，不仅小说中跌宕起伏的情节、诗歌中排山倒海的激情成了永远的记忆，连高尔基都成了一个刻骨铭心的符号。建国以来，几乎有四五代人都在读高尔基、谈论高尔基，甚至以高尔基为革命文学的标尺。你会发现在许多家庭，爷孙之间本来很难找到共同的话题，但谈起高尔基的《童年》，话匣子就打开了。

我今天也想谈谈《童年》。在我看来，高尔基的"自传体"三部曲中，写得最好的就是《童年》。一方面，经过19世纪末的锤炼和砥砺，进入20世纪以后，高尔基的创作水平日益成熟，而《童年》恰好就是他这个时期的作品，另一方面，与随后写成的《在人间》《我的大学》相比，由于写作时的不同时代背景，他的《童年》保留了更多的文学属性，创作的说教和程式化因素较少。卢森堡说过："只有读过高尔基的《童年》的人，才能正确地评论高尔基惊人的历程——他从社会的底层上升到具备当代文化修养、天才的创作艺术和科学的世界观这样一个阳光普照的顶峰。"罗曼·罗兰也说过，"《童年》不仅是一部艺术珍品，而且是高尔基的传记，是他全部创作的注解，对于我们来说是极为珍贵的作品。您还从来没有如此成功的显示过您的写作才能"，差不多也是这个意思。

在整个19世纪，欧洲的现实主义文学取得了辉煌的成就。单就俄罗斯而言，普希金、果戈里、屠格涅夫、陀思妥耶夫斯基、托尔斯泰等文学大师差不多都是在19世纪中后期发出耀眼光芒的。我们读《童年》，当然可以把它视为高尔基本人的自传，写了他童年时代由于父亲因病去世而在外公家遭遇的种种超出一般儿童所能想象的苦难经历，也由此出发，带我们走进了19世纪沙俄后期俄国社会生活的广阔图景——在稍早的浪漫主义文学家看来，这种赤裸裸地直面苦难的创作方法未免残酷甚至丑陋，但这正是现实主义文学的优良传统。当阿廖沙（童年的高尔基）被外公用皮鞭抽打的时候，隔着纸张，我们似乎都能感受到自己也有被抽打的感觉。这是现实主义文学的高峰，从来没有一部以儿童为主人公的作品能如此丰富、生动和深刻地揭露生活的真相。直到今天，我们都能感受到那种刻骨铭心的沉浸感。这也许就是文学的永恒性吧。

巧合的是，这部伟大作品的开头，恰恰写了主人公阿廖沙的父亲因感染霍乱而去世的场景。在父亲节，以这样的方式纪念伟大的"革命文学之父"高尔基的逝世，简直是天作之合。

43. 回到常识

读《常识与通识》

书　　名：常识与通识
作　　者：阿　城
出版机构：上海三联书店
出版时间：2019 年 4 月

冯唐说，阿城是"作家中的作家"，就是说，这个作家文字好，所有作家都在看他的文字，学习他的文字，并且从他的文字中感悟出一套自己的东西。我虽然不怎么读冯唐，但对他评价阿城的观点，举双手赞成。

回想起来，我读阿城的书，可分为三个阶段，共七本书。最初是上大学的时候，主要阅读的就是"三个王"，也就是《棋王》《树王》和《孩子王》。当时的感觉是，小说居然可以这样写！本来是老老实实的故事，漫不经心地从主人公嘴里说出来，似乎总是一种疏离的情态，却把整个时代最具特色的人性、苦难和美好，全写出来了。本来，那时我也有文学梦，看了阿城，觉得差距太大，备受打击。后来就不怎么提文学梦了，准备当记者。当然，记者也没当成。

第二个阶段，是世纪之交的时候了。也是读了阿城的三本书，一本是《威尼斯日记》，一本是《闲话闲说》，再有一本就是今天想着重介绍的《常识与通识》。前两本，看书名是游记一类的随笔集，但其实和《常识与通识》一样，是一些艺术和人生的感悟，感觉出奇地好。两个阶段之间，阿城应该是在国外呆了很长时间，他对文学艺术的敏锐触觉虽然没变，但思想的内容和方法，都令人耳目一新。很少有作家能实现这样精彩的蜕变，但他做到了。先爬上一个高峰，然后下来再爬另一座更高的峰，谁敢？只有阿城。

接着便是第三个阶段，差不多六七年前，阿城已经老了——纯粹是指年龄。突然又在市场上看到他的一本书，叫做《洛书河图：文明的造型探源》，这本书，如果按照现在人文学科的分类，大约是属于"人类学"范畴的，主要内容是他在中央美术学院授课过程中以生活经历和经验为叙述方式的杂谈，同时集合了人类学田野考察的成果，目标就是中国文明符号探源。书中文字不多，大部分都是图片，从图像和符号入手来探源，正是早期文明研究的主要领域，并不奇怪，奇怪的倒是阿城的又一个转向，是"情理之外，意料之中"。限于我对这一领域难言熟悉，这里姑且不评价。但书还是很好看的。

后来买到了一套毛边本的《阿城文集》，八卷本，珍藏之余，不免翻看其构成如何，惊讶地发现，我看过的七本书，差不多就是阿城的全部作品了。当然，近几年，阿城又顺着《洛书河图：文明的造型探源》的理路，又写了研究文明探源的著作。惜乎我未读，也就不能置喙了。还是回头说《常识与通识》。

与《闲话闲说》和《威尼斯日记》相似，《常识与通识》也是一本篇目和文字都不算太多的小册子。《常识与通识》只收了十二篇文字，大约是阿城上世纪末在上海的双月刊文学杂志《收获》上发表的一些杂谈，每篇的篇幅都不短，但拢共只有十二篇，所以文字也不多。这些文章，主题是"常识"与"通识"，其文章的内容，基本是以常识乃至科学的现代知识，来辨清现代社会中人与环境的种种关系与情态。题目很好玩，列举如下：思乡与蛋白酶；爱情与化学；艺术与催眠；魂与魄与鬼及孔子；还是鬼与魂与魄，这回加上神；攻击与人性；攻击与人性之二；攻击与人性之三；足球与世界大战；跟着感觉走；艺术与情商；再见篇，等等。这些出其不意的题目，多处于人思索社会的盲区，不仅仅是注意力盲区，也是知识的盲区，甚至是信念或者信仰的盲区。我读每一篇都有大吃一惊的感觉，前些年曾经再读，仍然大吃一惊。

在我看来，用阿城在《常识与通识》中建构的一种认识论，知识可以分为三个层次，姑且以阿城的说法来阐明，第一个就是常识。常识是真理赖以发现的经验基础，常识认为正确之物，未必个个正确，但常识感觉是错误的，通常就可能是错的。重要的是，人类尽管产生了比常识更靠谱的知识，但很多时候，都在背常识而行，以至于在这些时候，常识反而成了稀缺品。当对这样的时代进行扬弃的时候，我们会说要"呼唤常识""回到常识"。但我们也必须明白，如果一个时代思想是自由的，那么仅有常识是不够的，我们需要超越常识。

知识的第二个层次就是通识。通识当然也是来自于常识，但它之所以能够跃升，原因是通识是经过了自由的辩驳的。在自由辩驳的常识基础上形成了众人皆曰是的共同知识，才是通识。通识是进步的阶梯，也是合作的基础。没有通识，如此庞大的社会就难以组织起来。阿城把书名定为"常识"与"通识"并举，说到底，是让人们在尊重常识的基础上回到通识。

当然，知识的第三个层次是真理，或许也可以为了整齐划一而称之为"真识"。真识能够构成一种形而上的标准，用来检验通识到底能有多么"通"。但人也须明白，无论是经验主义的理路，还是理性主义的理路，抑或表达为归纳或者演绎的理路，都没办法提供标准的真理答案。所以，阿城不谈真理，只谈常识与通识，如果连常识和通识都不能获得应有的尊重，那人类离真理还远着呢。

由此可见，这本书有一些超越具体事物通向通识乃至真识的追求，但他是从对常识的"格物致知"开始的。意思是，如果真理遥遥无期，那还不如回到常识本身，当年胡塞尔海德格尔萨特们，也是这么做的。

44. 我们该不该相信春天

读《春天责备》

书　　名：春天责备
作　　者：周云蓬
出版机构：上海文艺出版社
出版时间：2010 年 12 月

　　这本书是在北京成府路久负盛名的小书店"豆瓣书店"买的。在十几年前的某一段时间，差不多五六年，我是这家书店的常客。很多人去逛书店，出来的时候颗粒无收，然后撇撇嘴说，没什么好书。但在豆瓣恐怕就不能这样说，在豆瓣对面的万圣书园也不能这样说，那里边全是好书。

　　但我回忆不起当初为什么买了这本书。因为大概有六七年的时间，这本书躺在我书架的角落，被我完全遗忘了。去年有一天，一个朋友想让我送他几本散文集，我到摆散文集的书架上找书，突然就看到了这本书。翻开看，正好是罗永浩的序，那时我热衷于看李诞的"脱口秀大会"，老罗关于还六个亿债务的段子，特别是结尾处的甄嬛传（真还传）令人印象深刻，所以我立刻对老罗推荐的这本书产生了兴趣。但只看了几行，决定我要从头至尾看完这本书的缘由就发生了变化——不是老罗了，而是书的本身。

因为就在第一页,我看到了老罗摘引的这个叫做周云蓬的歌手和诗人的一段歌词:

  解开你的红肚带

  洒一床雪花白

  普天下所有的水

  都在你眼里荡开

  也许有人会有不同看法,但我第一眼就坚定地认为,这是最好的句子,最好的汉语。特别是当我知道作者居然是个盲人,立刻就有一句国骂一般的句子在喉咙里奔腾——当然最后忍住了。但内心里是翻江倒海的感觉。天呐,什么样的才情,才能让一个盲人产生动人的诗句?

  于是,就像一见钟情那样,我喜欢上了这个叫做周云蓬的盲人歌手,喜欢他的诗篇,喜欢他的故事,也喜欢他的爱情。我甚至突然就明白了为什么当初会买下这本书,显然是冲着书名而来的。你看,春天责备,把两个三千年来未曾谋面的汉语词汇戏剧性地组合到一起,立刻便产生了一种奇异的力量,你好像明白了,又好像没明白。

  其实,这是周云蓬写下的一首诗的标题,全诗如下:

春天责备

春天

责备上路的人。

所有的芙蓉花儿和紫云英,

雪白的马齿咀嚼青草,

星星在黑暗中咀嚼亡魂。

春天

责备寄居的人。

笨孩子摊开作业本,

女教师步入更年期,

门房老头瞌睡着,死一样沉。

雪白的马齿咀嚼青草,

星星咀嚼亡魂。

春天

责备没有灵魂的人。

责备我不开花,不繁茂,

即将速朽,没有灵魂。

马齿咀嚼青草,

星星在黑暗中咀嚼亡魂。

我猜想有人会不喜欢这样的诗句，但我可以负责任地说，那是你没看懂。当然我也不敢说我看懂了多少，因为诗是用来唤起的，不是用来传递的。它在那里唤起了你内心的东西，无比丰盈，这就是好诗。周云蓬作为歌手，熟练地赋予这些诗句反复吟诵的美感，一段一段，不断加强内心的忧虑甚至绝望——对时光流逝，对黑夜漫长，对许多曾经厮守但永远不见了的人和事，对那些必将枯萎的青草，对平庸到令人诅咒的生命。

因而，感谢那个要散文集的朋友，让我邂逅了一段美好。这是无法传达的讯息，除非你也像我一样把这本书从头到尾，慢慢地读一遍。对我而言，一个新的收获就是，不要以为美好的东西都能获得长久的流传，恰恰相反，那些在泥土深处埋没了的，完全可能是金子一般闪耀的光芒。所以，当春天来临的时候，漫山遍野的青草里，可能都是那些被遗忘了的诗的灵魂。所以，我们还是相信春天吧，有周云蓬和他的诗以及歌，为什么不？

45. 大地上的珍珠

读《大地三部曲》

书　　名：	大地三部曲
作　　者：	［美］赛珍珠（Pearl S. Buck）
译　　者：	王逢振 等
出版机构：	人民文学出版社
出版时间：	2010 年 3 月

作为一个读书人，我以前从来没有听说过赛珍珠，这多少有些令人惭愧。前几天一个朋友微信我，6 月 26 日是赛珍珠的诞辰之日，希望我写写这位与近代中国有着千丝万缕的联系并因此获过诺贝尔文学奖的美国女作家。我大感兴趣，先是在网络上搜了搜她的资料，然后非常巧合地在自己外国文学的书架上找到了她因之而获得诺奖的"大地三部曲"，人民文学出版社 2010 年出版，黄色书页，一版印了 3000 册，看上去极为普通，随便翻看了一下，不知道是原著如此，还是译笔平平。乍看之下，很难相信这是诺奖水平的作品。看扉页上的标记，这应该是我 2012 年在西安的一家特价书店买下的，三本书只花了 30 元，相比于 75 元的定价，只有四折。这也从一个侧面反映了该书市场反应平平。

但无论如何，我还是读完了赛珍珠"大地三部曲"的第一卷，前面有译者的一篇长文，介绍赛珍珠其人及"大地三部曲"其书，对这位在我看来多少有些神秘的女作家，介绍得清清楚楚，令人受益匪浅。而后面的正文就是"大地三部曲"第一部《大地》（后两部是《儿子》和《分家》），以一种宏观而又线性的笔法讲了农民王龙一家耕织传家、几度沉浮且悲欢离合的故事。掩卷思之，一言难尽。

现炒现卖，先说说赛珍珠。听起来，这位美国女作家似乎是华裔，但其实，她是纯粹的美国人，从他们居住在西弗吉尼亚且父亲是传教士的情况看，她的祖上应该是欧洲移民，且是来自英、荷等新教国家的"清教徒"。她的名字，直译应该叫珀尔·巴克（Pearl S. Buck），Pearl 是珍珠之意，所以便意译为赛珍珠。在传教士传统中，这种把译名努力向中文靠拢的译法极为常见，利玛窦姑且不是，但汤若望、南怀仁、张诚、白晋、马礼逊、戴德生乃至李提摩太、司徒雷登莫不如是。相比之下，赛珍珠并非传教士，她的基督教信仰也有很多改良之处，但她在中国生活了四十年，却是多数传教士不能相比的。更有甚者，她的五个兄姊皆是出生在中国（惜乎三位夭折），她也是尚在襁褓中就被父母带到了中国，虽然在家庭里仍以英文交流，但她的中文几乎可以说是母语——她自己就把中文作为自己的第一语言。与那些中文半路出家甚至完全借助翻译的"中国通"相比，赛珍珠可谓"童子功的中国通"。

赛珍珠生于 1892 年，比毛主席大 1 岁，比蒋介石小 5 岁，比周恩来和邓小平分别大 6 岁和 12 岁。这样说，我们就会明白，赛珍珠与 20 世纪这几位叱咤风云人物都是同龄人，面对着同样的历史情态和时代主题。

赛珍珠随父母居住的中国城市是镇江,在这里,她度过了自己的童年、少年和青年时代。在她的"大地三部曲"中,主人公王龙生活的场景,显然就是赛珍珠从小就生活于其中,自然十分熟悉的镇江一带。至今,她在镇江风车山就读的崇实女中,仍存有她的故居。而饥荒中王龙一家逃难所到的城市,多半就是南京,在镇江东南将近 100 公里。而南京,也是她第一次婚姻之后,长期居住、工作特别是创作的地方,今天,在南京大学鼓楼校区北园的西墙根下,矗立着一座三层的西式小洋楼,这正是她在宁期间居住的地方。她的"大地三部曲",应该就在这座小楼里完成的。

正是凭借着其小说"大地三部曲",她于 1932 年获得了普利策小说奖,并在 1938 年获得美国历史上第三个(也是女作家的第一个)诺贝尔文学奖。1934 年,赛珍珠告别了中国。至此,她在中国整整生活了 42 年。回美国后,赛珍珠作为作家和社会活动家,仍然长期活跃在美国人权和女权活动的舞台上,1942 年,她和她的第二任丈夫创办"东西方联合会",致力于亚洲与西方之间的文化理解与交流,这显然是她中国情结的延续。1973 年 3 月 6 日,晚年的赛珍珠孤独地去世,享年 81 岁。

作为一个伟大作家、诺奖得主,赛珍珠最大的遗产自然是"大地三部曲"。这三本书均写于上个世纪 30 年代。从书的内容看,主要叙述了民国时期一个江南地区的农民王龙,从一无所有而成为一个富户的故事。本来,王龙靠着勤劳和节俭,过着虽不富裕但也略有保障的生活,还把大户人家一个年岁稍大的使女娶回家做了老婆，靠着夫妇两人的奋斗，很快便成了一个殷实之家，还有了两儿一女。但是，一场旱灾从天而降，不仅让他们陷入极度的饥荒，甚至只能举家逃难到"南方城市"（当是南京），靠拉人力车和粥棚的施舍勉强度日。在一次偶然遇上的暴乱中，王龙夫妇运交华盖，两口子皆因偶然的机遇获得了一笔意外之财，从而回乡购置土地，雇佣长工，成了新的地主。随后，王龙演绎了"男人有钱就变坏"的古老故事，先后娶了两个姨太太，疏远糟糠之妻，亲近酒色无常。和传统戏曲里忠奸善恶的情节如出一辙，糟糠之妻帮他购置并保住地产，姨太太则帮他挥霍并卖掉田地，最终导致了家道中落。后来的两卷《儿子》和《分家》，虽然我还没有来得及看，但基本情节和内容，也一定不失中国古老戏曲中的传统。

　　作为一个吃中国饭、读中国书、看中国事长大的中国人，我对刚刚读完的第一卷颇有"不能苟同"之感。故事当然是中国故事，其中对若干农村生活场景的描述，也十分细腻可感。但故事情节拖沓重叠，人物的语言仍然有强烈的西方味道，特别是为了情节的推进不管不顾地设定现实情境的倾向，都让人很难视之为一本描写中国民国时期农村的现实主义作品。有的评论认为作家全景式地铺陈了特定历史背景下中国农村、农民的特定形象，但在我看来，这种形象的刻画即使存在，也多有错落反差，未必能给人带来真实而强烈的情感冲击。在我看来，赛珍珠之能够获得诺奖，恰在于其反映的是西方话语中想象中的中国农村的真实，而不是中国农村客观存在的真实。许多中国作家也表达了对赛珍珠三部曲类似善意的批评，大概也是这样的原因吧。

　　当然，在当时那种特定的历史背景下，赛珍珠已经难能可贵地写出了她所看到的农村境况，甚至主动把目光锁定在广袤的中国原野，并且强烈地意识到"中国问题的关键在于中国农村和中国农民"的真理性，已经充足地证明了她的炽情与深刻。在小说出版的20世纪上半叶，作品跨越了东西文化间当时存在的巨大鸿沟，有力地改变了不少西方读者眼中中国那种"历史悠久而又软弱落后的神秘国度"印象，客观地促进了东西文化的沟通。从这个意义上，作为一个美国传教士家庭出身的纯粹美国人，她做得已经够好了。这不仅是把中国问题反映到国际主流渠道的重要事件，也是20世纪以来纠纠葛葛的中美关系史上的一个重要事件。作为载体的"大地三部曲"，即使原本并非全然有意，但其结果乃至影响力也足以并且值得引起我们今天的回顾与探究。毕竟，赛珍珠用四十年时间踏遍的中国大地，正是今天我们脚下的大地。

46. 造物主关上了门，就会开一扇窗

读《我的人生故事》

书　　名：我的人生故事
作　　者：[美]海伦·凯勒（Helen Keller）
译　　者：朱力安
出版机构：安徽文艺出版社
出版时间：2013 年 1 月

今天（2023 月 6 月 27 日）是美国女作家、教育家、慈善家海伦·凯勒的诞辰纪念日。

本来，读过高中以上的中国人，应该没有人不知道海伦·凯勒的，再推荐她似乎意义不大。但我找来她的著作翻看，惊讶地发现，直到今天，其实我只读过她的散文《假如给我三天光明》，并没有读过她的自传《我的人生故事》，遑论其他。而对我们了解这位楷模式的人物的传奇人生而言，读纪实性更强的《我的人生故事》，甚至比抒情性更强的《假如给我三天光明》更典型。端午假期，我花了差不多三个小时，读完了《我的人生故事》，立刻就想说些什么。

小的时候，我曾经和同学们讨论过盲人、聋人和哑人谁更可怜的问题。通常大家都会觉得是盲人最可怜，因为相比听不到声音和无法表达，不能看到这个光怪陆离、气象万千的世界，对我

们的主体感受而言，可能是最难接受的。其实，当时我们虽然不懂，但仅从人的眼睛、耳朵和嘴巴获取信息的能力看，眼睛也明显地优于耳朵和嘴巴，就是说，相比聋人和哑人，盲人能从外界获取的信息更少——这大约就是"最可怜"的表征。当然，还有一个颇为哲学的答案认为哑人最可怜，因为这个世界颇多不平，盲人"眼不见心不烦"，聋人"耳根清净"，但哑人看得见、听得到却不能表达，岂不活活气死？当然，这仅仅是一种反讽。而真正"细思恐极"的是，我们从来没有想过，假如一个人既盲又聋且哑，那他（或她）应当是何等可怜？显然，这个可能性超出了我们经验的范畴，也超过了我们想象的范畴，是我们认识的盲区。

但海伦·凯勒在一生绝大多数岁月里，就是听说看三种能力都不具备。1880年6月27日，海伦·凯勒出生在美国南部亚拉巴马州的一个名叫塔斯甘比亚的小镇。她的父亲名叫亚瑟·凯勒，南北战争时，曾是南军的一名上尉军官，母亲凯蒂·亚当斯是父亲的第二任妻子。一直到两岁之前，海伦都是一个聪明伶俐、一切正常的孩子。1882年2月，因突发猩红热，海伦·凯勒丧失了视觉和听觉，从而成为极其罕见的既盲又聋的残疾人。据说，在全部的残疾人中，聋盲人所占比例不足1%。按照书中提供的数据，直到20世纪60年代，美国的聋盲人只有不到5000人，占总人口的十万分之二。可以想象的是，在海伦·凯勒生存的年代，绝大多数聋盲人生活状态极为悲惨。

相对于其他的聋盲人，海伦·凯勒又有一些相对而言的幸运。她的父母经营着自己的农场，生活条件在当时的美国就属于富庶之列。这样,他们能够为可怜的小海伦提供相对优越的生活条件,特别是,他们没有只是把她作为一个无用的孩子养起来,而是为她找来改变了海伦一生命运的安妮·莎莉文——一个同样应该载入史册的残疾人教师。

让一个几乎丧失了一切自主生存能力的孩子像正常孩子拥有学习和成长的历程和能力,这在今天都是一件十分困难甚至不可思议的事情。在安妮·莎莉文的带领下,从七岁开始,海伦·凯勒开始了影响她自己,也影响了世界上无数残疾人乃至正常人的伟大征程。尽管看上去这只是她一个人掌握一些在正常人身上毫不稀奇的普通技能,而对于只有触觉可用的海伦·凯勒,这样的学习过程几乎就是一场旷日持久而耗尽精力的战争。比如正常孩子学习"蛋糕"这个词,大概只需要几秒钟,但海伦·凯勒学习蛋糕,需要安妮·莎莉文出其不意地将蛋糕塞入她张开的嘴巴,然后使劲地在她手心里写"蛋糕"这个词的盲文,如此反复多次,她才能逐步建立起"蛋糕"这种食物与"蛋糕"这个单词的联系——时间也许一周,也许一个月,对于有些词,也许一生都建立不起联系。重要的是,人不是机器,可以机械地输入输出,人有情绪会愤怒、沮丧、害怕和悲伤,突如其来的情绪变化常常让安妮·莎莉文猝不及防。有一次,暴怒的海伦·凯勒甚至将安妮·莎莉文锁在了阁楼里然后偷偷将钥匙藏起来,海伦的父亲只好架起梯子,从阁楼的小窗户把可怜的安妮·莎莉文接出来。

后来,由于安妮·莎莉文的悉心指导,海伦·凯勒的学习取得了相当可观的成效,就在安妮·莎莉文到来的第二年,已经小有名气的海伦·凯勒受到格罗弗·克利夫兰总统的接见。这对他们全家都是个巨大的鼓舞。此后，具备了一定学习成果和学习能力的海伦·凯勒就读于赖特—赫马森聋人学校。三年后，她取得了一生中第一个真正了不起的成就，被剑桥女子学校录取，为就读哈佛大学女子学院做准备。

此后海伦·凯勒像正常人那样完成了大学的学业，1904年6月28日（她24岁生日的第二天）从拉德克利夫学院毕业，成为第一位获得文学学士学位的盲聋人。当然，仍然离不开安妮·莎莉文的扶持和照顾。在此期间，她还撰写了即使正常人也难以完成的一系列著作，包括自传《我的一生》（也有翻译成《我的人生故事》）《我的信仰》《中流》《海伦·凯勒日记》，以及文集《我感知的神奇世界》《走出黑暗》《我的老师》等，成为一名职业作家和社会活动家。

令人难以置信的是，在安妮·莎莉文的帮助下，海伦·凯勒学会了说话——不是用盲文书面表达，而是直接用嘴巴说出来。当然，这个奇迹的发生其生理上的基础条件是海伦·凯勒不是先天聋儿，由于两岁前正常的语言学习，她的发声器官是接受过一定的刺激，从而具有初步的功能。但尽管如此，其难度不亚于让一个从来没有训练的普通人去夺取奥运冠军。她的秘诀就是夜以继日的苦练，就是练习练习再练习。到了1920年，也就是海伦·凯勒40岁的时候，她已经成为了一名优秀的社会活动家和主张妇女参政的社会党人，甚至多次发表公开演讲和回答观众的现场提问。

海伦·凯勒把自己此生精力的绝大部分，都献给了盲人慈善事业。1931年4月，她参加第一届世界盲人大会。1932年12月，入选美国盲人基金会理事会。1943年1月，开始巡回慰问全国各地军方医院的盲、聋及其他残疾退伍军人。1946年10月，第一次为美国盲人基金会的姊妹机构美国海外盲人基金会的工作做环球旅行，先后访问了伦敦、巴黎、意大利、希腊和苏格兰。1948年4—8月，作为美国海外盲人基金会的代表出访澳大利亚和新西兰。1955年6月，获得哈佛大学的荣誉学位，成为第一位获此荣誉的女性。1959年，联合国成立"海伦·凯勒八十诞辰纪念财团"，救济低度开发国家盲人，同时，另行募集125万美元，成立"海伦·凯勒国际奖"，每年颁奖给世界各国对盲哑教育有功的个人或团体。1960年6月27日，度过80岁生日，美国海外盲人联盟主办庆祝仪式，纽约市长决定把每年这一天定为"海伦·凯勒纪念日"。1961年10月，因中风而退出公众生活。此后，海伦·凯勒淡出公众生活，在家养病，即使1964年9月被林登·约翰逊总统授予总统自由勋章，也未能出席仪式。1968年6月1日，在睡梦中去世，享年88岁。

1933年，海伦·凯勒创作了使她蜚声文坛、享誉世界的散文《假如给我三天光明》，全人类尤其是残疾人都从她壮美的呼唤中汲取了力量、勇气和战胜命运挑战的智慧与坚韧。我自己就是从这篇文章的阅读中第一次知道了——这个不屈服命运安排、勇于挑战一切艰难险阻的伟大女性。尽管她已经去世五十多年，但阅读她的著作，直到今天，我们仍然能感到一种永恒的生命力量，令人振奋。

　　阅读了她的自传，这种感受更加强烈。在永恒的造物主那里，没有谁是"肢体残疾"的，这里关上了一扇门，那里就会打开一扇窗。而真正的残疾者，是那些门窗俱全却蜷缩在屋内不肯向外面的世界迈出一步的人。

47. 书生遥指杏花村

读《杏花村词典》

书　　　名：杏花村词典
作　　　者：董彦斌
出版机构：北京出版集团·文津出版社
出版时间：2022年9月

这本书的广告是这样做的："杏花村词典，一部黄土地的千年物语，一部抗拒文化遗忘的故乡回忆录，在变动不居的年代寻找出发与回归的意义。"

顾名思义，这本书是写杏花村以及与之相关的一切：人、风物、远处的山和近处的水，以及对历史的追忆，或许也包括对未来的憧憬。

拿时下很流行的一句话形容，这是一本高颜值的书。即使有人在地铁之类熙熙攘攘的地方看它，你远远地就能注意到，虽然你对内容还一无所知。这与在地铁里看到美女是一样的。

书的作者叫做董彦斌，他这样介绍自己：

自称"隐泉山下客，杏花村里人，故乡山西汾阳，多山河故人"。昔在太原坞城和北京蓟门桥下接受法学教育，今在重庆西南政法大学传授法学大义。喜书籍，喜书法，读北碑，渐悟古意。偶饮酒，偶做诗词，出书若干，欲知法意与古今之变。

基本能够看清楚的是，这是一个有文化情怀的法学教授，杏花村出生，在北京求学，在重庆谋生。

他写的这本书，单是书名就有些趣味。"杏花村"姑且不论，"词典"也足够有趣。我上大学时便读韩少功的《马桥词典》，经常翻阅《魔鬼词典》找找灵感和快感，前不久读《离奇死亡大百科》，其实也是取了词典之意。而我的朋友唐晋最近完成的图文俱佳的《鲛典》，就命名而言，是同一个理路。而《杏花村词典》作者特别中意的，是《米沃什词典》，一部关于20世纪的现代史。词典的意义在于铭记，以词典命名，自是作家心中有若干值得铭记的人和事，意欲书之于文，以期流传。

董教授在谈创作初衷的时候，也谈到他的创作手法，是参考了梭罗的名著《瓦尔登湖》。看上去作者似乎并没有像梭罗那样"结庐以居"，住在湖畔，但杏花村是他从小长大的地方，即使他不住在村里，村子也时刻是在梦里的。所以说这本《杏花村词典》是一本三晋版的《瓦尔登湖》也不为过，至少，初衷是一样的。这是20世纪特别是两次世界大战以后全世界都在强化的一个共同主题，那就是渴望对城市刻板生活的超越，努力地回归自然。

在这个意义上，杏花村已经不仅仅是春来几抹雪花白的烟树盛景、阡陌人家，而是一个承载着传统记忆和历史想象的文化符号。当我们吟诵"借问酒家何处有，牧童遥指杏花村"的动人诗句时，我们已经不把自己作为"清明时节雨纷纷"的行人与过客，而是共同居住在俨然杏林旁的耕者与酒徒。前不久，应友人之邀，为作为"山西文化记忆"之一的"山西杏花村汾酒"创作一首词，我也抒发了类似的情感：

   由来卮酒话衷肠，仰首尽觥觞。纵然征途寂寞，惟此清香。挥起秋毫彤管，弄调素手丝簧。醉君朝暮存佳醴，良辰永、地老天荒。

所以，董彦斌先生在离乡二十余年之际，回望故乡的山川风物和风土民情，写下一篇篇意绪流连、文字隽永的文章，从子夏山、大夏乡、村戏、祭土、古塔，追忆到独具特色的汾酒、桃园、面食、水井，乃至在近代史中不曾如云烟散去的晋商、乡贤和勇士⋯既是他的浓烈乡愁，也是我们所有对杏花村怀有强烈情感的"村民"与"酒徒"的共同记忆。

48. 乱世里的独特之气

读《大师巨匠：西南联大 1937—1946》

书　　　名：大师巨匠：西南联大 1937—1946
作　　　者：丁士轩 编著　汪士伦 绘
出版机构：北京联合出版公司
出版时间：2022 年 7 月

近些年，关于西南联大的经历、命运和人物，早已是读书人耳熟能详的文化史珍闻。书店里，关于这一段历史的图书虽不至汗牛充栋，也完全称得上卷帙浩繁。与岳南洋洋三卷的《南渡北归》相比，我刚刚读完的这本《大师巨匠：西南联大 1937—1946》虽然篇幅短小，但却有着一种令人难以割舍的特殊魅力。

这本书写了 23 位曾经"南渡北归"的大师，而且把他们依据不同的风范特征分为四类，第一类叫做"明德至善，大学之大，有大师之谓也"，写了张伯苓、蒋梦麟、梅贻琦、潘光旦四位大师。第二类叫做"文人典范，是真名士自风流"，写了吴宓、刘文典、朱自清、沈从文、穆旦、杨振声、钱钟书、闻一多八位大师。第三类叫做"百年大师，只留清气满乾坤"，写了陈寅恪、冯友兰、钱穆、金岳霖、吴晗、傅斯年六位大师。第四类叫做"强国奠基，格物致知日日新"，写了吴大猷、华罗庚、杨振宁、李政道、马约翰五位大师。全书不足 200 页，每位大师约略八九页不等，但记述行迹，又不止于他在西南联大这一段，而基本是其一个人生小传。对于读者而言，几乎可以一气呵成地读完，通篇读来自有一种酣畅淋漓的感受。

有趣的倒是到底是依据什么样的标准，要把这些大师分为四类。作者或许只是为了给读者制造一个阅读的顿挫，否则，一口气读 23 人的小传，即使这些大师都名驰遐迩，蔚为可观，也不免审美疲劳，所以分做四部分，节奏上的变化也会带来心理上的适应。但即便如此，也该有些另外的意蕴。或许作者参照了过去"儒门四科"也即德行、政事、文学、语言的划分，上述第一类，自然对应"德行"，第二类，或可对应"语言"，第三类，亦可对应"文学"，而第四类，理所应当对应"政事"。但这样回看大师的行迹，不免有些牵强。

或者，是分类或许来自所谓"三不朽"，也即出自《左传·襄公二十四年》中所谓"太上有立德，其次有立功，其次有立言"。对照起来，上述第一类自然对照"立德"，第二、三类可以对照"立言"，第四类可以对照"立功"，看上去要比硬套"孔门四科"要扎实，但问题在于，何以"立言"又分为两类？

在我看来，或许可以唐突古人，将"三立"改为"四立"，在"立德立功立言"之外另加"立行"一类。但开宗明义，"立行"不是"立德"的实践版，而是在"立德立功立言"之外着重指那些别有趣味的大师或者文人。我们显然可以看到，上述第二类称为"文人典范，是真名士自风流"的特征之下，吴宓、刘文典、朱自清、沈从文、穆旦、杨振声、钱钟书、闻一多诸位，固然"立德立功立言"都各有其不凡之处，但仅以"三立"适之，不足以状其风貌，而另立"立行"一类，描摹那些为人为文风格上别有趣味的文人，如吴宓、刘文典、钱钟书之类，却是十分贴切。

进一步的思考，古代仅以"三立"来划分文士，其实反映了我们文化中重品格不重趣味的一面，文人之为文人也，可以道德高尚，可以文采卓越，可以政绩突出，却不必别具风格，也不必有趣。尤其是"学而优则仕"之后，文人的至高理想成为仕宦单向道，这条路上，可以有德行之高低，功业之大小，理论之深浅，却不能有趣味之别样。

这本书写西南联大那一段倥偬岁月，写那些在国破家亡之余的些许自由呼吸之地，敏锐地发现，有一类文人，当以"立德立功立言"之外的"立行"作为第一标签，在作者看来，是"文人典范，是真名士自风流"，这便有了极大的新意。在我看来，将"三立"改作"四立"，是文化由古代进入现代的重要标准。在我看来，罗素说"参差多态，乃是幸福本源"，王小波说"我活在世上，无非想要明白些道理，遇见些有趣的事"，都是这个意思。

49. 一个纯粹的故事

读《老人与海》

> 书　　名：老人与海
> 作　　者：［美］欧内斯特·海明威（Ernest Hemingway）
> 译　　者：鲁　羊
> 出版机构：中信出版社
> 出版时间：2018 年 11 月

在我看，一个纯粹的故事应该包括三个要素，第一是简单，第二是通透，第三是敏锐。大多数好的文学作品，都符合第三条，但只有少数作家的作品能符合后两条，比如大仲马、陀思妥耶夫斯基、加缪乃至马尔克斯，以及中国的阿城、王小波等。但三条都符合的，在我看来就是海明威的《老人与海》。这不是说《老人与海》是最好的小说，而是说，它是一个最纯粹的故事——我是在毛泽东形容白求恩是"一个纯粹的人"的语义上使用纯粹这个词的。

我上大学时，最崇拜的名人就是海明威。毕业的时候，那时流行填写一个纪念册，班级每个同学都有一页，设定若干多少有些幼稚的问题，如最崇拜的名人、最喜欢的格言之类，挨个找同学填写，以资纪念。我填最崇拜的名人，就是海明威，最喜欢的文学作品，是他的短篇小说《乞力马扎罗山的雪》。那时少年心性，喜欢多少有些空灵的东西，就是那种你被吸引但又不能理解的东西——川端康成的《雪国》也是如此。在我心中，这种空灵也多少有些浮华。于是，重读《老人与海》，寻找那种沉甸甸的东西，越发觉得难得。

过去有句话，是"有一千个读者就有一千个《红楼梦》"，在我看来，《红楼梦》未必担得起这句话，倒是《老人与海》能如此。只有大浪淘沙，最后出现的如《老人与海》般最简单的故事才能担负起无数人不同的想象。

有人说《老人与海》是一个励志故事，网上流行的书评，多数是中学生的作文，走的就是这一路。不过，一个故事要励志，总该有些结果的亮色吧。许人以拼搏，却把一条大鱼只留下骨架，这样的励志并不好玩。

或者是要说老人所谓"永不言弃"的精神。这样的路数里，很多抒情与感慨，在我看来，不免是"站着说话不腰疼"。到了该进养老院的年纪还得拼命出海，老人其实没选择，海明威也不至于如此浅薄。

在西方美学的诸范畴中，有崇高和悲剧的区别。在多数人看来，《老人与海》当然表现的是崇高，从头到尾读下来，是一部英雄主义的赞歌。我对此持怀疑态度，在我看来，《老人与海》其实是一部悲剧。悲剧言者，其实就是描述人生有些际遇，人自身既无法控制，也无法摆脱。倘得到一个坏结果，自然是悲剧，但即使是一个好结果，每每也是悲剧——《玩偶之家》中，女主人公娜拉终于摆脱了家庭，似乎她理想的大门已经打开。殊不知，鲁迅先生讲《娜拉走后怎样》，不正是说她"梦醒了无路可走"？《老人与海》中的墨西哥渔夫圣地亚哥，可以说是世界上最好的渔夫，风烛残年，仍然可以独自捕获 18 英尺（5.4 米），1500 磅（680 公斤）的大鱼，但同样无法战胜命运。如果他是足够强大的，为什么 84 天一无所获？而第 85 天，即使他真的把这条特大号的鱼捕获回去，老人作为渔夫的命运就会因此而改变吗？

  人的精神力量构成崇高，而人的精神力量的局限性构成悲剧。此时已经人过中年的海明威，精力衰退，创造力减弱，已经产生了极强的人生困惑——这正是一个感受悲剧命运的人生阶段。他把内心这种极其强烈的感受，用几乎完美的文学语言表达出来，实际上，就是对无可逃遁的悲剧命运的拒绝和抵抗。墨西哥渔夫圣地亚哥不正是此刻的海明威自己？耐人寻味的是，10 年后，海明威用自己的行为艺术最后一次表达了这种拒绝和抵抗——他把一支双管猎枪的枪口塞入自己的嘴里，然后扣动了扳机。这又是一个最纯粹的故事——连死都很海明威。

50. 平平淡淡的真

读《契诃夫短篇小说选》

书　　　名：契诃夫短篇小说选
作　　　者：[俄] 契诃夫
译　　　者：汝　龙
出版机构：人民文学出版社
出版时间：2015 年 1 月

事出有因。今天（2023 年 7 月 15 日）是契诃夫逝世 119 周年的纪念日。因为自幼以来对这位伟大文学家的敬仰，我自然是要写一篇文章予以纪念的。但专门找出契诃夫短篇小说选，刚刚读了几页，便有一种强烈的陌生感，仿佛从未读过。尽管我从中学课本中的《套中人》开始，不止一次地读过契诃夫的短篇小说，但毕竟，都是至少 20 年前的事了。今日，特地找出已经在书架上，少说也尘封了十年之久的《契诃夫短篇小说选》再读，对他的作品生发的感慨，似乎比第一次读的时候还要强烈。

随着阅读的深入，很快，我便发现了这种陌生感的来源。契诃夫没有变，是我自己变了，或者说，我自己也没有变，是我们身处的时代变了。进入现代社会，与契诃夫的时代相比，一个显而易见的变化就是，今天的社会更加快速多变，我们已经不习惯去感知过于细微的情感变化，而更多地以一种程式化和同质化的感知方式去"批处理"一切。

这本书收入的第一篇小说,讲述的是一对夫妇遇上了一面颠倒黑白的镜子的故事,男主人公丑陋的曾祖母曾经被这面镜子里美貌的自己所迷惑,最后甚至丢掉了性命,而男主人公的妻子同样丑陋,又遇到了同样的镜子,结果悲剧再一次上演。20年前我看到这样的故事,自然会陷入深深的思索。但现在,几乎所有的女性,都在智能手机里使用一个叫做美颜的软件,其功能甚至比小说中的魔镜还要厉害些,但绝不会有人沉溺于魔镜,最后像希腊神话中的纳西索斯一样投水自尽。相反,在网络虚拟的世界里,反而是镜中的影像才是真实的——这一定会让柏拉图大感欣慰。

但是,随着阅读的深入,契诃夫还是慢慢但坚定地重新站了起来,表现出了我自己20年前就已经所熟知的样貌。尽管我们冒犯了坐在前排的长官之后不会惊惧而死,但很多人对权力的崇拜、对"长官"的敬畏乃至努力伪装自己以适应自己并不习惯的一切的行为,仍然让我们感觉一切仿佛都没有变。我们仍然见惯了一个又一个"套中人",我们仍然与各式各样的"变色龙"狭路相逢,所变化的,或是栖身的套子有新的改良,或是变色的手段更加高明而已。

契诃夫善于从最平常的现象中揭示生活本质,他情节简单而意蕴深刻的故事,能够让每个人从中发现并不由自主地"对号入座",从而心甘情愿地压出"皮袍下的小字来"。这种伟大的艺术创造力我们感受过莫泊桑,感受过都德,感受过马克·吐温,也感受过海明威。但无论与哪一位以短篇小说名世的作家相对照,契诃夫都是如此独特，散发着令人无法忽略的光芒。

前几年，在北京随几个朋友看了一个话剧《樱桃园》，到了剧场才知道，剧作者就是契诃夫。当时，应朋友之邀，我还写了一篇观后感，其中谈到：

> 这是一部四幕轻喜剧。剧本诉说的是一个平民取代贵族、粗糙取代优雅、实用取代唯美、新桃取代旧符的故事。这是社会发展的必然，但终究会有一些伤感的情绪。因此这并不是个轻松的主题。相较另一位戏剧大师莎士比亚，故事的时代背景同样反映贵族的生活层面，但主题就相对比较轻松，并不会令人在看后有太多的反省与思考，《樱桃园》虽然情节对话均不乏喜剧色彩，然主题却是深刻而发人深省的。

由此看得出，只有一个契诃夫，无论是小说还是戏剧，风格都是高度一致的。他把深刻的现实主义形象升华为象征性哲理的艺术风格，至今仍能深刻地打动我们。

51. 中国现代诗的启明星

读《穆旦自选诗集（1937—1948）》

> 书　　名：穆旦自选诗集（1937—1948）
> 作　　者：穆　旦　著　查明传　等编
> 出版机构：天津人民出版社
> 出版时间：2010年1月

记不清什么原因，去年的某个晚上，突然就到书架上找到了穆旦的诗集。我以前虽然听说过这位金庸的堂兄（穆旦本名查良铮，与查良镛也即金庸是堂兄弟关系）诗写得很好，但从未读过他的任何一首诗，也不知道他的代表作是哪一首。捧书在手，随便翻开一页，是这首名叫《我看》的诗，立刻就感受到了穆旦的份量：

我　看

我看一阵向晚的春风
悄悄揉过丰润的青草，
我看它们低首又低首，
也许远水荡起了一片绿潮；

我看飞鸟平展着翅翼
静静吸入深远的晴空里,
我看流云慢慢地红晕
无意沉醉了凝望它的大地。

哦,逝去的多少欢乐和忧戚,
我枉然在你的心胸里描画!
哦! 多少年来你丰润的生命
永在寂静的谐奏里勃发。

也许远古的哲人怀着热望,
曾向你舒出咏赞的叹息,
如今却只见他生命的静流
随着季节的起伏而飘逸。

去吧,去吧,哦生命的飞奔,
叫天风挽你坦荡地漫游,
像鸟的歌唱,云的流盼,树的摇曳;

哦,让我的呼吸与自然合流!
让欢笑和哀愁洒向我心里,
像季节燃起花朵又把它吹熄。

1938 年 6 月

他用如此丰富的意向抒情，你不免惊诧于他蓬勃到惊人的想象力。从诗中的内容看，似乎就是黄昏时分，诗人坐在湖边，产生了许多思绪，甚至未必有具体的指向，但他精骛八极，心游万仞，写出了静观宇宙的感觉。这是一首纯粹的诗，一点杂质也没有。有很长一段时间，我从出生到上大学的那一段，看不到这样的诗，一首都没有。

在百度查了查穆旦的介绍，突然发现，他是一个很像海明威的诗人。他1918年生于天津，但祖籍是浙江人。小的时候就是个神童，6岁写诗，青年时期就发表诗作。有趣的是，1935年他考入清华大学，学的却是与文学毫不沾边的地质系——这倒是很对我的胃口，因为我大学的专业也是理工科，也写诗。不过，很快他就改修外文系，这让中国少了一个李四光，但多了一个傅雷。抗日战争爆发后，他成为了直到今天都名驰遐迩的西南联大的学生，随学校辗转于长沙、昆明，一路颠沛，一路成长。

穆旦值得一提的经历，是联大毕业后曾参加了中国远征军。这是我们民族历史上惨烈到人神同悲的一段记忆。据统计，中国远征军入缅参战的总兵力约有10万人，伤亡为6.1万人，其中约5万人死在了野人山，野人山也因此有了"10万军魂"的传说。穆旦就是踏着堆堆白骨侥幸逃出野人山回到昆明西南联大中为数不多的幸存者中的一位，据说，此后他"日夜感受着死去的战友直瞪的眼睛追赶着自己的灵魂"，除了给自己的老师吴宓讲了一路的经历之外，他再不肯向他人谈及一个字。当然，诗人总有诗人的方式，他把那些刻骨铭心的记忆凝进了这首名叫《森林之魅——祭胡康河上的白骨》的诗中：

在阴暗的树下，在急流的水边，
逝去的六月和七月，在无人的山间，
你们的身体还挣扎着想要回返，
而无名的野花已在头上开满。

那刻骨的饥饿，那山洪的冲击，
那毒虫的啮咬和痛楚的夜晚，
你们受不了要向人讲述，
如今却是欣欣的树木把一切遗忘。

过去的是你们对死的抗争，
你们死去为了要活的人们的生存，
那白热的纷争还没有停止，
你们却在森林的周期内，不再听闻。

静静的，在那被遗忘的山坡上，
还下着密雨，还吹着细风，
没有人知道历史曾在此走过，
留下了英灵化入树干而滋生。

尽管悲痛和伤感是压抑着的，但却清晰可辨，而且扑面而来。

这种饱含着情感力度的诗行，和平年代的我们很难写出来。单从诗艺而言，据说毕加索看到拉斯科洞穴里的壁画喃喃自语：我们没有一点进步。面对着这样一个赤诚呐喊的穆旦，今天我们完全也应该这样说，我们没有进步。至少，这样铁与血的经历，不是每一个诗人都亲身经历过的。

我们还是欣赏他的诗吧，据说这首"赞美"才是他的代表作：

赞　美

走不尽的山峦的起伏，河流和草原，
数不尽的密密的村庄，鸡鸣和狗吠，
接连在原是荒凉的亚洲的土地上，
在野草的茫茫中呼啸着干燥的风，
在低压的暗云下唱着单调的东流的水，
在忧郁的森林里有无数埋藏的年代。
它们静静的和我拥抱：
说不尽的故事是说不尽的灾难，
沉默的是爱情，是在天空飞翔的鹰群，
是干枯的眼睛期待着泉涌的热泪，
当不移的灰色的行列在遥远的天际爬行；
我有太多的话语，太悠久的感情，
我要以荒凉的沙漠，坎坷的小路，骡子车，
我要以槽子船，漫山的野花，阴雨的天气，

我要以一切拥抱你，你
我到处看见的人民啊，
在耻辱里生活的人民，佝偻的人民，
我要以带血的手和你们一一拥抱，
因为一个民族已经起来。

一个农夫，他粗糙的身躯移动在田野中，
他是一个女人的孩子，许多孩子的父亲，
多少朝代在他的身上升起又降落了
而把希望和失望压在他身上，
而他永远无言地跟在犁后旋转，
翻起同样的泥土溶解过他祖先的，
是同样的受难的形象凝固在路旁。
在大路上多少次愉快的歌声流过去了，
多少次跟来的是临到他的忧患，
在大路上人们演说，叫嚣，欢快，
然而他没有，他只放下了古代的锄头，
再一次相信名辞，溶进了大众的爱，
坚定地，他看着自己溶进死亡里，
而这样的路是无限的悠长的，
而他是不能够流泪的，
他没有流泪，因为一个民族已经起来。

在群山的包围里，在蔚蓝的天空下，
在春天和秋天经过他家园的时候，
在幽深的谷里隐着最含蓄的悲哀：
一个老妇期待着孩子，许多孩子期待着
饥饿，而又在饥饿里忍耐，
在路旁仍是那聚集着黑暗的茅屋，
一样的是不可知的恐惧，
一样的是大自然中那侵蚀着生活的泥土，
而他走去了从不回头诅咒。
为了他我要拥抱每一个人，
为了他我失去了拥抱的安慰，
因为他，我们是不能给以幸福的，
痛哭吧，让我们在他的身上痛哭吧，
因为一个民族已经起来。

一样的是这悠久的年代的风，
一样的是从这倾圮的屋檐下散开的无尽的呻吟和寒冷，
它歌唱在一片枯槁的树顶上，
它吹过了荒芜的沼泽，芦苇和虫鸣，
一样的是这飞过的乌鸦的声音，
当我走过，站在路上踟蹰，
我踟蹰着为了多年耻辱的历史
仍在这广大的山河中等待，

等待着，我们无言的痛苦是太多了，

然而一个民族已经起来，

然而一个民族已经起来。

1941 年 12 月

很遗憾，在我最有诗歌灵性的时候，我不知道穆旦是谁，也从来没有读到哪怕一首这样的诗歌——也包括像何其芳的《预言》那样的诗篇。我们读了一些诗状的口号，一些粗糙而标准化的情感表达，以及许多清清楚楚的、可以千篇一律地解读的意义。可惜，在已经过于晚的时刻，当我正式地知道穆旦并且带着无比惊讶的感觉来欣赏他的诗句时，我同时也知道了，就在 46 年前的 1977 年 2 月 26 日，在饱受折磨、刚刚迎来新生的时候，他突发心脏病而逝世，享年仅仅 59 岁。死前几天，他在《冥想》一诗中道出了自己的内心独白：

而如今突然面对坟墓，

我冷眼向过去稍稍四顾，

只见它曲折灌溉的悲喜，

都消失在一片亘古的荒漠。

这才知道我全部的努力，

不过完成了普通生活。

我们知道，在他的心里，"普通生活"就是自由的生活。而我想从另一个角度来说，在我心中，他永远没有机会过"普通生活"。在曾经的倥偬岁月，诗人灿若繁星，但在我心中，他是最不普通的那一颗——中国现代诗的启明星。

52. 回梦春风此最真

读《北宋名家词选讲：迦陵讲演集》

书　　名：北宋名家词选讲：迦陵讲演集
作　　者：叶嘉莹
出版机构：北京大学出版社
出版时间：2007年1月

"回梦春风此最真"是叶嘉莹先生的一句诗。全诗是：

握别灯阑夜已分，一弯斜月送归人。
他年若作儿时忆，回梦春风此最真。

这首诗，是叶先生高中毕业聚餐会上口占三绝的第二首。叶先生在高中毕业时就有这样的诗才，无怪乎她一生寄情诗词，名满天下。

而我读叶先生讲诗词的一系列著作，特别是这本"北宋名家词选讲"的感受与心情，正也仿佛是这句诗所表达的意境——沉浮于人世间，每当我们希望沐浴文学和艺术的春风，唐诗宋词每每能够给我们带来最真切的体验。而这种体验最动人的情景，就是沉浸在叶先生的课堂，或者阅读整理了她课堂内容的书本里。

199

读叶先生讲诗词的著作，《北宋名家词选讲：迦陵讲演集》是第三本了。最早读的，是叶先生讲杜甫"秋兴八首"的那一本（《杜甫秋兴八首集说》）。当时的感受几乎可以说是刻骨铭心的。因为我们从小的记忆，杜甫都是现实主义诗歌的杰出代表，要读杜甫，自然是更加贴近现实的"三吏三别"，再长大些，就是"朱门酒肉臭，路有冻死骨"（《自京赴奉先县咏怀五百字》）。"秋兴八首"，我小时候甚至都没听说过。当我第一次从叶先生的书中读到这八首律诗后，简直有一种被击中的感觉，法度森严的律诗居然可以写得如此沉郁而饱满，辽远而苍茫，而讲解者居然可以如此汪洋恣肆，才情飞扬。接着便是那本《唐五代名家词选讲》，那时我刚刚开始学习填词，从唐五代的温庭筠、韦庄、冯延巳乃至李煜学起，正是基本的法门。现在看来，叶先生的讲解，也并非没有个别值得商榷之处，但通读下来，确实让我逐步登格律之堂，入意境之室，体会到词之为词的奥秘。现在再读叶先生的第三本书，也是前两本一个必然的延伸。

词作为一种成熟的诗歌艺术形态，是滥觞于唐五代，而定型于北宋的，到了南宋，词的形式和内容，仍然保留了一定规模和势头的发展，产生了李清照、辛弃疾、陈亮这样的大词人，但整体样貌已经逊于北宋。而随后的元明清乃至今天，尽管也偶有如纳兰般优秀的词人如流星划破天际，但总体上，大家都只能仰北宋的高峰，"叹为观止，景行行止"了。因而，说宋词，巅峰就是"北宋词"。而这一巅峰的代表，无非就是叶先生在书中着意介绍的宋初晏殊、欧阳修、柳永，中期的晏几道、苏轼、秦观乃至后期贺铸、周邦彦数人而已。叶先生正是通过对这些代表性词人作品的详尽分析，为听众（最初，这些文稿都是课堂上讲解的录音或者笔记的整理稿）乃至读者介绍了词作为一种特定的新文体，所不同于诗的风格、特征和功能，以及"词之为词"的特点是如何形成、强化、流变和嬗递的。习词欲扎实而高迈，这是必然之选，也是应有之义。进而，叶先生在这本书中，又上承李煜、下接南宋，着重分析了"词的自觉"（这是我自造的一个词、意在形容词从歌姬的浅吟低唱一步步登上大雅之堂其中的追求与探索）的过程，特别是后主李煜、苏轼二人在其中的贡献，前者如王国维言，是"词至李后主而眼界大开，感慨遂深，遂变伶工之词而为士大夫之词"，这是"词的自觉"之一大步，而苏轼则干脆放弃词作为歌的传统，径自把词当做诗来写，又把"士大夫之词"的表现对象，从个人的儿女情长，演变成家国情怀。叶先生通过上述八个人词作的分析和鉴赏，相当细腻而清晰地为我们描绘了宋词从成熟到巅峰的这一壮阔景象，其美不胜收之处，又岂是我这样一篇短文能说清楚的？读者诸君倘要欣赏宋词之妙，当以叶先生此书为线头，逐一品读八位词人乃至更多北宋词人的精妙与特色，浅吟低唱也罢，家国情怀也好，其妙不可言之处，全在一心之中也。

　　对我而言，把叶先生讲诗词的十几本书逐一读下来，不仅仅是重要的目标，也是紧迫的任务。

53. 有一种小说，叫做刘按
读《为什么要把小说写得那么好》

> 书　　名：为什么要把小说写得那么好
> 作　　者：刘　按
> 出版机构：江苏凤凰文艺出版社
> 出版时间：2021 年 6 月

为什么要把小说写得那么好？以这句话作为一部小说集的书名，似乎就是为了预告一个奇特的开始——小说当然应该写得好，如果这也值得疑问，那就意味着一切都需要重新审视。比如，你说的好是什么意思？比如，你说的好，是否就是足够好，无可质疑？再比如，只有一种好，还是有各种好？看来，尼采说"重估一切价值"就是这个意思吧？但尼采说得太严肃了，本来该轻松点说出来的。所以，不读尼采，该读读刘按。

我看这本书之前，不知道刘按其人。我猜想，这是个笔名。因为"按"这个字用作人名也颇有不寻常之处，类似他这本书的文风。但这倒不是我要看完这本书的理由，真正的理由，是翻开第一页就无可逃遁地被吸引。这就明白，好作家就像布囊中的锥子，藏是藏不住的。

还是引用一下他的文字吧，就是这本书中的一篇，叫做《正在朝我赶来》：

收到消息，蚂蚁是第一个出发的物种，在洞里的从洞里出发，在搬运途中的从途中出发，蚂蚁奔走相告，渐渐汇成一股黑色的河流，浩浩荡荡，它们知道，自己将最后一个到达。而最后出发的是鲲，它心里清楚，自己只要扇动一次翅膀，就到了。大师兄收到消息的时候，正在打麻将，一手好牌，他预感即将自摸，但是他没有任何犹豫，就推倒了眼前的牌，转身就走。小师妹本来在谈一个几十亿的大项目，正坐在会议室里等待签字，收到消息，站起来就朝楼梯口走去，边走边打电话给楼下等待的司机，直接去机场。还有卖菜的，菜也不卖了，杀猪的，猪也不杀了。蹲监狱的，开始认真考虑越狱，行将长眠者，将任务艰难地嘱咐给床前的儿子。本来要去别的地方的，及时调整计划，重新规划路径。爬山的正在下山，潜水的正在上岸。本来闭关隐居的，也在黑暗中缓缓睁开了眼睛。穿山甲在山中穿洞而来，老鼠尾随其后。同一片草原上的大象，长颈鹿，河马，犀牛，猎豹，野牛不约而同地开始朝同一个方向移动，世界上所有色彩斑斓的鸟群开始在遥远的天边连成黑压压的一片。此刻，万物正在朝我赶来，而我正在一个低端发廊剪头，理发师叫我一动都不要动。

能看得出，这是魔性十足的文字，叙述的生动，思想的深刻，出其不意的想象力，以及对现实生活巨大的反讽效果，都在里头了。接下来看，123篇文章，全是这个调性。读到某个时刻，你会嫉妒这个才华像沸泉蒸腾一样的家伙，不至于吧，从头到尾，全是这样没遮拦地扑面而来，仿佛一个超一流的赛跑者，一直在用百米冲刺的速度在长跑。看他跑，你都累，恨不得说，哥儿们，停一停吧，你不累吗？

首先的困惑，是你不知道如何归类。归类，本来是猴子进化成人学到的最大本领。比如文学，我们都知道，该分为小说、诗歌、散文等，然后小说还可以分为长篇小说、中篇小说、短篇小说、微型小说乃至纪实小说等等，这样，诸神各归其位，就会安分守己，各行其是。当然也会有若干调皮捣蛋者，不免越过边线，张冠李戴。所以需要完善归类，命之为散文诗、诗体小说乃至大散文，文学的天庭就能恢复秩序。但刘按的这些文字，实在不知道该安放在哪个星座，小说？有点像，又不像。散文？也有点像，又不像。诗？似乎不是，但也不能完全说不是。在归类强迫症者那里，单这一个问题就令人困惑不已，直到合起书本，想破脑袋也想不出。甚至想到，这或者只是古老的箴言，毕竟，释宗讲道，黑石天启，老子在函谷关前的喃喃自语，全是这样。

你再看叫做《西西弗斯的巨石》这一篇，是不是就是这个感觉？

西西弗斯确实没什么好说的，我想说的是西西弗斯推的那块巨石。西西弗斯把巨石推到山顶，巨石又滚到山脚下，西西弗斯面无表情，慢吞吞地下降到山脚，再把巨石推到山顶。他已经这样干了超过一千年。很多人都知道这件事，都想去围观，但是找不到那座山。西西弗斯是一个特别闷的人，最开始巨石以为他是在闹情绪，觉得神对他的惩罚不公平。但是时间长了，巨石发现，西西弗斯就是性格孤僻，不爱说话。巨石其实在西西弗斯第一天推它的时候，就和他搭讪了。巨石说，西西弗斯，听说你小子绑架过死神？牛啊！西西弗斯没有任何反应，埋头推石上山。一路上，只有巨石在喋喋不休地说话。事实上，过去的一千年，一直都是巨石在喋喋不休地说话，一会儿它的声音在山脚，一会儿又在山顶，而西西弗斯一句话也没有说过，巨石已经基本耗尽自己积攒了万年的表达欲，它知道这天下午，如果西西弗斯还不说话，它只能归于沉默，重新成为一块任人翻动、没有生命的石头。

从加缪重新定义了西西弗斯以后，西西弗斯这个希腊神话人物就以另一种方式复活了。但无论是受罚而苦难的西西弗斯，还是因使命而幸福的西西弗斯，在命意叠加之时，没人想过那块石头，它是否愿意被这样推来推去，完全失去了干点别的之可能——至少，也该听听他的意见，除了被推着上山还能否有别的一种活法，比如粉身碎骨去做石灰，或者到庙宇廊柱的下面去做一块垫脚石。不过，大概率这块石头要感谢刘按，至少，有人让他说话了，哪怕一句有用的也没有。

当我听说写这本书的刘按当时只有21岁时，我突然理解了一切。为什么要把小说写得那么好？如果实在找不到别的理由，年轻不就是个最大的理由？

54. 刺在罩袍之下

读《罩袍之刺》

> 书　　名：罩袍之刺
> 作　　者：原老未
> 出版机构：生活·读书·新知三联书店
> 出版时间：2020年6月

这本书我是在去年阿富汗局势发生重大变化的时候看的。尽管当时出于对阿富汗的关注，看了好几本有关史著，但真正能让我感觉到阿富汗问题的复杂和沉重的，反而是这本纪实文学作品——《罩袍之刺》。

这本书很漂亮，封面就是一顶靛青色的罩袍，从上至下披散下来，占据了整个页面的绝大部分空间，其余的空间是完全的黑色，这种冷色调的质感令人压抑。不过，罩袍的一侧透出了些光亮，形成了表面上强烈的明暗对比，光亮引人遐思。当然，最写意的一笔是左下角，从罩袍的重叠包围之中，伸出了两个指头，因为有侧面的光打过来，两个质感强烈的肉色指头很醒目，仿佛强烈地提醒我们，罩袍不是挂在钩上，罩袍的后面也不是女巫，不是神像——或者别的什么，而是一个活生生的女人。

我猜想，这张照片应该就是本书的作者——一个笔名叫"原老未"的中国女人拍摄的，用以表达她想告诉我们的内容。用封面上的一张照片就强烈地彰显主题，这个"原老未"不一般。

在网上查了查，本书作者和摄影师原老未，是一个颇有名气的独立摄影师和撰稿人。她有一个英文名叫做"Moomoo"，在尼泊尔语里是"包子"的意思，江湖上她也有一个颇为惊人的绰号，叫做"不害臊妙龄女土匪"。这个绰号基本描述清楚了她的情况，不仅年轻貌美有才华，而且胆大心细脸皮厚。平日里过着漂泊无定的生活，在世界各地旅行，活在"银幕的背后"，注意那些旁人未及关注的生灵与命运。据说曾经因为冒险而摔成骨折，但尚未痊愈就去了阿富汗。这本名为"罩袍之刺"的书，就是那之后的产物。

在我们曾经的记忆中，阿富汗差不多就是世界上最原始的地方，是贫穷、破败、荒凉、战争、危险、恐怖、肮脏的代名词。回忆起来，我们关于阿富汗的记忆，最早的是童年时代"苏联入侵阿富汗"这样一条长期霸占报纸页面的新闻，那时我们连阿富汗在哪里也不知道，只知道这个地方既然被"万恶的苏修"侵略，那就是我们的"盟友"。后来，本·拉登又长期占据了我们关注的焦点，而这个神秘而阴险的恐怖分子头子，一直就是盘踞在阿富汗的。接下来的新闻是塔利班，他们居然炸毁了巴米扬大佛。对我这样一个酷爱石窟艺术的人而言，这种反人类的罪行实在令人义愤填膺。这一切的背景都是阿富汗，一个神秘到我们差不多对其历史和现实都一无所知的中亚穷国，一个政治建设能力极弱的混乱国家。直到此时，我们都不了解任何一个阿富汗人，无论是它历史上的英雄，那些缔造者、保卫者或者专制者，抑或是现在的政府要员、电影明星、体育健将。我们的目光无从看向人，仿佛从来都不知道，国家本来是人的集合。

而《罩袍之刺》的意义恰恰在于，作者不是从国家和民族的命运，而是从个人的悲欢离合来切入阿富汗的悲剧主题的。重要的不是阿富汗遭遇了怎样的欺凌、打击和灾祸，而是这些欺凌、打击和灾祸给那些活生生的人带来了什么样的苦难与挣扎。而且，作者原本关注的，是6个阿富汗女人的故事。这6个女人，值得我们稍稍费些笔墨，逐一地介绍一番。

第一个是开镶铺的古尔赞婶婶，她生活在阿富汗东北角巴达赫尚省的费扎巴德老城，这里是塔利班统治时期唯一一个没有被占领的省份。作者描写了古尔赞爱上邻居莫纳德并且最终嫁给他的过程，也描述了她的两个已经初具现代意识的女儿的生活，其中一个还开设了山区里的女性广播电台。这是6个故事中，生活状态最为正常的一个，抛开那些具体的文化差异，就精神和情感层面，古尔赞一家人的生活，几乎与我们今天的普通人生活一模一样。

到了第二个故事，情况就有了些变化。主人公是在坎大哈开设绣坊的商人瑞吉娜，她遭遇的困境与国家的命运息息相关——由于政治局势的恶化，生意减少了许多，瑞吉娜正在考虑要裁员。但她的22位女工中，有17位是寡妇，没有其他经济来源，如果失去了这份工作，他们的人生又将陷入困境，难以生存。事实上，瑞吉娜是普什图人（也就是通常而言的阿富汗人，属于这个国家中社会地位最高的一个种族），他的父亲曾经是财政部官员，后来带着全家人去了美国，因而，瑞吉娜受过完全不同的教育。她回阿富汗开设绣纺，其实很大程度上是一种拯救阿富汗女性的慈善之举，但现实很残酷，她的父亲担任了坎大哈市长，却因为力主反腐败被暗杀，瑞吉娜因此而产生了一种顿悟——颇似鲁迅当年观看了日俄战争处死中国人的片子后产生的感想，认为改变国人的观念才是要紧之事，因而，坚强的瑞吉娜把工作重心从绣坊转到做教育。

　　第三个故事中的女主人公迪巴，则是一位完全"与国际接轨"的新女性——在我们一般的想象中，阿富汗不可能有这样时尚而现代的姑娘。这位居住在首都喀布尔的女记者，在传统阿富汗人眼里已经完全地丧失了"羞耻感"，变得不再像一个阿富汗人。而她自己也丝毫没有屈从之意，相反，她正准备考雅思以便出国读书，离开这个混乱不堪的国家，和在她眼里毫无婚姻道德感的男朋友。

　　第四个故事则显示了逐步强大和开放的中国在阿富汗的影响力，主人公是学习了中国武术，并在自己的家乡赫拉特开武术馆的年轻女孩卡瓦利。除了喀布尔和坎大哈，我还知道的阿富汗城市便是这个赫拉特，多部关于中亚地区的历史著作都提到过这个阿富汗西北部的历史名城。这里是哈扎拉族聚居区，卡瓦利一家都是蒙古人种，信奉伊斯兰什叶派。在塔利班崛起之前，他们的生活还算正常，但后来只能逃到伊朗。与时尚而进步的喀布尔姑娘迪巴不同，卡瓦利更为传统和保守，因为父亲又娶了个老婆，她的亲生母亲玛利亚姆痛苦之下得了白内障,每天习惯了一声接一声地叹气。一个偶然的机会,卡瓦利学习了中国武术,并成长为一个武术老师,找到了自己的能力和自信。虽然武馆陷入经营困难之中,但卡瓦利和老师一起努力着。现在塔利班又要卷土重来,卡瓦利生活的前景正在被一种巨大的阴影笼罩,看不到希望。

第五个故事是关于一个学习兽医的女大学生热扎依的。她因为业余时间在卡瓦利的武馆学习太极,与在那里采访的本书作者"原老未"相识,被聘为作者的英语翻译。热扎依是一个善良的、感性的、又能有理性思考的女孩,小时候在伊朗长大,在知道自己是阿富汗人之后,毅然决然回到了阿富汗。那些有意无意将阿富汗女性脸谱化、平面化的人,或许该认真地听一听热扎依的故事。

而第六个故事则多少有些让人错愕。作者讲述的是一个住在阿富汗东部城市加兹尼的残疾画家鲁巴巴。身残志坚的小姑娘小时候得了小儿麻痹症,一家人对她都非常照料甚至宠爱。由于她掌握了用嘴画画的技巧,在一个偶然的机会里鲁巴巴出了名,许多人慷慨解囊帮助她,家里的经济条件也因之大为好转。但令人大跌眼镜的是,鲁巴巴成名以后,表现出一些令人不解甚至反感的品质,包括不诚实、贪婪和欲望膨胀,显然,特殊的境遇让鲁巴巴有些"变形"了。不过,这个与其他五位女性有所不同的鲁巴巴的存在,才进一步强化了原老未故事的真实性乃至阿富汗的真实性,毕竟,没有一盆真实的鲜花不带有瑕疵。

六个女性,六个城市,六种生活。作者用这样完全纪实的笔触，不动声色地揭开了我们被罩袍掩盖的观察下对阿富汗女性形成的刻板印象，也使我们对这个充满战乱、纷扰和观念变迁的国度加深了理解和关切。胡适曾说过，看一个国家的文明，只需考察三件事：第一看他们怎样待小孩子；第二看他们怎样待女人；第三看他们怎样利用闲暇的时间。原老未似乎正是以她独特的方式诠释了胡适的箴言。无论如何，把女人蒙在罩袍之下，这不是文明，而是一根刺向文明的刺。

55. 那一场不该被遗忘的远行

读《杨的战争：第一次世界大战中被遗忘的中国人》

书　　　名：杨的战争：第一次世界大战中被遗忘的中国人
作　　　者：［英］克莱夫·哈维（Clive Harvey）
译　　　者：赵　梦
出版机构：北京时代华文书局
出版时间：2022 年 8 月

　　我本以为这本叫做《杨的战争：第一次世界大战中被遗忘的中国人》是纪实性历史著作。当我听说它是一本小说时，多少有些失望。

　　之所以一眼看不出这本书是小说，是因为 20 世纪以来，许多社会学著作都写得很像小说，比如我曾经介绍过林耀华先生的《金翼》，就完全像一部小说。但这本《杨的战争》不是社会学著作，甚至不是纪实文学，它就是一部虚构的文学作品。

　　这本书出自英国人克莱夫·哈维之手。2014 年，这位英国的音乐家偶尔了解到一战期间中国派遣劳工到欧洲参加战争的后勤保障之事，心里很是惊讶。第一次世界大战是欧洲历史乃至世界历史上的大事，这样重要的事件，应该每个细节都被注意、记忆乃至书写了。但是，整个欧洲有将近六万座"一战"纪念碑，却没有一个提到中国人，也很少有文字材料记述这一事件，在克莱夫·哈维看来，这不仅让人失望，简直让人愤慨。

时过境迁，岁月漫长，克莱夫·哈维已经很难还原当时的历史事实了。但他并不甘心无所作为，决定以写一部历史小说的方式记录并且纪念这批作出重要贡献但又湮没在历史长河中的中国人。这就是《杨的战争：第一次世界大战中被遗忘的中国人》的来历。显然，这部书的历史背景是真实的，很多故事和情景也都努力还原历史的真实，但情节、人物都是虚构的。

这部书以来自中国山东一个姓杨的中国人的人生经历为主线，讲述了这个曾经的富家子弟，由于遭逢命运操弄，居然被破产了的父亲"卖到"一战英军后勤保障队伍中，从而在异乡悲欢离合、漂泊无定，甚至九死一生的遭遇。事实上，第一次世界大战期间，约有14万名中国人被征召前往一战前线，充当英军和法军的前线劳工，史称"中国劳工旅"。这些离乡背井的苦力在战场上负责搬运货物、挖掘战壕、维修机器，干最苦最累的差事，吃牛马不如的伙食，每天还要冒着死亡的威胁，也确有不少人遭到敌军袭击，或者罹患疾病，最后命丧异乡。

从整个一战的战局特别是最后阶段的进程看，中国劳工旅为英法军队最终取得战争的胜利作出了重要贡献。但是，由于某种说不清道不明的原因——在我看来，就是一种根深蒂固的歧视，这些沉默的劳工被湮灭在历史的烟尘之中，了无痕迹。这部书的开头，作者精心记述了《战争万神殿》这幅被收藏于巴黎某纪念馆内的巨大的绘画之中，中国劳工的身影被抹去的典型情景，让人印象深刻，感受强烈。

作为一本小说，这本书并不优秀，相反，作者无论是叙事还是抒情，都呈现出一种相对笨拙和生疏的状态，具体的情节缺乏合理性，描写又支离破碎，很多事实很难接受逻辑的校验。作为文学作品，你很难给他及格以上的分数。

但是，我之所以仍然想向读者推荐这本书，很大程度上在于这部书反映的历史，也就是中国14万劳工离乡背井奔赴惨烈的一战前线的经历，似乎并没有得到史学家们——中国的史学家和外国的史学家们的重视。对于大多数中国和外国关心一战历史的读者而言，似乎很少有人听说过这段历史。这是历史学的缺憾，虽然不得已以文学作品来略作补益，但总归比什么都没有强。

这段历史对中国很重要。毕竟，我们曾经是作为一战的战胜国来参加巴黎和会的，这个战胜国的地位，恰恰是十多万劳工以鲜血和生命换来的。尽管当时，也是由于西方大国骨子里的歧视，中国战胜国的地位没有获得应有的尊重。中国国内甚至爆发了五四运动来抗议西方的无理行径。但毕竟，劳工的鲜血和汗水还是让我们赢得了机会——哪怕仅仅是抗议的机会。

即使在今天的英国，也依然有越来越多的声音呼吁为中国一战劳工树立一座永久的纪念碑，让人们知道他们对英军的援助。华人群体也为此做出了很多努力。在我看来，国内的历史学家应该重视起这个课题的研究，争取有更多相关史料被发现、被整理、被书写。对我们而言，做好这件事情，关乎情感，更关乎责任。

56. 永远的安徒生

读《安徒生童话全集》

书　　名：安徒生童话全集
作　　者：[丹] 汉斯·克里斯汀·安徒生（Hans Christian Andersen）
译　　者：叶君健
出版机构：浙江文艺出版社
出版时间：2021 年 7 月

今天（2023 年 8 月 4 日）是 19 世纪丹麦童话作家汉斯·克里斯汀·安徒生逝世 148 周年纪念日。这是一个全世界的儿童以及长大了的儿童都难以忘怀的作家，从受众的广泛性而言，假如安徒生谦虚地称自己排列第二，那么谁还能排第一？他被誉为"世界儿童文学的太阳"，在我看，以读者的人数论，他也是"世界文学的太阳"。

1805 年 4 月 2 日，安徒生出生在丹麦，父亲是个鞋匠。就在他 6 岁的时候，家乡欧登塞城的天空出现彗星，不久，安徒生就以此为题材写了童话《彗星》。彗星通常是短暂的，而安徒生这颗彗星却几乎成了恒星，在世界儿童文学读物的天空中，他整整闪亮了 100 多年。

我们对安徒生童话，最熟悉的莫过于《卖火柴的小女孩》，一个在圣诞节的冬夜里悲惨死去的小姑娘，成了全世界儿童的共同记忆。

前不久，我的诗词老师朱八八，还专门以这个故事为背景，出了一个应制诗题，我和她也分别填了词。这当然是诗词写作的训练，现在看来又何尝不是对安徒生的纪念？

诗题是这样的：朔气初来，雪花初降。设想你是一朵雪花，希望自己质本洁来还洁去，强于污淖陷渠沟。可是你偏偏落在卖火柴的小女孩的火柴上，熄灭了她最后一颗火柴。体裁：以背景资料为基础，自由发挥，七律，词均可。

朱老师自己填了两首词，登录如下：

临江仙·应制·小雪花的自白

其一

邀饮梅花何若？此身愿载行舟。蓬山沧海却春愁。且从天一跃，音信与香浮。

微火谁燃长夜，深寒虚梦灯篝。片尘难御北风遒。飘飘忽痛炙，童话碎无由。

其二

遍地银花火树，灯黄暖暖楼房。我妆世界白茫茫。以为真干净，身下触微光。

一霎寒温俱死，街头转角冰凉。"平安夜里小姑娘，人间只幻梦，天上是吾乡"。

按照诗题的要求，我也完成了一首习作，不揣简陋，也录于下：

临江仙·应制·小雪花的自白

我本青娥仙女，天人飞渡传音。曾经情恨碧霄森。幻身冰冷雪，轻絮落千寻。

忽触夜阑微火，周身刹那歆歆。乍逢无奈涸泉喑。人间何足恋，天上更催心。

就以这样的方式，作为安徒生逝世日的纪念吧。

57. 另一半世界史

读《重拾遗珠：消失在历史尘埃中的文明》

> 书　　名：重拾遗珠：消失在历史尘埃中的文明
> 作　　者：[英] 菲利普·马迪塞克（Philip Matyszak）
> 译　　者：周幸昌
> 出版机构：华中科技大学出版社
> 出版时间：2021 年 5 月

前不久，我曾推荐了高红雷先生所著的《另一半中国史》，介绍中国古史上已经消失了的若干民族。突然想起，以往看过的书中，曾有一本类似的书，是介绍世界上已经消失的民族的。翻箱倒柜，总算找见了这本书，叫做《重拾遗珠：消失在历史尘埃中的文明》。

今天就说说这本书。

这本书的主要内容，是介绍曾经在世界历史的长河中烜赫一时，但最终湮灭在漫漫历史烟尘中的 40 个古老民族。这些民族分别是：阿卡德人、亚摩利人、迦南人、埃兰人、赫梯人、希克索斯人、"海上民族"、以色列人、阿拉米人、非利士人、多利安人、弗里吉亚人、伊利里亚人、吕底亚人、西库尔人、米底人、迦勒底人、库什人、巴克特里亚人（大夏人）、色雷斯人、伊庇鲁斯人、萨宾人、撒玛利亚人、加拉曼特人和努米底亚人、萨尔马提亚人、纳巴泰人、凯尔特伊比利亚人、加拉太人、阿维尔尼人、卡图维勒尼人、爱西尼人、巴达维人、达契亚人、阿兰人、汪达尔人、西哥特人、东哥特人、阿勒曼尼人、朱特人、嚈哒人。

我之所以要把这些古老民族的名称逐一列出,是想给读者诸君出一个小小的题目,各位可以试着数一数,看看自己了解多少个这样的民族——我所谓了解,不是对他们的历史和人文如数家珍,而仅仅指能说出这个民族存在之时在今日世界的地理方位,或者,说出这个民族的一件史迹也可以。

我猜想,大多数人可能说不出其中的一半,甚至可能连10个也说不出。刚才,我把这份名单发给了我的一个朋友,他多少有点沮丧地告诉我,居然只知道一个以色列。

这当然不能说是无知,但多少有些遗憾。

我们确实该多了解一些我们共同生活于其中的这个世界,而了解这个世界极为重要的路径就是了解这个世界的历史。历史给了我们文化的认同,也给了我们求真的智慧,以及关于今日世界的客观认知,从而建立起彼此交流、互通有无、共同发展的基础。从人类五千年前陆续进入文明时代以来,无数具有共同文化记忆的族群在这个世界的不同区域生息繁衍,互相融合、冲突、协作和渗透,我们的"今天"就这样被"昨天"塑造,而同样的逻辑,"今天"也在塑造着"明天"。西方哲学中曾有一个"命定论"与"自由意志"何者决定我们的命运的经典命题,其实也是在思辨历史在多大程度上决定我们的未来,这正是历史哲学的基础所在。

更为重要的是，诚如克罗齐所言"一切历史都是当代史"，一切过往的历史并不是作为我们客观观照的对象而存在，恰恰相反，它其实一直是"有我之境"，也就是那些不自觉地作为构成我们自身一部分的观念性存在。我们的语言、逻辑、记忆、情感乃至潜意识，无不被打上历史的烙印。对于任何一个活在今天的人而言，历史不仅仅是一种观念性的存在，也是我们心灵世界的一部分。

本书的作者菲利普·马迪塞克既是牛津大学圣约翰学院罗马史专业博士，也是一个颇具市场号召力的畅销书作家。他曾写了一大堆古典学大众读物，可以说是一位历史学领域把"阳春白雪"转化为"下里巴人"的高手。

在这本图文并茂、装帧精美的著作中，他分四个方面逐一介绍了前述共40个虽已不存于当世、但文明的影响力依然深刻地影响至今的古老族群。菲利普·马迪塞克差不多以时间为轴，逐一为我们生动描绘了每个文明的昔日辉煌，详尽地介绍了其最鼎盛时期所达到的深度和广度，也分析了他们留给今天的文化遗产。难得的是，作者选取将近200张各个文明古迹与文物的精美插图，从而穿破漫长岁月带来的"时间的迷雾"，启发我们对历史上那些繁华的重要文化产生更为深刻的理解。

这本书的遗憾是它并不全面。就其宣称对今天产生重大影响的标准，也有许多与这40个古老民族在伯仲之间的重要存在，如古代中国北部的匈奴人、鲜卑人（乌桓人）、契丹人、突厥人，乃至在欧亚大陆上纵横驰骋的斯泰基人、大月氏等等，并没有进入作者的视野。如果我们围绕这些面向有另外的阅读，并把两方面的互动作为一个关注的主题，所得必然更多。纸上得来终觉浅，绝知此事要躬行，需要迈开双腿，多走些路。

58. 永远的雪国

读《雪国》

书　　名：雪　国
作　　者：[日]川端康成
译　　者：戴　焕　孙容成
出版机构：南海出版公司
出版时间：2022年6月

看《雪国》，川端康成的文字，唯美得让人心悸。打开第一页，就看到这样的句子，你没法不被迷住：

> 穿过县境上长长的隧道，便是雪国。夜空下，大地一片莹白，火车在信号所前停下来。

无论从哪一页看起，结果都是，你会丢了魂一样地看，尽管完全不是跟着情节走，但一直可以看下去。人物的名字，是无所谓的。

川端康成曾获得1968年的诺奖。至今，这样的奖，日本也仅两人而已。如果把文字或曰作品的极端风格作为竞争力，日本其实本来会有更多的获奖者。我这样说，没有任何别的意思，仅仅是从文学本身开掘的深度和广度而言。除了已经获过诺奖的川端康成和大江健太郎，三岛由纪夫、芥川龙之介、村上春树、夏目漱石，甚至松本清张、渡边淳一，似乎也有竞争的实力。当然，这里边多数都已经不在人世了，诺奖不颁给已逝者，所以，当下的悬念，是村上何时，或者会不会获奖。

还是回来，说川端康成。有的作家是拿才气写作，有的作家，是拿阅历写作，还有的，是拿良好的技术训练写作，而川端康成——当然不止他一人，是拿生命写作。

这样强烈美学风格的作品，文学作品中虽非仅见，但要找类似的，却十分不易。也许可以类比于某些油画的风格，极简主义也曾有很多佳作，但却很难通感。

对照西洋的画家，毕加索、莫奈、塞尚，是拿才气画画，卡拉瓦乔、伦勃朗、达·芬奇，是拿阅历画画，很多学院派的画家，是拿良好的技术训练画画，而梵·高，就是拿生命画画。

无论是川端康成，还是梵·高，内心是幻灭的，从整体上，找不到意义，所以必须在细微感觉的层面，寻找活着的意义。梵·高的星空和原野，就是川端康成的雪国。

很多人猜川端康成的雪国，无论看几遍，仿佛永远找不到逻辑的合理性。其实他无所谓，那不是世间物，而仅仅是作家灵魂深处的"内观"而已。雪国不过是信手拈来的：

　　繁星移近眼前，把夜空越推越远，夜色也越来越深沉了。县界的山峦已经层次不清，显得更加黑苍苍的，沉重地垂在星空的边际。这是一片清寒、静谧的和谐气氛。

你看梵·高的星空，也一样。那不是世间物。那只是内观而已。

好比魔术，无论制造怎样的幻觉，他在乎的，是打开箱子，人消失了以后那一瞬的感觉。你不能以现实主义风格看川端康成。雪国的最后，叶子烧死在大火中，如果以现实主义的命意，总该有些蕴含的意义吧？其实没有，死亡只是通向空灵境界的手法而已，所以，我们都奇怪，岛村居然不太悲伤，正是如此。你不能在雪国中寻找现实的合理性，所有的人，都是胡乱的爱情，胡乱的动机，和胡乱的感觉——似乎可以比拟古典主义的诗歌，或者金庸的武侠，那是另一个世界，有另外的规则。

比如他说：

> 但他对这种奇妙的因缘，并不觉得怎么奇怪，倒是对自己不觉得奇怪而感到奇怪。

所以我上大学的时候看雪国，完全不喜欢，一页都看不下去。过了五十岁，突然喜欢了。明白了一个道理，在作家的魔幻剧中，爱情也是道具，他是想表达一些比爱情更深沉的东西，或许就是"无力去爱"。

哀伤，死亡，也都是同样的道具。

川端康成后来是自杀的。相比于海明威，他的自杀，是另一种。海明威是通常的，因为不能像往常那样活着，就决然死去。而川端康成的自杀，在他自己，只是换了一个地方存在而已，他一直游走于生死爱欲的边缘，死亡，只是步子大了一点。

我们每个人，如果是真实地活着的，都有一点川端康成的影子，也都曾经梦回雪国。

对此，川端康成说：

　　生存本身就是一种徒劳。

又说：

　　死亡等于拒绝一切理解。

只有"拒绝一切理解"，才能理解川端康成和他的《雪国》。

59. 每个人的心里都有一个海岛

读《岛屿书》

书　　名：岛屿书
作　　者：[德] 朱迪斯·莎兰斯基（Judith Schalansky）
译　　者：晏文玲
出版机构：湖南文艺出版社
出版时间：2019年9月

这是我读朱迪斯·莎兰斯基的第二本书。

第一本是《逝物录》，那是一本描写业已不存在的若干事物的著作。而这本《岛屿书》的主题非常相似，描写了虽然存在但常人很难企及的事物——遍及全球的50个海岛。

粗略地划分，地球上的陆地，除了五个大洲，就是形形色色的岛屿。通常我们熟悉的岛屿，邻近大陆（甚至许多是挨着大陆，叫做半岛的），面积较大，有很多人居住。这样的岛屿，我们随便数数，就能数出许多，比如马达加斯加、塞浦路斯、斯里兰卡，比如中国的台湾岛、海南岛等等。这些岛屿，如果置身其中，其实我们不会注意到它的岛屿特征，它只是小一点的大陆而已。

但如《岛屿书》中所记述的岛，却是完全不同的存在。它很小，小到不适合人类居住——至少，所能承载的原住民，达不到人类自主繁衍所需要的最少人数（人类学研究，极端而言也要

500人以上，通常要5000人）。这样，人如果在其上稳定的居住，是需要大陆与之交通。另外，它也很远，远到这个世界上绝大多数的人，一生都难以涉足其中任何一个。由于这样的特征，这些岛屿也充满了神秘，或者承载了人类在大陆边缘向寥廓海天眺望时缥缈而执着的想象，或者，被那些航行在茫茫大海上，找不到陆地的海员（或者海盗）视为救命的神赐之地或者宝藏的隐匿之所。因而，在人类探索自然的进程中它们是作为难以企及的幻想对象而存在的，如云中的仙子，深山的隐士，地底的神怪，乃至方外的高人，是我们想象中的他者，可望而不可即。

在这一意义上，这些不同于大岛的小岛就成了我们真正意义上而且是普遍意义上的"远方"。极少数人到达了它，因之成为英雄，受到万人膜拜；少数人向往一睹芳华，但每每被巨大的困难——来自现实的和来自想象的所吓退，一生都保持起跑的姿态，但从来都未曾出发；而多数人如我辈，对它们只满足于"纸上谈兵"，了解它的浮光掠影，议论它的神秘传说，在二度加工的人造物（神话、文学、绘画）中喟叹、感怀和牵挂，却从未有过出发的念头。当然，也有人毅然出发，慷慨激昂地辞别港口上的万众，驾驶着船舶奔向传说中的岛屿，却使自己也成了一个传说，再无踪影和音讯。这种普遍性的感受，成了人类各民族普遍存在的一个文化原型，存在于我们深厚而神秘的集体记忆之中，清晰可感，却难以说出。

即使像中国这样一个传统意义上的大陆国家，也充满了这样神秘而丰富的海岛传说，徐福领着五百童男女，就是奔赴了这样的海岛；而未死的贵妃，也是住在这样的岛上。少年时读太白的"梦游天姥吟留别"，其中"海客谈瀛洲，烟涛微茫信难求"，不也正是这样的想象？

所以，我们不能以为《岛屿书》是一本地理之书，虽然作者对她所介绍的每一个海岛，都标注了方位，说明了大小，甚至连岛屿的物产和生态，都间有涉及。但朱迪斯·莎兰斯基不是举着小旗的导游，也不是时不时推一推眼镜的地理老师，她是一个悲天悯人的哲学作家，她篇幅不长但异常生动和奇异的文字，是真正的探寻灵魂层面未知领域的哲思与感悟，是来自彼岸的想象和记忆。

朱迪斯·莎兰斯基没有平铺直叙地介绍每一个岛的探险故事，而是把不多的笔触，给了最打动她内心的那些人类的记忆，因而在她笔下，每一个岛都是不同的个体，都有自己的故事，甚至是自己的气息和色彩。随着她探寻那些航图中微不足道的小点，我们窥见的，却是永恒如蒙娜丽莎般神秘的微笑。

其实，每个人的心中都有一个小岛。永远无从到达，永远渴望出发。

60. 唐山大地震：我的记忆 我的哀悼

读《唐山大地震》

书　　名：唐山大地震
作　　者：钱　钢
出版机构：当代中国出版社
出版时间：2010年7月

今天（2023年8月11日）是作家钱钢的诞辰纪念日。1986年，我还在上大学的时候，就读了他的长篇报告文学《唐山大地震》，内心充满了震撼。2006年，在唐山大地震30周年纪念日，我写了一篇文章，叫做《唐山大地震：我的记忆 我的哀悼》，记录在这里，就算是对钱钢《唐山大地震》的推荐文吧。

浏览网页才知道，今年是唐山大地震30周年。想起了在这次地震中失去了生命的姨姥姥一家人，尘封已久的记忆突然涌出，忍不住想写些文字。

姨姥姥是我姥姥的妹妹。从姥姥的讲述中得知，姨姥姥年轻的时候是极为美丽的女子，解放前就被大人包办婚姻嫁了人，似乎还有过孩子；解放后新政府做主，和原来的丈夫离了婚。然后，大约是经组织上介绍，嫁给了从朝鲜战场回来的一个英俊的军官，也就是我的姨姥爷。长大以后想象这个婚姻的安排是很能理解的，因为志愿军是那个时代最受欢迎的人。后来，姨姥爷转业去了唐山，姨姥姥自然也随着去了唐山——他们一生的幸福和不幸都由此而来。

转业时姨姥爷是团级干部，到地方工作安排也很好，担任唐山市制药厂的党委书记。姨姥姥在唐山总共生了5个孩子，三男两女。三个男孩分别叫进忠、利忠和新忠，两个女孩分别叫做丽玲和二姑娘——当然这都是小名了，而且二姑娘是否还有另外的小名我确实不大记得了。因为这些都是我出生前的事情。我记事起，就知道唐山有姨姥姥一家这样的亲戚，生活很富足。现在，这一家7口中，只有最大的丽玲姨姨和最小的新忠舅舅还在人世——其他的5人，都死于1976年那场可诅咒的地震。

记得姨姥姥曾经带了孩子们回来过我生活的县城。因为姨姥姥和姨姥爷都人材出众，自然他们的5个孩子也都生得十分漂亮。虽然过去这么多年了，我依然能记起进忠舅舅和二姑娘姨姨的长相，进忠舅舅眼睛大而有神，鼻梁很高，嘴角永远有一抹淡淡的笑意，是第一等的美男子；而二姑娘姨姨呢，不仅美丽，而且还特有一种古典的气质，或者说，很象一个印度的美人。当然，另外三个姨姨和舅舅的长相也丝毫不逊色。这样的一家人回来，在我们生活的小县城里当然是轰动的消息。许多人都专门要去看看热闹，不仅如此，小伙子们还要去看看我的两个漂亮的姨姨，而大姑娘们呢，显然也要去看看我那个堪比电影明星一样帅气的大表舅进忠。

大约是 1971 或者 1972 年，我只有四五岁的时候，就随着爸爸妈妈去过唐山。记得是爸爸妈妈带我和弟弟去北京旅游，然后又从北京到了唐山。那时家里的日子并不富裕，能出门就很不容易，去北京简直就是梦想。可惜我太小，对这趟难得的旅行没有多少记忆。听妈妈讲，我对故宫之类的旅游景点全无兴趣，每每耍赖皮坐在路旁的台阶上不起身，让大人们游览得也很不开心。但我对动物园还是充满了热爱，而我直到今天也能够回忆起第一次见到真正的老虎、狮子、猴子和长颈鹿时的欣喜若狂。家里至今还保存着北京的一个亲戚给我们照的照片，有一张是我坐在台阶上开心地笑。看着"那个"四五岁的男孩那样的笑容，连我自己都会被深深地感染。而更令人开心的是弟弟的照片，他似乎永远都是一副苦脸，也许是被车水马龙的北京城给吓到，谁看了都会忍俊不禁。

去唐山就住在姨姥姥家里，似乎是四间正房，在一个四合院里。和山西的房子正门从中间开不一样，房门是从最左侧的一间开的，然后一路往里走，直到最里边的一间房子。还能记住的是出了院门向左拐个弯才能上了马路，门口有个垃圾堆，环境似乎不怎么好，不过那个时候也确实没有环境好的地方。随了父母或者姨姥姥家的姨姨舅舅们在唐山城里转过，大约记得有一些三层或者四层的楼房，但不多，到处都是冒着黑烟的工厂。在唐山还做了什么就完全不记得了。

现在想到我曾经呆过的这些地方后来在一瞬间被颠覆成一片瓦砾，心里真是感叹造化的残酷。

  1976年的时候我已经9岁了，对当时的记忆就深了一些。那一年，在唐山大地震之前，关于某处要地震的消息就很多，防震成了生活中每天都要面对的事情。那时家里还是住着木梁砖墙的平房，为了防震，每天睡觉前都要把两个吃饭的桌子竖起来放在土炕的两头，这是为了防止突然掉下的房梁直接砸住人，另外还要在地上或者桌子上放上一个倒立的酒瓶子，如果酒瓶子突然倒下，就会发出巨大的声响，提醒睡梦中的人们可能地震了，赶紧跑出门去。有一次，县城里突然拉响了声音巨大的警报，大家都从睡梦中惊醒跑到院子里，我记得还懵懂不知时，只穿着小裤衩就被妈妈抱到了还很寒冷的院子里，旁边是同样懵懂的弟弟，两人都怔怔地看着妈妈一趟一趟地冒着危险从屋子里往外搬东西。呆了一会消息传来，这原来是县里搞的一次防震演习，已经提前发了通告，可惜很多人都不知道，白白地被惊吓了一回。后来，关于地震的消息越来越多，也越来越离奇，人们的心里日益被这种隐隐的恐惧所影响，许多人开始每天吃好的，买新衣服穿，仿佛世界末日即将来临。有一段时间，姥姥家的院子里搭起了帆布防震棚，每天大家都在帐篷里过夜，对大人们来说，这平添了许多麻烦，但对孩子来说，却多了一个好玩的去处。那段日子的体会是，有时候担心灾难发生对人造成的伤害甚至会超过灾难本身。

终于有一天有坏消息传来，唐山发生了大地震，死伤无数。姥姥一家开始担忧姨姥姥一家的安危，因为大家都知道，姨姥姥一家在头一年就搬进了楼房，这当然是唐山市当时最好的住房了，但对于地震，楼房对生命的杀伤力却是远大于平房的。在差不多一个月的时间里，一直没有准确的情报，却不断有小道消息，说唐山已经整个夷为平地，所有的人都死了；也有的说政府正在全力抢救，解放军部队已经开了进去。妈妈在单位里有些办法，就几乎天天给当时在张家口当兵的丽玲姨姨打长途电话，那时电话真是极不方便，有时一整天也无法打通一个。其实姨姨和我们一样，也没有准确的消息。但感觉是悲观的，从各种渠道得来的信息都表明，一个巨大的灾难已经降临到了姨姥姥一家头上，大家其实只是在怀着一种侥幸的心理，期待着会不会有亲人幸存。对大人们来说，那段日子是不堪回首的。

大约是过了20天的某一天上午，都快到了中午要吃饭的时候了。终于赶赴唐山的丽玲姨姨给妈妈打来了电话，她压抑着巨大的悲痛，用了尽可能平静的语气说：姐姐，一家人全完了！妈妈立刻昏死过去，重重地倒在了地上。从那时起，妈妈就患上了癔病，只要心中受到什么打击，立刻就会昏死过去，牙关紧咬，不省人事，浑身颤抖，几个小时都不能醒来。即使是苏醒过来，好几天都说不出话来。

唐山的真实情况总算清楚了。姨姥姥、姨姥爷和三个孩子进忠、利忠、二姑娘都死在了地震中，只有最小的新忠舅舅因为恰恰掉在了一个死角，幸运地躲过了死神。

　　丽玲姨姨大约是在半个月时候才得到批准奔赴唐山处理后事，她甚至都没有能够见到全部的亲人遗体——因为防止大灾之后的大疫，许多寻找出来的尸体已经被掩埋了。从见到的遗体情况看，有的亲人是当即就死亡的，也有的则是当场被砸伤甚至没有受伤，仅仅是因为没有逃生之路，被饥饿和恐惧慢慢地夺去了生命。我们现在能够想象，在巨大的灾难中，那些狭窄的空间中，无边的黑暗，极度的恐惧，曾经有多少人无助地挣扎，绝望地死去！我的在朝鲜战场上冒过枪林弹雨的姨姥爷、我的生活富裕仍然简朴得穿着补丁衣服的姨姥姥，曾经经受过多少生活的磨难，他们才刚刚过上了一个幸福而安定的生活，就被这无边的黑暗吞没了！我的象电影明星一样帅气英俊的大舅舅、我的象古典美人永远带着迷惘的微笑的二姑娘姨姨，我的调皮可爱的利忠舅舅，他们甚至都没有享受过爱情，就被这突来的灾难夺去了花儿一样的青春和生命！伴随着他们远走的，还有整整24万条鲜活的生命啊！

　　不久，丽玲姨姨从张家口回到了阳高，给姥姥一家讲述了她亲历的劫后唐山。特别是讲到一个细节，发现姨姥姥的遗体时，她还穿着一件打满了补丁的旧睡裤，而家里的存款呢，那个时候大约就有几千元！尽管姨姨因为部队的熏陶和劫难的考验变得坚强了许多，提到这个细节时仍然忍不住痛哭失声。姨姨后来转业到了北京，无论是在国家机关工作，还是自己辞了职下海，她都表现出了一种难得的坚强、自信和果敢，这使她在各个方面都表现得相当的成熟，在偌大的京城里站稳了脚跟，取得了成就。到北京出差，我会经常和姨姨长谈，交换对人生和对社会的看法。姨姨今年已经年近五旬了，尽管韶华渐逝，但依然保持着一种难得的成熟美丽，仿佛岁月的沧桑没有给她留下太多的印痕。我时常体味着象姨姨那样美丽而命运多舛的女人，没有父母可以依恋，哪怕是心理上的依恋；没有兄弟姐妹的照应，唯一活着的弟弟还每每要靠自己来关心和照顾，在北京城纷繁复杂的世界里，曾经经历过怎样的心路历程，才有了今天的成就与稳定。其实，细细想来，这也许正是家庭的灾难带给孩子们的一种特殊的历练吧。

因为是父母双亡的孤儿，当时只有11岁的新忠舅舅被安置在了石家庄的育红学校，这是一所专门为唐山地震的孤儿开设的学校，在那里，这些苦难的孩子得到了政府所能提供的最好的照顾。由于我们年龄相仿，我和新忠舅舅成了非常要好的朋友，他甚至要求我和表哥对他都以兄弟相称，直呼其名就好——在我们生活的这个颇讲礼仪的大家庭里，这当然是不被长辈允许的，但我们背地里确实是这样互相称呼的。在以后的很多年中，尽管始终没有在一个城市生活，但我们始终保持了源于孩提时代的那份真挚的友谊。长大以后，新忠舅舅考上了南京解放军外国语学院。在与他不多的接触中，我发现成年之后他的身上始终有一种特殊的气质，那就是对女性充满了依恋。由于这个缘故，他甚至放弃了姨姨帮他联系好的到北京的跨国公司和中央军委外办工作这样的机会，始终把自己的爱情作为人生最高的甚至唯一的理想。我想，这大约也和他未成年突然失去母爱有关吧。

唐山大地震已经过去30年了。巨大的灾难，已经成为尘封的历史，留给人心中的，也慢慢成了一抹淡淡的印痕。对于长眠的死者，他们的灵魂应该已经安详地远去了。但活着的人，却不得不经受着这一灾难带来的命运转折和由此而来内心的转变。丽玲姨姨的孩子已经长大成人，孩子正在妈妈的庇护下，开始了自己的人生之旅和爱情之旅；新忠舅舅继续追随着自己的爱情，漂泊到了异国他乡，即将成为一名美籍华人；妈妈的病情总算是好多了，但我们仍要小心翼翼，防止她受到任何过度的刺激。我知道，那场灾难是生活的一部分，现在，也成为很多人灵魂的一部分，它强烈地存在，永远抹不去。这让人伤感，也让人更加珍惜生活，和生命。

值此唐山大地震30周年之际，我想借手中的这支笔，表达我对已经长眠的姨姥姥、姨姥爷和两个舅舅、姨姨的哀悼，也表达对所有在那次灾难中失去生命的人们的哀悼。我知道，这种哀悼是苍白的，但我还能做什么呢？

61. 一生都读朱自清

读《朱自清精选集》

书　　名：朱自清精选集
作　　者：朱自清
出版机构：北京燕山出版社
出版时间：2010 年 3 月

有个一直关注我的荐书公众号的朋友告诉我，8月12日是朱自清先生的逝世纪念日，建议我写写朱自清。他甚至问我，你肯定读过朱自清的全集吧？从他的角度，这个略显唐突的问题实际上有这样的蕴含：一是朱自清如此著名，一个像你这样的读书人，当然应该把他的书都读一遍；二是显然他也知道，朱自清一生的创作算不上很多，大约不到200万字。相比之下，鲁迅有600万字，郭沫若、茅盾、钱钟书、巴金、张爱玲、沈从文都在1000万字以上，就连只活了31岁，创作期不足10年的萧红，也有100万字左右的文字存世。相比之下，朱自清虽然命祚亦不长，但创作期有30年，只写了200万字，不能算多。读完这200万字，应该不能算是苛求。

但惭愧的是，即便如此，我对朱自清的阅读也仅限于几篇众所熟知的散文，包括《春》《绿》《匆匆》《桨声灯影里的秦淮河》《背影》等等，其他的散文，也还是读过若干，但不如这几篇记忆深刻。我的藏书里，还有朱自清的几部学术著作，包括《经典常谈》《朱自清〈古诗十九首释〉手稿》《民国学术文化名著：诗言志辨》等等，可惜除了《经典常谈》曾翻过几页，其他一本也没有读过。

既然如此，为什么我敢于把这篇推荐朱自清著作的文章叫成"一生都读朱自清"呢？很简单，仅仅是他的散文给予我的种种，已经足够受用终身了。我觉得，在人生的不同阶段，我都能遇上一篇恰到好处的朱自清，仿佛对症下药一般，让我获得刚刚好的滋养。

刚上初中的时候，读的是"春"，那正是一个需要华丽感和跳跃感的年龄，那时，我们正如这篇文章的主基调一样，情不自禁地讴歌美好事物，把一切事物都引向最正确和积极的价值观，信念是清晰的，力量感是充足的，望向事物的目光是发亮的。直到今天我们仍然能够回忆起这些充满灵性的文字："小草偷偷地从土里钻出来，嫩嫩的，绿绿的。园子里，田野里，瞧去，一大片一大片满是的。坐着，躺着，打两个滚，踢几脚球，赛几趟跑，捉几回迷藏。风轻悄悄的，草绵软软的"，回味当时的惊奇和感动。其实正是这样的文字让我获得了最初的文学趣味，仿佛种子一样，埋藏在心里，等待着发芽。

上了高中，读的是"荷塘月色"，比起"春"的活泼和跳跃，这篇文章的叙述风格变得缓慢和稳定，即使心里有很多话，也要一个字一个字地说出来，通常，还要留下一半意思让你猜想。但正是这犹抱琵琶半遮面的空蒙与漂浮让人着迷，文字的怅惘正对应了我们青春的怅惘。一样唯美的文字，意境和情感都深邃了许多。这篇文章的开头。朱自清那种欲说还休的语气把我们迷住了，在与别人说话的时候也不由自主地带着那种语气。

或者是：

这几天心里颇不宁静。今晚在院子里坐着乘凉，忽然想起日日走过的荷塘，在这满月的光里，总该另有一番样子吧。月亮渐渐地升高了，墙外马路上孩子们的欢笑，已经听不见了；妻在屋里拍着闰儿，迷迷糊糊地哼着眠歌。我悄悄地披了大衫，带上门出去。

或者是：

路上只我一个人，背着手踱着。这一片天地好像是我的；我也像超出了平常的自己，到了另一个世界里。我爱热闹，也爱冷静；爱群居，也爱独处。像今晚上，一个人在这苍茫的月下，什么都可以想，什么都可以不想，便觉是个自由的人。白天里一定要做的事，一定要说的话，现在都可不理。这是独处的妙处，我且受用这无边的荷香月色好了。

我一度认为这就是散文的最高境界了，模仿着写了许多文章，写春日里的残雪，写放风筝的孩子，写失学而卖茶水的小女孩，全是朱自清的语气。除了鲁迅，朱自清成了影响我文学风格的第一人，尽管是模仿，我的文学情怀一下子被激发了出来，成为一种欲罢不能的表达的冲动，一种深入事物背后和别人内心的强烈好奇心，一种关注细节的注意力。

而成年以后，喜欢的就是"背影"了。现在，这篇文章似乎选入了中学甚至是初中的课本，因为我家里两个正上初中的孩子都很熟悉这篇文章，前几天，我在中图网买了些书，获赠文化衫两件，上面印着一双捧着橘子的手，我没注意到什么，孩子们立刻看出：背影！朱自清的背影！

当然，我的求学生涯，从来没有学习过"背影"。上大学读若干文学选本，自然有"背影"，但那时我并不喜欢，读倒是读了，完全没有特殊的感触。有一个西方心理学家说，男孩的成熟是从学会和父亲和解开始。也许我心智成熟较晚，一直到过了30岁我才似乎懂了父亲，也是那个时候，重看"背影"，就有了一种完全不同的情感冲击。文中叙述和父亲的关系的每一句话，都在我心中产生联想，仿佛我就是朱自清，文中那个父亲，就是我的父亲。那一刻，我不是仅仅懂了父亲，还懂了我们对这个世界的无奈，对自身自由意志的怀疑和对命运规定性的屈服。从这一刻开始，我们不仅读懂了朱自清——那个敏感脆弱而多情的男人，也能够看懂许多写人与命运的关系的伟大文学作品。这是我无以模仿的作品，除了喟叹，简直无话可说。

三年前，父亲永远地离开了我们，那以后，我一直在写他的传记，从那时起，我的案头就摆着这本《朱自清精选集》，但只是"精选"了一篇文章——《背影》来读。那时，我看到的不光是我的父亲，朱自清的父亲，而是这个世界的永恒之处。

我说"一生都读朱自清"，实际上就是这个意思。

62. 空城记的三个版本

读《三国演义（全二册）》

> 书　　名：三国演义（全二册）
> 作　　者：[明]罗贯中
> 出版机构：人民文学出版社
> 出版时间：1998年5月

《三国演义》里有一个故事是"空城计"。说的什么恐怕是"地球人都知道"。但最近读书有些心得，忽发奇想对《空城计》的故事做些另类的解释，名之曰：《空城记的三个版本》。

第一个版本当然是文学版，也就是《三国演义》里的正常版本。诸葛司马斗智，诸葛胜司马败，不在话下。

第二个版本是博弈论版《空城计》。从博弈论的观点来理解，《空城计》中双方的心理状况就有所不同。从博弈一方诸葛亮来讲，马谡无能，众将远离，城中无兵，司马兵临城下，可供选择的策略只有两个，一是弃城逃亡，二是使用"空城计"。率领老弱残兵弃城逃亡，恐怕50里内必然被擒。所以，相比之下，唯一的优势策略只有摆"空城计"。诸葛一生谨慎，无奈弄险，但面对具体情况，"空城计"确实是优势策略。而司马懿呢，他的策略实际上也是两条，一条是大兵攻城，一条是退兵。前者从结果看本来是优势策略，但站在司马的角度，他面对的问题是有限信息下的策略选择问题。就是说，对诸葛究竟有兵没兵，司马并不知情。按照当时的实际，大致可以判断诸葛70%的可能性是无兵，正象司马的二儿子司马昭说的"莫非诸葛亮无军，故作此态？父亲何故便退兵？"，但"莫非"两字，正反映了司马一方的信息不完整。这样，司马面临的问题就是：在具有30%风险的机会面前，需要不需要冒这个风险？从实际看，司马大兵在手，即使退兵，仍然可以在以后彻底查清敌情的情况下再行决战，万一30%的风险真的发生，战争的主动权将丧失，失败不可避免。因而，司马选择了一条尽管收益为零但自己毫发无损的策略——退兵，正是当时信息不完整情况下的优势策略。说得直接点，我已经取得了战争的优势，所以不和你玩。正像下围棋，取得优势的一方总是试图把局面简单化，稍有风险的下法决不尝试。双方都选择了自己的优势策略，这个博弈又哪里是简单的诸葛胜司马负呢？按照三国演义的描述，实际战争的结果也是如此。诸葛尽管在空城一役中获得局部优势，但仍然不得不退回关中，又一次征伐失败。

第三个版本是政治学的《空城计》。按照政治学的观点，可以假定司马懿其实是知道诸葛无兵的，但他仍然选择了退兵，宁可让世人嘲笑自己。这似乎令人不解，但试想他进兵以后会如何？自然是诸葛被擒，捉回京师，或者开刀问斩，或者长期监禁，总之西蜀大患一战而平，从此魏国西线无战事。但想想这一结果，司马的心里就不是滋味了。后来有"司马昭之心，路人皆知"的说法（司马昭正是司马懿的儿子），就是说司马一家其实早就志在天下了。只是在老司马这个时候，其家族还羽翼未丰，时机不成熟而已。在这种情况下，司马一家特别是司马本人的重要价值，就在于只有他和他一家才能阻挡诸葛的屡屡进犯。倘若诸葛被擒，西线平安，魏王必然的选择就是夺去司马的兵权，或者逼他告老还乡，或者找个借口除了他，总之司马一家不但夺不了皇位，极有可能还丢了性命。这样想来，从战争的角度诸葛当然是对手，从政治的角度诸葛还是司马的朋友呢。其实后来发生的事情也表明，诸葛六出祁山，九伐中原，客观上正是一次次地帮助司马强化自己的力量，扩大自己的地盘。这样的"朋友"，哪能除掉呢？因而，老司马以高度的政治敏锐性和装傻的方式，成全了诸葛的《空城计》。他的智慧，真是让人惊叹啊！

当然，从历史学家的角度，还有《空城计》的第四个版本。那就是，真实的历史上，诸葛亮和司马懿从来没有发生过什么《空城计》。《三国志》里没有，任何一本记载三国史实的古籍里也没有。这就是说，其实是罗贯中先生根据民间的一些传说，给大家"演义"出了一个子虚乌有的"空城计"。所以，对一段子虚乌有的故事发表这么多言论，您也应该理解，我也只是想摆个《空城计》嘛。

63. 戈多也在等戈多

读《中华文化四十七堂课：从北大到台大》

> 书　　名：中华文化四十七堂课：从北大到台大
> 作　　者：余秋雨
> 出版机构：岳麓书社
> 出版时间：2011年6月

这是一个人人都在谈文化，但未必人人都能得要领的时代。其实，每个时代可能都是如此。因为"文化"作为人们讨论的对象，经常要受到"文化"的讨论，因为讨论本身也是"文化"。"文化"之为物也，既是名词，人类创造物之谓也，又是动词，人类探索与研究之谓也——这令我想起最近很吊诡的一个句子"戈多也在等戈多"——在我看来，名词的文化是价值观，动词的文化是方法论。前者的意思是谈论正确的事，后者的意思是何以正确地谈。谈文化的困难，正在于此。

在谈论余秋雨先生这本几年前颇为走俏的畅销书之前，先对谈文化做个辩证，自然是有些用意。在我看来，这本书的标题显示了谈文化的清晰目标，而倘仅仅叫做《中华文化四十七堂课》，那还是"价值观"，也就是"谈正确的事"，但要加上"从北大到台大"，似乎就是方法论，也就是要"正确地谈"。但多少令人有些疑惑的是，这里的北大和台大，是谈话的地点乎？抑或是谈话的人物乎？抑或是谈话质量的认证标准乎？或者，还有另外的意义乎？不得而知。

逐一分析，倘是地点，则何以只在北大和台大谈就有些令人疑惑，毕竟所谈话题也并非必须北大和台大；倘是人物，虽然书中参与谈话者也有北大和台大的学生，但作为导师出现的余秋雨先生却既非北大人，亦非台大人，可见人物之说亦不通；如果是谈话质量的标准，则北大和台大虽然似乎具备审视谈中国文化的水平的资格，但书中谈话的内容何以符合这个资格，却又成了问题。至于其他意义，作者未加启发，我等自不敢断言。

在我看来——或许是"以小人之心度君子之腹"了，谈论中国文化史这样宏大的主题，既没有在北大开课，更没有在台大讲学，仅仅是参与讨论或者访谈的学生有北大和台大的，就把北大和台大摆到书名之显眼处，目的无非就是想说明，本书中导师的水平，足以匹敌北大曾经的胡适、鲁迅、李大钊、陈独秀，以及台大曾经的钱穆、傅斯年等等。看上去，颇似过去大老爷仪仗出行，赫赫威名一大堆，进士及第也罢，勇毅一等侯也好，无非是咋呼无知百姓，让他们"回避""肃静"才好。

然并卵。

在我看来，余秋雨先生如此命名，反而强烈地表明了自己多少有些不自信，因而就需要借助些外力，尤其是类似于北大、台大这样强大的奥援以为心理支撑。这样的不自信自然不是对自身名气的不自信，因为论及名气，又有哪一位当今的北大或者台大的教授能和大名鼎鼎的余秋雨先生相比呢？

但多少有点让人遗憾的是，就书的内容而言，通读下来，形式颇为新颖，内容多有可观，对于那些对中国文化史有初步了解或者了解比较深入、希望思考一些更为专业的问题的读者，这本书是颇值得一读的。有一个这本书的书评是这样介绍的：

> 本书是一门课程的结晶，参与课程的北大、台大学生们也是比较精通历史文化，余秋雨先生在课堂上给定主题，采用课堂讨论的形式，再加上老师与学生间的"闪问""闪答"，有些问题也是越辩越深刻。故课堂视频或是整理出版的书籍，均受到人们的热烈欢迎。这种互动式的环境，利于读者跟上作者的思路，同时也不会觉得枯燥，或许还会有身临其境之感。

我是很同意这样的看法的。对于这样一本志在普及中国文化史的著作，这本书值得推荐给更多的读者阅读。就用比较少的精力获得中国文化史的全景式收获，特别是对其中若干重要问题有个清晰的感受和把握而言，这本书几乎可以说成是不二之选。但对应前面的讨论，在"价值观"层面上尚属合理的内容，却被"方法论"层面上的拙劣抵消了不小的光辉——以一种狡黠、附会、浅薄甚至逆文化而动的方式命名文化，这无论如何是让人大跌眼镜。据说，也有读者向作者提出类似的疑问，余秋雨先生回答，"挡风遮雨护老弱，纷纷乱箭全归我"。这份自慰式的情操就更让人齿冷。

若干年前读钱钟书先生的《围城》，书中写了一位在欧洲游学的哲学家褚慎明，有一段叙述令人难忘，引文如下：

> （罗素是）世界有名的哲学家，新袭勋爵，而褚慎明跟他亲狎得叫他乳名，连董斜川都羡服了，便说："你跟罗素很熟？"
>
> "还够得上朋友，承他瞧得起，请我帮他解答许多问题。"天知道褚慎明并没吹牛，罗素确问过他什么时候到英国，有什么计划，茶里要搁几块糖这一类非他自己不能解决的问题……

虽然似乎不可同日而语，但每每看到"从北大到台大"，我就想到，这莫非也是"言必称罗素"而拉大旗作虎皮的褚慎明？其实，褚慎明还是有些水平的，但看到他这样自我标榜，他的哲学，反而引不起人们的兴趣了。

64. 印度深度旅游指南

读《佛国行：从尼泊尔到印度》

书　　名：佛国行：从尼泊尔到印度
作　　者：日月洲
出版机构：中国工人出版社
出版时间：2007年9月

我一直向往去印度看看，主要就是想实地观摩遍及印度北部的早期佛教遗迹。佛教传入中国以后，遍及华夏大地的佛教遗迹星罗棋布，是我们外出旅游十分重要的目的地。考察佛教创立之初的原始形态，尽管国内西部的若干石窟寺差可想象，但不到印度看终归是隔靴搔痒。公务繁忙，抽身不易，到印度参观，难免是"颠倒梦想"。

当然，这里所谓的印度，与今日所言印度共和国，并非简单同义。谈到古代印度，与其说是一个政治实体的概念，不如说是一个文化共同体的概念。涉及这一文化共同体的今日国家，大致包括印度、斯里兰卡、尼泊尔、不丹、锡金（原系一个国家，1975年经全民公投加入了印度）、孟加拉国、巴基斯坦等七个国家。从一定意义上，阿富汗的一小部分也可以划入。而连接这一广大地区诸多种族的文化纽带主要就是包括佛教、印度教（早期的婆罗门教)、锡克教、耆那教等南亚次大陆诸宗教。而其中对中国文化影响最大的，自然是佛教。因而，要熟悉佛教的历史，自然要窥早期佛教之端倪，而欲窥早期佛教之端倪，尤其是佛教发源时候的样貌，则主要集中在今日印度和尼泊尔两地。

既然去印度之为不可得，看看此方面的书籍，就成了裨补阙漏的基本途径。到图书市场去看，此方面的著作实在不能说少，无论是严肃规整的理论性著作，还是图文并茂的普及性读物，都可以说是多如牛毛。而日月洲这本《佛国行：从尼泊尔到印度》，正是这方面十分优秀的一本。

我是很多年前，在一个旧书肆淘到这本书的。在淘宝兴盛之前，国内各个城市的街头巷尾，多有这样不显眼但你知道了就不会忽略的旧书肆，我出差几乎每到一地，必访这些充溢着翰墨芬芳的小店。那时，贪图便宜又爱书不舍，所以颇淘了不少小众书、冷门书和绝版书，在自家的书房搜寻，居然常常有意外之喜。日月洲的这本书，就是十几年前的偶获。当时可能就是随手的一个小小动作，今天重握手中，却是一阵大大的惊喜。

作者日月洲，在号称无所不能的互联网上，他的资料实在不多，也许他是某姓而名明洲的，取笔名就把明洲拆成了日月洲。有一个资料介绍他是1999年毕业于清华大学生物系，毕业后赴美国留学，继续攻读生物学。许是生物学探索生命源起的命意，使他对更加小众但颇有情志的人类学发生了浓厚兴趣，之后，考取北京大学人类学研究生，从而对印度的佛教文明产生了兴趣，甚至皈依了佛门，成了一个虔诚的佛教徒。

自2007年，他首次赴印度旅行，足迹遍及各个早期佛教圣地，以后的每年，他都会专程去印度旅行。而且，边旅行边感悟，边感悟边书写，数年间，写下了十几万字的游记类散文。而且，由于佛教信仰的迁移，他也对茶叶和线香产生了兴趣乃至研究，网上亦有介绍他为明代著名学者、香学家周嘉胄先生的《香乘》作注，也介绍他出于热爱走遍云南茶山，成为古树茶收藏机构"茗寿堂"的堂主。显然这是一个活得自然、通透而积极的明白人，单看他这些经历和作为，我们就不得不喜欢他。

日月洲的这本《佛国行：从尼泊尔到印度》，其实就是他自己的旅行笔记，但他的旅行，不是兴之所至，立即出发的随性之举，而是在深入研读佛教经典和历史著作之后，有计划的田野考察。尽管他的目的多半出于信仰而非科学研究，但就其结果而言，却基本具备田野考察的规范性。数年之间，日月洲如玄奘西行般背着行囊，独身上路，走遍了从尼泊尔到印度的各个具有佛教历史传统的城市、乡村，乃至那些原野上仅存遗迹的文物遗址。

从书中介绍的情况看，他从尼泊尔的加德满都、蓝毗尼，到印度的王舍城、舍卫国、拘尸那迦、吠舍离、巴特那、菩提迦耶、鹿野苑、僧伽施和那烂陀，探索了古代中国西行求法的法显、玄奘、义净等高僧在印度期间的经历，也回溯式地讲述了释迦牟尼佛，一个来自迦毗罗卫、名曰乔达摩·悉达多的王子从降生到涅槃一路探求真谛的历程。对我们而言，这也是一个以信仰为依托的朝圣者的"西游记"，比当年玄奘法师的徒弟辩机为师父记录下的那一本《大唐西域记》可翔实多了。

尽管日月洲是佛教徒，书中对佛教义理也多有涉及，但总体上看，这本书的价值在于它是一本"印度深度旅游指南"。作者用极其优美的文笔叙述那些见闻和感悟，也是我们来一场说走就走的印度旅行最好的向导。如果我有一天真能启程西行，行囊中，会带上三本书，除了《大唐西域记》和《泰戈尔诗选集》，就必定是这本书了。

65. 烟花一样绽放的天才作家

读《山月记》

书　　名：山月记
作　　者：[日] 中岛敦
译　　者：韩　冰　孙志勇
出版机构：中华书局
出版时间：2013 年 5 月

我到了上初中的时候，明白了一个关于文学的道理，好的文字本身就有一种独特的力量，不止于讲故事。上大学之后，读了很多朦胧诗，就以为这种独特的力量主要体现于诗歌。但读了许多 20 世纪以来的文学作品后，才明白所有的好文字都能以其自身，而不仅仅是其陈述的内容打动我们——如同一个著名的意大利悲剧演员，即使朗诵餐厅的菜单，也能让听不懂意大利语的法国人潸然泪下。

日本的作家尤其有此特点。我们看到的所有日本文学作品，几乎都带有一种独特的审美风格——当然，这是就我所见而言。毕竟，能翻译成中文的，一定是更加优秀的作品，而显然，只有那些好的作家，才能让人强烈地感受到这种风格化的魅力，受到感染和激发。但无论如何，一个国家的文学，实际上是由那些最好的作家代表的。如同阿根廷的足球水平是由马拉多纳和梅西，而不是那些不会踢球的人代表一样。

日本人把自己的美学追求概括为物哀、侘寂、幽玄三种境界，单看这三个词，六个字，就颇有一种令人神往的气质。在我看来，侘寂和幽玄，和字面传达给我们的意思差不多，但物哀却很难让人"顾名思义"，我体会了若干语境，大约是"触景生情"的意思。无论如何，这三种境界都"看上去很美"。当然，转化成不同门类的艺术实践，并非都能带来如字面意思触发出来的艺术感受。许多人觉得难以理解东京奥运会开幕式上的那些惨白一片的表演，实际上，那正是"物哀、侘寂、幽玄"的具象化成果。许多国人都觉得日本的艺术起源于中国，但看了那场表演，突然不敢说话了。

不过，体会日本的艺术风格，以及这种风格与中国传统文化的联系，看日本的文学，还是能找到非常密切而又令国人颇为自豪的联系。尤其是看中岛敦的《山月记》，这种感受就更为强烈。

我第一次看中岛敦的作品是被封面简约的风格所吸引，翻开第一眼，就清晰地感觉到这是一本好书。回家几乎一气呵成地看完，就知道因为长期于书山之中浸淫的缘故，直觉诚不我欺。

中岛敦是上个世纪初的日本作家，生于1909年，只活了33岁，死于1942年，原因是哮喘病发作。我介绍的这本《山月记》就是这一年写的。你看了这本书就知道什么是真正的天妒英才。他花了33年的时间做准备，然后就是《山月记》这样的横空出世。文学的技巧已经如此杰出，如果再给他十年，那会有多少优秀的作品问世？纵观文学史，这样的遗憾比比皆是，国史上，贾谊、李贺、王勃、纳兰性德，都还没有中岛敦活得久，看外国，普希金活了 38 岁，拜伦活了 36 岁，而济慈、莱蒙托夫、雪莱，都是不到 30 岁就去世了。可见老天爷不仅嫉妒心强，而且还特别容易发作。

《山月记》其实是一部短篇（或者说中篇）小说集，收入了作家的 9 篇小说，其中《山月记》是第一篇小说的题目，是作者以唐代的传奇为素材改写而成的，描写了一个叫李徵的唐代诗人，生性倨傲，但内心深处又颇为自卑，几经纠结，最后变成了一只老虎。颇有空灵感的故事，再配上唯美的文字，带给人的是强烈的阅读快感。我猜想中岛敦本人对这部小说也颇为满意——实际上就是他的小说处女作。所以就以这篇小说的题目命名了整部图书。

另外的八篇小说也多数取材于中国古典。例如，《高人传》是传说中的神射手纪昌，《弟子》写孔子一个鲁莽而忠诚的弟子子路。而最后一篇《李陵》，讲述李陵、司马迁、苏武三人在专制君主的操控之下，各自的命运与挣扎，苦难与希望。依我看，从文学所能创造的悲剧氛围看，这一篇才是最好的一篇。

总的看，这是一部可以比肩鲁迅先生《故事新编》的好书。虽说只是薄薄的一册，但读后的内心感受却是沉甸甸的。

66. 魔幻的《文城》和清醒的余华

读《文城》

书　　名：文　城
作　　者：余　华
出版机构：北京十月文艺出版社
出版时间：2021年3月

　　与两个上了初中的孩子同读一本书，本是既有的设想，可惜除了两年前曾与儿子同读过一本《城南旧事》外，就再也没有实施。暑假，看到女儿和儿子在读余华的长篇小说《文城》，便再次动了同读的念头，不算太长的篇幅，连同后面的《文城补》，两个晚上就读完了。颇有些怪异的感受，一时难以调和。

　　余华是改革开放后中国小说家中独具特殊魅力的一位。单从创作的成就看，我以为他是可以比肩莫言而毫不逊色的。再加上《黄金时代》的王小波、《妻妾成群》的苏童和《尘埃落定》的阿来，也许可以再加上一个《古船》的张炜、《穆斯林的葬礼》的霍达、《白鹿原》的陈忠实和《棋王》《树王》《孩子王》的阿城，对我而言，就可以如季札一样言"观止矣"。余华的高峰是《活着》，倘要评改革开放后中国的最佳小说，我觉得《活着》是有竞争力的。对于余华来说，《活着》出版以后，一个显而易见的目标就是超越《活着》。我猜想，他写《兄弟》写《七天》乃至写《文城》，都有超越《活着》的初衷。但这个目的达到了没有？看了《七天》和《兄弟》，大家都觉得没有。而《文城》出，评论家们乃至读者意见就不统一了。在我看来，大家没有异口同声地认为没有超越，便是这部新作的成功之处。

《文城》的故事很奇特，时代背景大约是民国初年，国家动荡不安，社会盗匪横行，但相对而言，乡村生活中仍然多多少少有些安宁。故事的男主人公是北方青年士绅林祥福，在一个偶然的机遇里，他与南来女子纪小美相遇、相爱，两人结为伉俪。但小美在生下一个女儿后，突然带着林祥福的大量财富不辞而别，再无音讯。出于对小美的挚爱，林祥福决定离家寻妻，他背着女儿一路南下，试图找到妻子口中的家乡"文城"。漂泊数月之后，精疲力竭的林祥福带着女儿在一个酷似想象中"文城"的叫溪镇的南方村庄落脚下来。他依靠自己勤劳的劳动本色和优良的木工手艺，不仅成功地融入了溪镇，也赚取了一大笔财富，成了当地的显贵。不久，兵祸再起，溪镇也被裹挟其中，成为盗匪烧杀掠抢的对象。家园蒙难，乡邻遭祸，林祥福和顾益民等当地士绅乡民挺身而出，与以张一斧为代表的盗匪殊死搏斗，千难万险，九死一生，付出了惨重代价。林祥福最终死于非命，顾益民也深受戕害，生不如死。而最终，就在林祥福的北方家仆扶他的灵柩回乡途中的歇息之处，谁也不知道，她朝思暮想的爱人小美就葬在不远处。这个早年不见容于公婆的女子，与相亲相爱的爱人逃难途中，走投无路曲意嫁给林祥福却又被林祥福的真情打动，为他生下女儿，但终于又为初恋之情所困，再次私奔回到家乡溪镇（也就是杜撰的"文城"）。本想安静生活，不料林祥福居然千里寻妻而来，他们只好小心躲避，与丈夫爱女咫尺天涯，却避免了相遇。最终，在一处乡间祈雨的仪式中，心神大乱的小美因长达18天的大雪冻毙于野，恰好，林祥福的灵柩，就停在了小美的墓侧。小说就在这个颇为魔幻的情景中结束。

看得出，无论是故事、结构、细节还是人物，《文城》都延续了余华一贯的魔幻现实主义风格。从故事看，如果以现实主义的逻辑来分析，其实情节多有不合理之处。且不说林祥福的千里寻亲浪漫到脱离实际，也不说林祥福与小美同处一地多年居然毫无蛛丝马迹，更不说土匪多年踪迹皆无突然一夜之间遍地横生，单是看林祥福的两次致富经历，也多有让人疑惑之处。但在魔幻风格之下，我们深刻地感觉到，余华是有意识地把这些不合理之处，写成了一种披着现实主义外衣的童话意境。在这样的"童话故事"里，我们体味到的是一种逼近永恒和原初的情感力量，这正是作者的匠心之处。

从结构看，余华选择了一种双主线推进的叙事风格，前一条线索以林祥福寻妻来推进，大部分人物都随着作者不动声色的叙述裹挟而来，直到林祥福悲壮而死、顾益民向死而生而达到高潮。但此时，余华又以"文城补"这样略显笨拙的方式，将前一部分中神龙见首不见尾的小美推向前台，将读者各种疑惑之处尽数说清。尽管合上书卷的时候，我们对每一个人的经历和命运都清清楚楚，但这样把一个连续而流畅的情节强行割裂成两部分，对读者而言并不舒服。不过，在我看来，余华用这种阴阳两隔式的方式展开情节，正是为了制造一种结构上的涩滞，从而让阅读者一直处于一种内心的张力之中，仿佛走夜路的人总担心后面有人一样。这也是魔幻现实主义的一种习惯性的手法。

从细节看，余华更是将魔幻现实主义发挥到了极致。看《文城》，胆小的人对其中描写匪祸时土匪对村民的摧残简直令人不忍卒读。我们注意到，余华在把这些对小说而言可能必要的情节写成文字的时候，有意识地突出甚至夸张了酷刑与杀戮血腥和惊悚的一面，似乎是想要用这种残酷到令人感官不适的方式，倒逼着读者进入他预设的现场。例如，他写溪镇人被绑票，每个人的受虐方式都不同，李掌柜被抽鞭子、张嘴呼喊时被撒进灶灰，唐大眼珠的脸被抽成一团模糊的"屁股"，"屁股"被抽花了，还被铁钳烙出两个"眼珠"，凡此等等，随处可见。齐村村民被惨绝人寰地集体屠戮，是余华写血腥场面的高潮，看他不动声色但又毫纤毕至地写来，有时甚至感觉他是在刻意强调这种凶恶、残酷和暴力，如同看卡拉瓦乔宗教绘画中耶稣受难、施洗约翰被砍头乃至提着血淋淋头颅的莎美乐那样令人毛发陡立的画面。值得注意的是，他一再以荒诞的笔法描绘暴力，目的主要不在于启发读者对施暴者加以憎恨和对受虐者报以同情，而更是通过这种荒诞的描述体现一种毁坏一切价值的文本的魔力，使这种尊严尽失的情景成为一种对恶的狂欢和对善的戏弄，从而把悲剧的气氛推向极致。当大义凛然的顾益民在土匪窝中受虐，遭受"摇电话"（用竹棍插进肛门摇动）酷刑的时候，这种细节描述的张力就成了一种罂粟花般的艳丽，余华的文字也恍惚间变成了波德莱尔的"恶之花"。据说，余华为了追求这种细节的逼真，曾花了大量时间去寻找有关资料，比如写剜掉顾益民身上腐肉的情景，他曾在北京琉璃厂的一家中国书店阅读了大量中医书籍，那些逼真的细节都是从书上摘抄下来的。而写那场冻死小美的18天雪灾，也是依据清史资料中康熙年间的无锡太湖区域曾有40余日大雪的记载。这些细节自然都是真实的，而魔幻现实主义的特点，不在于不够真实，而在于过于真实，真实到令人无法直视，不寒而栗。

从人物看，如果说由于"文学是人学"这样一个强烈到箴言般的信念，几乎所有的作家写人物，都是要写他（或她）复杂、多变乃至层次重叠、人格分裂的一面，从而以人物性格的复杂性带动小说情节的丰富性，从而写出好的故事和好的情境。但余华的《文城》恰好相反，每个人物都是作家为了讲故事而随意编造出来的，多数都仿佛古典戏曲中脸谱化的那些人物，或者大忠，或者大奸。你看，林祥福抛却幸福而富足的家园，只身南下至死难归，追求的竟然是古典社会颇为稀缺的"浪漫爱情"，顾益民从出场到最后，都表现着戏曲舞台上红脸关公般大义大勇的古典气质，哪怕是林祥福北方老家的几个仆人，在主人外出、多年不归的情况下，亦如同千里走单骑的关云长，至诚至信，赤胆忠心，直到最后，又是他们为主人收尸置棺，扶柩千里还乡，即便是写了一个亦正亦邪的小美，最终也像古代戏曲中常见的让负心之人雷殛而亡一样，让她赎罪般地冻死在仿佛在"替天行道"的大雪之中。在余华的笔下，多数人物都是"工具人"，目的不在于让他的性格自然流露，从而驱动情节，而是作为既有故事的"轿夫"，抬着余华的传奇去到预先设置好的地方。这看上去相当拙劣和低级，但你通读全书就会知道，这正是余华精巧设置的情节陷阱，目的在于突出一种古典传奇小说式的特殊意境，从而也像"窦娥冤""白娘子传奇""梁山伯与祝英台"一样，成为一种经典传奇——几乎每一个中国人（甚至每一个古老民族的人们）的心灵世界深处，都内置了这种大忠大奸、大悲大喜、大开大合的芯片，几乎所有的人，从而对这样充满古典气质的文字产生强烈共鸣。因而我们猜得到，余华的魔幻现实主义，目的就是在写就一部20世纪的传奇小说。如同"欧洲文艺复兴"一样，这是一种回归般的创新，林祥福和陈永良充满写意色彩的创业历程，溪镇百姓如同佛教中施主布施式地喂养林祥福的幼女，土匪张一斧令人充满基督山伯爵般复仇快感的死法，几个仆人送林祥福的灵柩北上归葬途中歇息，正好在小美和阿强的坟墓旁边停留的刻意安排，都是余华汲取了中国古典传奇的创作手法而追求的独特风格。无论如何，这种魔幻现实主义的人物刻画方法还是强烈地震撼了我们，让我们获得那种如同童年时代听"白雪公主""小红帽"乃至"牛郎与织女"故事时所体验过的特殊心理过程。这是读了王小波写李靖红拂女虬髯客传奇故事的《黄金时代》之后，从未再有过的独特体验。就这一点而言，余华的《文城》是超越了《活着》的。或者说，是《文城》中的"童话人物"超越了《活着》中的"现实人物"。

看一些资料介绍，《文城》的创作经历了几乎21年。早在

1998年，余华就想把《活着》来一个反向的延伸，也就是构思一个故事，把《活着》之前的故事写出来，使得两者相加正好是最近100年的一个全景式的描述，从而两部合一，成为一部中国版的"百年孤独"。但写了20多万字以后，他感觉到了一种写不下去的困难，就停了下来，开始写《兄弟》和《第七天》，直到这两本书出版，才又重新开始余华版"百年孤独"的创作，直到2020年最后写完这本写了20多年的"新书"，定名为《文城》。从开始构思到最终完成，这本书整整写了21年，使得它本身也成了一个传奇。据说，该书最初名为"南方往事"，但余华认为这个书名给人感觉相对比较虚，后来，他的妻子提出了《文城》的建议，余华一听觉得十分合适，便采用了。在我看来，也许《文城》代表了一种对古老中国的象征与想象，但具体到书中的情境，这个地名是如此突兀，以至于时时妨碍我们跟着作者进入情节——我的意思是，《南方往事》固然不佳，但《文城》可能更糟。

至今，虽然我和女儿、儿子都读了《文城》，但并未一起讨论。我担心书中放大镜般的细节描述让人难以言谈。不过，我并不觉得孩子们不能读这样的作品，相反，这本书具有一种特殊的魔力，正是我们有限的生命中该优先读到的好书。在这样的创作道路上，我们能够期待余华的下一本书，因为有这样的才情和追求，无论《活着》还是《文城》，都不是余华的终点。

67. 惊起却回头，有恨无人省

读《走近苏东坡》

书　　名：走近苏东坡
作　　者：李国文
出版机构：东方出版中心
出版时间：2008 年 4 月

关于苏东坡的书，我在荐书公众号里已经推荐了两本，一本是林语堂先生的《苏东坡传》，还有一本是李一冰先生的《苏东坡新传》。在大约十多篇推荐文章中，也或多或少地提到了苏东坡。因而，当我产生推荐李国文先生的《走近苏东坡》的想法时，多少还是有些踌躇。不过，决定还是很快做出了。毕竟，远观苏东坡易，走近苏东坡难。

不久前在网上偶尔看到一段鸡汤文，作者是这样写的：当你站在一楼，听到有人骂你，你会很生气。你站在 10 楼，有人骂你，你听不清楚，甚至还会觉得他在跟你打招呼。当你站在 100 楼，就不会在意任何噪音，放眼望去，只有尽收眼底的风景。看来，观察任何人和物，都有一楼视角、10 楼视角和 100 楼视角，或者简单地两分，也就是近看的视角和远看的视角。近看，不免喧嚣嘈杂，远看，则反而风华雪月。将这一段妙论运用于对苏东坡的了解，似乎也可以分出远看和近看两种风格。

远看苏东坡，看到的就是一个浪漫主义的苏东坡。林语堂的《苏东坡传》和李一冰的《苏东坡新传》，都有这样的倾向，以林传尤甚。看乌台诗案，本来是严刑拷打、命悬一线的至暗时刻，但传达给我们，虽非大义凛然、视死如归的壮士，也自有"戏与山妻谈故事，试吟断送老头皮"的诙谐。看黄州贬谪，本来是"小屋如渔舟，濛濛水云里。空庖煮寒菜，破灶烧湿苇。……也拟哭途穷，死灰吹不起"的苦难生活，但更能调动我们情绪的，是酿酒历程的妙趣，吃猪肉"早晨起来打两碗，饱得自家君莫管"的快乐，乃至前后赤壁赋中"浩浩乎如冯虚御风，而不知其所止；飘飘乎如遗世独立，羽化而登仙"的飘逸与浪漫；再贬儋州，本来是"垂老投荒，无复生还之望"，是"此间食无肉，病无药，居无室，出无友，冬无炭，夏无寒泉""苦雨凄风，漏屋空厨，破灶湿柴"的蛮荒之地，但在我们的记忆中，也总能化腐朽为神奇，直到苏东坡自己说出"九死南荒吾不恨，兹游奇绝冠平生"，我们仿佛都松了一口气。那些要夺人性命的苦难，也就似乎风轻云淡，成了苏东坡人生道路成就伟大形象的几抹烟云了。在这样的叙述中，我们不大看得见愤慨，也看不见控诉，看不见悲剧命运的无奈与挣扎。这就是远看的效应，喧嚣不见了，冲突不见了，困窘不见了，剩下的都是"尽收眼底的风景"。这是那一个苏东坡，如同天上的月亮，美丽、高贵，似乎从来没有苦难。

而也许这正是我们要读一读李国文先生的《走近苏东坡》的意义所在。与前述的传记不同，这本书是一部散文集，收录了作者从不同侧面、不同角度书写的苏东坡杂感35篇，写他饮酒、戒诗、会友、治水、兴利、寻食、访山、生病、囚禁、品茶、参佛的种种情态，写他与欧阳修、王安石、秦少游、黄庭坚、张方平、王诜、文同、佛印和尚乃至诸多野老的交往，以及与章惇、李定、王珪、舒亶、沈括等迫害者的纠葛，合起来看，也是一部苏东坡的生平传记，但有所不同的是，除了对苏东坡这位旷世奇才的欣赏和仰慕之外，李国文先生用了大量生动笔触，去写苏东坡人生际遇中的种种冲突和挣扎，用看上去略显老旧的忠奸视角审视了苏东坡的一生，讴歌了如欧阳修、佛印和尚、张方平乃至苏门四学士等扶危济困、惜才纳贤、忠于友谊、光明磊落的嘉行义举，痛切分析了王安石压制迫害苏东坡的阴暗内心，鞭笞了以章惇为代表的一干小人的丑恶嘴脸，对苏东坡的一生，做了毫纤毕露的"近看"。在这样的"近看"之下，苏东坡人生的现实主义一面，便以一种多少令人不适的一面呈现出来，使得一本不算太厚的书，始终呈现出一种悲剧命运式的氛围，无处逃遁。特别是作者以借古讽今的"春秋笔法"，巧妙而有力地批评了当今文坛（当然是李国文先生20年前著文之时）的种种乱象，犀利的文笔，通透的感悟，融学识、性情和卓见于一炉，实是历史文化散文的力作。

  我很久以前就读了这本书，但那时兴趣庞杂，只读了不到一半。去年疫情期间，闲在家中无事，偶尔看到李国文因病去世，慨叹之余，就把原先读过他的这本书找出来，细细地读完。掩卷细思，忽然觉得，仅以人生际遇看李国文先生其实颇似苏东坡。他生在民国年代，参加过抗美援朝，经历了建国以后的历次运动，一直活到了新时代，比及苏东坡先后经历仁、真、哲、神、徽五朝，颇为相似。苏东坡一生多次遭到贬谪，而李国文先生也是因 1957 年在《人民文学》杂志发表处女作短篇小说《改选》，被划"右派"，下放铁路工程基层劳动锻炼，长达 22 年，尝尽人生苦难、世态炎凉。在这本书中，李国文先生围绕苏东坡的性格、命运，深入到苏东坡的精神世界，用洗练的文字，多角度地、十分睿智地为我们描叙了一个鲜活和真实的苏东坡，也许正是来源于这种颠沛流离带来的共情与通感。

比及浪漫主义的苏东坡，我更喜欢这个带着血泪悲愤的、不那么风花雪月的苏东坡。因为，这更像是我们的人生，从来都不在楼上，嘈杂一刻也不曾停息。如同苏东坡那首著名的《卜算子·黄州定慧院寓居作》：

　　缺月挂疏桐，漏断人初静。
　　谁见幽人独往来，缥缈孤鸿影。

　　惊起却回头，有恨无人省。
　　拣尽寒枝不肯栖，寂寞沙洲冷。

看上去是安静。文字的背后，其实是对喧嚣的无奈。

68. 历史深处的小景

读《隔壁的中国人：内山完造眼中的中国生活风景》

书　　名：隔壁的中国人：内山完造眼中的中国生活风景
作　　者：[日] 内山完造
译　　者：赵　贺
出版机构：世界图书出版公司
出版时间：2015 年 1 月

　　我们知道内山完造其人，多半是因为鲁迅。上学的时候，课本选鲁迅先生的作品，较今日为多，我们所能触及的汉语水平，鲁迅也是天花板。我们写作文，如果能模仿些鲁迅的风格，那是很拉风的事。如此密接鲁迅，自然会在鲁迅的文章中，多次遇到鲁迅先生的好朋友，长期在上海经营内山书店的日本人内山完造先生。

　　查资料，关于内山完造的介绍是这样的：

　　　　内山完造，日本冈山人，1917 年至 1945 年在上海经营内山书店，对中国有深厚的感情，自起汉名"邬其山"。晚年从事日中友好工作。1959 年 9 月 20 日在北京协和医院病逝，葬于上海万国公墓。主要著作有《活中国的姿态》《上海漫语》《花甲录》等。

《上海漫语》《花甲录》两本书，我未曾看过。而《活中国的姿态》，却是认真地读了。这本书与《隔壁的中国人：内山完造眼中的中国生活风景》有很多类似之处，都是一个长期旅居中国的日本人对他所生活的城市乃至国家的观察和思考。相比之下，《活中国的姿态》更像是一本偏重理性思考的社会学著作，而这本《隔壁的中国人：内山完造眼中的中国生活风景》却是充满感性与深情的散文作品。

　　在这本趣味十足的《隔壁的中国人：内山完造眼中的中国生活风景》中，内山完造先生用幽默生动的语言详细记录了他在上海期间的生活见闻。尽管多数文章都是一些信手拈来的所见所思所感，但内山完造先生基本上是从两个视角展开述说的，一个是中日比较，毕竟他有40多年的时光是生活在日本的，又在中国度过了漫长的时光，他比较中日之异同，比之在日本生活过的鲁迅先生更有发言权。在这个问题上，内山先生能够尽量客观地分析问题，甚至对当时中国的一些迷信、肮脏和欺骗等不良行为也都做了十分宽容的解释说明。另一个也是中国今昔的纵向对比，内山先生既看到了中国辛亥革命以来的发展和进步，也对中国古老而延续至今的一些生活智慧致以了极大的敬佩，从而表达了对中国人建设好新中国的无限信心。

　　用现在的话来说，内山先生是中国人民的老朋友，他不仅长期生活在中国，为中国的文明进步做了许多贡献，最终，也病逝于中国，埋葬在了中国。中国不仅是他的第二个故乡也成了他灵魂的安居之所。读他的书对我们从一个独到的视角了解中国，甚至了解中日关系的症结和出路，都有些难以替代的意义。现在，这本书已经成为坊间的冷门书，这多少有些令人遗憾。

69. 岂止玄奘向西行

读《西行三万里：王志看丝路》

> 书　　名：西行三万里：王志看丝路
> 作　　者：王　志
> 出版机构：生活·读书·新知三联书店
> 出版时间：2015 年 9 月

王志写这本书的时候，还是中央电视台的一名节目主持人，我们从书中得知，另一个甚至更为著名的女主持人朱迅就是他的太太，给他写了这本书的序言，其中满是爱情中的女人对出色丈夫的期许和钦慕。今天，王志已经是一所著名大学的副校长，按照中国的逻辑，也是一名高级干部了。当时我们看他的主持风格就颇似官员——这倒不是贬义，只是说他看上去缺少些幽默感。但他颇有学识是千真万确的，这本早年写就的《西行三万里：王志看丝路》就是最好的证据。

这是一本游历之书。中古以前，士人的游历是常态，孔老夫子"周游列国"，司马迁"二十而南游江、淮，上会稽，探禹穴，窥九疑，浮於沅、湘；北涉汶、泗，讲业齐、鲁之都，观孔子之遗风"，王勃"海内存知己，天涯若比邻"，李太白"一生好入名山游"，苏东坡"兹游奇绝冠平生"，范仲淹"浊酒一杯家万里"，陆游"细雨骑驴入剑门",游历几乎是士人的常态。近世以来,或许是因为明清以降越来越禁锢的知识分子政策,中国最优秀的知识分子反而多"躲进小楼成一统",闭门谢客,皓首穷经,又是读书人的另一种常态,壮游天下的举动便少了许多。到了傅斯年倡导考古以佐证历史的时候,居然号召大家要"上穷碧落下黄泉,动手动脚找东西"。读书人不动脚,由此可见。但王志做了一件令今日所有真正读书人都羡慕不已的事。作为2014陕西卫视"丝绸之路万里行"全媒体活动的总主持人,他随着一个摄制组,用了两个月的时间,沿着丝绸之路古道,从西安到罗马,途径八个国家三十八座城市,整整走了三万里。途中,王志以敏锐的眼光观察丝绸之路沿途的历史和文化,观察各个丝路国家的前世今生、风土人情、经济社会、生活情态,笔耕不辍,日积月累,居然写下了90余篇文字,编撰成书,由三联书店出版,便是我眼前的这本《西行三万里:王志看丝路》。

仅从行程看,这恐怕是让密集恐惧症惊悚不已的一趟旅程。在国内,车队经过西安、宝鸡、天水、敦煌、哈密、吐鲁番、乌鲁木齐、石河子、伊犁等丝绸之路上重要的节点城市,西安博物馆中牵马的胡俑,张骞墓中绿意森森,麦积山的蒙蒙烟雨,敦煌石窟的数字电影院,山丹军马场成群的马匹与盛开的油菜花,高昌故城后苍莽的火焰山,眼前风景与背后故事,都在王志的笔下一一娓娓写出。

等出了国门,由西域而入中亚,从哈萨克斯坦到乌兹别克斯坦,扑面而来的异域风情与传奇的历史故事,又渲染出别样色彩。

在哈萨克斯坦，节目组车队采访了一百多年前从陕西逃亡到那里、至今还保留着晚清陕西风俗习惯的"陕西村"。陕西村村民说陕西话，吃陕西饭，长着陕西人的容貌，现在属于一个独特的族群"东干"。车队到访的那一天，还正好遇上一对生长于陕西村的年轻人的婚礼，见识了一场完好地保存着古老习俗的婚礼。在金色的撒马尔罕，帖木儿巨大的影响从古渗透至今，坐落在从古至今真正的丝绸之路旁边的列基斯坦广场上，建于不同时期的辉煌建筑，是无法想象的丰富的财富与历史的堆积。在俄罗斯的五山城，拜访"全俄罗斯的女人都爱"的诗人莱蒙托夫的故居，在土耳其见识全土耳其人对"国父"穆斯塔法至高无上的崇敬。而在经过希腊和意大利，终于到达丝绸之路的终点罗马之后，王志难掩内心的成就感和激动，在书中写道："从今往后，我准备在自己的履历中，在记者、主持人、官员、教师之后加上另外一个标签——'行者'。"

与密集的行程相得益彰的，是王志同样密集的写作。两个月的时间，写出 90 篇文章，虽则有后期的加工与润色，但就我们所见大量第一手资料而言，却是非当时甚至当场记录不可的第一手材料，由此也能看出王志白日行路、晚间笔耕的真实状态，无论是在汽车上，或是旅馆里，都见缝插针地将自己的感受在第一时间记录下来——颇可比关云长日斩敌首、夜读春秋的经典形象。这样坚持每一天的辛勤记载，才能保证文字的新鲜生动与准确真实。在这些第一手笔录的基础上，他又将全书的内容分为"我的西域""我的中亚"和"我的世界"三个篇章，如果按照欧洲人以自己本位主义将当时他们所见的世界分为"本土""近东""中东""远东"的地理方位概念，王志的这种分类，似也可称为"大陆""近西""中西"和"远西"的。西域是"近西"，中亚是"中西"，而他所谓"世界"，也就是"远西"——这当然只是一种说法。

此行中，王志记录和传播信息的主要方式仍然是广播电视行业的经典方式，也就是"对话"。他主持了《长安与丝路的对话》这个节目，形式就是一对一的访谈。显然，这正是主办方邀请他来"总主持"这个节目除了他学识渊博之外的另一个缘由，他之前曾在央视主持了好几年的《面对面》节目。此番，坐在王志对面的嘉宾甚至比央视时期更强大，就书中部分涉及，就有吴小莉、高建群、樊锦诗乃至哈萨克斯坦总理、格鲁吉亚总理等等。这些采访背后的故事，也成为这本书的重要内容。

神奇的丝绸之路尽管已经成为中国人文化历史记忆中一个不可或缺的重要符号，但就国内的学界而言，我们对这个古老的命题仍然缺少足够深入的研究，近些年真正具有国际影响力的研究成果，多半还是出自境外，甚至在国内引起广泛关注的此类著作，也是外国人写的居多。另一方面，公众对丝绸之路的了解，也多停留在"张骞通西域"这样的历史故事层面，对这样一条在人类文明历史上发挥过关键作用的长时段历史现象，所知甚少，误会多多。王志的这本书，"裨补阙漏，有所广益"，来得正是时候。即便此书已经出版将近10年，其价值也未为过时。

书中吸引读者兴趣的内容，还包括王志与朱迅的丝路情缘。在为王志倾情所作的序中，朱迅也表白自己对丝绸之路"有着极为特殊的情感"，甚至，"这是一条让她梦想成真、重新振作的路"。她回忆，十多年前，她曾跟随《正大综艺》节目出发前往丝绸之路，她坦言：

> 当时我身处逆境，爱情事业梦想都在云里雾里，正是最心灰意冷的时候。绝望中，我匍匐在莫高窟大佛前五体投地，祈求纯粹的爱情；在魔鬼城的怪声中我翩翩起舞，压制住天马行空了无牵挂的冲动；嘉峪关外，渗到骨头里的那种悲凉与豪迈让我放声痛哭，过往的骄傲和清高随泪水洒在滚烫的戈壁滩上，转眼成烟。

但正是这趟旅程给她注入了坚强的力量，促使她以新的视角审视自己的生命与爱情，找回最真实的自己。几年之后，就有了我们所熟知的王志与朱迅的央视"靖蓉恋"。这也是丝绸之路在两人之间牵下的红线，王志的丝绸之路万里行，自然有更深一层的特殊意义。

朱迅在序中写道："看着他开车进了罗马，我真的骄傲，当年的王志回来了！"在我看，这正是本书的华彩乐章。它印证了曾经发生在丝绸之路上的一切奇迹，无非就是因为这种走向长安或者罗马的梦想。这是一条梦想之路，直到今天，从未改变。

70. 经济思维：经验和逻辑的碰撞
读《性越多越安全：颠覆传统的反常经济学》

书　　名：	性越多越安全：颠覆传统的反常经济学
作　　者：	[美] 史蒂文·兰兹伯格（Steven Landsburg）
译　　者：	蒋旭峰
出版机构：	中信出版社
出版时间：	2008 年 1 月

　　我在高中分科的时候选择了理工科，主要的原因是喜欢物理这门课。今天回忆起来，物理学（尤其是力学）的学习方法，就是看你能否在理性层面，实际上就是在自己的大脑中，不断地剔除常识或者经验带来的错误认知，建立起用抽象模型来逻辑推理的认知体系。这看上去不难，但却是连伟大的亚里士多德都不能避免错误的领域，假如不是比萨斜塔丢铁球的故事，你一开始就能知道在真空中物体的下落速度与重量无关吗？这不比站在广袤无垠、一平如镜的大地上想象地球是圆的更容易吧？

　　经验和理性每每相互抵触的学科，在高中阶段仅有物理学一门。数学和化学是纯理性的，经验无以登堂，遑论入室。而语文、生物、地理甚至历史，是以经验构造的学科大厦，理性多是归纳而来，所以每每仍然是经验的奴仆。大学毕业以后我陆陆续续又接触过一些别的学科。在我看来，经验和理性如物理学那样常常对抗的另一门学科，是经济学。

现代经济学从本质上看，其实是一门经验科学，它诞生于以经验主义哲学为基本理论的英伦三岛。事实上，现代经济学最基本的前提经济人假说就是一个典型的经验主义成果——一个来自经验的抽象。但是，进入现代以来，受人类经济规模显著扩大和社会生活中经济所占比重不断扩大的影响，经济学科也努力摆脱其最初的经验性"猴子尾巴"，日益呈现以构建模型来量化分析、解释乃至干预经济现实的理性主义特征。到了20世纪后期，好几个诺贝尔经济学奖都由传统意义上的数学家获得（其中比较典型的是事迹拍成电影的纳什），就说明了这个问题。正是在这样的背景下，学习和研究经济学，就会经常遇到那种经验和理性相抵触、现实和逻辑相对抗的情形。而《性越多越安全：颠覆传统的反常经济学》这本书，正是从经济现实中常见的一些理性与经验不相统一的范例，深刻地揭示了现代经济学的这一重要特征。

这本书的出版，少说也有30年的时间了，我买到这本书的中文版，也应该是20年前的事。那时，我开始接触经济学，这门在国内刚刚时髦起来的显学对于我来说，既不是分析工具，也不具有方法论意义，而是一种独特思维方式的体验或者碰撞。这本书名听起来十分离奇的读物，正是努力用经济学的观点和方式，来思考生活中常见的经济类问题，这类问题，通常都像一个悖论一样，呈现出理论和现实的矛盾性，从而给人带来一种强烈的思维碰撞。这种碰撞未必能给你提供答案或者方法，而是告诉你有"另外一种可能性"，也许还是"更好的可能性"。在这本书涉及的很多不同领域的矛盾中，有些分析令人脑洞大开，又有些令人匪夷所思，正是这种直面经济生活中理性和经验的冲突，从而获得新思想的努力，使经济学变得深刻和睿智，从而对社会生活和经济生活获得更强的解释性。在这一过程中，经济学不仅恪守自身的传统领域，还不断进军过去由社会学、历史学、心理学甚至人类学所占据的领地，涉足诸如艾滋病防治、动物和环境保护、公司日常管理乃至体育竞技的最优策略等等，有人把这种现象视为"经济学霸权主义"的表征，正反映了现代经济学在拓展到理性领域后形成的强大力量。

这本取名为《性越多越安全：颠覆传统的反常经济学》的经济学通俗读物，令人耳目一新的正是这种用经济学理性穿透常识和经验的局限性所产生的智慧力量。书名很吓人，用传统文化看，似乎是在"诲淫诲盗"。但它不但是严肃和正常的，也是睿智和富有启发性的。在这本书最开始的部分，作者就从生活中选取一个典型的例证，提出了一个看上去与经济学无关的问题：防治艾滋病或性病，单一性伴侣是最为有效的方式吗？接下来，作者引用了大量社会学家、经济学家的研究成果，结合社会统计数据，一步一步地论证了这个看上去很荒谬的结论，极端而言，就是"性越多越安全"。面对这个令人瞠目结舌的结论，即使不能说它完全是正确的，也至少表明在复杂的社会中，由于我们人力无法控制的诸多客观因素的存在，许多"看上去很美"的逻辑过程，结果却可能是与预期相反的。由此我们也必须承认，以下一些推论，尽管看上去不合经验，但却是必然发生的事实：

- 当大象濒临绝种的时候，实施禁猎，远不如放开大象的养殖权更有利于大象的繁育；
- 某个地区的农民增产会导致增收，而如果所有的农民都增产了，这个世界当然会减少缺粮之虞，但农民的收入反而会下降；
- 如果看了二十分钟你就明白，你花了大价钱的电影非常糟糕，你就该立刻走掉。坚持看下去，票钱也还是损失，但糟糕的是，你的时间也损失了。

……

显然，我们的经验常常与此相悖。就是说，尽管我们总是习惯于经验的传递所带来的所谓生活常识，但这些常识如果不接受理性的检验，每每给人带来的不是成功，而是谬误。因而，每当出现生活中经验与理性相互抵触的情形时，我们就该翻开这本书看看，素以"视角前卫、笔锋犀利"著称的经济学家兰兹伯格是怎样以诙谐与锐利的经济学思维分析我们的日常生活的。也许，兰兹伯格无法让我们更聪明，但读了他的书，至少可以让我们在现实生活中，稍稍离愚蠢远一点，再远一点。从这个意义上讲，这本书虽然旧了点，但绝不过时。

71. 孤独的谢作诗

读《人人懂点经济学：贸易是战争的替代》

书　　名：人人懂点经济学：贸易是战争的替代
作　　者：谢作诗
出版机构：生活·读书·新知三联书店
出版时间：2020 年 4 月

读不同的书，需要不同的读法。有些书，需要从头至尾地读完；有些书，可能读读开头，或者读读中间的某一段，读懂了，就可以放下。而谢作诗的这本书，只读标题就行——如果你懂，那就不用翻开看了，但如果不懂，也不要翻开看，需要看些更浅显易懂的经济学普及读物。

经济学并不深刻，就其渊源而论，它是一门典型的经验科学。其中典型的命题或曰定理，是归纳而来。如果你熟悉形式逻辑，你就会知道归纳的缺陷——无法穷尽事实，所以永远有例外的可能性。而对一个归纳而成的结论，任何一个例外都是致命的。二十多年前有"大师"在央视表演轻功，据说可以让自己的体重减轻一半甚至很多，急得牛顿的棺材板子都盖不住了。幸好那只是个笑话，要不飞机上天，高楼入云，基础都是牛顿力学，倘万有引力是错的，那还了得？幸好，牛顿的力学是演绎而来，大道理管小道理，所以经得起检验。但现代经济学尽管大量地引用数学，——在我看来多少有些来自经验科学的不自信——但毕竟仍是来自经验，所以，经济学的道理，更容易引起质疑，也是情理之中。

经济学还有一个容易引起质疑的地方，是他虽然来自于经验，却经常反对具体经验，也就是我们通常所说的常识。常识是最初经验的提炼，来自人类持之以恒地反复试错，所以有很大的可靠性。人活在红尘之中绝大多数的决策，是依据常识而生活的，饿了就吃，渴了就喝，冷了就穿，热了就脱，几乎是瞬间决定。但世上很多道理，单靠常识是不够的，比如古人一直没发现，是地球绕着太阳转，而不是太阳绕着地球转。烧死认为地球绕着太阳转的布鲁诺的时候，有很多人围观，绝大多数人尽管认为布鲁诺罪不至死，但对他如此糊涂也很不理解。

经济学的许多道理，也不是来源于常识，而是理性对常识的超越。套用我们过去很流行的一个句式，是"源于常识又高于常识"的。这就形成了经常对立的双方，可以称为"源于派"和"高于派"。通常，经济学家都是"高于派"，普罗大众都是"源于派"。两派对常识的不同认知，决定了他们经常会吵架，而由于"源于派"人多，"高于派"人少，而且，"源于派"里还有不少虽然不懂经济学，但别的方面的成就足以让人以为他们是什么都懂的人，所以常常是"源于派"占了上风，"高于派"常常被骂得狗血喷头。"高于派"自然不甘心，所以除了做深奥的理论研究之外，经常也写些相对通俗的小文章，试图瓦解"源于派"，至少是想拉过来一部分。

　　谢作诗这本书，就是出自这样的考虑。我估计，收效不可能太好。有个笑话，说一个人买了驱蚊良方，回家一试，并不管用，问卖给他的人，原来是要贴在蚊子背上。套用到谢作诗这本书，道理是，懂的人不用看，不懂的人看了也不懂，所以，"高于派"志向高远，但未必有用。正是我前面说的，看了标题，立刻就明白的，本来就是"高于派"的本部，不用教育；而看不懂的，估计是"源于派"，那是全看完也不够的。不过，也许有人争辩，看了总会好一点吧？对此，我不持反对意见。

　　我是听了网上一个视频公众号里的介绍，才知道谢作诗其人的，他已经出了七八本书，网上大多折扣很大，说明没多少人看。但我全买了回来，《人人懂点经济学：贸易是战争的替代》是看完的头一本。当然，我需要亮明立场，自己是"高于派"的。作为一个"高于派"的拥趸，我喜欢谢作诗的书，道理讲得热烈奔放，有时甚至句句扎心，实在是很过瘾。所以就写下这些推荐的文字，以"孤独的谢作诗"命名，其实，整个"高于派"都很孤独。

72. 一半是天使，一半是魔鬼？
读《金融的解释：王福重金融学二十九讲》

书　　名：金融的解释：王福重金融学二十九讲
作　　者：王福重
出版机构：中信出版社
出版时间：2014年11月

我谈阅读，说白了是读闲书。也就是那些不以学习知识和技能为基本目的读书。这看上去不太靠谱，但是却系出名门。当年的雅典街头，苏格拉底以反诘的方式教雅典的青年学会探索纯粹的真理，反对"智者派"的普罗泰戈拉等人把智慧的探索还原为实用目标。如果不是智者派将苏格拉底告上法庭，最终判了死刑，也许苏格拉底倡导的这一求知之道能够真正被人类继承，但他死后，这一路径也就衰落了。今天，如果你捧起一本书看，别人问你为什么看这本书，你好意思回答：没别的目的，我就是想探究一下智慧吗？

在这篇文章之前，我已经向读者推荐过一百多本书。必须说明的是，这些书中的绝大部分，都是那种"不以获取知识和技能为目的"的书。尽管知识总是不期而至，但苏格拉底的意思，它只是通向智慧的副产品。德尔菲神谕说：认识你自己，当然不是要求你了解自己的五脏六腑是如何工作的,但倘要回应德尔菲诸神的劝告,客观上也需要知道,大脑能思想,也有其物质的机制,符合逻辑的规定。人类无论多么伟大的精神之成果,都离不开必要的物质基础。所以我猜苏格拉底的意思当是,我们追求智慧的同时如果附带学习了知识,那也是好的。

在我看来,所有人类的创造物中,没有一样本领能够像金融这样,把智慧和知识高度地结合起来,融智慧的光芒于知识的红尘之中。我曾经读过好几本介绍金融历史的著作,都有这样十分清晰的感受。在《晓春荐书》前面的《价值是主观的》一文中,我曾经把金融的魔力,和康德心中最伟大的两样事物"星空"和"道德律令"等量齐观,也反映了这种观念。

所以,置身现代,你该思索一下金融。这种思索可以是形而上的,那就是"金融何以发生""金融何以变迁"乃至"金融何以道德";也可以是形而下的,诸如公司财务、投资学、金融机构管理乃至"买哪支股票""要不要买保险"之类。虽然我仍然坚持从"形而上"的角度切入金融,但金融的确是这样一种奇特的社会现象,能把形而上和形而下如此融汇到一起。很少有事物能做到这一点。

读王福重这本书,你的所得,首先是形而下层面的。换言之,如果你没有初步的金融知识又渴望获得,这本书是不错的读物。一方面,它很浅显,几乎不需要太多的知识背景就可以阅读,连数学之所需也就到初中的内容;另一方面它又很全面,该涉及到的内容都涉及到了,只要通读下来,应该能够形成一个非常管用的金融知识体系。尤其是这本书篇幅还不长，尽管页码也到了400多页，但注释大概就有三分之一长，如果注释非必要不看，也就不到300页，读起来无论如何都不困难。

对我而言，这本书更重要的意义在于王福重不动声色地把他关于自由主义经济学的理念，以极其含而不露的方式融入了书中。你一页一页地去读，道理就会慢慢地深入心灵。我不认为这是王福重教授刻意为之的结果，而是一个人的基本观念，必然地要通过他的言谈话语表现出来，刻意去藏也是藏不住的。而且，他也在书名里透露了这一点。这就是为什么这本书叫做《金融的解释》，而不是《金融学》。

对于我来说，世界上何以出现金融这样一个神魔一体的怪物，一直是个谜一样的存在。能够通过阅读稍纾困惑，实是幸福的源泉。具体存款利率能不能算对，是根本不打紧的。反正存款也在老婆手里，她从不让我去算这些。

73. 货币的分层与其他

读《货币金字塔：从黄金、美元到比特币和央行数字货币》

书　　名：货币金字塔：从黄金、美元到比特币和央行数字货币
作　　者：[美] 尼克·巴蒂亚（Nik Bhatia）
译　　者：孟庆江
出版机构：社会科学文献出版社
出版时间：2021年8月

即使从未系统学习过相关的经济学理论，我们对货币也不至于陌生。从理论层面，至少在大学里学过马克思主义政治经济学，对货币的价值尺度、流通手段、贮藏手段、支付手段和世界货币五大职能耳熟能详。从实践层面，我们都是货币使用者，无论是买东西、领工资、存取款乃至借钱给人或找人借钱，与货币的关系可谓亲密无间。

如果有些文化的想象力，我们也不免对货币产生复杂情感，一方面对货币购买力带来的幸福生活心驰神往，一方面又对古往今来的"货币拜物教"痛心疾首。无论如何，你很难在现实生活中找到比货币还重要的东西。有的人认为货币不重要，要"视金钱如粪土"，但他们也说，"友谊像金子一样"。你总不能就此推论，友谊如粪土吧？实际上，几乎所有东西多了，都会出现"边际收益递减"，但货币从来不会，生活中常常看到的是，富人比穷人还缺钱。

不过，货币尽管很复杂，但至少在我们对它常识性的认知中，它一直是一种具有统一性的东西。无论它体现为贝壳、黄金、白银，还是到国债、汇票、纸币，乃至再到比特币、数字货币等等，货币都是价值尺度，其他诸如流通手段、贮藏手段、支付手段和世界货币等功能，都是由这个基本职能延伸而来的事物。一种事物，要么是货币，要么不是货币，二者泾渭分明，绝不会混淆。历来的货币发行者和改革者，不管发行了什么样稀奇古怪的货币，至少在这一点上是清晰的。货币就是一种人类主观确定的价值尺度，用以衡量一切社会产品的价值。你不愿意用500元买一颗西瓜，和法国人愿意将数百万平方公里的路易斯安那以1500万美元卖给美国人，本质上都是进行了用货币为尺度的价值比较，遵循着他们对货币本质的认知——虽然算下来，美国人买一千颗西瓜大小的土地，比我们买颗西瓜还便宜。

但是，尼克·巴蒂亚的《货币金字塔：从黄金、美元到比特币和央行数字货币》这本书虽然篇幅很短，看上去并无奇特之处，但却对货币的概念作出了非常重要的新理解。在尼克·巴蒂亚看来，货币的家族，并非一批外貌各异但功能相同的葫芦娃兄弟，而是一个有着内部层级结构的复杂系统——他称之为"货币金字塔"。这就是说，货币的世界也像中国的周王朝，有着内部的等级和结构。

我们不妨就以西周王朝来比方，在尼克·巴蒂亚那里，处于"货币金字塔"最高层次的第一层货币——也就是西周王朝里的周王，是一种具有"无交易对手方"特征的货币。这种货币，最大的特征，就是它"溥天之下，莫非王土；率土之滨，莫非王臣"，也就是说，它作为货币的职能是天然的，所有较低等级货币，如同西周王朝的封建诸侯，事实上就是由货币中的周王授权而来。这个货币铸就的"周王"构成一切交易的最终结算手段，不存在风险，也不会违约。处于国王之下各个层级的货币"诸侯""卿大夫""士"等等，都是"国王"的奴仆，也就是"无交易对手方"第一层级货币的派生物，从经济学本质看，都是"借据"。

前一段，读了刘按的《为什么要把小说写得那么好》，很魔幻的一本"小说集"。其中第一篇叫"金钱豹"，读了《货币金字塔》，我恍然明白，原来"金钱豹"就是写"货币金字塔"的：

> 在人类历史上曾经出现过这样一个奇妙的时刻，一只金钱豹在月光下的丘陵上奔跑，它身上的图案突然全部变成金币哗啦啦地往下掉，金钱豹不知道发生了什么，它只能惊慌失措地往前跑，最后金钱豹消失在月光下的森林深处。又过一会儿，月光下万籁俱寂，有一个巫师的身影从趴着变成站直身体，他慢悠悠地沿着金钱豹刚才跑动的路径，开始捡掉落在草丛中的金币。这个巫师的名字，没有人知道。我们能够判断的是，这件事情出现在金钱豹和金币同时存在的宇宙中，而且这个巫师一定洞悉了符号和存在之间的关系。他不仅看出金钱豹身上的图案和金币在形式上的相似之处，还用某种秘术，穿透这种相似的形式，

完成了物与物之间隐秘的转换。对于人类而言，任何时候回头看，那都是一个神性十足的夜晚。

显然，这个"神性十足的夜晚"，就是第一层货币诞生的那一刻。

而此后，这种类似西周王朝的"货币金字塔"，在尼克·巴蒂亚看来，有史以来也就出现了三种，第一种就是金本位制，其第一层货币就是黄金，最初的发明者是英国人。第二种是中央银行制度，其第一层货币实际上就是国债，这是美国人的发明。第三种的发明人也是美国人，其分层体系就是大名鼎鼎的布雷顿森林体系，这一次，第一层货币变成了美国国债加黄金。布雷顿森林体系崩溃以后的现状，美国国债独占了第一层货币。今天的世界金融体系，仍然建立在这个货币金字塔之上。

显然，尽管"货币金字塔"多达三种，但共同的是，它的内部结构都颇似周王朝，周王授权诸侯，诸侯授权卿大夫，卿大夫授权士。最高的层级拥有"无交易对手方"的特征，宛如周王"上承天命"。其余的权力，全部来自逐级授权的封建层级。

即使尼克·巴蒂亚仅仅是对既有的货币体系作出上述分析，那他也足够了不起。毕竟，尽管人类花了几千年的钱，有的方便，有的不方便，但尚没有人把货币纳入一个等级制度或者说纵向的结构体系加以观察，提出如此富有解释力的思想，对我们观察世界金融体系的发展，乃至理解货币的本质，实在没有比这个观点更有启发性和工具性意义的了。用"分层"的框架和历史上发生的真实事件，追踪货币体系的演变，解释人类为什么用信用货币体系代替金属货币，揭示不同层级货币隐藏的秘密，条分缕析地将迷人而复杂的货币历史呈现给读者。

不仅如此，尼克·巴蒂亚并不满足于对既有金融体系的认知，而把他充满好奇心的目光盯上了刚刚出现的比特币。他大胆地加入关于比特币是不是货币的争论，不仅坚定地认为比特币具备人类货币的一切特征，因而应该也必然是一种货币，而且，他还进一步把比特币纳入"货币金字塔"体系之中，认为比特币完全具备"无交易对手方"的基本特征，完全可以作为互联网、大数据乃至元宇宙时代新的"货币金字塔"的第一层货币，从而建立起逻辑上遵从传统，形式上与内容上却完全不同的"比特币／美元货币体系"，从而为未来的世界奠定新的金融体系。

很多人质疑比特币是否具有货币属性，其中一个十分重要的理由，就是从1648年《威斯特伐利亚和约》奠定的"民族—国家"主权国家体系以来，货币的发行权，天然地也必然地应当由政府来发行，比特币无论怎样变身，其非政府发行的特征却是昭然若揭，难道一种非政府的虚拟货币，居然可以像政府发行的货币那样登堂入室，甚至爬上像西周王朝中周王那样的崇高地位？

当然，比特币能不能作为尼克·巴蒂亚新"货币金字塔"中的第一层货币，我自己是没有想明白的。但关于货币能否出自非官方的民间，我至少可以提供一些别人的思想。其实在漫长的古代社会，货币多数情况下是民间发行的，即使官方发行了货币，民间也是作为补充而存在的，很少有取缔的。从国际上看，奥地利学派的重要代表人物哈耶克早在1976年就开始质疑国家垄断货币发行的法理权威，提出了惊世骇俗的"竞争性货币"理论，撰写了他生平最后一本著作——《货币的非国家化》。尽管这本书并未像哈耶克的其他著作形成大的影响，但以哈耶克奥地利学派泰斗、诺贝尔经济学奖获得者的身份能有此说，至少也说明了货币的非国家化，并非无稽之谈。

对于这个新的"货币金字塔"，这本薄薄的小书，已经做了十分详尽且令人信服的分析。对我来说，随着作者去探究真理，比真的到达一个真理的结论更有魅力。毕竟，这个世界上令人兴奋的创新，最开始都是一些不太成熟的想法。嫦娥奔月，龙宫探宝，开始都是神话，后来，比这还要离奇的想象，都实现了。比特币成为新货币金字塔的第一层货币，比嫦娥奔月和龙宫探宝靠谱多了，值得我们等等看。

74. 资本的"红与黑"

读《资本的故事》

> 书　　名：资本的故事
> 作　　者：吴小杰　刘志军 编著
> 出版机构：经济日报出版社
> 出版时间：2013年5月

世界上有一样事物，既身披天使的光环，也背负魔鬼的骂名；既让无数人境遇改善，财富骤增，幸福爆棚，也让失败者一贫如洗，甚至锒铛入狱，命丧黄泉。

这就是资本。

这本诞生于10年前的《资本的故事》其实是一部历史纪录片的文学脚本。这部当时曾轰动一时的电视纪录片《资本的故事》是由刘志军导演，岳敬博、李可、梁会军编剧，由中央电视台制作完成的，它单集片长8分钟，共20集。当它于2013年1月1日中央电视台财经频道正式播出的时候，曾经取得了相当可观的收视数据。在此基础上，或者说，在一个预先的整体策划之中，同名书籍也由经济日报出版社同步推出。

当时，我正攻读中央党校经济管理专业的在职研究生，出于加深学习效果的目的，不仅收看了全部20集纪录片，也专门买来同步推出的图书仔细阅读以加深理解。尽管这本书因为兼顾历史而不能深入于学术，从理论收获的方面并不丰富，但从获得历史和学术的视野方面，很难有哪本教材能以这样简明而全面的方式，引领一个人迈进经济学科的大厦，做一种纵览式的了解。

这本书（当然也要加上纪录片）的每一个内容都是以400年世界经济历史中的一个重要事件为由头而展开，从最初因为香料贸易而产生了股票，从而出现世界上第一个股票交易市场，到为了规避风险而产生的期货交易；从梧桐树下签署的第一份行业自律文件，到郁金香泡沫的诱惑和绝望；从南海股票骗局到旁氏金融骗局，再到汉密尔顿的旋转门；从美国股票大战到JP摩根的诞生；从美元成为世界货币，到1989年日本资产泡沫破裂，日元的快速升值带来的"失去的十年"；从风险投资的产生，到英镑阻击战；从八佰伴的倒闭，到黑天鹅事件；从纽交所到纳斯达克；从峭壁边缘的华尔街，到华尔街的3A游戏，这些世界经济史上的经典时刻一一呈现在20集纪录片的内容之中，也呈现在《资本的故事》一书娓娓道来的每个故事里。

从头至尾都是以故事为载体，以400多年世界经济看下来，我们的收获不止于世界经济历史的演进与变革历程的熟知，也包括经济学理论的完善和一次次的"否定之否定"。从这一波澜壮阔的发展历程中，我们也能回到当下的视角，深刻理解和深入剖析资本在中国市场经济中的地位和作用，为中国经济下一步的深化改革和发展提供借鉴。

关于这一点，书中有一段精彩的陈述可资援引：

资本于我们而言——是古老的宅基地，承载着创富人的希望，几个世纪的光阴留给他们堆垒的皱纹；是形状万千的会滚雪球的货币，它在让财富使世界辉煌的同时，总能暴露人性的罪恶和战争的动机；是为了更好地生存的财富增长推动力，也是飘香的茶水、诱人的食物背后那些或高傲或沉默的生产操纵者。

　　原来，资本离我们是如此的近。

没有比这更精彩的《资本的故事》了。尽管时光已经过去了10年，但对于我们了解乃至理解资本的奥秘而言，这杯茶仍然是冒着腾腾的热气，等着我们慢慢地啜饮的。

75. 经济的世界化历程

读《世界经济简史——从旧石器时代到 20 世纪末》

> 书　　名：世界经济简史——从旧石器时代到 20 世纪末
> 作　　者：[美] 龙多·卡梅伦（Rondo Cameron） 拉里·尼尔（Larry Neal）
> 译　　者：潘　宁等
> 出版机构：上海译文出版社
> 出版时间：2009 年 6 月

这本书我是在 2018 年读完的。在我看来，其内容，比我此前读过的绝大多数同类型著作都重要。

过去，我们可能会不假思索地认为，人类的历史是一部政治史，描述人类从最初的原始群一直到今天治理完备的国家这样一段社会逐渐变得庞大和复杂的历史。马克思主义的政治经济学使我们深刻地认识到，一切社会的历史，就其基础而言，是一部社会经济发展的历史，经济基础决定上层建筑。

当然，理解马克思的思想，不能把它作为一个结论，或者说一个固定不变的程式，而应该把它视为一个历史的过程。在这一过程中，历史现象渐次地展开，人类在全球不同的区域既表现出不同的文明样貌，又在不断地交流和对抗中形成相互类似的模式，并建立文化认同。而这一切的基础，就在于人类在生产方式上的趋同。大约在一万年前（更早或者更晚，但模式区别不大），亚欧大陆的绝大多数地区都进入了农耕和游牧的生产方式——有一条明显的分界线区分两种生产方式，在中国，北方的长城正是这条分界线的外在表征——以代替过去长达数百万年的渔猎和采摘（当然它们并未消失，前几天，我还和朋友们到郊外的农场钓鱼和采摘了），与亚欧大陆相对隔绝因而缺少交流的非洲腹地、美洲乃至澳洲尽管呈现出更为复杂多样的生产和生活方式，但也渐次地步入了农耕。而到了十七八世纪，一种以机器生产代替人工的工业化生产方式先是在欧洲出现，然后在以后数个世纪逐步地席卷全球，成为一种世界图景。到了20世纪，世界上除了极个别的例外，绝大多数地区都进入了工业化。而且，以这种经济生产方式为基础，人类的政治、文化、社会都呈现出新的样貌，当我们谈民主化、城市化、近代化乃至现代化的时候，其基础都是经济生产方式的变迁。而今天我们又开始向后现代跃迁，其基础性的变化，就是信息文明作为一种新的生产方式和生活方式，给人类带来了崭新的世界。

《世界经济简史——从旧石器时代到20世纪末》正是这样一本介绍世界经济变迁详情的优秀著作。这部书由美国牛津大学出版社出版，是美国多所供大学本科生和研究生学习世界经济历史的教科书。它的作者龙多·卡梅伦和拉里·尼尔，都是业内资深的经济学教授。难得的是，这本书对经济历史简要而系统的介绍，其叙事的原点是从旧石器时代开始的。我们都知道，人类文化史的起点就是旧石器时代的早期，这本书介绍了从旧石器时代至20世纪末的人类经济发展历史，分析了经济发展和经济增长的内在机制，揭示了世界各国各地区形成今日之不平衡经济发展格局的内在原因，并探讨了有关21世纪未来经济发展的一些问题，比如经济增长的极限等。当我们今天被纷繁复杂的经济社会现实搞得头昏脑涨、莫衷一是的时候，回头看看整个世界经济走过的历程是十分必要的。毕竟，"读史使人明智"，即使在经济生活中这句话也是成立的。

这本书从1989年出版以来就一直受到好评，但多少有点遗憾的是，我个人感觉，这部书在中国却没有得到应有的重视。尽管上海译文出版社很明智地出版了这本书第四版的中文版，但在读者那里，这本书多多少少有些冷落。其实，这本书不仅内容丰富，连装帧设计都极富美感。对于我这样一个喜欢在书的旁边写笔记和书评的读书人而言这本书翻口较多的留白令人心生喜悦。更为重要的是，这本书尽管是欧美人所写，但它在回顾整个世界经济发展历程的过程中，并没有厚欧美而薄东方，整体上看它不仅在整个世界经济发展的纵向历程中比较合理地分配了笔墨，在按照世界经济地理划分的各大区域的叙述中，包括伊斯兰地区、奥斯曼帝国乃至古代中国、美洲的经济，都得到了充分和详实的介绍。当然，这样的后果是篇幅比较长，中文版的篇幅差不多500页40万字左右。但如果读者诸君真的对世界经济的历史有兴趣，这部书是首选读物。看完以后，如果感到不太过瘾，最好的选择是再读一遍。我就是这么干的。

76. 满城争说元宇宙

读《元宇宙时代：颠覆未来的技术变革与商业图景》

> 书　　名：元宇宙时代：颠覆未来的技术变革与商业图景
> 作　　者：[韩] 金相允
> 译　　者：刘翀
> 出版机构：中信出版集团
> 出版时间：2022 年 1 月

在我现在供职的广电行业，虽然尚无明确的文件或者政策涉及元宇宙的布局和规划，但不论你参加哪一个行业发展的论坛，或者阅读那些专家学者卷帙浩繁的学术文献，元宇宙的广电应用，都是一个无法绕开的概念。终于有一天，我对自己说，该读一读元宇宙方面的著作了，如果对这个概念所知不多，都不好意思说自己是一个广电人了。

请教一位此方面颇有造诣的老兄，他推荐了三本书，名称都一样叫做《元宇宙》，并且告诉我选其中任何一本读都可以。我看了看网上书的封面图片和简介，决定先读韩国元宇宙专家金相允的这一本。促使我做出这个决定的原因，一是这本书里写了很多金相允教授个人研究和实践元宇宙项目的实例，这是我尤为感兴趣的。第二则是这本书装帧更简约，也更漂亮。对图书，我是彻头彻尾的"好色之徒"。

按照书中的介绍，书的作者金相允是韩国元宇宙项目核心学者，曾与三星、LG、现代汽车、韩国国家人力资源发展研究所、韩国国家教育科学技术培训学院、韩国食品药品安全部、韩国科学与创造力促进基金会以及韩国创意内容机构，展开众多元宇宙相关项目的合作。目前任江原大学工业工程系教授，主要研究方向，就是如何让用户沉浸在元宇宙中，并通过这种沉浸体验来影响用户。由这样一个身处元宇宙研究最前沿的教授写一本书介绍元宇宙，当然是最合适不过的事情。

这本书共分七章，大致是三个方面的内容。第一部分就是第一章，这一章自成体系，介绍了元宇宙的概念。其实，在书的前言中（包括几位名家的序介），这部分内容已经做了精准的阐述。我大概明白了，元宇宙就是以互联网技术建立起的一个虚拟的但又给人带来强烈体验感的新的"宇宙"，区别于我们已经存身其间数百万年的真实宇宙。

第二部分是第二到第五章，分别介绍元宇宙"增强现实、生命日志、镜像世界、虚拟世界"的四种形态。这是让我相对深入地理解何为元宇宙的重要内容，在每一种形态中，金相允教授都从三个方面介绍了其内容及特点。首先是概念，其次便是各种各样的应用场景，以及——特别重要的——金教授用自己的研究成果介绍这一元宇宙形态的未来应用场景。从中，我不但理解了每一形态的基本特征及其应用，也大致明白了，四种形态不仅有特征上的区别，恐怕也有"元宇宙"程度的区别。也就是说，从元宇宙演变的轨迹看，四种形态是依次递进的，而所谓递进程度的衡量标准，就是与现实宇宙的疏离程度，如果说"增强现实"的形态只是对现实生活中已经存在的生产生活方式的某种强化，到了"虚拟世界"，就完全找不到现实世界的影子了，"元宇宙"似乎成了"平行宇宙"。这样的分类方式让我迅速地走近了元宇宙。

而第三部分是最后两章，也就是第六和第七章，介绍了元宇宙在当今世界的现实应用和发展前景。从现实应用看，与第二部分中对元宇宙应用场景不同的是，他强调了一些更综合的例证，换言之，在元宇宙广大的世界里，我们作出增强现实、生命日志、镜像世界、虚拟世界的形态划分，与其是出于应用形态之不同，毋宁说是为了叙述的方便。其实，所有的未来场景，都必然是混合在一起的，好比说射门技术可以分别训练，但比赛场上却不会提示你该怎么进球。从发展前景看，金教授与其是在谈技术的前景，毋宁说是在谈人类从科技哲学的角度，到底该如何认识元宇宙这样一个可以和火、车轮、弓箭、国家、股票、万有引力、抗生素、计算机的发明（或发现）相提并论甚至更胜一筹的新鲜事物。

在我看来，第三部分是这本书最为华彩的部分，毕竟，火的出现远远早于人类对火的认识，因而我们不论在生活中遭遇了多少次元宇宙，如果我们不能从本质上认识它，那用马克思的话说，对于元宇宙，我们仍然处在"必然王国"，未曾步入"自由王国"。而恰恰在这一点上，我们发现自己仍然能够赶上这趟车，毕竟，书中所见，面对元宇宙，连鼎鼎大名的金教授也还没有进入自由王国。用金教授自己的话：

我无法准确预测未来元宇宙会是什么样。但我可以确定的是，未来参与创造元宇宙的公司与对此无动于衷的公司之间的差距将会越来越大。如果你想找到一条超越苹果、亚马逊与谷歌的路，一定要关注元宇宙的未来。我会在你迈向元宙的路上为你摇旗呐喊的。

77. 第三只眼睛看体育
读《体育产业的经济学分析：国际经验及中国案例》

书　　名：体育产业的经济学分析：国际经验及中国案例
作　　者：江小涓等
出版机构：中信出版社
出版时间：2018年9月

关于体育的本质属性，建国以来的观念和实践都指向政治和文化两个方向。就其形而上而言，新中国的体育表现出强烈的政治属性，无论是"国运兴，体育兴"的宣言，还是"升国旗，奏国歌"的目的，乃至"乒乓外交"之类的特殊记忆，都是如此。而另一个意义上，几乎所有人也都同意，体育属于大文化范畴，具有强烈的文化属性。一直到上个世纪90年代初期，多数人——也包括各级政府都是从这两个方面认识体育的功能的。我们也可以说，从政治和文化的角度去看待体育，就是我们观察体育的两只眼睛。因而，当我们从经济的角度看待体育的功能时，这就是本文标题中"第三只眼睛看体育"的含义。

江小涓主编的论文集《体育产业的经济学分析：国际经验及中国案例》正是这种"第三只眼睛看体育"的最新成果。尽管这部书出版在5年前的2018年，但有两个原因使得它并不落后，一方面，书的编撰者多数都是国内研究体育产业各个门类的优秀学者，总编江小涓更是我国体育产业研究的领军人物，由这样一个杰出的学者群体各擅其长，编出来的著作自然具有相当的前瞻性，相对而言不容易过时。另一方面，从实践层面，过去的三年由于新冠疫情的影响，中国体育产业遭遇了一个停滞甚至倒退的时期，因而也提不出对固有理论的新挑战。因之，这本书也成为了研究体育产业的最佳读物，你可能会找到某个方面比它深刻的著作，但很难找到比它全面的。即使体育学院把这本书作为体育产业概论的教科书，效果也一定不错。

这部书的策划者，是清华大学CIDEG学术委员会，也就是清华大学产业发展与环境治理研究中心，这个挂靠在清华大学公共管理学院的研究机构，是我国一个相当知名的国家级高端智库。这个智库能专门规划一个体育产业的项目，说明了体育产业在我国经济社会发展中的发展势头和潜力。2015年，这个项目由CIDEG学术委员、中国社会科学院江小涓教授主持展开研究，到2017年底，这个项目的各个分课题均按计划完成，成果丰硕——我们看到的这部书即是明证。

这本书的底层逻辑是经济学，包括产业发展理论、产业组织理论、服务经济理论、网络经济理论等。体育产业藉此而进入主流的视野，从这个意义上，传统的经济学，就多了一个极为重要而富有前景的分支。第三只眼睛看体育，正是这个意思。

当然，这本书也存在一些问题，在我看来，最核心的问题是离题多少有些远。许多议题尽管资料详尽，数据清晰，但对中国体育改革与发展真正的堵点和痛点却着墨不多——恐怕很多作者也不一定完全知道。很多议题，即使有分析，也多数停留在表层。由于这样的着眼点，这本书每每可以给人以前景无比美好的印象，但事实上，从体育产业实践层面反映出来的问题，却比书中的分析要严峻和复杂得多。从这个意义上，读者以这本书来学习体育产业的基本概念和实践表征，大概是不错的选择。而体育产业的从业者以这本书来指导实践，恐怕就难免隔靴搔痒，不得要领。

这本书的这些瑕疵，反映了中国体育产业的理论和实践，存在着一定的脱节。而我在这篇小文的前面谈到观察体育的政治、文化和经济"三个面向"时，其实就从一个侧面反映出这种脱节的普遍性。就体育产业的国际经验看，体育产业的政治和文化属性，与其经济属性并非处于同一层面，说得更为明确些，其实体育是以政治和文化为表，而以经济为里的。这也是马克思主义政治经济学中经济基础决定上层建筑的基本原理所阐明的。但在中国的体育实践中，政治、文化和经济，每每被分割成体育的三个组成部分，有政治的体育、文化的体育和经济的体育，各有各的主体，各有各的归属，各有各的"玩法"。

于是，计划经济和市场经济两种截然不同的体育发展方式，以一种错综复杂的样貌呈现在现实的体育实践中。于是，以金牌为目标的专业体育和以表现力为目标的职业体育在精英体育领域互相制约，以运动项目的普及化为核心的大众体育与以广场舞、广播操、健步走等为表征的群众体育各行其是，以所谓增加体育公共服务为内容的体育事业与发挥体育服务业特征的体育产业互相错位，导致中国的体育发展方式既不明确亦无效率，如此，体育产业的理论表达一片莺歌燕舞，而实践操作又处处梗阻，也就毫不奇怪了。

事实上，同时用三只眼睛看体育，反而容易把体育看偏，看虚，看小。所有的眼睛都该盯住体育产业，这是一切体育的基础。体育产业繁荣发展了，体育的上层建筑，才能构筑其上，蒸蒸日上。

78. 走出哲学的迷宫

读《你以为你以为的就是你以为的吗：12 道检测思考清晰度的逻辑谜题》

> 书　　名：你以为你以为的就是你以为的吗：12 道检测思考清晰度的逻辑谜题
> 作　　者：[英]朱利安·巴吉尼（Julian Baggini）　杰里米·斯唐鲁姆（Jeremy Stangroom）
> 译　　者：游伟
> 出版机构：中国人民大学出版社
> 出版时间：2012 年 3 月

我们都认为，一个社会应该有一些众所公认的价值观，叫做核心价值观。一个观念，如果与之相似，就是正确的；如果不同，就是错误的；如果严重不同，那就是价值观错乱，是有害的。但在我看来，当今社会，价值观错乱并不是最为严重的问题，最为严重的是逻辑错乱。不论是对公共事件的评判，还是对于所谓网络大 V 的指引，社会大众往往随之疯狂起舞，但每每都把脑子丢在了家中。前几天，有个老师在学校乱开车，结果压死了一个孩子。孩子的母亲去学校讨个说法，悲声大恸，愤怒质问，被旁边的人录了像，网上传得到处都是。这倒不打紧，问题是，有人居然议论，说这个母亲打扮得漂亮，穿着整齐，似乎悲痛不够，甚至就是为了让学校多赔点。后来，这个悲痛的母亲跳了楼，当场殒命。虽然还不能肯定，她的死与上述网暴有多大关联，但即使这位可怜的母亲不是因此而死，也不能断言那些网暴者就不是畜牲。如果每天上网瞧，这样的事比比皆是。

如果让这些思维混乱的喷子们学学哲学，哪怕是学点皮毛，情况可能会好一些。有些人一定笑我愚蠢，因为他们认为，那些网暴者心理扭曲、性格变态，早已不可能用知识或者说理性来教育。但我独不以为然，在我看来，网暴者本来也是四端皆备的正常人，因为某种遭遇和诱因，放大了心中恶念，又呆在暗处，不免"恶向胆边生"，成了过网上大街的老鼠，人人喊打。其实，倘有机会让他们学习逻辑思维方式，绝大多数所谓的喷子还是能够变化的。道德的缺失，通常都源于教育的缺失。而教育的缺失，通常首先是理性能力的缺失——也就是哲学的缺失。毕竟，没有人天生是喷子，拿奥古斯丁的话来说，喷子不是恶，是善的缺乏。缺乏的恰恰是逻辑教育，而这正是哲学的根基。

其实，阅读古典哲学，由于其蕴含着丰富的智慧力量，过程是颇让人有幸福感的。人的快乐，来源不同，品质也不同。来自智慧顿悟的快乐相对于来自满足口腹之欲的快乐，品质更高。狄奥根尼每天住在木桶里，全部家当只有一件斗篷、一根棍子、一个面包袋，有一次亚历山大大帝访问他，问他需要什么，并保证会兑现他的愿望。狄奥根尼回答道："我希望你闪到一边去，不要遮住我的阳光。"而儒家发展到宋明理学，也强调"寻孔颜乐处"，思忖颜回"一箪食，一瓢饮，在陋巷。人不堪其忧，回也不改其乐"，到底乐呵什么。依我看，狄奥根尼的快乐和颜回的快乐，

305

虽则内容有别，性质是一样的，我敢肯定，不止于阳光、箪食和瓢饮，而是思想顿悟带来的通透感。这种感受，只知道口腹之欲的人是感觉不到的，因为思想顿悟是有门槛的。"夫夷以近，则游者众；险以远，则至者少。而世之奇伟、瑰怪，非常之观，常在于险远，而人之所罕至焉。"正是这个意思。如果能让人领略一下"险以远"，人的境界就一定有所不同。达此目的，没有太好的办法，惟鼓励大家多阅读，尤其是读点哲学。

　　当然，读哲学也会带来困惑。周围倒是有一种哲学，像汪国真的诗，是类似于麦当劳出售的产品，统一的原料，标准的工艺，如果你饿了，瞬间可以解决问题。可是麦当劳吃多了，口味标准化，时间一长，你就失去了品味的能力，并不能解决问题。所以，倘说读哲学，必然是那种需要独自探索的真正理性之物。这种智识的旅程，最主要的困难就是阅读的体验很难交流。好比你步入森林，有时美景，有时危难，但没有人。不仅遇到危险没有人，遇到心旷神怡之处，也无人可以言说。这未免憋闷。其中一大烦恼，就是哲学家们往往有一种令人崩溃的绕口语言，或让人啼笑皆非，或让人莫衷一是。尽管如此，倘能硬着头皮读下去，结果自然是好的。

　　最近看一本书，叫做《你以为你以为的就是你以为的吗：12道检测思考清晰度的逻辑谜题》，这本书精心设计了12道检测思考清晰度的逻辑谜题，涵盖哲学、逻辑推理、信仰、思想一致性、禁忌底线、道德标准、艺术、身心灵、自由、逻辑常识等多个有趣话题，意在提高人的思维能力。按照书前面的介绍，它以"严密有趣的进阶测试，清晰易懂的题目解析，使它成为英国受欢迎的哲学普及类读物"。如果一个人能认真地读进去，大致可以快速提高自己的思考力，其中最重要的，就是不至于或者人云亦云，或者思维混乱，也就是说，改掉那些可能成为网络喷子的思维毛病。

靠一本书解决社会上比比皆是的逻辑混乱问题，估计本人也有逻辑混乱之嫌。但马三立先生说了，治一个人的"痒痒"，灵丹妙药就是"挠挠"。我推荐的这本书，对网络喷子这个"痒痒"，作用也无非是"挠挠"。但以经验论，虽说治"痒痒"之道可能万千，但"放之四海而皆准"的，只有"挠挠"。

79. 你都得冒险一试，去做点什么？

读《存在主义咖啡馆：自由、存在和杏子鸡尾酒》

> 书　　名：存在主义咖啡馆：自由、存在和杏子鸡尾酒
> 作　　者：[英] 莎拉·贝克韦尔（Sarah Bakewell）
> 译　　者：沈敏一
> 出版机构：北京联合出版公司
> 出版时间：2017 年 12 月

　　今天（2023 年 6 月 21 日）是存在主义哲学家萨特诞辰纪念日。从历史意义上，存在主义已经老得掉渣了。我上大学高年级的时候，和许多刚看了几本西方哲学译介著作的同学一样，可谓"言必称萨特"（当然，一度还有尼采和叔本华）。关于存在的定义和哲学意涵，关于"存在先于本质"，关于萨特乃至波伏娃颇为离奇的爱情以及若干碎片化的故事，都是课余时间热议的话题。但等我们出身社会，真正面临令人痛苦的"存在主义式"选择时，存在主义反而已经退潮。到后来，海德格尔、维特根斯坦、汉娜·阿伦特、马克斯·韦伯、哈耶克潮起潮落，我们甚至都不记得自己曾经做过萨特的拥趸。直到有一天，我在某个城市街头（忘记哪个城市了）的一个旧书店邂逅这本《存在主义咖啡馆：自由、存在和杏子鸡尾酒》，才恍然回忆起，我们有一段和萨特神交的亲密旅程，那时，我们年轻得像一个梦，单纯得像一个早晨。

这是一本很美的书，开本小而厚，典雅的封面设计，稍稍泛黄的纸张，都完全类似一本旧时代流传下来的经典装帧读物——它是如此漂亮，即使是一本讲"马尾巴的功能"的书，我也会多看两眼的。当然，更重要的还是内容，作者莎拉·贝克韦尔是一位出生于英国的哲学家，但显然，在哲学这个迷宫般的领域，莎拉·贝克韦尔并非一个具有高度原创性的学者，而是一个善于把高深而晦涩的哲学概念转化为通俗语言、生活经验和个人感受的畅销书作家。我查了一些资料，没有一个能告诉我此君是男是女，看"莎拉"这个似乎来自西班牙语的女性化名字（意为公主），这位作家应该是"她"，但也有好几篇文章明确写的是"他"。看书的笔触，我直觉感受作家是"她"，姑且先"跟着感觉走"吧。这位成功的畅销书作家还写过蒙田，书名叫做《阅读蒙田，是为了生活》，也同样是畅销书。其实在我看来，莎拉·贝克韦尔也颇似一个"现代的蒙田"，她1963年生于英国伯恩茅斯，随父母旅居亚洲多年，后定居澳大利亚悉尼，回英国读了大学，毕业后当了多年茶叶袋工厂工人、书店店员和图书馆古籍管理员，突然有一天，她重拾少年时的写作之爱，一发而不可收地完成了这两本出色的著作，也因此而成为了牛津大学的教授。

很难给我刚刚读完的这本书归类，你可以称它为一本超长的读书笔记或者读后感，但它并不是作家读了一本书的产物，而是荟聚了几乎绝大多数存在主义（以及它的前身现象学）哲学的名著——这又使得它很像一本综述性的著作，但是，它又掺杂了许多个人的经历与感悟，尽管出发点是为了加深我们对理论的理解，但毕竟已经不是综述类著作该有的样子了。另外，从书的内容看，这本书也像是海德格尔和萨特的传记，作者花了大量笔墨描写这两位重量级存在主义哲学家的生活经历乃至心路历程。

事实上，这本书既不是读后感、综述和传记，又完全是每一个。它将历史、传记、哲学乃至作家自身的经历与感悟有机地结合起来，讲述了一个充满历史力量和传奇色彩的存在主义故事，以细腻而深刻的个人思考，探究了在上一个世纪之交到20世纪上半叶纷争不断、天下大乱的世界里，人如何走出传统形而上学的象牙塔，有效处理困扰人类许久的理念与行动、自由与责任的关系，从而直面人类的现实境况的态度与实践问题。

显然，存在主义的横空出世，很大程度上来源于时代对哲学的要求发生了显著变化。在整个19世纪，理性已经无孔不入地统治了人类的精神世界，并承诺无比美好的未来。但事实上，从个人的角度，感受到的并非从物质文明的巨大进步中唾手可得的幸福，而是随处可见的悲惨、困境与失落，时代浮夸式的进步感与个人精神世界的疏离感日益对立。而接踵而来的两次世界大战又将理性可以构造美好未来的信条打得粉碎，"战争最可恨之处在于，它让个体变得毫无意义"（引自书中）。因而，现在战争的废墟上，每一个关心的问题都不是"为什么"，而是"怎么办"。以哲学的观念来看，前者是一个形而上学问题，要回答"本质"是什么；而后者是一个存在主义问题，要回答"选择"是什么。这就好比医生对患者说"我来给你讲讲癌症的机理吧"，病人怒吼"别说那些没用的，说我该怎么办！"。

在这本书中，莎拉·贝克韦尔是这样阐述存在主义哲学的："你尽可以小心翼翼地去权衡各种道德与实际的考虑，但说到底，你都得冒险一试，去做点儿什么，而这个什么是什么，由你决定"。直到今天，我们仍然面临同样的问题，需要同样的哲学认知和心理策略。所以，在这个物欲横流、技术霸权、"亚历山大"、环境逼仄的世界里，我们值得花一点时间，随同莎拉·贝克韦尔，坐在那个兜售自由、存在和杏子鸡尾酒的存在主义咖啡馆，邂逅我们曾经无比钟情的萨特、尼采、海德格尔和波伏娃，不问"我是谁"，不问"我在哪里"，而问"我该怎么办？"。

80. 大道至简？

读《奥卡姆剃刀：影响全球精英命运的思维法则》

> 书　　名：奥卡姆剃刀：影响全球精英命运的思维法则
> 作　　者：罗　耶　编译
> 出版机构：中国民航出版社
> 出版时间：2005年1月

我做过一些非正式的调查，知道"奥卡姆剃刀"不是一种理发工具、而是持一种思维法则的人，不能说寥寥无几，也可以说是为数不多。即使是知道"奥卡姆剃刀"真实意义的少数人，也常常把奥卡姆当成人名，在他们的理解中，"奥卡姆剃刀"是"一个叫奥卡姆的方济各修士，以剃刀做比喻，提出的一种思维法则"。这样的定义，除了奥卡姆并非人名，其他大致准确。但等"奥卡姆剃刀"原理传入中国，很多人把这一定律等同于中国古典哲学中的"大道至简"，在我看却有理解上的偏差。这几天，专门找来一本介绍奥卡姆剃刀的书籍《奥卡姆剃刀：影响全球精英命运的思维法则》，通篇看完，遂想就这个问题做些辨析。

什么是"奥卡姆剃刀"？它是由14世纪英格兰的逻辑学家、圣方济各会修士"奥卡姆的威廉"（这是中世纪常见的一种介绍人的办法，即家乡+人名）提出的一个"定律"，具体内容是"切勿浪费较多东西去做用较少东西同样可以做好的事情"，简约地说，就是"如无必要，勿增实体"。

这样的表达，尽管内容详实，逻辑清晰，但并不容易理解。不妨先举个例子，假如你去了一个村子，住了整整一年，发现这个村子里的居民，大多数都是妇女和老人，然后你得出一个初步结论：年轻的男性都去城里打工了，所以村里净是妇女和老人。但也有另一个解释，说其实年轻男性本来还都在，但出于某种复杂而难以说清的原因，他们一直回避着你，让你在整整一年的时间里见不到他们。这两种解释，从逻辑上看都没有问题，在没有获得关于这个问题的实证之前，如果你必须相信一个，你应该相信哪一个？

其实，即使没有"奥卡姆剃刀"这样的思维工具，你也会本能地相信第一个，而对第二个解释充满疑惑。"奥卡姆剃刀"给了你一个信心，因为相比第一个解释，第二个解释需要满足的条件太多了，用前述"切勿浪费较多东西去做用较少东西同样可以做好的事情"这个方法来理解，显然，我们应该相信第一个而不是第二个。这就是"奥卡姆剃刀"的含义，当有两个或两个以上互不相容但都能解释事物的观点时，我们该相信最简单的那一个。

其实，"奥卡姆的威廉"发明（是发明，不是发现）这个定律的时候，他的本意是让平教徒和不信奉上帝的人还是相信上帝为妙。因为在他看来，相比那些"上帝不存在"的各种观念，"上帝存在"的那些解释更加简洁，因而更具有真理性。从基督教哲学的角度，"奥卡姆的威廉"提出的这个定律多少有些实用主义的成分。其他的理论还包括帕斯卡尔（就是那个压强的单位以他命名的法国科学家）提出的以类似博弈论（那时博弈论还没有提出来）的观点劝告大众相信上帝存在的阐述如出一辙，帕斯卡尔认为，如果上帝不存在，你信一信也无伤大雅，但如果上帝真的存在，而你不相信，那你麻烦就大了。所以，你还是相信上帝为妙。

当然，无论是"奥卡姆的威廉"的苦口婆心，还是帕斯卡尔的花言巧语，最终都对进入现代以来基督教信仰的不断衰落于事无补。但"奥卡姆的威廉"所发明的这把关乎信仰的剃刀，却意外地在理性的领地内发扬光大，以至于我面前的这本书，认为"奥卡姆剃刀"是影响全球精英命运的思维法则。这恐怕是"奥卡姆的威廉"本人都始料未及的。

"奥卡姆剃刀"在世俗世界里的利用，例子不胜枚举。比如秦末汉初，刘邦攻入函谷关，提出了"约法三章"，代替了繁复琐碎的秦律，从而迅速稳定了政治局面，其实就是"奥卡姆剃刀"的一个应用实例——虽然当时"奥卡姆的威廉"还没有出生。努尔哈赤统一女真各部的战术"任你几路来，我只一路去"也是类似的实例，虽然努尔哈赤一定没有听说过"奥卡姆剃刀"。在经济学领域内，"有限公司"的发明也符合"奥卡姆剃刀"，它简明地消除了许多人做个生意就要搭上身家性命的风险，从而大大促进了工商业的繁荣。相反的例子也有，卡塔尔世界杯增加了以信息化和大数据支撑的越位识别系统，看上去更准确了，但看了比赛就知道，它解决了多少问题，就带来了多少问题。

但需要注意的是，许多人把奥卡姆剃刀与中国古典哲学中的"大道至简"等量齐观，但实际上，从哲学内涵上，两者还是区别很大的。"大道至简"是一种理性主义观念，尽管就其缘起，最初可能也是来源于经验，但它更是少数睿智的大脑对世界演化规律的整体性把握，通常是先验的。而"奥卡姆剃刀"显而易见是经验主义的，它来自生活中一些具体现象的逻辑归纳，尽管多数情况下它是有用的，但绝不意味着"实体"更多就一定比"实体"更少具有真理性，因而它对我们在现实生活中解决问题，更多的是启发而不是定律——尽管它长期以来有定律之名。

事实上，现代科学在不断发展中呈现的样貌，很多发现和发明是与"奥卡姆剃刀"背道而驰的。你能举出多少符合"奥卡姆剃刀"的例子，就能举出多少与"奥卡姆剃刀"相反的例子。所以，对"奥卡姆剃刀"的应用不是"凡事必简"，而是"该繁则繁，该简则简"。

那么，什么时候简，什么时候繁呢？古人云：运用之妙，存乎一心。

81. 轴心时代的四颗恒星

读《四大圣哲》

书　　名：四大圣哲
作　　者：[德] 卡尔·西奥多·雅斯贝尔斯（Karl Theodor Jaspers）
译　　者：傅佩荣
出版机构：商务印书馆
出版时间：2022 年 5 月

稍有人文知识的人，没有人不知道雅斯贝尔斯。这位孤独的德国哲学家少小体弱多病，一生颠沛流离，但又活到了 86 岁的高龄。

卡尔·西奥多·雅斯贝尔斯 1883 年 2 月 23 日出生于德国奥登堡。如果熟悉些伟大人物的历史，你就会知道，这一年正是马克思的逝世之年。也许德国哲学的天空总是"质量守恒"的，走了一个划时代的马克思，就来了一个启霄宸的雅斯贝尔斯。

雅斯贝尔斯小的时候患了心脏病，医生断言他活不过三十岁。因此，他选择了只能"坐而论道"的学术研究之路，先后研学法学、医学、心理学，甚至取得了医学博士学位。后来，他显然是"受到招引"，进入海德堡大学哲学系，随后就成为这所久负盛名的哲学圣殿的正教授，声望日隆。但不幸的是，他的夫人是个犹太人，淫威之下，他拒绝离婚，因而遭受迫害，险些被关进集中营，幸得免于难。二战后，他迁居瑞士巴塞尔大学，1969年逝世在那里。

就生命的长度而言，雅斯贝尔斯实在没什么可抱怨命运的，而从"赢得生前身后名"的角度，那就更应该感谢命运的垂青。他名垂史册的贡献就是提出了"轴心时代"这样一个划时代的哲学命题。今天，这个命题已经成为我们修习历史哲学的元命题。这意味着，如果你知道"轴心时代"，也说明不了什么；如果你不知道，那在类似的问题上，你还是免开尊口为好。

作为一个存在主义哲学家，雅斯贝尔斯的名字，通常是和海德格尔、萨特这样的哲学大师连在一起的。尽管我们很难说，在存在主义的封神榜上，谁的贡献更大。但显然，就名气而言，雅斯贝尔斯甚至比萨特和海德格尔还大。因为，比起更加抽象的"存在先于本质"和"存在与时间"，"轴心时代"显然更让人一目了然。

雅斯贝尔斯提出"轴心时代"这个概念，是在一本叫做《历史的起源与目标》的史学理论著作中。在这部不能算是很厚，也不能算是很难读的历史哲学著作中，雅斯贝尔斯突破了欧洲长期以来作为统帅性观念而存在的欧洲中心论，而以一个真正的全球的眼光，提出了"轴心时代"这样颇具说明力和想象力的概念。

雅斯贝尔斯把我们所知的文明发展阶段（在当时，也可以理解成人类发展阶段）分为四期，即史前时期、古代文明时期、轴心时期和科学技术时期。公元前800年到公元200年这一长达千年、承上启下的时段为轴心时期。在他看来，正是由于出现了这样一个上承古代、下接今日的像车辆轴承一样"通古今之变"的时期，人类社会的今天才能取得飞跃式的发展。而雅斯贝尔斯更为积极的论断，是认为"轴心时代"并非仅有，以后随着人类社会的发展，每一次人类历史新的飞跃都要"回到轴心期"，这就是文明的复兴。

这本《四大圣哲》，自然是阐述他"轴心时代"的观念的。在人类虽然为数不多，但也绝非个别的古代先贤中，雅斯贝尔斯找出了四位最有代表性的古代哲学家，承载他的"轴心时代"理念。这四位圣哲，分别是苏格拉底、佛陀、孔子和耶稣。在书中，雅斯贝尔斯逐一介绍了他们的生平事迹、思想观念、当时的社会关注以及对后世的影响，不仅使我们了解了四位伟大思想家及其时代，也深刻地体悟了他们对今天我们生存于其中的社会的巨大影响。

难得的是，尽管这并不是一个轻松的主题，但雅斯贝尔斯写来挥洒自如，不仅对四位圣贤的介绍颇为准确，对其世界影响也介绍得十分充分——而达到这一目标，他只用了200页左右的篇幅，翻译成汉语的内容，也就十几万字。对阅读者而言，这也是一种福音。

如果我们放眼看，以同时代或者同样的影响力来衡量，其实身处巅峰的圣哲不止于这四位，我们至少可以举出如琐罗亚斯德、老子、柏拉图、大雄、穆罕默德，基本可以与之等量齐观。当然，琐罗亚斯德的影响力到了今天已经基本消失，老子对东方的影响也似乎不如孔子巨大，大雄的知名度好像有点低，柏拉图似乎可以活在苏格拉底的羽翼之下,而穆罕默德似乎又离轴心时代太远了。

  无论如何,这几位的提出不是要推倒"四大圣哲"评选蕴含的意义,恰恰相反,它正好提示我们,雅思贝尔斯之所以如此简约地只锁定这四位,其中大有深意存焉。启迪人类未来的答案,或许正藏在这些古老的灵魂里,无论东方还是西方。

82. 一蓑哲学任平生

读《哲学是什么》

书　　名：哲学是什么
作　　者：[美]罗伯特·保罗·沃尔夫（Robert Paul Wolff）
译　　者：李婷婷　聂一鸣
出版机构：商务印书馆
出版时间：2021 年 1 月

这是一本如果读完了，阅读者会显得特别有成就感的著作。首先，这是一部哲学著作。虽说是通识读物，但并非通俗。其次，这是一部大部头的著作。大开本设计，将近 500 页的篇幅，整整 50 万字。最后，这是一部装帧精美的著作，你看到它的封面就忍不住想读它。

这本书是去年我在网上搜书时无意中发现的。首先看到的是与这本书同属一套丛书的另一本书《社会学基础》，因为当时正在苦苦研读社会学的各类著作，遂毫不犹豫地拿下而且很快便读完了。就在这个过程中发现这一套丛书在国内至少已经出版了四本，除了这本《哲学是什么》，还有《社会心理学》和《文化人类学》，开本大小一致，装帧风格接近，而且，都是商务印书馆出版的。我当时就动了心思，其余三本一起买下并且立刻读起来。到今天，《哲学是什么》已经读完，《社会心理学》读了大约三分之一，《文化人类学》也开了个头。

这四本书的出版机构，是国际上久负盛名的培生教育集团。很多人知道，培生是全球领先的教育机构之一，拥有逾175年的悠久历史，起初只是威特曼·培生于1844年在英格兰北部约克郡创立的一家小型建筑公司。从上世纪60年代至今，培生集团逐步并购朗文、企鹅等知名教育出版品牌，成为全球出版界的巨擘。商务印书馆实际上是与培生合作，实现了这几本重要教科书的国内出版。我预计，在人文社科领域，这套书还会再出若干本。

刚刚读完的这本《哲学是什么》，严格来讲不能说是一本新书了。作为一部哲学通识的入门书，这本书的第一版问世于30多年前，已经再版十几次，译为多种语言，其读者已经远远不是大学哲学系的学生，而更是广大形形色色热爱思辨的各类读者。其作者罗伯特·保罗·沃尔夫，哈佛大学哲学博士，先后在哈佛大学、芝加哥大学、哥伦比亚大学和马萨诸塞州大学讲授哲学、政治学和微观经济学等课程，先后著述和编写了21部著作，内容涉及康德哲学、社会与政治哲学、教育哲学、法律哲学、休谟哲学和马克思的经济理论等，其著作被翻译超过12种语言，销售量超过75万册。对于许多渴望哲学启蒙乃至进阶的读者，读沃尔夫的书，应该是不错的选择。

这本书区别于其他哲学通识著作的一个重要特点，是它不仅仅是着眼于已有哲学理论与观念的普及，更包括哲学在现实生活中的运用。据书中前言介绍，这本书甫一出世，其重要特点便是紧扣时代特点，把古老的哲学命题和当今时代的发展变化紧密结合到一起进行阐述和讲解。

　　而以后，这本书的每一次再版，都保持乃至强化了这个鲜明的特点，而且难能可贵的是，这本书的八章，分别阐述八个基本哲学范畴，包括哲学的定义、认识论、形而上学与心灵哲学、科学哲学、伦理学、社会与政治哲学、艺术哲学、宗教哲学等哲学分支，在每一章节之后，都附有与哲学理论联系紧密的"问题讨论"与"当代应用"两个阅读板块。由于这些现实议题的呈现和探讨，这本书所讲述的哲学知识，不再是抽象晦涩的理论，而成为与日常生活紧密关联的智慧结晶与思想工具。

　　我读这本书花了差不多半个月的时间（当然这半个月也读别的书），以如此之短的时间做一个哲学花园的全景式巡礼，实在是一个愉快的旅程，其效果，不仅关乎事功，亦关乎生命。套用苏东坡的《定风波》，叫做"一蓑哲学任平生"，这里边，半是趣味，半是真情。

83. 半部哲学史治天下

读《中国哲学史大纲》

> 书　　名：中国哲学史大纲
> 作　　者：胡　适
> 出版机构：中华书局
> 出版时间：2015年1月

今天我们学习中国古代哲学史，能参考的书有很多。就我的见识而言，冯友兰、张岱年、谢无量的同名著作皆可谓经典，今人劳思光、葛兆光乃至郭齐勇，也各有成功之作。但我们把目光投向一百多年前的民国初期，却找不到能以史学方法串联中国古代哲学的著作，一本都没有。按照蔡元培先生的说法，是"中国古代学术从没有编成系统的记载。《庄子》的《天下篇》，《汉书·艺文志》的《六艺略》《诸子略》，均是平行的纪述"。

蔡元培先生的这段话，出自一百多年前他为一本新书所写的序言。这本新书，正是胡适先生1919年出版的开创性著作《中国哲学史大纲》。

这部书其实就是胡适在北京大学讲中国哲学史这门课的讲义。那时的讲义，多名之大纲。后来大纲规范化，成了官方规定学习内容的范本。但胡适的大纲，却完全是他的独创，因为讲中国哲学而不提炎黄尧舜禹文武周公，只有胡适敢。如果那时有官方大纲，这本书一定出不了。

说是讲义，其实他在讲稿之上，又做了很多编订、润色和充实，使得正式出版的文字，很少像其他讲义有口语化的特点，而更像是一部专门写就的著作。当然，这一特点也是有缘由的。胡适在美国哥伦比亚大学师从杜威研读哲学，其博士论文就是研究系统化的中国古代哲学的。胡适的讲义，自然也是以他的博士论文为本的。所以，鸡生蛋，蛋生鸡，根子是在杜威那里。

我读这本书的时候，也正在读岳南洋洋三卷本《南渡北归》，不仅看国家离乱的变迁与纷扰，也看学术体系的初建与传承。回到历史场景，实是替当年的莘莘学子感慨，离乱之前，毕竟还有那么一段，尽管国事杂陈，至少还摆得下"一张平静的书桌"，但要学习中国古典哲学的整体样貌，在没有胡适这本书之前，该如何措手？有了这本书，又何其幸运！

关于这一点，蔡元培先生在序言中已经讲得非常清楚。他说这部书有四个特长，一是证明的方法，二是扼要的手段，三是平等的眼光，四是系统的研究。用我们今天的话，所谓证明的方法，实则就是分析的手段，或者说是实证的手段，这恰是胡适学习西方哲学得来的看家本领。所谓扼要的手段，是指胡适讲哲学史，居然从老子讲起，把我们过去奉若神明的炎黄尧舜禹乃至周公一脉全部弃而不提，这种奥卡姆剃刀式的简约引来了一片惊叹，但蔡先生对此是肯定的。所谓平等的眼光，是指儒道墨名诸家一视同仁，不预设立场，这恐怕也是"独尊儒术"

以来的异数。倘不是民国鼎革,谅胡适也不敢。所谓系统的研究,主要是指胡适给老子以降的中国古代哲学,建立起来一个顺着历史脉络而沿革变迁的学术演进系统,也就是我们今天所谓"知识体系"。这四点,除了第二点或可商榷之外,基本上就是今天治中国哲学史的方法论基础。我们看到的多数哲学史著,仍然是走在胡适开创的道路上。

而令人惊讶的是,胡适其实从来都没有完成他计划中的这部中国哲学史,我们今天所看到的,其实只有上卷,就时代而言,仍然未出先秦。如果胡适最初的计划是由老子写到清代,那从时间而言,他只完成了最多四分之一——当然,由于轴心时代的概念,先秦的哲学,必然会占据中国哲学的半壁江山。胡适就是用着这半壁江山,奠定了他在中国哲学史研究中的"一哥"地位,套用宋代赵普的话,可谓"半部哲学史定天下"。

说到"一哥",有人会想到冯友兰,进而想到胡冯之间,几乎半个世纪的交恶。我们今天读了不少介绍民国的书,自然有人会有疑问,觉得胡适本来是谦谦君子,为什么单单容不下一个冯友兰。因为我们看到,胡适甚至说过"天下蠢人恐无出芝生右者"这样激烈批评冯友兰的话,以及调侃"他不是故意留胡子,他是舍不得花钱"等,恐怕也不是戏言。叫我看,胡冯之间,自然有无数龃龉甚至反目的理由,但令他们几乎"老死不相往来"的,恐怕还是对儒家的态度。

我们知道,胡适是主张西化的,他虽然对中华文化采取宽容的态度,甚至在实际生活中接受许多在他看来的陋习陈俗,但绝不意味着在思想层面亦作如是观，恰恰相反，他分析儒家，主基调是批判，甚至认为时至今日（一百年前），中国国力之不振，民风之颓萎，根源就是儒家，所以要"打倒孔家店"。而冯友兰虽然同样师从杜威，走了和胡适极为相似的负笈道路，但他回国以后的立论之基，是以新儒家自居的。连一部大胡子，也要刻意作出"儒学大师"之状，胡适说他舍不得刮胡子的钱，我看还是舍不得刮了以后不像大师的损失。在这一点上，两人几乎就是针锋相对的。当然，两人在一些具体的学术观点上，比如胡适认为春秋老子，冯友兰认为战国老子；胡适要疑古，而冯友兰要释古等也有分歧，但最根本的还是尊儒与反儒之别。经过一百年的沉淀，争论仍在继续，胡冯两人各有代理人继续论战，这场公案，仍然没有定论。

从荐书的角度，倘读者诸君对中国古代哲学史情有独钟，需要先从一本书读起，我以为还是胡适这本《中国哲学史大纲》比较好。这就是说，求真与求善，倘要有个次序，应该是求真在前。因为爱上不懂的东西，比不爱还危险。我的意思是，读中国哲学史，预先假定自己是个儒家，不是求学问应有的态度。

84. "我思故我在",还是"我思故思在"?

读《谈谈方法》

书　　名：	谈谈方法
作　　者：	[法]笛卡尔（René Descartes）
译　　者：	王太庆
出版机构：	商务印书馆
出版时间：	2000年11月

今天想谈谈笛卡尔的《谈谈方法》。作为一部世界级的哲学名著，这本书似乎比其他哲学家的著作，当然也包括笛卡尔本人的其他著作更不著名。我很早就读过笛卡尔，但是更多的还是把目光锁定在笛卡尔的《第一哲学启示录》《哲学原理》《论灵魂的激情》上，总觉得那才是笛卡尔最重要的著作。而《谈谈方法》，我一开始甚至都不知道笛卡尔有这样一部书。后来知道了《谈谈方法》是笛卡尔的哲学处女作，似乎也没有太重视。

今天看来，笛卡尔这本书，确实是非常重要的一本书。我们小的时候就知道一个叫做笛卡尔的数学家，是可以和牛顿、莱布尼兹比肩的大师，我们也都熟悉笛卡尔坐标系的知识，直到今天，在处理两个维度的分析问题时，这个数学工具仍然十分有价值。我们当时不知道的是，笛卡尔也是一个伟大的哲学家，如果把哲学开辟出新的境界作为基本标准来衡量哲学家的历史贡献，那恐怕笛卡尔可以位列前三——因为他几乎是凭着一己之力将哲学从中世纪神学形而上学的泥沼中拉出来，走上了理性主义的康庄大道。其实，笛卡尔在分析数学问题和哲学问题时，使用的都是同一个思想利器，那就是理性。而笛卡尔的理性主义，阐述最朴实、最充分、最透彻的著作就是这本《谈谈方法》。事实上，笛卡尔的历史贡献，也就是他推动哲学实现"认识论转向"的功绩，在这本书中已经表露无遗。今天所谓"出道即巅峰"，笛卡尔就是最好的例证。

  在这本书中，笛卡尔阐述自己是如何运用理性来寻求真理的方法与路径。对今天科学主义时代的人而言，笛卡尔的这些分析与论证没有什么令人惊异之处，但在笛卡尔生活的时代，哲学的大厦仍然被神学形而上学充斥，从方法论看，这种哲学研究的方法与古希腊哲学一脉相承，其基本的假定（尽管未必明确指出）就是，哲学研究的对象尽管纷繁复杂，但研究哲学的主体却如上帝一样"全知"。哲学家是世界冷静的旁观者，只要他们对某个领域感兴趣，就一定能够找到真理之所在，无可怀疑。之所以我们不能穷尽真理，或者是上帝未及启发，我们要继续等待"天启"，或者是世界过于复杂，假以时日我们会知道更多直到穷尽知识。而到了笛卡尔，他出其不意地开始思考和研究"我们到底能知道什么"或者说"什么样的真理才是确定无疑的"这样的问题，此言一出，笛卡尔顿时像安徒生童话中那个冒冒失失的孩子，只用一嗓子就让所有的人尴尬无比，因为，经过笛卡尔的审视，原来我们没有一个真理是确定无疑的，只要稍加判断就会发现，我们赖以思考和研究的那些前提都没有确凿的论证。在笛卡尔眼里，整个哲学世界突然就崩塌了。

幸好，笛卡尔有了一个令人欣慰的成果，他发现，尽管我们自认为确定无疑的现有知识其实都不能自证为真，但有一个事实却是确定无疑的，那就是，"我"在思考，或者说，有一个"思考着的我"是确定无疑的。这样，重建经笛卡尔的怀疑论冲击而崩塌的哲学大厦就有了一个可靠的支点，这就是"我思故我在"。由于笛卡尔通过对"我思"的确认，从而确认了"我"的存在。当"我"被确认的时候，哲学就可以"从我做起"，重新启程。这一旅程，在哲学史上被称为"认识论转向"。

从古希腊哲学开始，西方哲学一直在构筑一幢巍峨壮丽的形而上学大厦。看上去，这幢大厦已经被历代哲学家们建造得无比坚固，但经过笛卡尔轻轻一拨，大厦居然就土崩瓦解了。从笛卡尔开始哲学新的认识论大厦被此后历代哲学家重新建造，甚至更加壮丽无比，但到了维特根斯坦开始怀疑"语言"本身的可靠性时，哲学又面临了新的危机。当然，危机往往意味着危，也蕴藏着机。维特根斯坦之后，哲学又取得了新的发展。此后，人们甚至在猜测哲学的下一次"危""机"在哪里，在我看来，也许就在以矛盾律、同一律、排中律为逻辑起点的形式逻辑变革上——当我们谈理性的时候，分析的基础就必然是形式逻辑，但形式逻辑是否能涵盖世界的全部，值得思考，也值得期待。无论如何，哲学不仅因世界的发展而发展，甚至在引领着世界发展，这一点，我们是看得越来越清楚了。

笛卡尔平白翔实地探讨了这一问题。他的书，比绝大多数近现代哲学家都写得浅显易懂，在阅读的过程中，会有一种奇异而生动的流畅感，让你随着他慢慢行走，慢慢倾听，或者，有时候也像冬夜的火炉旁，倾听一位睿智的老者慢慢地谈话，让你迷醉在那种氤氲美好的气氛中（其实笛卡尔这一年才 41 岁）。即使当做那种阐述哲理的美文来读，也完全是可以的。

当然，笛卡尔的"我思故我在"并非无懈可击。按照他的逻辑，一切论述所能证明的，仅仅能证明的是"我思故思在"，并不能证明"思"的背后一定有一个思考的主体"我"。而如果"我"不能获得证明，笛卡尔的理论就有致命问题。但笛卡尔的意义在于"拉开大门"，而不仅仅在于"找到宝石"。逻辑的缺陷，并不能抹杀他的历史地位。

85. 我们何曾现代？
读《刘擎西方现代思想讲义》

书　　名：刘擎西方现代思想讲义
作　　者：刘　擎
出版机构：新星出版社
出版时间：2021年1月

关于"现代"源于何时，中外有不同的说法。西方的思想家通常把1914年定为现代的起点，那是第一次世界大战的爆发年。当然也有说1870年和1945年的，前者是德意志统一，后者是二战胜利。在中国，是把中华人民共和国成立的1949年作为现代的起点。从这个意义上，我们自然已经随着时代的巨轮，昂首驶入现代，毋庸置疑。

但问题在于，现代的价值，不能仅仅用时间的概念来标定，如同食品的价值，不能仅仅以保质期来标定一样。我们看契诃夫的《套中人》，那位可怜的"守法良民"别里科夫，就是身子进了现代，思想却留在过去的；鲁迅先生笔下的孔乙己，情况也颇类似。由此可见，辨析"我们是否进入现代"的问题，不仅要看我们活在哪个年代，也要看我们心中具有什么样的认知。这正是我读《刘擎西方现代思想讲义》的一些感悟。

刘擎这本书，实际上是一本讲义。这几年，把讲义汇总编辑成书出版，是一件很时髦的事。就我最近所见，刘瑜教授的新书《可能性的艺术》，鲍鹏山先生的一大部分著作，以及央视《百家讲坛》后续出的很多本书，都是这么写成的。我猜想刘擎也如此。还有一个背景是疫情期间，聚集不易，遂有大量时间在线上开课，大家都行动不便，但在互联网上是自由的，自然听者云集。讲得好的，很快就能成了流量的明星。再把流量转换为纸质书，效果也定然不差。我是先买到了图书看，才知道刘擎有过线上的讲座的。即使未曾听课，读书仍然具有相当的收益。对于我们这些现代哲学的粗识者，这甚至是更好的途径。

刘擎之知名，不仅因为他研究现代哲学，而且因为他的哲学研究方式也颇为"现代"。几年前，有一个相当奇特的电视节目，叫做《奇葩说》，一时成为吸睛之王。令人感到意外的是，身为哲学家的刘擎居然出现其中，成为其中一期的导师。他面对的话题是"下班后的工作消息要不要回"。显然这是一个彻头彻尾的现代性问题，因为无论是问题本身，还是由于技术进步带来的下班后还能收到工作信息的可能性，都是前现代乃至古代不会存在的问题。刘擎的观点极为鲜明，他说"这个世界，应该让那些不好的选择消失"，又说"人是一个作为目的的存在，而不仅仅是任何发展的工具"。这当然令人赞叹。同时在节目中，刘擎也显示了自己把高深哲学观点转化为平实语言的能力，获得了一大波观众的好评。

与普通娱乐节目不同，这个节目直面现代都市生活的种种困境，呈现出一种"带着泪水的笑"的特殊效果，颇能打动在城市中困惑而挣扎的"屌丝"群体。尽管我是看了刘擎的书，才又去网上找到《奇葩说》的节目视频看的，但还是很受触动，尤其是对刘擎的印象颇为倾慕——毕竟，直面都市中人的困境，这正是一个人文主义者该有的立场，也是现代哲学的重要主题，那就是，一切现代性都必须源于一个主题——让人成为人。

《刘擎西方现代思想讲义》，正是以阐述"让人成为人"这一时代主题而展开的。我们都知道，直到19世纪末期，由于"理性"和"进步"带来的摧枯拉朽式的社会变革和技术普及，人类普遍存在着一种普遍性的乐观气氛，然而，20世纪以来，由于两次世界大战带来的惊人毁灭，西方思想家普遍感受到了理性的局限性甚至困境。因而，一种把过去曾经奉为圭臬的理性作为审视甚至审判对象的哲学潮流，或者说探索理性的困境进而探索现代社会人的困境的哲学思潮就成了20世纪的主流。这正是刘擎书名中"现代西方思想"的含义。

在书中，刘擎选取了19位现代哲学家，从人的困境和现代社会的困境两个理路展开评介，为我们呈现出一种西方现代哲学的全景。这19位哲学家分别是韦伯、尼采、弗洛伊德、萨特、鲍曼、阿伦特、波普尔、哈耶克、伯林、马尔库塞、罗尔斯、诺齐克、德沃金、桑德尔、沃尔泽、泰勒、哈贝马斯、福山和亨廷顿，分别来自英国、德国、法国、美国等欧美重要国家。从学术领悟看，除了传统意义上的哲学家，更多的是进入现代以来不断分化而成的社会学、心理学、政治学、思想史方面独具一格的大家。

这本书以比较通俗的语言介绍了这 19 位大师的学术成就及其社会影响，同时，作者也带着我们重回这些大师做出重要思想成就时所面对的困境——人的困境乃至社会的困境，从而带着我们进行了一场思想的旅行，从中体会，他们的学说是如何穿越现代性问题，帮助我们清醒地认识时代乃至我们自身。

　　毫无疑问，这是一趟艰难而又充满意义的旅行。等你随着刘擎走过这段旅程，或许奔涌在脑海中的思想会凝成截然相反的两句话，一句是：我们何必现代？另一句则是：我们何曾现代？

　　你觉得哪一句更有些道理呢？

86. 经典的原来和后来

读《中国经典十种（修订本）》

书　　名：中国经典十种（修订本）
作　　者：葛兆光
出版机构：商务印书馆
出版时间：2022 年 9 月

我幼时受姥爷的影响，读过一些四书五经之类。但那时的大气候，对所谓"国学"是持否定态度的，所以即使读，多半既不自觉，也不全面。等大学毕业，国学慢慢成了香饽饽。我自命读书人，自然不能免俗地将各种所谓国学原典通读了一遍，由于精力投入不足的缘故，其中多有夹生饭。不过，成年后酷爱历史，对学习国学的效果，是一定程度上增加了古典哲学认知的纵深感。后来赶鸭子上架，居然办过国学的讲座。

在我读国学的各类著作中，有一本小书反而非常重要，那就是葛兆光先生的《中国经典十种（修订本）》。这本书是我在北京的豆瓣书店淘到的，这个位于成府路的门面不足 30 平米的小书店一直是我心中的圣地，不仅打折出售各类优秀的人文社科读物，而且店面优雅有致，非常吸引像我这样酷爱书籍却箧赀不丰的读书人。

我一直很崇拜葛兆光先生，除了这本书，还读过他的《中国思想史》和《宅兹中国》。淘到这本《中国经典十种（修订本）》的时候，我其实是把它作为一个名家推荐的书单来使用，内心的想法就是按照葛兆光先生的推荐，将这十种经典著作逐一读过，庶几可以解自身国学养成不足之弊。这本著作的最后也列了作者的参考书目，在我看来，那正是阅读某一种经典的必读之书。几年过来，除了《南华经》，其他的均已通读，细察内心，对国学云云，确实多了几分底气。

　　我猜想，这本书和我以往推荐过的若干讲义类著作一样，大约也是葛兆光先生在复旦大学为本科生或者硕士研究生讲述中国古典哲学的讲义。但较之有些口语化极强的本子，这部书却更书面和正式。与其说他试图讲述经典的内容，不如说，他提供我们在研读之前须要解决的认知，也就是说，不是"经典讲什么"，而是"经典是什么"。比如，假如有人说到"经"，便有意无意地把它等同"经典"，而提起"中国经典"，就急急忙忙把它转换成"儒家经典"。带着这样的习惯性谬误，我们就很难正确地认知经典的意义。再比如，有人谈到《周易》，总是把它视为一本博大精深的哲学原典，而忽略它最初只是一本卜筮之书的前提。诸如此类，都需要我们对经典本身进行前提性思考，从而带着一个理性和清醒的认知去阅读和理解，否则，就不止于"差之毫厘，谬之千里"，而且是"缘木求鱼，南辕北辙"了。

　　对此，葛兆光先生自己讲：

我对经典的看法很简单，第一，经典在中国是和我们的文化传统紧紧相随的巨大影子，你以为扔开了它，其实在社会风俗、日常行事和口耳相传里面，它总会"借尸还魂"；第二，历史上的经典只是一个巨大的资源库，你不打开它，资源不会为你所用，而今天的社会现实和生活环境，是刺激经典知识是否以及如何再生和重建的背景，经典中的什么资源被重新发掘出来，很大程度取决于"背景"召唤什么样的"历史记忆"；第三，经典在今天，是需要重新"解释"的，不大可能纯之又纯、原汁原味，以为我们今天可以重新扪摸圣贤之心，可以隔千载而不走样，那是"原教旨"的想象；第四，只有经过解释和引申，"旧经典"才能成为在今天我们的生活世界中继续起作用的，呈现出与其他民族不同风格的"新经典"。

对待经典，这是我们首先必须有的态度。显然，如果有人欲将中国经典的学习作为一件事来做，或者有人陷入浩如烟海的经典之中不能自拔，读一读葛兆光先生的这本书，具有路标般的意义。这就是说我们看到了经典的"后来"，其实该了解一下经典的"原来"或者"本来"。

87. 接受并安住于无常

读《佛陀说》

书　　名：佛陀说
作　　者：[英] 琼·邓肯·奥利弗（Joan Duncan Oliver）
译　　者：邱匀
出版机构：商务印书馆
出版时间：2013 年 3 月

在我少年时代的记忆中，"无常"是个带有消极乃至悲观意义的词汇——我相信许多人直到今天依然如是。这并不奇怪。这个词尽管字面意思仅仅是"未来难以预测"的意思，但通常在使用的时候，都含有一种否定此在甚至否定人生的意味。如果一个人本来好好的，但遭遇恶疾或者灾祸而去世，我们就会感慨"命运无常"。如果时代发生"高岸为谷，深谷为陵"那样的变迁，我们也会感慨"世事无常"。甚至在中国的道教中，阎罗殿索命的小鬼就叫"黑无常""白无常"。无常如此不堪，一定有人感到奇怪，何以本文的标题是"接受并安住于无常"。

"无常"的概念，来自佛学，其本来的含义，是指"世间山河大地及一切有为之法，迁流无暂停，终将变异，皆悉无常"。《金刚经》那个著名的偈语，所谓"一切有为法，如梦幻泡影，如露亦如电，应作如是观"，说的就是无常。据说，苏东坡的第三任妻子王朝云临终之时，便口诵这段偈语，因而走得安详。看得出，悲观之余，"无常"也该有些另外的意涵，让人在变迁不定的世事间，多一分定力。毕竟，有了无常才有了变化，所谓无常，不正是"物质是运动的"的另一个表述？

佛陀之说，源于南亚次大陆北端的古印度，就其原初的形态看，颇似一种关于世界与人生的哲学，并不能简单地视为宗教。如同老子之道被用来演说张陵之道，道家籍此成了道教一样，后世的佛学渐渐以神通开道，以崇拜为务，以仪轨为要，忘了所谓无上正等正觉要靠自身修为而得的原教旨，每每以神灵自命，脱离了最初的教义，终于就成了今日之佛教。读佛陀的传记，听他最初的言说，都能感受辩证法哲学的魅力，即便有所神化与玄异，也毕竟是科学尚未昌明的古代之自然而然——即便号称唯物主义哲学的古希腊以泰勒斯为首的米利都三杰，也毕竟认为是"万物有灵"的，唯物得并不彻底。

这就是我读奥利弗的这本小册子《佛陀说》所得的少许感悟。这本书的难得之处，在于其作者是一个基督教世界成长起来、生活在美国的英国女性，她自觉体认一种迥异于其成长环境与氛围的东方哲学，产生了这本书中那种颇为深刻和透彻的感悟，令人印象深刻。

在这部篇幅不长的小册子中，奥利弗以颇为唯美的笔触，倾情书写了佛陀的一生。如同一万个读者便有一万个哈姆雷特一样，奥利弗笔下的印度迦毗罗卫城王子乔达摩·悉达多，也是奥利弗心中充满灵性和觉悟之感的"这一个"，不仅具有深刻的智慧启迪，也在其坐卧行走、阐发佛理和交往众生的过程中显现高度的情感力量。就其具体而言，这正是西方人奥利弗的东方哲学体悟，一点玄思，一点新奇，以及彷徨中的若干希望与宁静，都构成了奥利弗内心深深的向往和崇敬。而就其整体而言，这正是欧洲遭遇"上帝死了"的信仰危机和理性迷失之后，哲学家们将目光投向东方而产生的一种集体的转身，不止于奥利弗，连叔本华、雅斯贝尔斯这样的大师级人物，也都对东方的佛学产生了深厚的兴趣和整体的接纳。从哲学的历史来看，对于叔本华们而言，这几乎是一个拯救的时刻。

奥利弗显然也深刻体味了这种拯救的感觉。从她在书的后半部分的陈述来看，她洞彻般地将全部的佛学知识整理为十三个类型，然后从人生的高度和体悟的角度逐一介绍了其微言大义。从陈述的体例和语气来看，这不像一本学者的阐述之书，而更像是一个初识奥义的童生，以虔诚的态度写下的哲学学习心得。难得的是，奥利佛的体悟，恰恰剥去了后世笼罩于佛教之中的诸多迷雾与迷思，而更多地从人生哲学的层面，回归到最初佛陀鹿野苑悟道、"初转法轮"的时刻。那是哲学大于宗教的时刻，也是理性多于信仰的时刻。

今天，那些感染了奥利弗的一切，同样也能感染我们。令我辈清醒地看待缘起缘灭，接受并安住于无常，诸恶莫作，众善奉行，自净其意，做个好人。

88. 道可道也，非恒道也

读《老子注译及评介》

书　　名：老子注译及评介
作　　者：陈鼓应
出版机构：中华书局
出版时间：2009 年 2 月

陈鼓应先生这本《老子注译及评介》，是研究老子的名著。研究道家而不读陈鼓应，就不能说是入了门。我是大学毕业后才第一次认真读老子，当时看的，似乎是某个出版社出的所谓仿古书，仿线装但横排简体，有注有译，蓝色封皮上"[春秋]老子著"的字样很扎眼，但居然读完了，且引发了对老子哲学的兴趣。后来再读，发现老子一书，几乎每个出版社都出，版本多得令人绝望。我看了一些，有些印象的，有楼宇烈先生的《老子道德经注》，林语堂先生的《老子的智慧》，李零先生的《人往低处走：〈老子〉天下第一》，止庵先生的《老子演义》，王蒙先生的《老子十八讲》，等等，还有一两个版本，想不起来了。不过，对我今日探讨老子其人和道德经其书产生最大影响的，还是李零先生和陈鼓应先生的两本著作。前者的洞见，让我对《史记·老子韩非子列传》中记述的"三个老子"的缘由，有了一个基本的判断；后者则翔实的集解和深刻的分析，让我在理解《道德经》的过程中深化了认知。这里谈陈鼓应教授的这本书，基本上是读书过程中的批注。

一

《史记》里讲老子是"楚苦县曲仁里人也"，其实带来很多疑问。如果老子存世是在春秋时期，则苦县当时是陈国之邑，何以司马迁不说老子是陈国人？如果是因为陈国后来灭于楚而称老子是楚国人，那么，楚后来灭于秦，按照同样的逻辑，该说老子是秦朝人？这当然荒唐。这里边透露出一个信息，老子也有可能是战国人。当然，《史记》里记载了孔子拜访老子，则当说明老子和孔子至少同期，因而应该是春秋末期之人。如此推论，或许存在两个老子。一个是开启了《老子》一书写作的那一个老子，春秋人，一个是把今本老子整理成书的另一个老子。前一个老子写了今本的一部分，后人不断模仿而增窜，后一个老子把原有的部分和这些增窜的部分汇集一起，编为道经和德经两部分，成了与我们今天看到非常近似的一个版本。这样，或许更符合历史事实。

二

人皆言老子姓李。但春秋以前，并无李姓，所以，即使"李耳"之说有道理，李也当是氏，而不是姓。汉代以降，贵族体制破裂，世间姓氏不分，古代的氏，后来也都以姓名之，姓氏遂成一个词汇，连司马迁也搞不清楚姓氏之别，居然有"姓李氏"这样似是而非的说法。陈鼓应先生认为老子姓老，李零先生也有此见。但如果不熟悉古代姓氏之别，就会以为他们认识是一样的，其实不然。李零先生说老子姓老，是认为老本身是一个古姓（似乎与姥姥的姥同源，也写作姥，如同子姓写作好，任姓写作妊一样，都要带个女字边），下面分出许多氏来，老子是老姓而李氏。陈鼓应先生认为老子姓老，是认为"老"和"李"古音同，或许是由李氏转来。如此，他其实认为老子是"老氏"。我能辨别两位大师之不同，但限于学养，不能分辨孰是孰非。进一步可以说的是，如果陈鼓应先生之"老氏"是对的，或许可以猜测老子是妫姓，因为陈国是舜帝后人所居，本是妫姓之国。因而，老子或者是老姓李氏，或者是妫姓老氏（李氏），各有道理，在下不能辨别。凭直觉，更加同意妫姓老氏。因为老子成为老子，则老当是氏，因为春秋时称尊贵之人一般是氏加上子，比如孔子就是孔氏加子，如果是姓加子，孔子实姓子，那就该叫他子子。这好像有些奇怪。我甚至猜测，"子"字之所以成了世人之尊称，也许就是从商朝姓子衍生而来，在商朝，牛人都是子姓，久之，"子"就成了牛人的称呼。子爵，或许也是出自此。

三

梁启超是老子战国论者。他提出的观点，一是《老子》里有"万乘之国"，春秋当无之，二是"取天下"之说也不符合春秋史实。陈鼓应先生反对梁启超的说法，认为《论语》里有"千乘之国，摄乎大国之间，加之以师旅，因之以饥馑。由也为之，比及三年，可使有勇，且知方也"的句子，他推理到，"千乘之国"

为大国所"摄",因而春秋有"万乘之国"很正常。但需要指出的是,陈先生是强词夺理,一来春秋没有万乘之国,是史实所载,即使子路说有,也是豪言壮语,当不得真。二来细察此句,也看不出子路所言"千乘之国"是小国的意思,此处所谓摄乎其间的"大国",也可能是两个同样的千乘之国。当然,陈鼓应先生说"取天下"是"治理天下"而不是"夺取天下",这是对的。但由此来阐明老子是春秋或者战国人,论据似有不足。

四

陈鼓应先生认为老子所言"古之善为道者,非以明民,将以愚之",其中的"愚"是真朴的意思,多少有些牵强。民本真朴,倘愚为真朴,那就不必"将以",本来就是。显然,与"明民"相对,不该是"真朴",当仍是"无知"之意。但在老子那里,令"民"(在春秋战国的语境中,民是低于人的"下等人"或者"劳力者")无知,是否具有政治道德的缺陷? 我看不一定。对比孔子,甚至君子也不应该显得太有知,孔子眼里的君子,标准是"刚毅木讷",其中"木讷",就有愚的意思,可见"愚"在儒家,也不是贬义,孔子甚至称赞一个人"愚不可及",简直把"愚"当成了上等的品质。后世望文生义,愚不可及才成了贬义。这也说明,以今人之观念评判古人的道德观,不合适就粉饰一番,未必合适。

五

面对道的概念,最基本的追问是道是主观的还是客观的,凡是认为道是主观的，通常就把老子认定为"唯心主义者"，凡是认为道是客观的，通常就把老子认定为"唯物主义者"。这个问题仁者见仁，智者见智，很难找到标准答案，因为核心的问题，是很难确切地知道"道"的准确含义。武汉大学郭齐勇教授把"道"概括为本源、规律和境界三个意涵，分别涉及形而上学、认识论和伦理学，却似乎不好因此判定道是否具有"客观实在性"。陈鼓应教授认为，理解老子的本意，道一定是个无形的东西。因为如果道有形，则其当是存在于特殊时空中的具体之物，而我们都知道，存在于特殊时空的具体之物，一定具有一个特征那就是"变化"，但按照老子的意见，道是永恒而从不变化的存在，因而才是无形的。如此说，道实际上是一个纯粹主观的东西，我们即使说它具有"客观实在性"，仅仅是因为它先验地被老子设定为"客观实在"。也就是说，道是演绎而来，而非归纳所得。从这个意义上，认为老子是唯物主义者的人可能没注意，老子关于道的"客观实在性"，实际上是个演绎而来的假说。

六

道是无穷大的。因为道"有物混成，先天地生"，既然天地都是由道而生，天地无穷大，道自然无穷大。从逻辑上讲，无限大的事物不可能是运动的，因为任何运动相对于无穷大，实际上都是零。老子说，道独立而不改，就是说它的非运动性。但老子又说，"道周行而不殆"，也就是说，道本身又是一直在运动中的。可以说，道是既运动而又不动的。这个矛盾，不是老子描述道的性质出现了矛盾，而是道的概念本身就内涵着矛盾。也可以说，道的规定性就是它的矛盾性。"天下万物生于有，生于无"，不是矛盾吗？其实，寻求"一"以统摄"多"，这是形而上学的使命。"一"就是无，"多"就是有。"道生一，一生二，二生三，三生万物"，就是一个矛盾的逻辑表述。

七

亚里士多德认为万物的创生有"四因"，即目的因、动力因、质料因和形式因。以此模型来理解道家哲学，道自然是目的因，道"周行不殆"和"独立不改"的矛盾，是动力因，由道而生出的"无"和"有"，无是形式因，有是质料因。有此四因，世界就诞生了。有人把有和无的对立，也就是由"一"生发的"二"理解成阴阳，我觉得不对，因为阴阳是归纳而来的概念，即先有世界后有阴阳。阴阳不是万物之因，而是万物之状。还有人把"二"理解成天地，就更加离谱。合理的解释是，因道（目的因）产生能量（即"一"，动力因），由此动力催发，形成有（质料）和无（形式），相互合成形成"三"，也就是天地万物。

八

"执古之道，以御今之有。能知古始，是为道纪"。陈鼓应先生将道纪训为道的规律，李零先生则训为线索。对此，民间哲学家熊逸有一些意见，他认为道纪是"道的线头"，也即"本源之道，最初之道"。我颇认同熊逸先生。说来，道无始无终，自然没有所谓线头，但人体认道，总得有个思考的框架。古人说易经中"三易"之"简易"，就是框架，也就是线头。读《道德经》知，人体认道，不能靠逻辑严密的思维，而要靠一种混沌不明的心理状态，老子怕我们不明白，用了一大堆词汇，包括渊、湛、玄、夷、希、微、豫、犹、焕、敦、旷、混等，都是描述这种状态的，都是"线头"。其实最大的线头，是"德"。我们看不见道，能看见"德"，道是本体，德是应用，循德而溯道，道不言自明。孔子说："天何言哉？四时行焉，百物生焉。天何言哉！"就是这个道理。

九

天下所有的学问，最难之处是找到既合乎经验观察，又能承载理性思辨的理论预设。老子的道，就是这样的一个理论预设。其实，我们平时所用的概念，如祖宗、宇宙、直线、星空、东方，都是这样的理论预设。由于这种理论预设的脆弱性和不确定性，老子的逻辑论述，多以类比思维展开。传说中，他说柔弱胜刚强，是因为人老了以后，刚强的牙都掉光了，柔软的舌头还在。但很多时候，人能咬断自己或者别人舌头，却从未听说舌头敲掉了牙齿。辜鸿铭说一个男人可以娶四个老婆，因为一个茶壶，可以配四个茶盅，但辜老先生也应该告诉我们，为啥不能女人是茶壶而男人是茶盅，如果那样，是否该女人"娶"四个丈夫？所以，遇到类比思维，一定要处处小心，状态上的关联是不够的，我们应当希望有性质上、逻辑上和因果上的关联。在这个问题上，老子即便是大师，也不能尽如人意。这一点，陈鼓应先生的论述非常精彩。

十

这篇文章的题目，叫做"道可道也，非恒道也"。这个句子，与我们通常看到的版本"道可道，非常道"有所不同。这并非我引文不慎，或者自作主张，而是因为马王堆帛本里，"常"皆作"恒"。一个显而易见的解读，就是马王堆帛本，是汉代的版本，汉文帝名刘恒，所以出于避讳，古籍凡作恒的地方，都要改成常。我们容易想到的是，马王堆帛本之前，现在通行本作"常"的地方，都是恒字。而且可以推论，老子当初写出这一段文字中，也一定是恒字。不仅《老子》著作里如此，连横亘在冀西北一带的恒山，也给改成了常山（现在山西的恒山，是很晚以后才命名的）。我们说"常山赵子龙"，这是东汉末期，倘赵子龙早生400年，那就该是"恒山赵子龙"。

当然，赵子龙英雄盖世，不是拜恒或常所赐。但"道可道也，非恒道也"改成"道可道，非常道"，意义还是有所不同的。毕竟，在一字一义的古汉语中，恒是永远，常是经常，无论如何是不一样的。"名可名也，非恒名也"，也是如此。读古代汉语多有因避讳而导致的文意变化，这是比较著名的一个例子。

陈鼓应先生本来知道这个改变的缘由和结果，但注疏全书，并未采用马王堆帛本，而依旧使用今本。李零先生在《人往低处走：〈老子〉天下第一》中，采用了马王堆帛本。我赞成后者。

十一

卡尔·波普有哲学上的"三个世界"理论，在他看来，第一世界是客观实在世界，第二世界是精神思维世界，第三世界是语言文化世界。三个世界之间的关系，构成哲学上的认识论领域。所谓"道可道也，非恒道也"，是第一世界和第二世界的关系问题；"名可名也，非恒名也"是第二世界和第三世界的关系问题。

十二

"无，名天地之始，有，名万物之母"。陈鼓应先生认为，"无"和"有"是对称共生的范畴，非先非后，共生共存。《道德经》今本中有"天下万物生于有，有生于无"的说法，简本和郭店本皆作"天下万物生于有，生于无"，当以古本为是。"有"和"无"是与天地共存的一件事、两种观察。一个杯子，就其空间是"无"，就其材料是"有"。汽车能开着跑，技术是"无"，材料是"有"。两者合起来，才是道。

十三

李泽厚先生在《美的历程》中介绍，山顶洞人经常将一些小骨器磨得光滑，刻成专门形状，佩戴在身上；或是给死去之人的尸身周围撒红色的石粉，他们这样做的时候，也许会引起一种特殊的愉悦，也就是美感，就是这一瞬间，美诞生了；与此同时，那些不加装饰的骨器，就带给人另一种感受，叫做"恶"（丑）。因而，"天下皆知美之为美，斯恶已"，美丑同源同生。对照"无，名天地之始，有，名天地之母"我们就明白，前者是说宇宙之生成，某一刻生成，之前有因，但未发，故曰无，没有时间和空间。而有，大约可以理解成名（概念）的生成。地上全是石头，但在人发明出"石头"这个词汇的时候，才有了"石头"。因而，"有"是万物之母。

十四

老子推崇"不尚贤"。这个"贤"，解为贤才，不通。从字形看，上面左边是臣，意思是顺从的眼光，低头恭顺的样子，右边是一只干活的手，下面一个"贝"，自然象征财富。统起来看，最初的"贤"，是顺从、能干而有钱的人，并非如后世所谓"贤良"。不尚贤，还是不要重视钱财的意思，而不是不追求品行端正。后面"不贵难得之货"，也是这个意思。

十五

"天地不仁，以万物为刍狗"。从万物有灵的古代精神世界演化而来，能意识到天地无所谓仁，是天才的思想。荀子在《天论》中，其中有"天道有常，不以尧存，不以桀亡"，也是这个意思。犹太民族自命为"选民"，其实"天地不仁"，哪里有"选"的主体？言天地不仁，已然消除了神圣性存在。

十六

"谷神不死,是谓玄牝。"陈鼓应先生之解,颇为委婉含蓄,但似乎未得要旨。查查字典,牝之原义就是女性生殖器,玄牝是幽深的产道。人由产道而生,寓意万物生生不息。老子是陈国人,陈在楚之北,素有女性崇拜的习俗。老子生长于陈地,耳濡目染,依然有此观念。以女性生殖来比喻道之体用,是地方文化特色在老子哲学体系中的应用。

十七

老子言"天地不仁",又言"天地不自生",后一句,不免还是将天地拟人化了。其实,天地无所谓自生不自生,所谓"不自生",是人的尺度。古希腊哲学家普罗泰戈拉说"人是万物的尺度",正是此意。按照这样的理解,圣人参天地之化育,所以具备天地的品格。所谓"从其身""外其身",其实就是"不自生"——当然程度差一点,都是这个理。

十八

老子对水有一种深刻的好感,他说"上善若水",实际上是一种由经验生发的智慧。显然,不是所有人都能立即明白,何以水有如此品德,需要我们学习,因而老子解释说:"水善利万物而不争,处众人之所恶,故几于道。"这是说了水的两个优点:一是有用("善利万物"),二是谦虚("处众人之所恶")。接着,又进一步说了水的七个"善",即"居善地,心善渊,与善仁,言善信,政善治,动善时",阐述了水的七种"德"。善字前面的七个字,看词意,都当是动词,虽然"心善渊"很怪。这"七德"颇有启发性,但我疑心这并非春秋老子的原创,而是窜入的后人发挥。佛家有三藏,经藏多是原典,律藏则各半,而论藏则是后人的发挥。中国的原典叫经,发挥的部分叫传。我猜想,"七德"就类似"论藏"或者"传",是后人学老子做的作业。

十九

老子言"功遂身退,天之道也",强调事功,但功成就要身退;而庄子不同,他否定事功,始终不进,也就无所谓退。老庄之别,正在于此。

当然,关于"身退",有不同的理解。既可以是辞官不做,也可以是躲在暗处,把功劳让给别人,也就是王真所言:"身退者,非谓必使其避位而去也,但欲其功成而不有之耳。"在我看来,最正确的解读,是居功不自傲,不贪天功为己功。

二十

"载营魄抱一,能无离乎?专气致柔,能如婴儿乎?涤除玄览,能无疵乎?安民治国,能无为乎?天门开合,能为雌乎?明白四达,能无知乎?"一口气六个问题,仿佛屈原的天问。陈鼓应先生认为次序排错了。在我看,或许老子没问那么多,是后人给填了些。

营魄即魂魄，但魂与魄也不同。古人认为，魂是阳气，构成人的思维才智；魄是阴气，构成人的感觉形体（也有人说魂阴而魄阳）。魂魄协调一致，就是"营魄抱一"。如果以现代哲学而论，就是人的客观实在世界和思维观念世界是否具有统一性的问题。玄览就是玄鉴。

鉴通"鑑"，就是铜镜。但玄览抽象许多，就是像照镜子一样，体察自己内心幽深的心理活动。在后来的佛学中，叫做"内观"。涤除玄览，不是消灭思维，而是清除杂念。

天门更复杂些，书中诸多注家，都言天门是感官，我觉得不确。天门当是一种特殊的感觉能力，不依赖于人的感官，在今天，叫做"顿悟思维"或者"第六感"。此门一开，人就不学而悟。能悟到什么呢？无非是大道浩荡，人反而渺小，所以要守雌，别太自以为是。

二十一

老子贵无，基本的意思就是"当其无，有器之用"，似乎仍在亚里士多德所言之质料方面。古希腊巴门尼德认为世界的物质塞得满满的，毫无缝隙，因而运动是不会发生的。老子虽然不知道巴门尼德是谁，但显然为运动的产生提供了哲学的基础，那就是"无"，质料和质料之间的空间，恰恰是变化的渊薮，运动的源头。有人把老子的无和佛家的空相提并论，但在我看，最简单的意义上，此处老子的"无"是指向空间的，这个空间正好有"器之用"，而佛家的"空"是指向时间的，成住坏空，依次变化，往复轮回。

当然，老子也说"无，名万物之母"，这个"无"就厉害了，既包括时间，又包括空间。

王安石解"无"之所以为天下用，认为有"礼乐刑政"的存在。王安石不知道的是，有礼乐刑政，社会依旧盗匪横生，加上文化滋养，局面才为之一变。此类文化，过去的观念还是要由圣人来作为，所谓"圣人出，布德政以化育万民"，仔细想想，这是靠不住的。更多的道德教化，源自于人之自制自律自觉，从老子的角度，几近于"无"，而恰恰是这个"无"，与"有"相互配合，完善了治理，匡正了风气。这是"当其无，有治之用"。

二十二

西方哲学家谈哲学的品质，有四大特征，一曰爱智，二曰反思，三曰致极，四曰超越。老子哲学，就有极强的"致极性"。你看他谈"夷"，谈"希"，谈"微"，都是对极限状态的探究——这是老子对道的概念，做了一个无限逼近式的描绘，诱导人以内观或者说"玄览"，深入地感悟道的存在及其状态。道是一种理性的存在，单靠感觉是不能把握的。陈鼓应先生认为"道是一种超验的存在"，正是这个意思。

二十三

老子生存的地域，虽属北方，但已经是今天河南南部，气候不是十分寒冷，冬天大河结冰，冻得也不结实。因而，老子说：豫兮若冬涉川——过河要战战兢兢。如果是我的老家大同那里，冬天河流湖泊都冻得结结实实，涉川非常容易。读老子，结合地理，非常重要。

二十四

"太上，不知有之"。最好的治理，是不知道有治理者存在，听起来有些怪，仔细一想，不得不佩服老子智慧。陈鼓应先生解读说："老子理想中的政治情境，一是统治者具有诚朴信实的素养，二是政府只是服务人民的工具，三是政治权力丝毫不得逼临于人民的身上"。这怕是已经把自己要说的现代政治理念，强加给老子了，虽说不走样，但老子之"无为"政治，对应"小国寡民"，不至于这么复杂。"不知有之"，我们小时候背诵也是"不知有之"，但也有的版本作"下知有之"。一字之差，意思不尽相同。"下知有之"，指百姓虽知道有政府存在，但不远不近，不知畏惧，也不会讨好；而"不知有之"，连知也不知道，程度就更甚——其实总还是知道的，说不知道，是一种强调，差别主要是在程度上。这是讲统治术，可以用足球比赛来譬喻，最好的裁判，是看了一场比赛没意识到裁判的存在，这就是"太上"。如果整场看下来，只记得裁判，红黄牌满天飞，比赛支离破碎，这就是"信不足焉"。

这个道理也可以说明为什么市场经济优于计划经济。市场的各个行为主体，按照自己的本意生产、销售、消费，绝大多数情况下，可以自洽自足，不需要外力干预，这就是"太上"。当然，由于市场失灵等问题存在——有经济学家不认可"市场失灵"，我们可以理解为市场竞争的结果显失公平，这种情况下，也需要有一个政府当"守夜人"，提供市场不能自动提供的"公共品"。但这个守夜人，需要"贵言"（不错说话），需要"信"（诚信），该出手时才出手，而不要事事出手，胡乱折腾。其实这就是市场经济的道理。

二十五

老子反仁义，不是仁义不好，而是仁义须自然而来，不能为仁义而仁义。假如世上真的满是仁义，人们反而感觉不到仁义。"去芷兰之室，久而不闻其香；去鲍鱼之肆，久而不闻其臭"，正是这个道理。显然，标榜仁义，必是仁义稀缺；呼唤孝慈，必是孝慈罕有；忠臣遍地，必是国家有难。老子的话，似乎对仁义、孝慈、忠臣都大有不敬，实际上，处处在理。如同今天的人，锻炼身体的少，熬汤吃药的多，满大街都是药店和诊所，难道这就是健康？自然之道，要循其本源，察其常理，才能见微知著，从根本处入手。

二十六

老子说"绝学无忧"，不好理解。所谓绝学，可以有两个理解的路径，一是把学问抛弃，二是研究到极致。对应上下文，前者可能更靠谱。因为老子后面讲的一系列道理，在他看来，都不复杂。也就是说，抛弃掉你那些复杂的所谓学问吧，依靠我们的天性，难道还不能分辨"唯"（下对上的语气）"阿"（上对下的语气)？即使分不清，只要从众，别人害怕的，我也害怕，就可以"无忧"。这是对人君说的。

二十七

在没有语言乃至文字的情况下，人类依据形象进行思考。同类形象渐成共相（这是借用柏拉图的理论），这就是象。

二十八

道家哲学之高迈在于它创设或者建构了一个无以伦比的宏大背景。在这一背景下，一切对象都呈现出我们孤立观察所不同的风貌和意义。地上有个水坑，在一般的审视之下，仅仅是个低洼之地，需绕道而行或者铲土填上。而在道的宏大背景下，某日风雨来临，则空洞的水坑，就成了丰盈的湖泊。

二十九

老子的道是否超越时间和空间，这需要有所辨析。从第一章看，道自然是超时空的。后面，有"有物混成，先天地生"。比天地生，自然超时空。超时空，便超验。所以，不能问道是什么，只能看道带来了什么。

如此，"道法自然"也不是道"效法"自然，而是道的特征是自然。

三十

老子言"袭明"。袭是"因"的意思,所以,"袭明"就是"因明"联想起印度古代的知识体系,有"五明"之道,曰工巧明,建筑学;曰医方明,医药学;曰声明,语言学;曰因明,逻辑学;曰内明,解脱之学。我疑心翻译佛经的时候,参考了老子,遂有"因明"之用。

人有逻辑,也就有了触类旁通、举一反三之能,所以老子说"故善人者不善人之师;不善人者,善人之资"。原来,一个不够智慧的人,也能以其教训帮助到智者。我的一个朋友说过,"人不须吃一堑长一智",因为可以"吃别人的堑,长自己的智",大约就是"善人之资"吧。

三十一

老子反战,虽然话不多,但意涵清晰,态度明确。兵法上围城必阙,是战术层面上的,目的在于防止敌人困兽之斗,反令我军被动。但老子讲发动战争"有果而已","其事好还",是战略层面上的,不是利益算计之果,而德行使然,其实根本就是反战。香港电影有句台词,"出来混总是要还的",也是这个意思,不是不报,时候未到。

三十二

直到今天,中国人仍奉行"左为上"。君主坐朝堂,要面南背北，自然左东右西，在大自然中，日出之东，当然贵于日落之西。穿衣要"右衽"，实际上就是左边压右边，也就是"左为上"。反之，北方游牧民族多是"披发左衽"，以右为上。孔老夫子说："微管仲，吾其披发左衽矣"，正是此意。"君子居则贵左，用兵则贵右"，"吉事尚左，凶事尚右"，都用这种强烈的礼制倾向，表达了对战争的反对。

老子的这种反战、慎战、有限战争理念，与孙子非常相似。孙子是否受过老子的影响？或许，更可能是"英雄所见略同"。

三十三

阳光雨露，空气流水，不嫌贫不爱富，"天地不仁"，这就是天道。天会刻意为之吗？天法道，但无心。惟其无心，我们就很难认识它，惟恍惟惚，是很微小的存在，但这个小，不是空间的小，而是人的认识能力的小。人要认识，就需要有名。按照老子的观念，名既是一种进步，也是一种限定。倘生活中有一物，如石头，可以用来打击野兽，我们叫它"石斧"的时候，它就获得了新的意义，这就是"始制有名"。但同时它也失却了其他可能性，比如成为一个孩子的玩具，被孩子称作"弱鸡"或者别的什么。

三十四

在老子的语汇里，"明"是高于"智"的能力。把古语翻译成现代汉语，一般把"智"译成"智慧"，把"明"译成"聪明"，但这就有问题了。因为在现代汉语的语境中，聪明显然低于智慧。我觉得，类似这样，不译为好。

三十五

"执大象，天下往"。把大象简单地理解为大道，不能说是错的。但细细究之，大道与大象，还是有所不同。大道是本体，不依赖于任何外物而存，而大象是人的感觉，是依赖于人类的感知器官而生成的。但这种感知，不是"眼耳鼻舌身意"所触发的"色想受行识法"，而是一种靠理性思维生成的抽象认知，叫做大象。普通的象是看得见的，但大象却只在头脑之中。

三十六

中国古代哲学和一切古老民族的哲学一样，都有一个阶段，要求人清心寡欲，弃绝诱惑。而近世以来的西方哲学，从人本立场和自由权利的确立，建立了一种新的观念，消除了物质利益和精神追求之间的对立，努力使之协调于内心。这种观念，看上去更符合人性。现在，东西方的两种面向，仍在对峙之中。它不仅发生在东方和西方，也发生在世界的每一个角落，它是内在冲突。老子意欲"执大象"以"安平太"，是一种答案。

三十七

"将欲歙之，必固张之。将欲弱之，必固强之。将欲废之，必固兴之。将欲夺之，必固与之。"我第一次看到这样的句子，简直惊呆了。慢慢体会，大概可以从两个角度理解，一是传统的，即将文意视为一种智术，欲消灭对手，先吹捧他，然后乘他骄傲，一鼓而荡平之。二是后来的，将文意视为一种以道为根基的规律，如同黑格尔辩证法的正题反题合题，既强调"一切存在的，都是合理的"，也强调"一切存在的，都是必然消亡的"，从而更体现一种理性而深沉的观察。我更倾向于后者。

三十八

人的思欲但存于世间，观日出日落，苍山瀚海，松涛云雾，雨雪风霜，内心不免冲动，亦必然有消解内心冲动的自觉，这就是"吾将镇之以无名之朴"吧？老子控制人的欲念，是以这样回归自然的方式。犹太教《旧约》中记载的以色列人，背弃誓言，放纵欲望，信奉异端，上帝一怒之下，接着就毁灭了众生——只留下虔敬的诺亚一家。这种处理方式，与老子的道，截然不同。

三十九

"上德不德，是以有德；下德不失德，是以无德。"这句话不好懂，为何"不德"反而"有德"，"不失德"反而"无德"？但这其实多半仍是文字表述的细微之处，不自恃有德，是真正的德；总是标榜自己"不失德"，其实多半反而"无德"。预设各种规范的"先知""圣人"，自以为幸福的舵手，每每却是祸乱的渊薮。

四十

老子批评礼是"忠信之薄而乱之首",似乎是针对儒家。但其实儒家也有此立场。孔子说:"人而不仁,如礼何?"又说,"丧,与其易也,宁戚;礼,与其奢也,宁俭"。但老子的思考显然程度更深。如果孔子是说,不好的礼,以及不正确地理解和遵循礼就会出现问题,老子则提醒我们,礼作为一种国家制度,本身就有缺陷。显然,孔子仍是经验主义的,思考的是日常伦理,老子则深刻得多,他审视礼制本身的合理性。

四十一

大道至简。但并非至简之物,皆是大道。细察生活的实相,我们偏离大道,乃是常态,遵循大道,倒是个例外。君不见,追求健康,却大吃二喝;追求宁静,却疲于琐屑;追求友谊,却虚与委蛇,如此等等。因而,道本不难,但遵行不易。很多是非,都在实践层面。

四十二

"道生一,一生二,二生三,三生万物。"没有比老子的这一句话被人引用最多却又理解最杂的了。一个以形而上学哲学为基本方法的研究者一定会问,"一"是什么,"二"是什么,"三"又是什么?但我查了若干名家的译本,说法各异。

当然,大家都同意"道"是"一",但问题在于,如果严格地辨析"道生一",那么就可以理解出,"道"不是"一",因为一个事物不能生出他自己。但我们的直觉又告诉我们,不能这样理解,就好比基督教哲学中"圣子"是"圣父"所创,但"圣子"和"圣父"又是同一个本质一样。即便可以这样理解,那"二"又是什么?有人说是天地,有人说是阴阳,陈鼓应先生是"阴阳"论者,但问题在于,"阴阳"并非实体,而是相互对立又相互协调的两种状态,状态是描摹事物特征的,但不是事物本身。当然,陈鼓应先生所谓阴阳是指阴气和阳气,这就合理些,但他没有解释"三"又是什么,而是把"三"直接理解成万物了。高亨则根据"冲气以为和",引入了第三样事物——"和气"。这样,道生阴阳,阴阳相互激发产生和气,与阴气阳气合而为三,世间万物由此产生。这似乎很完美。但如果今本《老子》所载不讹,那么所谓的"和气"是产生在万物以后,所谓"万物负阴而抱阳,冲气以为和",以此解释,反而成了"万物生三"。

　　既然杂说纷纭,我也凑个热闹,做个形而下的解释。在我看,道自然是一,而一生出的"二",是"有"和"无",其实老子已经多次"有""无"对举,如"无,名天地之始;有,名万物之母",我们前面已经分析了老子的"无",并不是简单的没有,而是一种看不见摸不着但又实实在在的存在。有和无构成的矛盾统一体,比阴阳更具有本质性。我们由万物回溯而思考,假如现有一个陶器,其最初,一定是有一个冲动,要做一个这样的器物,那么,这个冲动(可名之为"意志"),便是来源于道,这是我们由结果反推出来的。由于道的存在,世界上便有了生成一个陶器的工艺和技术（可名之为思维），这工艺和技术看不见摸不着，但必然存在，遂名之曰"无"，同时，由于道的驱使，我们也找得到陶泥和工具，这些东西看得见摸得着，遂名之为"有"（可名之为"物质"）。有无结合，也即"思维"与"物质"结合，遂成一种行为，可名之为"实践"，即是"二生三"，如此，万物皆由此产生，这就是"三生万物"。你也可以把"思维"理解为"阴气"，把"物质"理解为"阳气"，再把"实践"理解为"和气"。

《庄子·天地》曰"泰初有无，无有无名，一之所起，有一而未形，物得以生，谓之德；未形而有分，且然无间，谓之命；留动而生物，物成生理谓之形"，大致也是这个意思。

四十三

老子看到水无孔不入，遂感叹"天下之至柔，驰骋天下之至坚"。岂止水而已？人的感情，也是这样的存在，还有艺术的魅力，女性的美貌，都看上去是"天下之至柔"，却都有强大的力量。

再展开想，无线电波，Wi-Fi信号，都可以"无有入无间"。"无有"这个词有趣，颇似佛教逻辑的"想""非想""非非想"乃至"非想非非想"，好像是说，有一种"有"，叫做"无有"。

四十四

"名与身孰亲？身与货孰多？得与亡孰病？"陈鼓应先生将"亲"译为"亲切"，我觉得不妥。译为"亲近"可能好一些，如果确实找不到符合原意的词，笨一点译作"重要"，更符合本意。

四十五

"躁胜寒，静胜热"，"躁"要当"动"讲。现代汉语的"躁"，已经没有动的意义。但现在仍有词叫"躁动"，似有古义可参。不过，即使"躁"有动的意思，恐怕也不是身体发生物理性位移，而是内在生命力勃发之动。

类似的例子，是"走马以粪"的"粪"，古义是"耕种"，让人惊掉下巴。不过，我们从中知道了，春秋战国，马也用来耕田，当是牛力之补充。这句话出自战国可能性大。因为战国时，马多半上了战场，哲人才有"走马以粪"的期望。

四十六

"为学日益，为道日损"。为学是归纳思维，涉及越多，为学的质量越高；为道是演绎思维，由杂多而精一，所以要"日损"。你看我们学平面几何，"点"的概念是没有长度和宽度，世上哪里有没有长宽的事物？只是为了研究方便，把长度、宽度这样无关大旨的性质忽略掉了，这就是"损"。其实，人类形成概念的过程就是"日损"。抓住不同具体事物所拥有的共同特征必然会"损掉"某个具体事物的其他特征，在易学中，这个叫"简易"。不断地抽象，就是"损之又损"。最后停留到的那个地方就是道。

四十七

老子虽不信天命，但他的"自然"，具有天命同等地位，以今日之语言来说，就是"偶然性"。他认为，人生来就有"命运"。命也者，人自身完全不能控制的因素也。就人的寿命而言，他认为不可控的要占三分之二，这些人，或者"生之徒"，或者"死之徒"，自己是无法控制的。所以真正要研究的，是另外仅有的三分之一，但老子遗憾地指出，这些人大多短寿，原因反而是"生生之厚"，也就是对自己的生命，太看重太注意，反而适得其反。

四十八

"故以身观身，以家观家，以乡观乡，以邦观邦，以天下观天下"。这段话则显然来自"战国老子"。在这里，"家"已经不是西周或者春秋时由卿大夫领衔的"家族"之家，而是由家族分化而成的单位较小、更接近今日之家的"小家庭"，位居其上的，不是诸侯国，而是类似今日之乡村的"乡"。这种"天下—邦—乡—家—人"的社会构成，与春秋时"天下—邦—家—乡—人"的构成不同，是战国的特点。显然，春秋之"家"，是"家族"，而战国之"家"是"家庭"。可惜陈鼓应先生没太搞清楚这两者之别，他甚至批评《大学》里的"八条目"，说"由修身到齐家之后，便由齐家迅速地推广到治国"，殊不知，国当然不是今日之国，家也自然不是今日之家。

四十九

老子承认有鬼神存在，但否定神的作用。这说明，到春秋，人文精神已经成为诸子百家多数的共识，墨子有《明鬼》，承认有鬼神，但亦认为不可过分估量；孔子也干脆"存而不论"，或者"祭神如神在"。

五十

老子尚愚，是有感而发。因为他看到，世界本来太平，不幸被一些"智巧"与"诈伪"之人，搞得乌烟瘴气。苏格拉底反对智者派，其实有些同样的时代背景和心理动因。不过，因此把"愚"作为普遍性的价值那恐怕也是曲解了老子。

五十一

不敢为天下先，是道家为人所诟病的若干句子中，最受攻击的一句。显然，都不为先，则进步几稀，发展无望，而按照老子的观点，秉此德也，目的是为"万物之器长"，不敢为先，何必为长？不过，我们也须明白，所谓发展和进步，是个现代概念。古代类似的概念是征伐和扩张。在老子看来与其如此"为天下先"，为苍生计，倒不如不为天下先。

五十二

老子谈用兵，说"吾不敢为主，而为客"。在中国因此而产生的一种谋略叫做"后发制人"。而现代体育，有一种已成共识的精神，叫做"先发精神"，也就是两军对垒第一时间摆出的就是主力阵容。这样做的思路就是要先下手为强。从比赛胜负场次统计，凡先进球的一方，胜率要高出许多。所以以强示敌，力争主动，取胜把握更大。老子当然不是不懂这些，他的出发点，是"不战"。

五十三

老子说："知不知，尚矣。"不知知，病也。在我看来，品评他人，一个维度是才能如何，即"知"的程度；另一个维度是"自知"的程度，即一个人对自己是否有信心。两个维度结合，就能分出四个区间，至上者，有知而自知；其次，则是无知而自知；再次，是有知而不自知；最差的，是无知而不自知。这是寻常之见，自然也有些道理。但依照老子的观点，最高明的反而是第二等，即知不知，他称之为"尚矣"，显然，还好于"知知"，也即"有知而自知"。我猜想老子的意思，一旦一个人对自己如此自信，其实就藏下了衰败的因子，因为这样就过于"刚强了"。所谓"不知知"，正确的解读是"不知道自己无知"，一个人如此自负，不免就要高谈阔论，这差不多就是一种"病"。傲慢自大的马谡，自作聪明的杨修，口出狂言的赵括，都死于"不知知"。

五十四

天之道，不争而善胜。如此看，凡是准备与天斗争的，结果恐怕都不好。所以，智者当慎言"人定胜天"。

五十五

"人之生也柔弱，其死也刚强"。为什么？因为"草木之生也柔脆，其死也枯槁"。这种不合逻辑的类比，几乎是中国古典哲学的一大特色。虽有含糊不明之处，但因为直截了当，自然也能深入人心。但倘要求真理，还是要依靠形式逻辑。逻辑不通，行而不远。"天之道，损有余而补不足。人之道，则不然，损不足以奉有余"，也是这样的类比思维逻辑。看多了，颇有缺憾。

五十六

"天下莫柔弱于水，而攻坚强者莫之能胜"。看得出水是老子的基本意象，也就是所谓"水之德"。除了水，老子还喜欢以婴儿、女性生殖器以及山谷来说明自己的哲学，这四样事物，共同的特征是柔顺而生生不息，生命力极强。

五十七

老子秉持"以德报怨"，孔子不太同意，反问"何以报德？"孔子是主张"以直报怨"的。但到底什么是"直"，说法不一。于丹讲论语，说"直"是正直，遭到不少批评。多数人认为"直"是"以牙还牙，以眼还眼"的意思也就是"等值"。先不说分析字意，大了看，我更认同孔子，"何以报德？"斩钉截铁。

89. 中国知识分子与中国文化

读《知识分子：历史与未来》

书　　　名：知识分子：历史与未来
作　　　者：许倬云
出版机构：广西师范大学出版社
出版时间：2011年9月

这本书的主要内容，是许倬云先生在2006年访问台湾时，在母校台湾大学的演讲集。到了2011年大陆正式出版这本书的时候，已经过去了5年。而我是2013年看了这本书，看得很仔细，做了不少批注。如今又是10年过去，翻出当年阅读的版本，依然感到一种跨越时空的分量。

以往荐书，我曾推荐过许倬云先生的《西周史（增补二版）》，毫无疑问，这部划时代的历史巨著是许倬云先生迄今为止最为重要的作品。而他直面中华文明演进历程的若干论著，如《万古江河》《中国古代社会史论》等等也各有其不可忽略的价值。毕竟，这位国际知名历史学家、美国芝加哥大学博士、"中研院"院士，先后在台湾大学、美国匹兹堡大学、香港中文大学、美国夏威夷大学、美国杜克大学、香港科技大学开席设教的著名学者至今已经著作等身，单是把他所有的著作都翻看一遍，就比读一个新的学位更困难。也许读者该有的疑问是，何以这本薄薄的演讲要比那些洋洋大作值得一读？

答案就在，这是一本讨论知识分子的历史变迁和未来价值的重要著作。在书中，无论是以"历史上的知识分子及未来世界的知识分子"和"多样的现代性"所做的两个专题演讲，还是以学术著作的研讨为切入所做的"中国文化教研专题讨论"九讲课程的记录稿，都在直面一个重大课题：在"中国文化"的范畴中，知识分子作为人类精神文化的创造者和传承者，曾经有过怎样的历史传统，在现代性的宏大背景之下，应该承担怎样新的使命。

知识分子，在任何时代都是一个多少有些尴尬的群体。一方面，他们是社会的理性承载者、指引者乃至创造者，如果没有这一个以精神产品为务的特殊群体，你很难想象人类能在复杂的变迁中拥有今天的文化成果和文明景观；另一方面，知识分子又每每是一个社会倍受打击和摧残的对象，从苏格拉底到布鲁诺，从佛陀到耶稣，从孔老夫子到王阳明，从李太白到苏东坡，你很难找到一个做出杰出历史贡献的知识分子有过顺风顺水的生涯。在任何一个时代，那些拥有权力的人都试图以精神的、法律的、物质利益的或者暴力的手段控制和干预这个群体，限制言论，指定出口，分化内部，打击"异端"。

今天，有时人们会把知识分子称为"知道分子"（这是王朔贡献的一个精彩词汇），因为大家看到，知识阶层已经因知识体系愈演愈烈的专门化、权力化和利益化而变得面目全非。不仅知识本身的构成越来越碎片化和条块化，知识分子本身也从服务社会变成服务"单位"乃至个人——不仅技术层面如此，价值观层面同样如此。许倬云先生把这种世俗化、工具化乃至庸俗化了的知识分子称为"新婆罗门"，可谓入木三分。

按照许倬云先生的定义，知识分子是那些"不在具体的工具层面想问题，而是在原则与理论层面想问题的人"。从中国历史的角度看，最早的知识分子就是那些"想吃饱以外的事情"、终日"钩玄提要、通灵祈福"的男巫和女巫。从这个传统开始，许倬云先生顺着历史的脉络，勾勒了历朝历代知识分子的行为特征和思想历程。

这首先是个充满精神力量的历程。从儒家"天行健，君子以自强不息"开始，我们能记起老庄墨荀各有其表的独立风骨，以及由汉而唐"浊酒一杯家万里，燕然未勒归无计"的豪迈气质，乃至"先天下之忧而忧，后天下之乐而乐""安得广厦千万间，大庇天下寒士俱欢颜"的忧国忧民，乃至"为天地立心，为生民立命，为往圣继绝学，为万世开太平"的雄心万丈，一直到"风声雨声读书声，声声入耳；国事家事天下事，事事关心""我劝天公重抖擞，不拘一格降人才"乃至"铁肩担道义，妙手著文章"，历代杰出的知识分子总是在忧国忧民的境界里扮演冲锋者、呐喊者、校正者和殉道者的角色。许倬云先生冷峻而不乏激情地审视了历史进程中的中国知识分子，全景式地描绘了一个个变局来临时知识分子的改良与调适，抗争和努力，令人颇感热血沸腾。

同时，这也似乎是一部充满苦难、变节、屈辱乃至牺牲的历程。从战国纵横之士堕落了的雄辩，到韩非李斯同门弟子吊诡而跌宕的人生轨迹，从"罢黜百家，独尊儒术"，到手持麈尾"扪虱而谈"，热衷于清谈饮酒服药隐逸的魏晋风度，从党锢之祸，到乌台诗案，从"大道如青天，我独不得出"，到"却将万字平戎策，换得东家种树书"，从大礼议杖毙群臣的衮衮大狱，到清代文字狱的无际牵连和血腥杀戮，从康梁夭折的"戊戌变法"和谭嗣同慷慨的"我自横刀向天笑，去留肝胆两昆仑"，到闻一多悲怆的"最后一次讲演"，历代的知识分子每每以崇高出世，以悲剧离场，"出师未捷身先死，长使英雄泪满襟"。许倬云先生也直面了这一千年未改的知识阶层的命运与无奈，做出令人信服的描述与慨叹。

  最终许倬云先生将他深沉的思考凝聚于两个问题，一是知识阶层"如何转变为新新知识分子"，二是如何解决"只有专家没有知识分子"的问题。事实上，许先生在第二个演讲中谈"多样的现代性"问题的时候，专门地提出了自己的思考和认知。就知识分子如何适应现代性从而在新的时代担负新的使命的话题，这本书的课题不仅毫不过时，而且切中要害。

90. 和自己和解

读《自控力：斯坦福大学最受欢迎心理学课程》

> 书　　　名：自控力：斯坦福大学最受欢迎心理学课程
> 作　　　者：[美] 凯利·麦格尼格尔（Kelly McGonigal）
> 译　　　者：王岑卉
> 出版机构：文化发展出版社（原印刷工业出版社）
> 出版时间：2012 年 8 月

据说，古希腊德尔菲神庙的门口有一行箴言，叫做"认识你自己"。苏格拉底看了以后深受启发。我觉得，如果今天我们也要建立一座神庙，门口的箴言应该变成"管住你自己"。因为大多数人都认为，"管住自己"比"认识自己"还要难。

这本叫做《自控力：斯坦福大学最受欢迎心理学课程》的书籍就是研究如何"管住你自己"的。仅从书名看，"管住你自己"这件事就非常难，因为提高"自控力"这样的能力提升，居然被一个世界名校的学生趋之若鹜，可见在世界上最优秀的大脑那里，这件事也是不容易的。如果我们观察美国的社会，满街的大胖子几乎是一道亮丽的风景线，这其实正是"自控力"不足，或者说管不住自己的最好表征。一个人胖到离奇，不管成因几许，管不住嘴肯定是最重要的原因。所以教人如何提高自控力，从而"管住你自己"，恐怕是这个世界上最难的问题。

这本书的作者凯利·麦格尼格尔教授是斯坦福大学备受赞誉的心理学家，也是医学健康促进项目的健康教育家。她为专业人士和普通大众开设的心理学课程，包括《意志力科学》和《在压力下好好生活》，都是斯坦福大学继续教育学院非常受欢迎的课程。

但有趣的是，凯利·麦格尼格尔关于一个人提高自控力的策略，是建立在改变人们关于自控的很多看法的基础上的。也就是说，要想"管住你自己"，首先需要做的事恰恰是"认识你自己"。按照书中的说法："作为一名健康心理学家，凯利·麦格尼格尔博士的工作就是帮助人们管理压力，并在生活中做出积极的改变。多年来，通过观察学生们是如何控制选择的，她意识到，人们关于自控的很多看法实际上妨碍了我们取得成功。例如，把自控力当作一种美德，可能会让初衷良好的目标脱离正轨。"

在凯利·麦格尼格尔看来，现代社会，人不可避免地要面对各种各样的诱惑，比如来自巧克力、电子游戏、购物和已婚同事的诱惑。许多人视之为能力不足，甚至道德缺陷，常常陷入自我怀疑甚至自我否定的心理状态，从而在内心深处形成了一种令人绝望的恶性循环，越挣扎，越失败，再挣扎，再失败，许多抑郁症患者心理异常的最初阶段，就是从这种内在心理博弈开始的。而人要想在自控力上取得进步，不是要用自我否定的方式去强行规范自己，而是充分认识到意志力的局限性，从而从根本上"先原谅自己"，再逐步做出改善。对于一个人培养自控力，这是至关重要的，也是鼓舞人心的。

这本书不仅帮助我们正确地解读了自控力的来源及其意义，也提供了一整套提高我们自己注意力、情绪、胃口和行为能力的方法。这是一种循序渐进的方法，帮助你用十周左右的时间，认清自己的目标，作出自己的计划，从而"从根本上培养出强有力的自控力，不论是减肥、管理收支、减缓压力、克服拖延症、成为好家长，还是找到你的生活重心"。

　　其实，我们都清楚，管住了自己，也就管住了世界。但关键是，先和自己和解。

91. 人人都该上一次医学院

读《薄世宁医学通识讲义：一生需要上一次医学院》

书　　名：薄世宁医学通识讲义：一生需要上一次医学院
作　　者：薄世宁
出版机构：中信出版集团
出版时间：2019年10月

去年，在疫情防控封闭中，读了一本关于医学常识的著作，即薄世宁所著的《医学通识讲义：一生需要上一次医学院》，颇受了些教育。

查资料，关于作者是这样介绍的：

薄世宁，男，1974年生人，九三学社成员，北京大学临床医学博士。北京大学第三医院危重医学科副主任医师。2001年分配至北京大学第三医院危重医学科，历任住院医师、主治医师、副主任医师。成功救治大量危重病人。多年来一直致力于危重患者的救治，尤其在重症感染、感染性休克、重症感染合并多脏器功能衰竭、重症胰腺炎合并多脏器功能衰竭等危重病人的诊治和管理方面积累了丰富的经验。

薄世宁医生能写出这么一本更多涉及医学哲学而不是医学科学的著作，除了他具有相当的医学素养和人文素养外，也许危重医学这样一个天天直面"死生亦大矣"的岗位，给了他一些极为难得的感悟。

下面谈谈对这本书的感想。这本书的书名，核心共六个字，三组词，都搞明白了，这本书的内容也就清楚了。

首先是"医学"。这本来不是问题，但在薄世宁医生的语境里，这个"医学"是特指"现代医学"或者更准确的是"现代西医"的。稍微了解一点物质文明史，我们大概就知道，现代医学并非古已有之，而是起源于17世纪，创始人是英国医师威廉·哈维。哈维医生在意大利的帕多瓦大学学习的过程中，逐步产生了一种新的观念：只有深入了解了身体的结构，才能产生有效的医疗。这在今天当然是尽人皆知的常识，但在当时，却是一个不小的突破。我们都知道，在导师意大利外科医生法布雷修斯的指导下，哈维做了大量实验研究全身的血液流动，从而精确地得出了人体血液循环的结论。1628年，出版了《心脏运动与动物血液解剖学研究》，这篇论文的发表，标志着现代医学的诞生。当然，也有人把现代医学的诞生之时，确定为荷兰自然学家列文虎克发现微生物的那个时刻。无论如何，这些经典时刻标志着，相比较而言，现代医学和传统医学呈现出一种样貌和机理的质变，这就是对身体、疾病、医疗乃至医学的认知是经验论的，而非传统的唯理论的。这种从发现事实、研究事实出发的新的理论极大地改变了医学及其成果，今天较之17世纪，人类的平均预期寿命几乎扩大了一倍，现代医学的诞生是最为主要的因素。

其次是"通识"。从字面上理解，通识意味着"大家都认同的一些观念"，显然，近代以降，这样的观念就是科学。有人把科学理解为一些毋庸置疑的结论，由德高望重之人做出，高高在上，只能膜拜。其实这恰恰是科学诞生以来极力反对东西。现代科学作为一种人类认知体系，不仅把事实的实证性和理论的逻辑性作为基础，更把结论的开放性，或者说可质疑性作为灵魂，也就是说，虽然我们不能确知什么观念一定是科学的，但那些号称永远不会错误的东西一定不是。科学强调在一定规则和前提条件下的通识，而反对一切先验的知识。在《薄世宁医学通识讲义：一生需要上一次医学院》中，"通识"意味着一套关于医学的迄今可以自圆其说、互相融贯的观念体系，相对固定，但一直演化。在书中，薄世宁医生反复强调，医学的本质是戴上科学的面具，表达关怀和仁爱。不关心人的科学是傲慢，没有科学依据的关心是滥情。疾病在生命中的角色是，我们的生命注定离不开疾病，疾病是生命的一种常态，疾病与人终生相伴。所有的医疗行为只是起到了支持的作用，最终治愈疾病的，还是病人的自我修复能力。换句话说，医疗的本质是支持生命自我修复。在"通识"的意义上，我们看到，既有道德层面的通识，也有科学层面的通识（也正是五四运动中先进知识分子奉为圭臬的"德先生""赛先生"）。我们看到，虽然五四运动已经过去了一百多年，这些医学上的通识，在许多国人那里，也远远不是常识。人们对医学抱有的不恰当的攻讦或者期许，对药物的误解和滥用，对传统医学的膜拜或者误解，对健康生活方式的漠视，等等，其实都更多地来源于通识的缺乏。

在薄世宁医生的这本书中，这种通识层面上简单而重要的道理比比皆是：

- 症状不是病，不能把症状当成病来治。症状的作用可以总结成8个字：病在说话，人在防护。
- 因为危险带来的损伤无时不在，所以急性损伤靠修复，慢性和持续性损伤就只能靠代偿。
- 人和细菌的共生关系如此重要，建议：少用抗生素；别"过度干净"；多吃膳食纤维丰富的食物；少吃糖。善待和你共生的细菌。
- 人体免疫是健康的底层逻辑，大部分的疾病都与人体免疫相关。增强免疫力的三个方法：认真打疫苗；善待共生细菌；正确看待感染性疾病，尤其是不严重的感染，每一次不严重的感染性疾病，病原微生物都可以激发和锻炼人体免疫。
- 临床诊治指南，是地板而不是天花板。药物是医学解决方案的物质载体。
- 引发癌症的最大因素是年龄增大，癌症的生成机制类似于同归于尽的跑车。对待癌症的三条建议：消除致癌因素，改变生活方式；定期进行疾病检查；既然我们越来越长寿，那就接纳癌症，与它共存。

- 人与血管同寿。不健康的生活方式（吸烟、喝酒）和高血压、高血脂、糖尿病、肥胖等因素都给冠状动脉造成了压力，它们是导致冠心病的主要危险因素。
- 人生不如意之事十之八九，一个人承受的压力越大，患身心疾病的可能性就越大。对抑郁、压力等精神问题来说，锻炼永远比不锻炼好，无论选择什么样的锻炼方式。挥拍类的球类运动（如打羽毛球）和有氧体操是最能使身心受益的运动；游泳对身体有很大好处，但降低精神负担和解决精神问题的功用相对较弱，骑单车则相反。
- 老不是问题，衰才是关键。衰老的本质是自我修复能力下降，包括：基因损伤，细胞功能异常，自我修复能力下降。

就引这么多吧。如果再这样引下去，那我就不是"荐书"，而是"抄书"了。

最后，是"讲义"。近些年，许多学者创作专著的方式，就是先利用当今社会发达的自媒体，在网络上开一门课程，面对不确定听众讲述相关知识，然后再把讲义（甚至就是录音整理稿）加以增删润色而编辑成书的。我最近看的刘瑜教授的一本讲国际比较政治的讲义，刘擎教授的《西方现代思想讲义》等皆是如此。但薄世宁医生的这部书虽然以"讲义"命名，却并非如此渊源。我觉得，他把书名命名为"讲义"，只是希望借此传达一个深刻的理念，也就是"人人都该上一次医学院"。显然，这本书，就是一本医学院的基础教材。

在这样大众化的、更具启蒙意义的"医学院"中，人们着重学习的，不是医学本身，而是关于医学的通识，更着重的，不是面对疾病怎么做就是对的——这个可以交给专家，而要明白，怎么做是不对的。在这个学院里，有无数先哲可以为你授课，希波克拉底讲医生必备的职业道德，威廉·奥斯勒讲用实践来培养年轻医生的核心理念，沃纳·福斯曼讲授医学如何去探索未知领域，赛麦尔维斯讲授如何建立以"自省"为核心的医学体系自我纠错系统，伍连德讲授医生如何以肉身之躯挽救灾难中的黎民百姓，而林巧稚，一个伟大的中国人，讲授如何用人文之光，彰显医生职业光芒的故事。这些现代医学滥觞、传承、探索和实践的历程凝聚了医学真理的发现史与发展史，是人类战胜疾病的强大精神武器，但在实践层面，却远远不是共识，在一定范围内，甚至不占主导。这就使得"人人上一次医学院"成为必须和迫切的要求了。

当然，如果不能真正地到薄世宁的"通识医学院"学习，读读他的这本书，也自善莫大焉。

92. 学问皆在结合部

读《看电影，学历史》

- 书　　名：看电影，学历史
- 作　　者：蒋竹山
- 出版机构：上海人民出版社
- 出版时间：2021年3月

20世纪以来，世人渐渐有一个共识，叫作学问多在结合部。这几天读了一本叫人拍案叫绝的好书，叫作《看电影，学历史》，恰好，写的就是电影和历史的结合部。

如果你对历史普及和史学趋势感兴趣，多半对蒋竹山这个名字有点印象。在网上查他的资料，得到下面的介绍：

> 他被看作新文化史研究的重要推手，创立的新文化史网站在史学爱好者和研究者当中很有影响；他常常出现在各种历史书籍的封面和导读中，为出版社主编新史学丛书，比如"全球视野与物质文化史"系列的《植物与帝国》《设计异国格调》《奢侈与逸乐》等；他也办了很多推广新史学的活动，比如动物史、情感史、概念史、医疗史、环境史、阅读史、食物史、海洋史、全球史、历史记忆、历史人类学、博物馆历史学等，令人眼花缭乱。

看了上面的介绍就不会奇怪他何以想出来写《看电影，学历史》这样书籍的念头。在过去的学习经验中，我们更多地习惯于一种以帝王将相为主体、以时间向度为次第、以重大革命或者政治变迁为重点而编纂成的历史文本，一言以蔽之，宏大叙事的历史；而对普通人的历史，或者与器物、环境、技术乃至自然气候之类因素相关的历史，或一笔带过，或付之阙如。进入现代以来，国际视野中对这种宏大叙事的历史反动是法国年鉴学派，其代表性著作就是布罗代尔开创性的《菲利普二世时代的地中海和地中海世界》。在这部划时代的著作中，布罗代尔展示了一种与过去完全不同的历史审视方式，他把历史演进的动力分为长期、中期和短期三类因素，分别予以探讨。长期的因素包括地理空间、气候变迁、生态环境、社会组织等因素，而中期因素中最重要的就是经济与社会的互动，也即社会生产方式对社会形成的影响，短期的因素则包括各类偶然发生的政治事件。如果说短期因素的研究使得布罗代尔像过去的历史学家，中期因素使得布罗代尔像马克思主义的唯物史观，长期因素则使得布罗代尔像极了另一个伟大的历史学家——英国人汤因比。但事实上，布罗代尔真正是像他自己，因为他实际上是把三种因素结合起来考虑，使他的研究呈现出另一种意义上的"宏大叙事"，不是状写宏大之物，而是就解释历史背后的动力机制和协同机制而言，他的状写本身具有一种前所未有的宏大力量。布罗代尔开创的这一史学走向深刻地影响了20世纪全球的史学研究实践，无论是全球史的脱颖而出，还是物质文明史的大行其道，抑或如《看电影，学历史》这样观照结合部的历史,多半仍是走在布罗代尔的延长线上。

蒋竹山是以在大学里开课程的典型方式来展开他的教学与研究的。在台大,他用了近20年的时间来讲述课程"电影与社会"。他觉得,电影是人类先进文化的最新样式,许多表现特殊题材的片子,正像是一扇窗户,透过它可以引导人们领略一种直观、丰富和深刻的路径,帮助读者(或者学生)感悟和思辨历史问题,从中加深对知识的丰富认知,培养理解与分析事物的技巧。他在这本书的前言中写道:"希望读者能认识到,看待历史不应用现代的观点,而是要回溯当时的脉络,立足于当时的经验与看法,采以'神入'(即同理心,Empath)方式。"诚哉斯言。

由于这样自觉的追求,在这部篇幅不算太长的历史社会学著作中,你可以从电影《荒野猎人》了解北美的毛皮贸易、白人与原住民的关联,从电影《海洋深处》探寻人类第一个全球性产业——捕鲸业的历史,从电影《希特勒回来了》思考战后德国的历史记忆光谱,从电影《伊本·白图泰》中看横跨亚洲世界的中世纪旅行者,从电影《戴珍珠耳环的少女》看17世纪和全球化世界的黎明,从中国电影《霸王别姬》通过戏曲看近代中国等等。这是任何一个希望更加深刻地钻研世界历史和社会本质的人都无法忽略的知识获取方式。

何况,按照蒋竹山的经验,我们还可以在周末的晚上,坐在自家投影仪前面的地板上,酌一杯白葡萄酒看电影——同时也在学习历史。天下可以有这样的美事,何乐而不为呢?

93. 文人画传统的缘起与沿革

读《心画：中国文人画五百年》

书　　名：心画：中国文人画五百年
作　　者：[美] 卜寿珊（Susan Bush）
译　　者：皮佳佳
出版机构：北京大学出版社
出版时间：2017 年 11 月

我对古代绘画一直有一种盲目的热爱之情。说盲目，是因为本人既不长于画术，也不精于鉴赏，热爱完全是出于本能。而且，我的这种热爱，既不崇东，亦不尚西，仅仅是对画作本身的爱好。看卡拉瓦乔或是八大山人，或许看到风格或者技巧之别，但只要觉得好，那便一样地流连。我自度，或许我喜欢的不是画作，而是画作背后艺术史的流变。这是有佐证的，因为我读艺术类的书籍，基本锁定两类，一类是艺术史，特别是某个艺术门类的专门史，一类是艺术家的传记。"尔爱其羊，我爱其礼"，或许我自以为是喜欢艺术，其实是喜欢历史。

最近读了美国东方艺术史学者卜寿珊的一本著作，叫做《心画：中国文人画五百年》，介绍中国文人画传统的形成、流变和衰微，很有些心得。这位名字颇像中国人的艺术史研究者其实是个地道的美国人，她这种取名的方式，从汤若望、南怀仁到赛珍珠、史景迁，都含有向中国文化靠拢的初衷。卜寿珊供职于哈佛大学费正清研究中心，很年轻的时候就致力于研究中国古典绘画尤其是文人画。这本《心画》实际上就是她在自己的博士论文的基础上加工改写而成的——我以前推荐过的《金翼》也是如此。用书中的语言说，把博士论文扩写成书，这也是一个文人传统，至今依然。

我之所以读完这本书，最初的动因是翻开它才知道，作者认为中国古代文人画的鼻祖是北宋末年的苏东坡。对于艺术史知识一知半解的我来说，看到这样的观点不免喜忧参半。就喜而言，作为资深"苏粉"，凡是加强苏东坡历史地位的说法，我都很认同。就忧而言，我又敏感地觉得这个观点似乎有些不对，因为在我对中国古代艺术史粗浅的认知框架中，文人画似乎可以追溯到盛唐的王维，连苏东坡都说他"读摩诘之诗，诗中有画；观摩诘之画，画中有诗"，在我看来，"画中有诗"不正是文人画的典型特征吗？

不过，这正是卜寿珊这本书最重要的价值所在，就是它从艺术理论的范畴，或者说是从艺术哲学的范畴，还原或者说澄清了文人画的真实含义及其赖以产生的社会环境。在卜寿珊看来，文人画并不是一种具有鲜明特色的艺术风格——被公认的文人画中，存在着区别明显甚至大相径庭的绘画风格——而是某一个社会阶层，具体地讲，就是在北宋赵普的话语中，与皇帝"共治天下"的士大夫阶层，对自身与艺术相关的社会活动的一种自我标榜，目的就是和那些画艺出众但缺乏人格理想的宫廷画家划清界限。而这个"画的自觉",正是起源于北宋,而以苏东坡为开山祖师的。

书中清晰地描述,在苏东坡之后,"文人画"就作为一个旗帜鲜明的阵营登上了历史舞台,他们人数众多,风格各异,但皆以彰显自身不同于其他阶层的文化特色、身份标识、人格理想为宗旨。这一颇具"中国特色"的艺术潮流,经过南宋及元明,其内涵也不断变化发展,文人画与宫廷画之间的关系变得愈加复杂微妙。苏轼的意义正在于,自觉地发动了一场旨在标明士人阶层特殊地位的"绘画革命",然后,经过自宋以明的若干文人艺术家的呼应、附和、实践、探索和鼓吹,到明代董其昌的南宗北宗论,产生了一种余音绕梁的回响。在我看来,卜寿珊最大的意义,不在于从实践层面对已经形成优良传统、蔚为大观的文人画作出风格、水准和创作取向的艺术论辨析,而在于从一个认知深刻、合情合理的层面上,对何为"文人画"这一看上去简单明了但实际上岐说杂陈的理论问题做了深刻而独到的分析,从而从一个更为宏阔的视野里,帮助我们重新认识了中国文人画传统的文化意涵和实践路径。

顺便说一句,这本书不仅内容客观,而且装帧设计也十分典雅。"工欲善其事,必先利其器",广义理解这句话,欲善读书之事,自然也要有个好装帧。这也是我一气呵成读完这本书的原因。

94. 从裸猿开始，艺术如此不同

读《裸猿的艺术：三百万年人类艺术史》

书　　　名：裸猿的艺术：三百万年人类艺术史
作　　　者：[英] 德斯蒙德·莫里斯（Desmond morris）
译　　　者：赵成清　鲁凯
出版机构：中国友谊出版公司
出版时间：2017年1月

人类的艺术起源于何时？这是一个事关艺术史分期的技术问题。一般而言，这个问题的答案，介于三万年和八百年之间。

我看到的史著，多数把人类艺术的起源确定在旧石器时代的晚期，就是我们十分熟悉的"山顶洞人"的那个时期——李泽厚先生在《美的历程》中非常生动地描述了山顶洞人用红色的矿石粉末撒在死者尸身周围的行为，他觉得这就是艺术的萌芽；也有许多学者认为，艺术是一种文明行为，因而自觉的艺术起源应该不早于五千年。当然，欧洲也有学者认为艺术起源于文艺复兴——先别忙着嗤之以鼻，他说的艺术，是完全脱离了功利目的，仅仅为了审美需求而产生的成果，这固然极端，却并非全无道理。我个人是同意三万年说的，其中主要的观念是，不论出于宗教抑或现实功用，只要其中有审美的追求，哪怕仅仅是分毫，我们也可以认为艺术已经起源。因为，不论多么伟大的事物，其起源也多半是丑陋、渺小和混沌的。

但我刚刚看完的这本《裸猿的艺术：三百万年人类艺术史》把人类艺术的起源提早到三百万年以前，这多少有点"出人意表之外"。也许在一些专家的眼里，三万年不足以涵盖若干原始人更早些的创造物，但把艺术的起源时间扩大两个量级，仍然匪夷所思。提出这个观点的学者，既非无名之辈，亦非信口之言。恰恰相反，德斯蒙德·莫里斯是国际知名的动物学家和人类行为学家，他的作品也不是首次译介到国内。早在十多年前，我就很认真地读过他写的国际畅销书《裸猿》，也看了一部分他的另一部名著《亲密行为》。这两部书都具有世界级的影响力，顺理成章，我们似乎也可以初步地认定，即使你不同意人类的艺术起源于三百万年前这样的观点，也至少该认识到，莫里斯是事出有因的。

因而，这本名为艺术史的著作，其价值并不体现在艺术史的全过程，而更多地体现在人类艺术的起源这样一个关键的问题上。而在我看来，这既是一个科学问题，也更是一个哲学问题。

从科学问题的角度，这本书最核心的理念，在于它用扎实而长期的研究，回答了类人猿乃至人类的儿童是否表现出艺术行为的问题。在这个看上去相当复杂的问题上，莫里斯提出了一项标准——关于一个行为是否为艺术行为的标准，也就是一个主体（人或者动物）能否在其行为中表现出"视觉控制力"，从而愉悦自身。在这样一个颇有技术含量的标准被确立之后，莫里斯详尽而清晰地描述了一个叫做"刚果"的公猩猩进行"艺术创作"的全过程，从而证明了"猩猩的大脑具有遵循一系列美学法则的能力"，因为猩猩的绘画"简单的视觉规则中包含着审美的萌芽，就像儿童艺术"。直观地看，如果说公猩猩"刚果"的黑白线条画表现的仅仅是视觉控制力，那么，它的彩色绘画则令人赏心悦目——我们从许多现代派画家那里，恐怕也多获得不了什么。

而从哲学的角度，这个问题就更有深意存焉。其实，我们只要稍加思索，就会发现，关于艺术起源时期的问题，它的母问题应该是"什么是艺术"。只要我们认真地回顾哪怕是最近三百年来的艺术史，这个问题也并非清晰。随着包括行为艺术在内的现代艺术的出现，艺术的定义一再被改写，按照法国学院派画家的艺术标准，马奈、莫奈、塞尚乃至高更、梵·高的绘画就不是什么艺术；即使后来印象派被广泛地接受，你也很难在一定时期内认为毕加索、马蒂斯乃至康定斯基的绘画是艺术；即使你再一次放宽标准，也恐怕很难认同杜尚把一个小便器抱到美术馆，起名字叫"泉"这样的艺术品。当然，今天，绝大多数的艺术理论家都完全认同印象派、立体派、野兽派、抽象派乃至行为主义等艺术门类及其创作成果。显然，这不是某物是不是艺术的技术问题，而是什么是艺术这样的哲学问题。其实，艺术史起源问题，核心也是首先需要厘清什么是艺术的原则问题。

在我看来，莫里斯在《裸猿的艺术：三百万年人类艺术史》一书中，正是以其深刻的分析能力，回答了"什么是艺术"这样一个似乎司空见惯，实则意义重大的问题。就这个问题，莫里斯提出了八条标准，摘引如下：

第一是夸张法则。在展示中夸大和变形时有出现。

第二是纯化法则。色彩和形状因为更加纯粹而得以强调。

第三是组合法则。展示按特定的方式进行编排，从而呈现出平衡。

第四是多样性法则。一场展示不能太简单，也不能太复杂。它处在多样性法则里最适宜的阶段。

第五是精致法则。不同展示单元之间的间隔由此变得更加清晰。

第六是主题变换法则。一旦一个特定的展示模式被创造出来，那么它就有各种不同的表现形式。

第七是尚新法则。幽默需要新奇——所谓的"新玩具"原理，这就要求已被确定的传统必须常常被放弃，为新趋势让路。

第八是语境法则。展示所创造的时间和地点都是细心选择出来的，并且经过了精心的准备。

显然，这正是莫里斯关于何为艺术的答案。这自然是一个宽泛而普遍性极强的答案，而正因为这种宽泛和普遍性，艺术才变得更加丰富多彩，方兴未艾。

95. 艺术背后的女性

读《艺术，背后的故事》

> 书　　　名：艺术，背后的故事
> 作　　　者：方秀云
> 出版机构：生活·读书·新知三联书店
> 出版时间：2016年4月

前不久，我在公众号晓春荐书里推荐了巫鸿教授的《中国绘画中的"女性空间"》一书，引发了很多朋友的关注。今天，我准备推荐的这本方秀云的《艺术，背后的故事》，也是关于女性与艺术这个主题的著作。就我的公众号荐书的丰富性而言，有朋友不吝赞美：先东后西，由东而西，东张西望，自是有别样的趣味。

而就这部书本身而言，其实揭示的是西方艺术中"女性艺术"这样一个颇为重大的主题。从我浅陋的知识看，女性题材或者风格的艺术，在西方，要比东方比重更大，因而此类艺术品无论从数量乃至影响力，都是一个不应被轻视的重要存在。方秀云女士由此入手来写一本旨在普及和阐发的作品，是难得的慧眼使然。

这是我第一次读方秀云的作品。读之前查了查资料，介绍她出生在台湾，生活在英国，对于西方的绘画艺术，自然拥有国际化的艺术视野，对当代艺术也有着深刻的理解，是活跃在当代艺术最前沿的资深艺术评论家。除了这本《艺术，背后的故事》之外，她的著作尚有《欲望毕加索》《高更的原始之梦》《解读高更艺术的奥秘》《拥抱文生·梵谷（高）》《艺术家和他们的女人》《艺术家的自画像》《爱，就这样发生了》《以光年之速，你来》等十多本，基本都是对深刻而复杂的艺术家及其作品进行通俗化解读的路子，有人称她为"女版蒋勋"，虽然她自己未必愿意，但大致就是这个方向。

如前所述，方秀云的这本书，主题是"女性艺术"，但需要进一步解析的是，"女性艺术"这个说法，其实可以有多个面向，既可以是"女性创作的艺术"，也可以是"女性特征的艺术"，还可以是"表现女性的艺术"，甚至可以是"女性生活的艺术"，等等。而这本书，毫无例外全部呈现的是"表现女性的艺术"，或者说，就是以女性为表现对象的 25 幅绘画作品，具体点，是不同的艺术家——男性的或者女性的，对从文艺复兴到 20 世纪的 25 位性格各异、身份悬殊的女子进行刻画，从而表现出一种女性特有的令人心动的"美"的作品。

在柏拉图的哲学中，面对"马"这样的概念，哲学家启发我们要注意生活中的马、艺术品中的马和概念中的马的区别。而这一重要的认识，对我们欣赏方秀云的画作也是有意义的。一般而言，介绍绘画作品的作家通常会把欣赏者的注意力引向作品中的对象去观察、研究和体味，从而把握作家以什么样的手法和心情，画出了这个作品。而方秀云在本书中却与众不同，她着重观察的，是作为绘画对象的那个女子在现实生活中的地位、情态和喜怒哀乐，换言之，她的人生，以什么样的方式度过，何以如此？事实上，方秀云关注的不是艺术，而是艺术背后的人生，不是绘画作品，而是在作品中，那个楚楚动人的女子所扮演的人生角色，不是色彩，而是故事。与其说方秀云在做艺术学的研究，毋宁说，她是一个真正意义上的社会学家。

到了这个时候，我才理解了为什么方秀云不把书名定为《艺术，女性的故事》，而定名为《艺术，背后的故事》。因为以这样的方式看艺术，背后又岂止一位女士？

96. 那个感动了鲁迅和梵·高的艺术家

读《十字军东征图集》

书　　　名：十字军东征图集
作　　　者：[法] 陀莱（Gustave Doré）绘
译　　　者：梁　展
出版机构：大象出版社
出版时间：2001 年 8 月

这本书写于 150 年多前，中文版出版于 90 多年前。我看到的版本，是大象出版社 20 多年前的再版。当然，根据我对大象出版社的了解，这本书必然保留了原作初版时的美学风貌，甚至看"陀莱"这样一个作者名字的译法也能知道。今天，这个名字是译作"多雷"的。

看这本书，最初是源于对鲁迅先生的崇拜。大家都知道，鲁迅先生一生酷爱美术，尤其对版画情有独钟。早在 1907 年，他在日本东京编辑《新生》杂志时，就选了一幅美术作品作为封面，书里边也配了好几张美术插图——这在今天看来是稀松平常，当时却是极大的创意。

1928 年，鲁迅先生创办朝花社时，着意将国外优秀版画作品介绍到中国。其实，版画本来是源于中国的——我们的活字印刷未必多靠谱，但雕版印刷还是领先全球的，所谓版画，形式上看，无非是把雕版文字变成画，中国很早就有了。当然，版画的灵魂还是创作，这事是欧洲人先鼓捣出来的。鲁迅大约是在日本接触到了欧洲的版画艺术，大为欣赏。回国后，鲁迅先生殚精竭虑，一力推动了中国版画运动的兴起，被誉为"中国新兴版画之父"。他自己也是版画收藏大家，据说藏品多达4000余幅。1991年，国内还设置了一个"鲁迅版画奖"，是中央政府关于版画的最高奖。

这本以版画为主要表现手段的《十字军东征图集》，也是鲁迅最早介绍到国内的。据说，鲁迅是"陀莱"的崇拜者，经常通宵达旦地读陀莱的画作，欣赏有加。他也收藏了不少陀莱的画作，以及由陀莱配封面和插图的各种古典名著。我猜想，鲁迅之所以在90多年前竭力推动这本书的翻译和出版，主要目的还是推广陀莱的画作，而不是传播十字军东征的历史。我们看鲁迅的著作，对各类版画家津津乐道，但很少提过十字军东征。

这就该说说"陀莱"这个著名的画家了。我读这本书的时候，看里边一幅幅插图，越看越觉得似曾相识，因为风格太接近于我收藏了好几本的由19世纪法国版画家、雕刻家古斯塔夫·多雷绘制插图的中文版书籍了。查了查，果然，这个陀莱，就是多雷，只是民国和今天不同的译法而已。为了更容易被今天的读者理解，我下面就称他为"古斯塔夫·多雷"了。

古斯塔夫·多雷，1832年出生于法国的斯特拉斯堡，不仅是19世纪法国著名版画家、雕刻家和插图作家，也是直到今天遍观全世界，论作品数量之多，风格之独特，影响力之广远，恐怕也找不到一个比他还著名的版画家。古斯塔夫·多雷自幼喜爱绘画，5岁就完成了平生的第一幅画作，此后乐此不疲，潜心练习，少年即有善画之令名。最初，他的作品多是幽默画，但一个特殊的契机使他蜚声法国乃至欧洲。1853年，仅仅21岁的古斯塔夫·多雷受邀为拉伯雷的小说画插图，获得了始料未及的成功。

我们都知道，弗朗索瓦·拉伯雷（1494—1553）是文艺复兴时期法国著名的人文主义作家，也是一个杰出的教育思想家。他的主要著作是长篇小说《巨人传》，写巨人国王高康大一家神奇的故事，其中多有讽刺教会荒淫无耻的笔墨。《巨人传》在拉伯雷的时代是禁书，到了多雷的时代，却几乎是人人必读的经典。古斯塔夫·多雷创造性地用一种黑白两色的铜版画为小说配图，作品充实饱满、层次分明、质感强烈，无论是宏大的场面还是细部的勾勒，都能引起读者强烈的兴趣。一时间，古斯塔夫·多雷成了图书票房的保证，书商趋之若鹜，用今天的话说，古斯塔夫·多雷是"一出手即巅峰"。

此后，古斯塔夫·多雷被出版商邀请为多部世界名著作画，成为欧洲闻名的插画家。就今日之所见，他为《圣经》乃至为巴尔扎克、但丁、弥尔顿、塞万提斯等伟大作家的26部文学作品配了插图，其中有小说、诗歌、寓言、传奇、战争纪事和游记，与此同时，多雷还在报刊上发表讽刺漫画、油画、水彩作品等。多雷是个高产画家，他只活了51岁，不算很长，但一共制作了4000多种版本、10万多幅金属版和木版插图画，每年亲手创作的画作有将近300余幅，除去假期，几乎是天天有新作。他所领导的创作室，在19世纪后半叶几乎左右了整个欧洲的插图版画工业。

但是，各位千万不要以为多雷仅仅是量产的高手，他的作品，直到今天都饱含着深厚的艺术感染力。据说，就是他的版画，慰藉了病中的梵·高，激发其创作欲望，使他在法国南部小镇阿尔勒绘制了近千幅作品。而且，多雷的影响力不仅在当时，后世的版画制作也受其影响颇深，甚至现代的电脑彩绘中也能看到多雷风格的影子。就连20世纪的电影大师格里菲、塞西尔·德米尔等都从多雷梦幻般的壮观特征中汲取灵感，拍摄出恢宏的电影画面。

多雷（陀莱）绘制的十字军东征图册，是他多部历史题材作品中十分重要的一部。显然，对于一个欧洲人，十字军东征的历史，具有永恒的重要意义。通常，欧洲人将这场战争理解为中世纪的一场规模宏大的解放性质的战争，其目的，是将巴勒斯坦地区从异教徒的手里解放出来。这种历史观在教会的演绎之下，十字军东征的意义被一步步放大，最终，成了教会号召人们对抗各方面的异端邪说，以及与教会的敌人斗争的思想武器。

尽管今天看来，这样的思想不免愚昧，但在多雷的时代，十字军东征仍然是需要用喷薄艺术激情加以表现的重要题材，散发着永恒魅力。多雷自然也不例外，在这种十字军精神感召之下，他充满激情地完成了这部由一百多幅图画连缀而成的十字军东征历史，对十字军东征这一历史事件的意义、起因、经过、影响和价值做了详尽而直观说明。今天我们阅读这部著作，不仅可以欣赏多雷精湛的版画技艺，也能对十字军东征这一重要历史事件一窥全貌。

对我们而言，这些感动了鲁迅和梵·高的伟大作品继续感动着我们，实在是一件美好到无以复加的事情。

97. 众人何以受到召唤

读《敦煌的光彩：常书鸿、池田大作对谈录》

> 书　　名：敦煌的光彩：常书鸿、池田大作对谈录
> 作　　者：常书鸿
> 出版机构：湖南文艺出版社
> 出版时间：2022 年 6 月

近年来，写敦煌的书多如牛毛，这本《敦煌的光彩：常书鸿、池田大作对谈录》似乎并未引起足够的关注。我查了查，这是一本老书了，1991 年就由中国社会科学出版社出版，薄薄的一个小册子，当时只卖 4.25 元。后来的 2011 年，又由人民日报出版社出版，我看的即是这个版本。而近些年，天地出版社和湖南文艺出版社又分别于 2021 年和 2022 年出版了这本书，其中湖南文艺版的封面上还印着"常沙娜亲定图文典藏版"的标识。常沙娜是常书鸿的女儿，也是相当著名的艺术家，因而，这个版本看上去更权威。

这本书是一部对谈录，由常书鸿先生和池田大作先生起讫于敦煌又不止于敦煌的若干次对话，以及两人多年的书信往来整理而成。常书鸿先生是美术家，池田大作先生是佛学家，而敦煌恰恰是佛教美术的杰作。由他们两人来讨论敦煌，可谓天作之合。

我猜想，这场对话一定是池田大作先生发起的。作为一个志在文化传播的学者，池田先生和无数各个领域的专家学者乃至政治家对谈过，仅我所见翻译成中文的出版物，就包括了与戈尔巴乔夫、基辛格、汤因比、王蒙、季羡林、章开沅、金庸、饶宗颐、高占祥以及若干印度、俄罗斯等哲学家和作家的对谈录。我读过其中的几本，对那些未曾阅读的也充满了期待——就从"最短的距离"切入一个事物的核心，或者一个人的内心世界而言，没有比面对面的谈话更有效果的。

这本《敦煌的光彩——常书鸿、池田大作对谈录》共分五章，谈话的切入点自然是敦煌艺术。应该说，从 20 世纪初敦煌艺术的价值被斯坦因、伯希和等一批西方探险家发现并宣扬到西方以来，"敦煌遗宝"（这是我仿照"阿姆河遗宝"生造的一个词）已经成为一个世界性的话题，全世界无数的艺术家、考古学家、历史学家、佛学家争相从四面八方赶赴敦煌，围绕着自己感兴趣的领域展开深入研究和探索，产生了令人叹为观止的研究成果。另一方面，各种冒险家、掮客、野心家、江洋大盗也从四面八方蜂拥而至，对敦煌的所谓"藏经洞"虎视眈眈，垂涎三尺。

从某种意义上，敦煌比任何一种中华文明都更多地占有了世界的眼光，对敦煌的考古发现也极大地完善乃至改变了我们对中华古典文化的整体认知。直到今天，敦煌也是全球文化和艺术研究的热点。

就敦煌本身而论，常书鸿先生和池田先生的话题既生动又深刻。他们谈儿时艺术理想初萌之时的趣事，谈到自己非常独特而又"自然而然"的人生抉择，从而把话题引申到了共同向往的莫高窟。为了让池田大作更好地理解敦煌文化，常书鸿先生特意用浅显易懂而又风趣的语言介绍了石窟的由来、消逝和重新发现，甚至介绍了他们在研究保护石窟艺术时如何编号，如何从壁画中观察古人的生活细节，还谈到尺寸最大的飞天和最小的飞天。如此，读者仿佛隔着帷幕坐在两位大师对谈室隔壁，恍如偷窥般逼近大师"聊天室"的现场，亲身感受两位大师的远见卓识和人生智慧。其中不乏两位学者对于自身人生经历的回顾和对理想志趣的探讨，读者亦可从中感受到两位学者于艰难困苦中对理想信念的坚守和令人钦佩的社会责任感。

按照池田大作先生与其他人对谈的一般规律，尽管在每次对谈中都大量地涉及某一领域内的专业知识，但总体上看，话题还是要不断地向更广泛和纵深的主题延伸。在他与常书鸿先生这一番围绕敦煌的对谈中，他们先是把话题延伸到了东方艺术，这自然就包括了作为敦煌艺术母体的印度艺术，具体而言，特别地回顾了犍陀罗艺术的孕育、发展、成熟和流布，特别是向中国的传播，同时，也回顾了中华艺术又如何向朝鲜半岛、日本岛的传播。在此基础上，话题渐次丰富起来，至少延伸到了中外艺术史、文化遗产保护、东方文明、世界和平等更深远的主题，期间，洞见频频，卓识不断，让我们不仅对敦煌艺术的前世今生有了清晰的认知，也对以敦煌艺术为重要代表的佛教艺术心生向往。

前几年，我曾经读过一本以敦煌为主题的图文并茂的著作，书名叫做《众人受到召唤》，也许改天可以谈谈。如果说我们从这本书中读到的是"众人受到召唤"从四面八方赶赴敦煌的历程,那么,这本《敦煌的光彩》就是在回答,"众人为什么受到了召唤"。

98. 卢浮宫的另一种打开方法
读《卢浮宫不容错过的 300 件典藏精品》

书　　名：卢浮宫不容错过的 300 件典藏精品
作　　者：[法] 弗雷德里克·莫尔万（Frédéric Morvan）
出版机构：卢浮宫出版社
出版时间：2006 年 2 月

我前几年出国访问的时候曾经去过一次卢浮宫。很多人形容一个旅游目的地的好，喜欢说某地是"一生必去一次的地方"。如果这个句式成立，那应该说"卢浮宫是一生该去十次的地方"。甚至可以说，如果把我关到卢浮宫里头整整一年，只要有饭吃，我也会义无反顾地前往。

事实上，对于我们自己，一生去一次卢浮宫，已属幸运无比。多次重去乃至住一年，自然是空想。我当时去参观的时候，做了一件正确无比的事，就是在卢浮宫内的商店里，买了一本他们自己编写的图书，叫做《卢浮宫不容错过的 300 件典藏精品》。回来以后，时时翻看，对我来说，这就是卢浮宫的另一种打开方式。

我们都知道，卢浮宫是世界上最伟大的博物馆之一，藏品超过三十万件，多数都珍稀无比，价值连城。即使有机会全部看一遍，每天观赏十件，也需要穷尽一个人的一生。因而有选择地看一些重点中的重点，宝藏中的宝藏，就显得十分重要。这本书的价值，正在于它是卢浮宫的管理者自己编写的，从博物馆浩如烟海的藏品中选出来300件"非看不可的精品"，逐一配图并作简明介绍，使读者能在不长的时间内，总览从一万年前直至16世纪中叶的各种代表性艺术品，从一定意义上，是上了一堂非凡的艺术史课程。

在这本书中，还配有整个博物馆的彩图，让游客可以方便地找到要去的地方。同时，这本书还提供了对包括东方古代艺术品展馆、埃及古代艺术品展馆、希腊艺术品展馆、伊特鲁里亚以及罗马古代的艺术品展馆、非洲艺术品展馆、美洲和大洋洲艺术品展馆以及伊斯兰艺术品展馆的导览性介绍，使读者对博物馆的藏品呈现的艺术潮流和时代价值有更加深入的了解。当然，这本书也提供了对博物馆历史变迁的介绍，应该说，卢浮宫从皇帝的寝宫，最终演变成代表一个国家最高成就的艺术宫殿，本身就是一部十分精彩的历史。这样看，这本书介绍的展品应该是301件，因为博物馆本身，其实也是一个非常重要的艺术品。

多少有些遗憾的是，这本书在孔夫子旧书网上的价格，已经非常便宜，原价12欧元，换算成人民币差不多要100元，但现在网站里居然只卖几块钱。这多少反映出，国人对艺术类的书籍比较冷淡，在我看来，这不是一个好的现象。从提高一个人的修养来看，去博物馆是个捷径。如果博物馆去不了，看看介绍博物馆的图书，也还算差强人意吧。

99. 艺术即自由

读《艺术：让人成为人——人文学通识（第 11 版）》

书　　名：艺术：让人成为人——人文学通识（第 11 版）
作　　者：[美] 理查德·加纳罗（Richard P. Janaro）　特尔玛·阿特休勒（Thelma C. Altshuler）
译　　者：郭　峰　张　萌
出版机构：北京大学出版社
出版时间：2023 年 5 月

我读这本书是七八年前的事情了。当时，我读的是这本书的第 10 版，刚才查了查图书网站，看到这本书已经出了第 11 版。这并不让人感到意外，许多好书就是这样生生不息地自我更新，如果你看到一本书居然出现了"最终版"，那应该是一件令人悲哀的事情，即使不是作者仙逝，也至少是他已经老得不能再修正了。

我当年读这本书的时候，发生过一件有趣的事。有一次，我把这本未读完的书放在了饭桌的一侧，正在嬉戏的女儿不小心打翻了一杯红酒，酒浆洒在书的封面上。女儿吓坏了，但非常有趣的是，我让她看红酒在封面淡咖啡色的硬壳布纹上留下的痕迹——仿佛一簇暗红色的花朵，充满了现代艺术朦胧的气息。女儿破涕为笑，我也暗自歆然。

女儿将来一定会懂，人类绝大多数的艺术品都是这样创作出来的，从法国拉斯科洞穴的壁画，到我们面对大自然美景按下连拍的快门。艺术不仅来源于艺术家辛勤的创造，也包括我们面对审美对象时所激发的想象力。这朵花现在还在书的封面上，但已经暗淡了许多，其实，连当年应该非常惊艳的王希孟"千里江山图"乃至达·芬奇"最后的晚餐"现在也暗淡了许多。但在艺术品被我们看到的那一瞬间，它带来了最纯粹的美感，无论是米开朗基罗在西斯廷教堂天顶上的瑰丽之作，还是洒在书上的一小摊酒浆。车尔尼雪夫斯基说：美是发现。世界上从来就不缺少美，缺少的是发现美的眼睛。只要你能发现，它便能感动你。

在让我们懂得什么是美的问题上，这个小小的细节正好代表了这本书要传递给我们的内容。起初，人们对艺术的理解，甚至人们发明艺术这个词汇，本来就是描述我们内心的一种感动，一种情愫，乃至一种讶异或者欣悦的情绪。这不仅仅是艺术之始，也是人文之始。

当然，最初可能是不自觉的，但随着人类的演化和变迁，一些法度和规范就跃然其上，成为人类证明自我的途径。对此，古希腊哲学家普罗泰戈拉曾略显狂妄地说：人是万物的尺度。他没说错，因为在人的认知到达之前，万物虽然可能是存在的，但只是"道"或者"物自体"，是混沌，只有人以观念为之命名以后，物才真正成为物，成为花、石头、阳光乃至雪雨风霜，星移斗转。同样，有了人的尺度，封皮上的酒浆痕迹才成为一朵美丽的花朵。

这本书名为《艺术：让人成为人》，其中蕴含的意思是比"人是万物的尺度"更高一个境界的思想。它说明了万物也是人的尺度。进而，人才是人的尺度。当人以为万物定名的方式创造了万物的时候，人并不是随心所欲的，恰恰相反，人的这种"自为"仅仅是符合了一种深刻的规定性而已。而当人开始进入时空，成为"万物之灵长"的时候，他是进一步开始了"成为人"的行动，那就是创造。人类不仅命名了这个世界上先于人类的一切，也创造了这个世界上从未存在过的事物，无论是物质形态还是精神形态的，都是如此。而这些从未存在过的事物，其实就是艺术。创造这些艺术的状态，就是自由。

这本书描绘了这个人类创造力不断迸发的过程，试图传达这一伟大进程中的丰硕和喜悦。我们从中看到，以创造这一主题统领人类涉足不同的艺术门类，倾注了心智的探索、道路的选择乃至灵魂的挣扎。它是一本真正意义上的艺术哲学，不是介绍那些伟大而丰富的艺术作品以何种方式被制造出来，而是揭示它们代表或者融贯了人类什么样的精神历程，也使我们从中深刻地感受到那些伟大艺术家为什么丢弃富足而安闲的生活，毅然走上这样一条在俗人看来毫无希望和快乐的不归路。这也就是为什么许多伟大的现代哲学家们都认为，"上帝死了"之后，艺术成了人类真正的、唯一的信仰。

这本书的装帧设计精美无比，每一页都让人充满心动的感觉。当然，它也是一本篇幅不菲的大书，将近700页的厚度，我记得当时断断续续，看了足有好几个月才看完。但这本书是那种极少数你看完一遍就立即想再看一遍的好书——当然，我们自身人文素质的缺乏也是重读的原因。

　　就在此时我才发现，这个版本的《艺术：让人成为人》有三个同样图案但颜色不同的封面版式，网购的读者其实只是随机地获得其中一个版式。而我发现，只有我这本浅咖啡色的版式才适合女儿用红酒创作那朵暗红色的花朵，如果是红色或者更深颜色那两个版式，就压根不会有花朵。世事美好如此，我惟一声叹息。

100. 优雅变老，是一种双向的责任

读《优雅变老的艺术：美好生活的小哲学》

书　　　名：优雅变老的艺术：美好生活的小哲学
作　　　者：[德]奥特弗里德·赫费（Otfried Höffe）
译　　　者：靳慧明
出版机构：社会科学文献出版社
出版时间：2021年2月

我们正在变老，每个人都如此，这种趋势完全不可逆。如果人年龄大一些，我们有时会猜测自己会在何时，以什么方式死去，但更多的时候，我们不担心死亡，而是担心"人没死，但钱没了"（赵本山语）。也就是说，在死去之前，遭遇一个悲惨的晚年。

避免晚景悲惨，需要各方面的努力。我们自己当然首当其冲，但每每念及其中的复杂幽茫之处，我们就会有力不从心之感。所以，很多人想说，让人幸福地度过晚景是社会的责任，这当然有道理，但问题是，社会是由人组成的。把自己置于社会之外，实际上的意思就是，你幸福的晚年是他人的责任——但他人也是这么想的。这就会有一些麻烦，随着老年人越来越多，麻烦也会越来越大。说这个问题变成了一个"社会问题"，就意味着它是每个人自己解决不了但也不知道别人能不能解决的问题。说实话，这种感觉不怎么好。

奥特弗里德·赫费所著的《优雅变老的艺术：美好生活的小哲学》这本书，正是针对上述问题而产生的思考成果和实践总结。作者奥特弗里德·赫费，是德国海德堡科学院、德国国家科学院的成员，先后在杜伊斯堡大学、弗赖堡大学和图宾根大学担任伦理学、社会学、法哲学教授，并在图宾根大学成立了政治哲学研究中心，亲自担任主任。奥特弗里德·赫费也担任着许多德国以外的大学和研究机构的职务，一度担任瑞士人类医学国家伦理委员会主席，也曾受聘担任清华大学哲学系的名誉教授，多次来中国讲学。奥特弗里德·赫费主要研究领域为政治哲学、道德哲学、应用伦理学、康德哲学、亚里士多德哲学、认识论等，由于在法哲学、法理论学领域的突出成就，使他在德国乃至整个西方哲学界享有极高的声誉，是当代德国最有影响的哲学家之一。

虽然不是以老龄化问题为主要研究方向，但真正令他具有学术圈外的社会影响力的，是他对老龄化问题乃至人的幸福问题的研究。由于这个问题在全球的普遍性、复杂性和无定论性，这已经不是一个单纯的医学乃至社会学问题而日益成为一个哲学问题。

作为"德国老龄化"跨学科研究小组的成员，奥特弗里德·赫费以自己丰厚的哲学素养，从更加深刻的层面切入老龄化问题，他不仅仅像医生一样为老龄化的社会开出药方，而更进一步把自己深邃的目光投向关于老龄化问题的一系列习惯性观念——其中不少实际上就是习惯性谬误，从而澄清了关于老年人、老龄化社会以及面对困境各方责任问题上的种种含混不清之处，为老龄化问题的解决提供认识论基础。正如优秀的医师总是治"病"而不是治"症",奥特弗里德·赫费看到的不仅仅是生活中的老龄化实践而更是哲学上的老龄化认知。这是他与一般研究老龄化问题的社会学学者相比更有理论魅力的原因。

在这本名为《优雅变老的艺术:美好生活的小哲学》的书中,奥特弗里德·赫费用不长的篇幅,生动而深刻地介绍了自己关于老龄化问题的思索。他注意到,世界上许多不同文化都蕴含着关于如何面对老龄化问题的生活智慧,从而睿智地指出,和"保持年轻"一样,"变老"也是需要学习的,学习如何步入收获的岁月,如何最终挥别人生。

奥特弗里德·赫费在书中展示了深刻的历史纵深感。他的立论是从纠正一些普遍存在的认知偏差开始的。在他看来,"老龄化社会"这个表述本身就存在问题:人不是因高龄而死,而是死在高龄之时,因而用治愈为目标来要求老年医学是不合适的。他也反对在老年问题中任由经济因素主导一切,反对老年人和变老普遍的负面形象。与此同时,他也从生活哲学甚至可以命之为幸福哲学的角度,向老年人提出了一系列有助于人们对抗高龄时的衰弱,获得安宁,积累身体、精神、社会和情感资本的实用建议,比如:要积极地从事身体运动、精神活动、社会交往,让生活充满乐趣;要在职业领域、教育领域、生活空间领域进行有效规划。因而,奥特弗里德·赫费强调了社会在应对老龄化问题中的责任,这种责任基于上述对老龄化问题的全新认知。社会必须经过改造才能正确地应对老龄化问题带来的挑战。

在职业领域，获得工作的机会和空间对于老人的健康，尤其是精神健康具有很重要的意义。但老人可能从事的工作与年轻时的择业方向往往相差很大，前者很可能是一些志愿工作，主要的目的是带来精神上的充实感。在教育领域，要学习适应社会变化的新技能。而在生活空间方面，作者建议老年人不要过早进入主要由老人组成的生活聚落。人类应对变老的力量见于自身，也源于自身。愿每一位老人"如醇酒一般：随着年龄的增长获得个性，浑身散发经验的光芒"。

在奥特弗里德·赫费看来，"优雅变老"不仅是一种可以选择的生活方式，也更是一种需要老年人和社会双向互动，共同承担的重要责任。如何对付"人没死，但钱没了"的老年窘境，老年人自身和社会都需要"从我做起，从现在做起"。

顺便说一句，奥特弗里德·赫费生于 1943 年，写这本书的时候，他已经 70 多岁了。我们该相信他的话的理由还包括，他自己也是一个老年人。

跋

2023年6月初，偶见赵晓春学长《何处是远方》（半日闲斋读书札记·甲编）书稿，惊讶于其独特的视角和细腻的笔触，随即推荐于神交已久的马国川老师。马老师赞赏有加，欣然牵线中国出版集团中译出版社，承蒙出版社信任，我有幸成为该书的特约策划和编辑，在出版社的推动下，该书在2023年9月付梓。

晓春是高我一届的大学学长，主修工业与民用建筑。学生时代就因发起论坛、成立诗社、组织演讲等成为校园风云人物。大四暑期，学校组织赴贫困县搞社会调查，他撰写的调查报告《娄烦命题》发表于省内一级刊物《山西青年》上，在校园引起不小轰动。报告题记里说"贫困是可怕的，然而更为可怕的是自觉不自觉地安于贫困"，足见晓春在学生时代就深谙中国现当代文学最重要的命题之一——文学即人学。

时光荏苒，如今的晓春学长从事行政工作，业余博览群书，笔耕不辍，近年来著有《体育的中国化与现代化》（商务印书馆）、《山西文化记忆词作及书法集》（广西师范大学出版社）等9部作品，合计236万字，内容涉及体育论述、读书札记、杂文、旧体诗词集等，不一而足。

此次的《我们该不该相信春天》是晓春学长的第二册读书札记。这套书计划出版六册，每册介绍100本书，前两册中的篇目均是作者在工作之余写就，几乎是每天一篇。很多朋友劝他不必给自己太大压力，每周一篇足矣，但他说要尝试坚持一年，以此来检验约束自己。"靡不有初，鲜克有终"说的就是这样的人吧。有一次校友小聚，因堵车迟来的几位正要给提前到达的晓春学长致歉，他却说："我刚好用这点时间在手机上写完一篇张纯明《中国政治二千年》读后，请大家提提意见。"这令在现场的我们肃然生敬。以我对晓春学长有限的了解，这是一个用特殊材料做成的人，一个嗜书如命，把书当成阳光、空气和水的人。有人说他天赋异禀，又怎知他"三更灯火五更鸡"的暗功夫。

马国川老师说，写应付性的书评不难，写有个人见解的读书札记不易，更何况一出手就是几百篇，既有趣味还不失思想性，实不多见。

每篇札记一两千字不等，读来既有法度又从心所欲，就好比"天机云锦用在我，剪裁妙处非刀尺"。拿到读书札记的朋友们，甫一翻阅，大多会被作者阅读数量之多、跨越范围之广折服——从经国之思、济世之鉴的经济类到稽古之思、揆今之智的政史类，及至辩证之思、艺术之魅的人文社科类，信手跨界，毫不违和。所涉书籍既有现实的《资本的故事》又有魔幻的《文城》，既有远古的《重拾遗珠：消失在历史尘埃中的文明》又有当下的《罩袍之刺》，既有轴心时代的《四大圣哲》又有搅动19世纪的《从俾斯麦到希特勒》。无怪乎中央党校梁亚滨教授说："更为重要的是，它还是一本实用的荐书单，可以跟着作者的感悟去挑选符合自己心意和格调的书籍。"作者把书能写尽的"世"和"界"之苍茫与微小，用他左冲右突的本领，尽数囊括。

敏锐的读者或许可以捕捉到作者的内心世界，他有坚韧不拔的一面，也有敏感细腻的一面，他全身心投入生活，似欲以"晓春荐书"这样的方式点燃并唤醒人们省察周遭、内观于心。他在《我们何曾现代》札记中写到：现代哲学的重要主题，那就是，一切现代性都必须源于一个主题——让人成为人。

对爱书人而言，书是山河，没有尽头。书可以让大世界走近小人物，让小情绪升腾出大境界。

我小时候，家里最显眼的家具是一只六尺长、半人多深的红色榆木躺柜——那是祖母传给父亲的。柜内一半以下层层叠叠摞满了书。约摸七八岁的我，踩着小板凳几乎半个身子栽进柜子里，才能拿到《三家巷》《远大前程》《珍妮姑娘》这些书，趁夜钻进被子借着手电筒光照囫囵吞枣乱看一通。从少年直到今天，我的理想是成为一名记者，像闾丘露薇那样的战地记者。

如今，我尝试踏入图书策划和编辑的领域，每天热切关注前三联书店总编辑李昕老师的公众号，不漏过他发的每一篇文章，学习如何做一名称职的编辑，这也算五十而志于学吧。

现在，晓春学长的《我们该不该相信春天》（半日闲斋读书札记·乙编）要跟读者见面了。欣喜之余，我深深感念生命的馈赠。

恰如住在花蕊中的香音神和抚弦歌唱的天歌神，负责让佛陀面前鲜花不败，为佛陀带来欢乐，书就是带我们去往春天、奔向远方的神灵。

傅小英